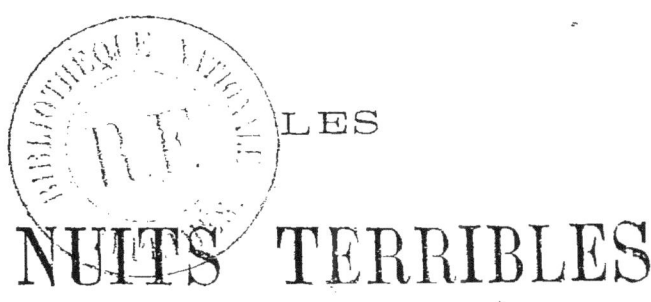

LES
NUITS TERRIBLES

LES

NUITS TERRIBLES

PAR

ALPHONSE BROT

PARIS

JULES ROUFF, EDITEUR

14, CLOÎTRE SAINT-HONORÉ, 14

A Monsieur JULES BREYNAT, ancien Préfet

MON CHER AMI,

Les fonctions publiques que vous exerciez ne vous ont pas permis de placer votre nom à côté du mien et de signer une œuvre faite avec moi, et je tiens à reconnaître votre part de collaboration en vous la dédiant.

Acceptez avec autant de satisfaction que je mets à vous l'offrir, ce témoignage de mon amitié qui est, en même temps, un acte de justice.

Alphonse BROT.

LES

NUITS TERRIBLES

PREMIÈRE PARTIE

L'ÉNIGME

I

UNE NOUVELLE A SENSATION

C'était dans un cabinet du restaurant Brébant.

Quatre jeunes gens, pendant les derniers jours de juillet 1871, achevaient un dîner que le baron Brisse n'eût pas désavoué.

Ils appartenaient tous les quatre, à des titres divers, à cette jeunesse ardente qui sait faire marcher de pair le travail et le plaisir.

1

L'un, qui se nommait Maxou, était un avocat stagiaire attendant sa première grande cause.

Le second, irréprochablement vêtu de noir et cravaté de blanc, venait de passer sa thèse de docteur en médecine avec un brillant succès. Lui aussi attendait son début dans la carrière, sous la forme d'un premier malade. Il s'appelait Cavarrox.

Le troisième, une sorte de Gringalet à la figure chafouine, était un simple clerc de notaire en quête d'une femme laide, dont la dot servirait à lui acheter une étude.

Le quatrième, l'amphitryon, était un jeune journaliste aux cheveux en coup de vent et aux allures dégagées. Il répondait au nom de Martineau et faisait ses premières armes dans la presse parisienne en qualité de reporter.

Le café était pris.

On en était aux cigares et aux confidences.

— Martineau a la parole, dit l'avocat. Messieurs, je vous invite au silence. Notre ami va nous apprendre comment il est devenu l'heureux propriétaire du billet authentique de la Banque de France dont il vient de consacrer généreusement une partie à nous offrir un plantureux dîner.

— J'ai tout simplement déniché une nouvelle à sensation que mon journal a payée cinq cents francs, sans compter un crédit de mille francs pour suivre l'affaire, répondit Martineau en prenant l'air modeste d'un homme qui a la conscience de son profond mérite.

— C'est-à-dire que tu as mis la main sur un filon d'or, riposta le clerc de notaire, dont les yeux brillaient de convoitise.

— Le plus beau de l'affaire, continua le reporter,

c'est que, du même coup, je vous ouvre à deux battants,
mes amis, la porte de la fortune. A toi, Maxou, je
donne la cause célèbre qui mettra en lumière ton talent
oratoire, à toi, docteur Cavarrox, je procure le début
scientifique qui servira de tremplin à ta renommée.

— Est-ce qu'il n'y aura rien pour moi ? hasarda timi-
dement Salavert, le clerc de notaire ambitieux.

— Oui, très-cher, nous te protégerons lorsque nous
serons arrivés, répliqua Martineau d'un ton de Mécène.

— Assez de préface comme cela, interrompit Maxou:
raconte-nous ton histoire ou ton roman, mon brave
journaliste.

— Il vous suffira de vous lire l'épreuve de mon article, répondit Martineau.

Le silence se fit, et il lut ce qui suit:

« LE CRIME MYSTÉRIEUX DU CHATEAU DE FAUBOULOY

« Le château de Faubouloy, qui sert de résidence
d'été à un duc que je me bornerai aujourd'hui à désigner sous l'initiale V..., est situé à quelques kilomètres
de Château-Chinon, dans l'un des sites les plus pittoresques du Morvan.

« Une rivière coule au bas, entourée de forêts magnifiques.

« Le maître de ce manoir princier, l'un des plus
grands propriétaires terriens de France, avait eu une
jeunesse passablement orageuse, mais dont les ardeurs
semblaient s'être amorties depuis son mariage avec une
Espagnole de grande famille, de grande fortune et d'une
rare beauté.

« Au moment où le drame que nous allons raconter

s'est accompli, la cinquantaine avait sonné pour le duc, et la duchesse venait de franchir le cap de la quarantaine, si redouté de toutes les femmes.

« Pendant l'hiver, ils résidaient à Paris, dans un somptueux hôtel des champs-Élysées; mais dès que les premières feuilles des arbres verdoyaient, ils prenaient leur vol vers leur château du Nivernais.

« La duchesse surtout affectionnait cette tranquille retraite.

« C'est là qu'elle se consacrait tout entière à l'éducation de ses deux filles, Ève et Marcelle.

« Marcelle, qui avait dix-huit ans, était le portrait rajeuni de sa mère.

« Elle était grande, élancée, un peu pâle, mais d'une pâleur ardente, comme la duchesse. Des deux côtés de son front, ruisselaient sur ses joues, en boucles soyeuses, d'abondants cheveux d'un noir de jais. Ses lèvres avaient le tendre incarnat de la fleur du pêcher. Frangés de longs cils d'ébène, deux yeux de flamme luisaient sous l'arc de ses sourcils. Vous eussiez dit, en la voyant, une de ces belles madones de Murillo, descendue de son cadre pour recommencer la vie.

« Ève, qui entrait dans sa dix-septième année, était le vivant contraste de sa sœur.

« Par les gracieux contours de son visage, la suave délicatesse de ses formes, les reflets dorés de sa blonde chevelure, la couleur azurée de ses yeux, elle rappelait ces charmantes et mélancoliques châtelaines saxonnes si poétiquement chantées par les vieux bardes.

« Outre leurs deux filles, le duc et la duchesse de V... avaient un fils nommé Octave, qui faisait son droit à Paris.

— Octave de Vallombreuse ! interrompit Salavert.

Parbleu! je le connais!... Son père, qui est un client de mon patron, vient de lâcher, pour payer les dettes de ce charmant gandin, la bagatelle de cent mille francs. Il va bien, le petit Octave!... Il va très-bien!

Martineau continua :

« Le mois de juillet était arrivé, le duc de V... était parti depuis quinze jours pour les eaux d'Uriage, laissant au château la duchesse Ève, Marcelle et leur institutrice, une belle jeune fille nommée Flavia Morin.

« Orpheline et ancienne élève d'une grande institution des environs de Paris, Flavia était regardée dans la famille V..., non comme une salariée, mais comme une amie. Marcelle et Ève semblaient être deux sœurs pour elle.

« C'est dans ce milieu si calme qu'une tentative de crime a eu lieu.

« Une main scélérate a versé du poison dans un breuvage destiné à la duchesse de V...

« Voici les faits dans toute leur simplicité :

« Le 10 juillet, au soir, la duchesse s'étant trouvée un peu souffrante, son médecin, qui était demeuré au château, lui avait prescrit une infusion de mélisse.

« — Les domestiques sont occupés à desservir, et je vais la préparer moi-même, avait dit l'institutrice.

« La duchesse l'avait remerciée par un sourire de reconnaissance.

« Quelques minutes après, elle revenait avec l'infusion prescrite, dans laquelle la duchesse mit du sucre.

« Pendant ce temps, Ève et Marcelle montraient leur herbier au docteur.

« La duchesse interrompit les explications scientifiques que le médecin se disposait à donner.

« — Docteur, lui dit-elle, voyez-donc, cette infusion a un goût étrange...

« — En effet, fit le médecin après avoir dégusté le breuvage.

« Puis il prit la cuiller et ramena du fond de la tasse une poudre d'un blanc grisâtre.

« Surpris, il jeta une pincée de cette poudre sur un des charbons ardents du foyer. Aussitôt, une odeur alliacée et pénétrante se répandit dans le salon.

« Un grand étonnement se peignit sur le visage du docteur.

« — Ce breuvage, dit-il, après un silence de quelques secondes, est empoisonné : cette poudre blanche est de l'arsenic.

« — De l'arsenic ! s'écria Flavia en pâlissant, c'est impossible ! puisque c'est moi qui ai préparé cette infusion.

« Le docteur lui demanda si quelqu'un était entré dans la cuisine pendant qu'elle s'y trouvait.

« — Personne, répondit l'institutrice avec assurance.

« — J'emporte ce breuvage, reprit le médecin en s'adressant à la duchesse de V...; demain je vous dirai si mes soupçons sont fondés.

« Le lendemain, le médecin revint.

« Mais il n'était pas seul.

« Un magistrat l'accompagnait.

« Une heure plus tard, Flavia était sous le coup d'un mandat d'arrêt et on la transférait dans la prison de Château-Chinon sous l'inculpation de tentative d'empoisonnement sur la personne de la duchesse. »

Évidemment, concluait le reporter, une tentative criminelle a eu lieu ; mais quel est le coupable ?

La duchesse de V... n'avait aucun ennemi. Quant à

l'institutrice Flavia Morin, quel intérêt l'aurait déterminée à commettre une action aussi épouvantable ?

— Mystère !

— Mystère ! répétèrent en chœur les auditeurs.

— Mais comment t'es-tu procuré tous ces détails ? demanda Cavarrox à Martineau.

— Le hasard, chère ami, le hasard. Le cocher du duc de Vallombreuse est mon compatriote, je l'ai rencontré ce matin dans Paris, où il a été envoyé pour ramener au plus vite le jeune Octave au château de Faubouloy, et il m'a raconté ce que je viens de vous apprendre.

— Très-bien ! répliqua l'avocat Maxou ; mais je ne vois pas en quoi ce drame ténébreux peut devenir pour Cavarrox et pour moi le point de départ de notre fortune.

— Myope que tu es, riposta le docteur, Martineau a raison. Il y a dans cette affaire la promesse d'un début superbe pour ton éloquence, si tu deviens le défenseur de l'institutrice Flavia.

— J'admets la chose, cher ; mais je ne devine pas en quoi tu pourrais, toi, intervenir dans tout ceci, répondit Maxou.

— Pardieu ! c'est pourtant passablement clair : si je suis chargé de la contre-expertise, je prouverai que le médecin morvandais a commis une ânerie en trouvant de l'arsenic dans le breuvage : je reprendrai en sous-œuvre le rôle qu'a joué Raspail dans le procès de Mme Lafarge.

— Et celui-ci sera tout aussi célèbre, ajouta Martineau, fiez vous-en à moi ; lorsque s'ouvriront les assises, j'en ferai sortir quelque chose de si phénoménal, qu'Edgar Poë en frissonnera dans sa tombe,

— Maintenant, quelle est ta conclusion, reporter de mon cœur ? demanda Maxou.

— Nous partons ce soir pour Château-Chinon, répondit Martineau, et nous manœuvrerons de telle sorte que toi tu seras l'avocat de l'institutrice, et toi, docteur, le médecin-expert choisi par la défense.

— Accepté ! firent Maxou et Cavarrox. Il est neuf heures, le train part à onze heures ; à onze heures moins le quart, rendez-vous à la gare.

— Mais, moi, quel sera mon rôle dans tout ceci ? demanda Salavert.

— Imbécile ! il est tout tracé, répondit Martineau ; tu éplucheras dans ton étude le dossier Vallombreuse ; qui sait ? une lumière quelconque jaillira peut-être de tes cartons poudreux.

— Convenu ! je creuserai à huis-clos l'article Vallombeuse, répliqua Salavert d'un ton capable.

Deux heures après cet entretien, l'avocat Maxou, le docteur Cavarrox et le reporter Martineau montaient en wagon, se dirigeant sur Cercy-la-Tour, station la plus rapprochée de Château-Chinon.

II

LE MYSTÈRE DE FAUBOULOY

Ce n'était pas sans raison que le reporter Martineau avait qualifié de mystère la cause criminelle qui s'instruisait en ce moment au parquet de la ville de Château-Chinon.

La tentative d'empoisonnement dont la duchesse de

Vallombreuse avait failli devenir victime était un fait brutal, impossible à nier.

La quantité d'arsenic trouvé dans la tasse était plus que suffisante pour amener la mort.

Il était également hors de doute que l'infusion toxique n'avait pu être préparée que par Flavia, puisqu'elle s'était proposée elle-même à la duchesse, tous les domestiques se trouvant alors dans la salle à manger.

Mais là où commençait la difficulté, c'était de déterminer le mobile qui l'avait poussée à commettre ce crime.

Le juge d'instruction, auquel nous prêterons le nom de Duranger eut beau chercher, beau interroger les domestiques du château et les deux filles de la duchesse, aucune lueur n'avait pu éclaircir les ténèbres de ce mystère judiciaire.

A toutes les questions du juge, l'institutrice avait répondu que la présence du poison dans le breuvage lui semblait inexplicable.

Son attitude calme et la netteté de ses réponses avaient fini par impressionner vivement M. Duranger.

— Avez-vous quelque secret motif de haine contre votre maîtresse? lui demanda-t-il.

— Mme la duchesse m'a constamment traitée comme si j'étais sa fille, répondit l'institutrice : comment aurais-je pu la haïr?

Les déclarations de Marcelle et d'Ève n'étaient pas moins affirmatives.

Flavia, qui était pour elles comme une sœur aînée, leur portait la plus tendre affection, et elles ne pouvaient admettre un instant qu'elle se fût rendue coupable du crime dont on l'accusait.

La déposition de la duchesse, quoique plus réservée

que celle de ses enfants, était également favorable à la prévenue.

Elle ne niait aucune des circonstances qui avaient précédé ou accompagné cette tentative d'empoisonnement, mais il lui était impossible d'indiquer une cause qui fût de nature à l'expliquer.

Cette affaire, qui devait avoir un grand retentissement, tant en raison du mystère dont elle était enveloppée que de la haute situation des personnages qui devaient y figurer, avait produit l'émotion la plus vive dans tout le pays.

L'opinion publique se partageait en deux courants.

L'un, favorable à l'institutrice.

L'autre, contraire.

— De même qu'il ne saurait y avoir de fumée sans feu, disaient les uns, de même il ne peut y avoir de crime sans un intérêt direct. Or, quel intérêt avait la prévenue à empoisonner la duchesse?

— C'est vrai, le motif déterminant échappe, répondaient les autres, mais soyez certains que la justice parviendra à le découvrir.

L'affaire en était là lorsque la diligence qui fait le service de Cercy-la-Tour à Château-Chinon arriva, amenant les trois amis que nous avons vus attablés dans le cabinet du restaurant Brébant.

Le reporter Martineau avait mis Maxou et le docteur Cavarrox sur une piste excellente.

Cette piste pouvait les conduire sur le chemin de la renommée et de la fortune. Toutefois, il importait pour réussir d'agir promptement ; sinon leur rêve courait grand risque de ne point se réaliser.

En effet, une cause célèbre est un mets des plus affriolants, surtout pour les avocats.

Maxou devait donc, avant tout, s'assurer de la possession de l'affaire.

S'il enlevait de haute main la faveur de défendre la prévenue, Cavarrox était à peu près certain de se voir chargé de la contre-expertise.

Le premier soin de Maxou, en entrant dans la capitale du Morvan, fut de s'enquérir du nom du juge d'instruction.

Par un hasard providentiel, il se trouva que ce magistrat était l'un de ses camarades de l'École de droit.

Il se rendit chez lui sur-le-champ.

Le juge Duranger était tout l'opposé de l'avocat Maxou, qui, par forfanterie, aurait regardé en plein midi le soleil en face, si le soleil l'en eût défié.

Le magistrat morvandais était d'une timidité extrême.

Mais sous cette timidité se cachait une grande perspicacité.

Très-honnête homme, il recherchait la vérité avant toute chose.

Son système, à l'égard des prévenus, était de s'adresser tout d'abord à leur conscience, afin d'arriver ensuite à l'aveu ou à la preuve.

Il procédait par déduction.

Sa grande préoccupation, lorsqu'il se trouvait en face d'un crime, était de découvrir le mobile qui l'avait fait commettre.

Ce mobile, nous l'avons dit, lui échappait complètement dans les circonstances présentes, et il était tout rêveur au moment où on lui remit la carte de Maxou.

A peine eut-il jeté les yeux sur cette carte que son visage s'épanouit.

Il donna l'ordre qu'on introduisit immédiatement le visiteur inattendu.

— Quelle circonstance heureuse pour moi vous amène sur notre montagne noire, demanda-t-il à Maxou en lui tendant la main.

— Avec vous, mon vieux camarade, répondit l'avocat, je n'irai pas par quatre chemins : j'attends de vous un service important.

— Accordé d'avance, si je le puis, dit le juge.

Maxou présenta sa requête dans les termes suivants :

— Depuis que nous avons quitté les bancs de l'école, dit-il, j'ai constamment végété. L'aveugle destinée n'a pas daigné mettre sur ma route une seule de ces causes qui font la célébrité d'un avocat. J'ai plaidé d'obscures affaires de police correctionnelle ; mais impossible de mettre le bout de mon petit doigt sur l'un de ces procès retentissants qui passionnent l'opinion publique.

— C'est fâcheux, très-fâcheux, mon ami, répondit le juge d'instruction, car bien certainement il y a en vous l'étoffe d'un avocat de premier ordre ; je me souviens de vos succès dans nos conférences.

— Eh bien ! ce début éclatant que j'ai cherché en vain jusqu'ici, vous pouvez me le faire obtenir. L'affaire du château de Faubouloy sera, si vous me donnez un coup d'épaule, le tremplin d'où je m'élancerai à la conquête de la renommée.

— Assurément, je ne demanderais pas mieux, répondit M. Duranger, mais vous le savez tout aussi bien que moi, je ne puis, en aucune façon, influencer la prévenue sur le choix d'un défenseur.

— Sans doute, mais rien ne vous empêche de lui faire comprendre que vous connaissez un brave garçon plein de talent qui se chargerait volontiers de sa défense. Elle n'a sans doute aucune relation ici, cette pauvre jeune fille, et elle acceptera, j'en suis sûr, l'avocat que vous lui proposerez.

— Je vais au tribunal, je verrai la prévenue, et aujourd'hui même vous saurez à quoi vous en tenir.

— A quelle heure voulez-vous que je revienne ?

— Entre cinq et six heures.

— C'est bien, et merci ! reprit Maxou en se retirant.

A l'heure indiquée, Maxou trouva le juge qui l'attendait dans son cabinet.

— L'affaire est arrangée, lui dit M. Duranger : Flavia Morin vous prend pour son défenseur.

— Quand pourrai-je la voir ? demanda l'avocat.

— L'instruction est à peu près terminée, et je viens de lever le secret. Voici une permission ; vous pourrez conférer ce soir avec elle.

Maxou prit le précieux papier, et, malgré les instances réitérées de M. Durangel, qui voulait le retenir à dîner, il sortit et se dirigea en toute hâte vers la prison de Château-Chinon.

En chemin, il se croisa avec le docteur Cavarrox et Martineau :

— Eh bien ? firent ses deux amis en l'arrêtant.

— Tout marche à merveille, répondit l'avocat ; je suis agréé comme défenseur de la prévenue, et je cours de ce pas près d'elle. Sois tranquille, cher docteur, j'ai glissé quelques mots sur ton compte à Duranger, et j'espère que tu seras chargé de la contre-expertise.

— Alors je vais soigner votre entrée en scène, répliqua le reporter. Vous verrez cela dans le journal d'après-demain.

Le soir même, Martineau envoyait à son journal la note suivante :

« NOUVEAUX RENSEIGNEMENTS SUR LE CRIME DE FAUBOULOY

« Nous avons été les premiers à faire connaître le crime mystérieux qui s'est accompli au château de Faubouloy. L'un de nos principaux rédacteurs, envoyé sur les lieux, nous transmet à l'instant les détails intéressants qu'il a pu recueillir.

« Le mystère de Faubouloy est loin de s'éclaircir.

« La jeune prévenue a subi plusieurs interrogatoires avec une fermeté vraiment remarquable. Elle ne nie aucun des faits que nous avons précédemment révélés, toutefois elle persiste à se déclarer innocente.

« L'instruction est conduite par M. Duranger, un jeune magistrat plein d'avenir.

« Le défenseur choisi pour plaider dans ce procès, qui sera célèbre dans les fastes de la justice criminelle, est un jeune avocat appartenant au barreau de Paris, M. Maxou, un enfant du Midi.

« Maître Maxou possède, dit-on, au plus haut degré l'éloquence qui semble être un des attributs de son pays natal. Il suffit de l'entendre pendant quelques minutes pour affirmer, sans crainte de démenti, que son nom, inconnu encore aujourd'hui, sera demain dans toutes les bouches.

« Mme Lafarge aurait été sauvée, si elle avait eu Me Maxou pour défenseur.

« Ce procès criminel sera remarquable, en outre, au point de vue de la science.

« Un médecin spécialiste de Paris, le jeune docteur Cavarrox, l'un des plus brillants élèves du célèbre Tardieu, doit être chargé de la contre-expertise.

« Quelques mots à présent sur la prévenue.

« Flavia Morin est une belle jeune fille de vingt ans, sa beauté rappelle celle de ces fières patriciennes que nous admirons chez les maîtres de l'école vénitienne. Sa splendide chevelure, d'un blond ardent, aux reflets cuivrés, donne à son visage un caractère d'étrangeté des plus saisissants. Ses yeux, d'un bleu sombre, presque noir, ont une expression telle qu'ils se gravent dans le souvenir lorsqu'on les a rencontrés une seule fois.

« L'instruction tire à sa fin.

« Au moment où nous écrivons ces lignes, Me Maxou a une entrevue avec la prévenue. »

Cette note eut le plus grand retentissement; presque tous les journaux de Paris la reproduisirent.

Ainsi que le reporter Martineau l'avait promis à Maxou et à Cavarrox, leurs noms venaient de recevoir le baptême de la publicité.

Me Maxou, après avoir pris brusquement congé de ses deux amis, n'avait fait qu'un bond jusqu'à la prison de Château-Chinon.

Il déclina son nom et sa qualité, et la porte de la redoutable maison d'arrêt s'ouvrit devant lui.

Quelques instants plus tard, il était introduit auprès de Flavia Morin.

III

MAITRE MAXOU

La prison de Château-Chinon est située à côté du tribunal.

Elle domine l'immense plaine qui s'étend en ondulations gracieuses jusqu'aux bords de la Loire.

Ce bâtiment, qui affiche quelques prétentions monumentales, est construit d'après le système mixte, et les détenus qu'il contient sont soumis au régime cellulaire ou répartis par chambrées.

Les cellules, qui occupent deux étages, s'ouvrent sur une sorte de galerie centrale.

Au fond de cette galerie s'élève un autel.

Tous les dimanches, les détenus peuvent assister au service divin, mais ils demeurent isolés les uns des autres.

Le juge d'instruction Duranger, par un sentiment d'humanité, avait fait installer Flavia Morin dans la pièce destinée à l'infirmerie des femmes.

C'est là qu'avait été introduit maître Maxou lorsqu'il eut exhibé au directeur de la prison son permis de communiquer.

— Je suis votre défenseur, mademoiselle, dit-il à Flavia, qui s'était levée en le voyant entrer.

Le jeune avocat eut un éblouissement lorsque la prévenue fut devant lui, en pleine lumière.

— Monsieur, répondit-elle en l'invitant à s'asseoir, je vous remercie de vouloir bien me prêter l'appui de votre talent, qui est grand, d'après le témoignage de M. le juge d'instruction...

Maxou s'inclina.

— Je vous en suis d'autant plus reconnaissante, poursuivit la jeune fille, que je suis pauvre ; jamais, probablement, je ne pourrai...

— Mademoiselle, interrompit maître Maxou, qui appartenait au premier chef à l'école réaliste, mettons de côté ces mots sonores de gratitude, de dévoûment...

Les affaires pour moi sont les affaires. Certainement, je serai très-heureux de sauver une aussi charmante personne que vous ; mais si, comme je l'espère, je vous rends ce service, de votre côté, vous m'en aurez rendu un fort grand... En conséquence, nous serons quittes.

— Comment cela, monsieur ?

— Je m'explique. Comme vous, je suis pauvre ; mais par mon éducation, par les goûts qu'elle a éveillés en moi, je suis un des mille déclassés de l'époque actuelle, j'ai des appétits de millionnaire. Pour satisfaire ces appétits, il faut que je devienne célèbre ; mais, pour le devenir, il faut qu'une occasion se présente et que je la saisisse aux cheveux... Votre procès m'offre précisément cette occasion qui, jusqu'à ce jour, m'a manqué...

Oui, j'y trouve pour moi la promesse de l'un de ces succès oratoires qui font date dans les souvenirs du Palais.

Maintenant, mademoiselle, vous devez comprendre que, si l'un de nous est l'obligé de l'autre, c'est moi.

Flavia demeura un instant silencieuse, les yeux fixés sur Maxou.

Puis, lui tendant la main :

— S'il s'agit pour moi de la vie et de l'honneur, dit-elle, il s'agit de votre avenir : j'ai foi entière en vous.

— Je vous ai parlé avec toute franchise, répliqua Maxou, devenu grave à son tour : j'attends de vous une franchise égale à la mienne.

— Douteriez-vous de mon innocence ? interrompit Flavia avec une explosion trop naturelle pour être calculée ; en douteriez-vous, monsieur ?

— Vous êtes innocente !... Bravo !... Ah! alors, quelque soit le masque dont se couvre l'auteur du crime, je le lui arracherai.

— Le pourrez-vous? dit la prévenue d'un accent de profond découragement : depuis huit jours, je cherche à deviner le mot de l'énigme épouvantable, et je n'y puis parvenir.

— Peut être qu'à nous deux nous le trouverons, mademoiselle, continua l'avocat. Allons, du courage!... que diable, je me sens de force à faire absoudre un criminel, à plus forte raison un innocent. A présent, dites-moi votre vie tout entière, car dans l'intérêt de votre défense, rien de ce qui vous touche ne doit m'être étranger.

— Je n'étais nullement préparée à cette confession, répondit Flavia Morin : laissez-moi quelques heures pour me replier sur moi-même... Demain matin je serai prête à vous ouvrir mon cœur.

— A demain donc! fit maître Maxou en prenant congé de la prévenue.

IV

CONFESSION GÉNÉRALE

Le lendemain matin, maître Maxou se rendit à la prison, impatient de connaître si quelque lumière ne jaillirait pas des confidences de Flavia.

Depuis le coup de foudre qui l'avait frappée, elle n'avait vu dans son cachot que des hommes de justice. Le juge Duranger s'était, il est vrai, montré presque paternel à son égard, mais elle ne pouvait voir en lui qu'un homme prévenu et dont la mission était de rechercher les preuves du crime qu'on lui imputait.

Ses rapports avec son défenseur allaient être tout autres.

Elle pourrait lui parler à cœur ouvert, sans craindre qu'une parole irréfléchie ne fût plus tard invoquée contre elle.

Et puis cet inconnu aux façons cordiales, à l'accent légèrement méridional, lui plaisait.

La franchise presque brutale avec laquelle il lui avait expliqué l'intérêt tout égoïste qu'il lui portait, elle la lui pardonnait, car elle voyait en lui un de ces déclassés qui luttent contre les difficultés de la vie et qui finissent quelquefois, à force de volonté et de persévérance, par se hisser jusqu'au haut de l'échelle sociale.

Et d'ailleurs, elle-même n'était-elle pas une pauvre déclassée, après laquelle la destinée s'acharnait ?

Aussi ce fut-il avec un soupir de satisfaction qu'elle entendit s'ouvrir la porte qui lui annonçait la visite attendue.

— Parlez, mademoiselle, lui dit son avocat après s'être assis, je vous écoute.

— Le récit de ma vie sera fort court, répondit Flavia : je suis la fille d'un officier supérieur qui avait conquis tous ses grades à la pointe de son épée. Parti simple soldat, il était parvenu, en moins de vingt ans, au grade de lieutenant-colonel.

Le mariage de mon père fut un mariage d'amour.

Il avait rencontré celle qui, plus tard, devait être ma mère, dans une petite ville de province. Tous les deux s'aimaient et leur vie était heureuse. Ils allaient de garnison en garnison, et mon enfance s'écoula en continuels voyages.

Un soir, je me rappelle cela comme si c'était hier, j'avais dix ans environ, mon père rentra plus tard que de coutume ; il paraissait joyeux, mais sa joie avait la turbulence de l'ivresse.

— Qu'y a-t-il? demanda ma mère, que l'agitation de son mari avait frappée.

— Il y a, répondit-il, que je serai peut être colonel avant un mois ou deux... La guerre vient d'être déclarée.

— La guerre !... nous avons la guerre ?...

— Avec le Mexique.

Et, voyant que ma mère était devenue affreusement pâle :

— Est-ce la première fois que je me bats ? poursuivit-il en souriant ; n'ai-je pas mille fois affronté les balles des Bédouins?

— Si tu allais mourir ! murmura-t-elle en le serrant convulsivement contre son sein.

— Poltronne !... Voyons, rassure-toi... avant trois mois tout sera terminé... Je connais les Mexicains... de braves gens... mais pas le moins du monde soldats... ils ne tiendront pas devant nous.

Le reste de la soirée fut triste.

Mon pauvre père avait sans cesse ses regards fixés sur moi, comme s'il voulait graver mon image dans ses yeux.

Quant à ma mère, le premier moment passé, elle se montra courageuse et résignée.

Trois jours après cet entretien, mon père nous faisait ses adieux.

Pendant quatre mois, nous reçûmes exactement toutes les semaines une lettre de lui.

Le quatrième mois écoulé, nous n'en reçûmes plus, et ma mère fut épouvantée de ce silence.

Au commencement du sixième mois, un pli daté de Mexico lui parvint.

Il lui annonçait la mort de son mari, tué dans une embuscade tendue par les soldats de Juarès.

Dans les premiers jours d'octobre de la même année, j'entrais dans une grande institution des environs de Paris.

C'est là que s'écoulèrent les années de ma seconde enfance et de ma jeunesse.

Ma mère venait m'y voir tous les jeudis et tous les dimanches.

Puis, peu à peu, ses visites devinrent moins fréquentes et chaque fois que je la voyais sa démarche me semblait plus lente et son visage plus pâle.

Enfin, elle ne revint plus.

Elle était morte.

Ici, Flavia suspendit son récit et essuya une larme.

Elle reprit bientôt :

— Je restai en pension jusqu'à dix-huit ans.

Peu de temps après ma sortie, on m'offrit une place d'institutrice chez la duchesse de Vallombreuse.

J'étais seule au monde et sans fortune : j'acceptai.

Que vous dirai-je de plus, monsieur? poursuivit l'accusée; j'ai rencontré presque le bonheur pendant deux années dans ce milieu paisible : je portais l'affection la plus vive à Mme la duchesse et à ses deux filles, j'étais aimée d'elles, et ce bonheur a été brisé, hélas ! par le terrible événement qui m'a conduite ici.

— Bien, mademoiselle, reprit Maxou : il vous reste à présent à me raconter cet événement jusque dans ses moindres circonstances.

Flavia fit alors le récit de ce qui s'était passé pendant la soirée du 10 juillet.

— Tout ceci est incompréhensible, dit son défenseur, lorsqu'elle eut achevé.

Puis, prenant sa tête dans ses mains, il tomba dans une méditation profonde.

Tout à coup, il se redressa, et, plongeant son clair regard dans les yeux de la prévenue :

— Mademoiselle, lui dit-il, il doit y avoir autre chose... que vous me cachez.

— Je vous ai dit tout ce que je savais.

— Voulez-vous me permettre de vous adresser une question ?

— Sans doute.

— C'est assez délicat à demander à une jeune fille, poursuivit maître Maxou.

— Dites toujours, monsieur.

— Voyons, mon enfant, supposez un instant que vous avez devant vous votre mère et qu'elle vous conjure de lui ouvrir votre cœur :

Avez-vous aimé ?

— Jamais ! répondit sans hésitation Flavia en regardant en face son avocat.

— Si l'amour n'est pour rien dans l'affaire, c'est donc le diable ! s'écria Maxou ; or, je crois peu au diable ; je ne crois qu'une chose, c'est qu'il n'existe pas d'effet sans cause, et, comme la cause du crime dont vous êtes accusée m'échappe, je suis dans la situation de ce brave Duranger, je n'y vois plus goutte.

Un nouveau silence se fit.

L'avocat le rompit le premier, et, prenant l'une des mains de Flavia :

— Mademoiselle, dit-il, vous n'avez jamais aimé,

m'avez-vous affirmé ; mais peut-être vous a-t-on aimée ; vous êtes belle, très-belle, et ma supposition n'a rien d'invraisemblable, rien d'offensant.

Une vive rougeur envahit le visage de la prévenue, et sa main frissonna dans celle de son défenseur.

— Enfin ! murmura le jeune avocat en laissant exhaler un soupir de satisfaction. J'ai donc touché juste, je suis sur la voie.

— Sur quelle voie, monsieur ? reprit Flavia Morin.

— Oui, vous avez été aimée, répondit Maxou, votre trouble, votre émotion me le prouvent. Allons, mon enfant, dites-moi la vérité, toute la vérité, votre existence en dépend.

— Mon existence !... Vaut-elle la peine que je la défende ? dit la prévenue d'une voix pleine de mélancolie.

— Si ce n'est elle, songez du moins à votre honneur, au nom sans tache que vous a légué votre père... C'est un héritage auquel vous n'avez pas le droit de laisser porter atteinte !

— Vous avez raison, repartit la jeune fille en levant la tête avec fierté, et si douloureux que soient les souvenirs que vous me commandez d'évoquer, je parlerai.

Le visage de Maxou rayonna.

Sans doute il allait saisir un fil qui le guiderait au milieu de ce labyrinthe jusqu'à présent sans issue.

Flavia, une fois son parti pris, continua d'une voix ferme :

— Vous m'avez demandé tout à l'heure, monsieur, si j'avais été aimée oui, j'ai eu cette douleur... J'ai été aimée, follement aimée par un homme qui, en raison de son âge et de la position que j'occupais auprès de sa

femme et de ses enfants, aurait dû ne jamais lever les
yeux sur moi...

— Le duc de Vallombreuse ! dit l'avocat en faisant
un soubresaut.

— Oui... le duc, reprit sourdement la prévenue.

— Se trouvait-il au château de Faubouloy lors de la
tentative d'empoisonnement sur la duchesse, mademoiselle ?

— Il était parti depuis quinze jours pour les eaux
d'Uriage.

— La duchesse a-t-elle soupçonné la criminelle passion de son mari ?

— Tout me porte à croire qu'elle l'ignore, car elle
était allée avec ses deux filles en visite à Château-Chinon lorsqu'eut lieu la scène que je vais vous rapporter.

Maxou se rapprocha de la prévenue, qui poursuivit
ainsi :

— C'était le 20 juin dernier, il pouvait être deux
heures de l'après-midi. Après avoir accompagné la duchesse de Vallombreuse, Ève et Marcelle, jusqu'à la
grille du château, j'étais rentrée dans ma chambre.
Depuis une demi-heure environ, j'étais plongée dans la
lecture de la Bible, lorsqu'un bruit frappa mon oreille.
Il me sembla qu'on entr'ouvrait doucement, bien doucement ma porte. Je me retournai vivement, et devant
moi se dressa le duc.

Surprise de sa présence que rien ne justifiait, je
voulus me lever.

— Demeurez, demeurez, mademoiselle, me dit-il en
m'arrêtant.

Mon étonnement devint alors de l'épouvante ; ce que
je lui dis en ce moment, je l'ai oublié. Mais, lui, me
prenant les mains et les portant à ses lèvres :

— Flavia, murmura-t-il, ce secret qui m'étouffe depuis longtemps, connaissez-le donc enfin : je vous aime, je vous aime ! un mot, un seul de vous, et le luxe, la richesse...

Je me dégageai de ses mains, et d'une voix glacée et brève, je lui répondis :

— Et votre femme ? Et vos enfants, monsieur le duc ?

— Je vous aime, répéta-t-il avec une expression presque sauvage, et je briserai tout ce qui vous séparera de moi !

Et pendant qu'il prononçait ces paroles, des flammes semblaient s'échapper de ses yeux.

Il s'avança de nouveau vers moi, les bras tendus comme pour me saisir.

Un petit couteau de chasse, qu'avait laissé Marcelle par mégarde le matin, se trouvait sur ma table, et je m'en emparai :

— Monsieur le duc, lui dis-je, faites-un pas de plus, je me tue !

Il lut sans doute dans mes regards que j'étais bien résolue à mettre cette menace à exécution, car aussitôt il s'arrêta, puis sortit de ma chambre.

Et comme il sortait, je lui dis :

— Vous ne serez pas surpris, monsieur le duc, si demain je quitte ce château.

— Cela ne saurait être, cela ne sera point, répondit-il ; quelle raison donneriez-vous à la duchesse ?

— Peu m'importe... je me dois à moi-même de me mettre à l'abri de vos outrages !

— Demeurez ici, je vous en conjure, répliqua-t-il : c'est moi qui partirai.

Le lendemain, en effet, il quittait le château pour se rendre aux eaux d'Uriage, et moi je restai.

La crainte d'éveiller les soupçons de la duchesse par mon brusque départ et de jeter le désespoir dans son cœur; le chagrin de me séparer de Marcelle et d'Ève, que j'idolâtrais, et, vous l'avouerai-je, la pauvreté qui enchaînait ma liberté, tout cela me rendit lâche et me fit ajourner mes projets de départ.

— Le duc ne vous a jamais écrit depuis son brusque éloignement? demanda Mᵉ Maxou à l'accusée.

— Jamais, monsieur! répondit-elle.

Le terrain, cette fois encore, venait de manquer tout à coup sous les pieds de l'avocat.

Comment le duc aurait-il pu être l'auteur ou l'instigateur de cette abominable tentative d'empoisonnement, puisqu'il se trouvait alors à plus de cent lieues?

Un complice dans sa propre maison? Mais cette hypothèse monstrueuse tombait d'elle-même. En effet, les domestiques du château étaient tous, l'instruction l'avait démontré, de vieux serviteurs que le soupçon ne pouvait effleurer.

Maxou, après être demeuré quelque temps absorbé dans ses réflexions, murmura, comme se parlant à lui-même.

— C'est cependant de ce côté qu'est la lumière.

— Que voulez-vous dire? lui demanda Flavia.

— Le duc vous aimait d'une passion insensée, répondit le jeune avocat: un crime comme celui dont vous êtes accusée ne peut être qu'un acte de démence; je verrai le juge d'instruction, mademoiselle, car il est de toute nécessité que le duc soit interrogé.

— Quoi!... vous voudriez...

— Il le faut!

— Mais la duchesse en mourra de douleur et de honte !...

— Mots creux que tout cela, mon enfant. Nous sommes accusés, nous avons devant nous la cour d'assises, peut-être une condamnation ; donc, nous sommes dans notre droit de légitime défense. Si vous êtes innocente, et je le crois fermement, il faut que le coupable soit découvert.

— Mais je vous répète que le duc était absent au moment...

— Qu'importe !... Il vous aimait, nous devons l'interroger.

Flavia tenta, mais vainement, de faire revenir Maxou sur sa détermination. Il fut inébranlable.

— Faites selon votre volonté, monsieur, lui dit-elle enfin ; vous êtes le médecin, je n'ai pas le droit de vous arracher des mains le fer rouge avec lequel vous voulez combattre le mal.

Le consentement de la prévenue, quoique indispensable, ne suffisait pas pour motiver la comparution du duc de Vallombreuse devant les assises. Il importait encore que Maxou fit partager ses soupçons au juge d'instruction.

Et puis, ce point capital obtenu, un nouvel obstacle se dressait.

M. Duranger oserait-il appeler en témoignage un homme aussi haut placé que le duc, et provoquer un scandale peut-être inutile ?

Toutes ces difficultés eussent fait reculer tout autre que Me Maxou.

Lui, il n'hésita pas un seul instant, et après avoir quitté Flavia, il courut immédiatement chez le juge d'instruction.

V

NOUVELLES COMPLICATIONS.

M. Duranger n'était pas seul lorsque Maxou entra.

Un jeune homme, aux dehors élégants, s'entretenait avec lui dans son cabinet.

M. Duranger et le jeune homme se levèrent à l'arrivée de Maxou.

— M. Maurice de Lavernay, procureur de la République, dit le juge d'instruction; Mᵉ Maxou, du barreau de Paris, un de mes vieux camarades et défenseur de l'accusée.

Les deux jeunes gens se saluèrent.

— Asseyez-vous, dit ensuite M. Duranger à Maxou, j'en ai long à vous raconter.

— Sont-ce au moins de bonnes nouvelles que vous allez m'apprendre? repartit l'avocat.

— Fort mauvaises, au contraire. Des indices précieux pouvaient nous avoir échappé, à M. le procureur de la République et à moi, lors de notre première visite au château de Faubouloy, et nous avons voulu nous rendre de nouveau sur le théâtre où s'était accompli le crime. Mᵐᵉ de Vallombreuse et ses filles accoururent dès qu'elles furent informées de notre arrivée, et nous demandèrent si nous venions leur annoncer la mise en liberté de la prévenue. Sur notre réponse négative, les deux jeunes sœurs essuyèrent à la dérobée quelques larmes. La duchesse elle-même ne put cacher sa vive émotion en apprenant le but de notre visite.

Nos nouvelles investigations eurent lieu.

Nous étudiâmes, pour ainsi dire, à la loupe la chambre occupée par Flavia.

Les tiroirs de la commode de la prévenue furent visés et examinés.

Rien, absolument rien !

— Eh bien, alors ? fit Maxou.

— Attendez un peu, répondit le juge d'instruction.

Je demandai à visiter la lingerie du château, dont la surveillance était confiée aux soins de l'institutrice.

Nos recherches, de ce côté encore, furent infructueuses.

Au moment où nous allions nous retirer, j'aperçus quelques livres sur une table.

Je demandai à la duchesse à qui appartenaient ces livres.

— Ils font partie de la bibliothèque, me répondit-elle ; Flavia, qui aime beaucoup la lecture, venait souvent lire dans cette pièce.

Nous examinâmes les titres de ces livres ; c'étaient, pour la plupart, des histoires de voyages.

— Jusqu'à présent, je ne vois rien de bien compromettant pour la prévenue, interrompit Maxou, dont l'impatience allait sans cesse croissant.

— Vous allez voir, reprit le juge d'instruction. Ah ! le hasard est souvent le doigt de Dieu. Nous nous disposions à prendre congé de la duchesse, qui nous avait conduits avec Mlles de Vallombreuse jusqu'à la grille, je m'arrêtai quelques instants pour admirer la beauté du point de vue qu'on a de cet endroit.

— Mais notre château figure dans l'album du Nivernais, me dit Mlle Ève.

— Et le dessin qu'on en a fait est vraiment superbe, ajouta la duchesse.

2.

Puis, se tournant vers Mlle Marcelle :

— Chère enfant, continua-t-elle, va donc chercher cet album dans la bibliothèque.

M. de Lavernay s'opposa, par courtoisie, à ce que Mlle Marcelle prît cette peine, et nous remontâmes le grand escalier, puis nous entrâmes dans la bibliothèque.

L'album du Nivernais manquait.

— Où est-il donc? demanda la duchesse.

— Dans la lingerie sans doute, dit Mlle Ève. Je crois me rappeler que Flavia l'avait pris le matin de l'événement pour lire la légende de notre *Fontaine aux Fées*.

— Ma sœur a raison, répliqua Mlle Marcelle.

Elle s'éloigna rapidement, et, peu d'instants après, elle apportait l'album.

Nous le feuilletâmes pour trouver la gravure représentant le château de Faubouloy.

Un papier tomba.

Mlle Ève le ramassa.

— Tiens, fit-elle, on dirait qu'il y a quelque chose dans ce papier.

Je le pris et je l'ouvris.

Il contenait une poudre blanche.

— Une poudre blanche! dit maître Maxou en pâlissant.

— Elle est dans cette enveloppe avec le sceau de la justice, répondit M. Duranger.

— Vous ne l'avez pas encore fait examiner? reprit l'avocat.

— Elle sera déposée ce soir au greffe, et demain la personne chargée de l'expertise la vérifiera.

— Voulez-vous permettre que cette personne soit

assistée par ce docteur de mes amis dont je vous ai parlé ?

— Je n'y vois pas d'inconvénient ; l'expertise aura lieu demain matin, à neuf heures.

— Il y sera.

— Un dernier mot : vous avez vu la prévenue et, en votre qualité de défenseur, vous la croyez innocente ?

— C'est ma conviction.

— Que Dieu vous entende ! dit M. Duranger ; cependant, si cette poudre est encore du poison, comme je le crains, ceci aggravera terriblement la situation.

— Nous verrons cela demain, répondit Maxou, mais j'ai quelque chose à vous demander dans l'intérêt de la défense...

— Parlez !

— Je désire que vous fassiez citer comme témoin le duc de Vallombreuse...

— Le duc de Vallombreuse ! interrompit le procureur de la République ; mais il était absent au moment de la perpétration du crime ; quelle lumière voulez-vous qu'il apporte dans l'affaire ?

— J'ai des motifs pour qu'on l'interroge, monsieur le procureur.

— La défense peut le citer.

— C'est vrai, dit Maxou ; toutefois, je préférerais que ce fût la justice.

— Enfin, quelles sont vos raisons ? demanda le juge d'instruction.

— Ne connaît-il pas l'accusée ? Ne peut-il pas dès lors fournir certains renseignements des plus importants sur elle, sur son caractère ?... Si c'est le ministère public qui le cite, il sera tenu de répondre ; si, au contraire, c'est la défense, il ne viendra, — s'il vient, — que le jour des débats, et il sera bien tard peut-être pour contrôler son témoignage.

— Demain, je lui enverrai une citation comme témoin, répondit M. Duranger.

Lorsque maître Maxou fut parti, le procureur de la République dit à son collègue :

— Vous allez causer, mon ami, un grand chagrin à la duchesse en assignant son mari.

Songez donc, quel scandale!... Le duc a été autrefois un homme de mœurs fort légères... qui sait!... peut-être a-t-il fait la cour à cette Flavia, car votre ami a dû avoir de puissants motifs pour demander sa comparution.

— S'il résulte de tout ceci quelque éclat fâcheux, je le regretterai vivement, répondit le juge d'instruction; mais les droits de la défense sont sacrés, et la citation sera envoyée demain. A propos, savez-vous où je dois l'adresser, mon cher Lavernay?

— A Uriage, dans l'Isère, dit le procureur de la République; c'est là qu'elle trouvera le duc de Vallombreuse.

VI

L'EXPERTISE

A l'heure indiquée, l'avocat Maxou, accompagné du docteur Cavarrex, se présentait au Palais-de-Justice de Château-Chinon.

Ils trouvèrent le juge d'instruction avec un pharmacien de la localité dans la salle dépendant du greffe transformé pour la circonstance en laboratoire.

Sur une table étaient un appareil de Marsh, des réactifs et une soucoupe de porcelaine.

Sur le rebord de la fenêtre on voyait un réchaud enflammé.

L'appareil de Marsh se compose d'un flacon à col droit, dans lequel on introduit la substance supposée arseniée.

Cette substance se trouve entraînée par un courant d'hydrogène dans un tube dont le milieu est entouré de clinquant, — lamelle de métal fort mince, — chauffé au rouge.

Si la substance introduite contient de l'arsenic, on voit à l'extrémité du tube, ou dans la soucoupe, une gouttelette ou tache noire.

Cette gouttelette, ou cette tache, dénote la présence de l'arsenic.

Cavarrox, en apercevant ces divers objets, laissa échapper un sourire de dédain.

— Que prétendez-vous faire avec ces choses d'un autre âge? demanda-t-il au pharmacien.

— L'appareil de Marsh est très-sensible, riposta M. Courseju, — c'était le nom du praticien morvandais. — Il permet de reconnaître la présence d'un millionième d'arsenic dans une liqueur qui en renferme, et, pourvu que les réactifs soient purs, la démonstration est infaillible.

— Oui, à cette condition seule; mais qui garantit leur pureté? Avez-vous au moins vérifié ceux-ci?

Le pharmacien redressa la tête sous cette impertinente apostrophe.

Puis il assujettit ses lunettes sur son nez, et, regardant en face le docteur Cavarrox :

— Quels sont donc vos moyens d'expérimentation à vous, monsieur, qui dédaignez si fièrement les miens ? répondit-il.

— Je vous les montrerai tout à l'heure, répliqua Cavarrox ; mais veuillez m'apprendre quelle sorte de poison vous prétendez reconnaître à l'aide de cet appareil ?

— L'arsenic et l'antimoine, dit M. Courseju.

— Fort bien. Cependant, si le poison qu'on va nous remettre était d'une autre nature ?

— Alors, j'emploierais d'autres réactifs.

— Mon procédé reconnaît tous les poisons sans exception aucune, repartit Cavarrox avec un aplomb superbe.

— Quel est-il, ce fameux procédé ?

— L'examen spectroscopique.

— Au moyen du spectre solaire... j'ai entendu parler de cette invention d'origine récente, répondit Courseju ; mais votre système n'a pas encore détrôné le mien.

— Affaire de routine, mon cher monsieur. Patience !... nous lui ferons rendre gorge à cette affreuse routine qui nie la lumière qui lui crève les yeux.

L'entretien tournait à l'aigre.

Le juge d'instruction pensa opportun d'intervenir.

— Allons, messieurs, dit-il en souriant, pas de discussions inutiles ; vos procédés se contrôleront, et je serai enchanté d'assister à l'expérience.

Il fit alors signe au greffier qui sortit d'un placard un petit papier fermé avec soin et revêtu du cachet rouge de la justice.

Pendant ce temps Cavarrox préparait son spectroscope.

Le pharmacien, de son côté, introduisait dans le col
roit de l'appareil de Marsh du sulfate de zinc, de l'eau
t quelques gouttes d'acide sulfurique.

Puis, il plaça le réchaud enflammé sous la partie de
autre tube enveloppée dans du clinquant, et l'hydro-
ène, se dégageant aussitôt, chassa l'air du flacon.

Cela fait, il attendit en silence, les yeux fixés sur
appareil.

Tout à coup son visage s'assombrit.

Une tache venait de se produire à l'extrémité du
ube.

— Vos réactifs ne me paraissent pas aussi purs que
ous l'affirmiez, lni dit Cavarrox.

— Je vais en employer d'autres, grommela le pharmacien.

Cependant le juge d'instruction, après avoir enlevé
e cachet qui recouvrait le papier, en tira une poudre
blanche dont il remit la moitié à Cavarrox et à Cour-
eju.

La double expérimentation commença.

Le pharmacien versa la poudre blanche dans le flacon, et le dégagement de l'hydrogène s'opéra très-rapi-
dement.

Mais aucun anneau décelant la présence de l'arsenic
ne se forma dans le tube.

Un instant il crut pourtant apercevoir un point d'un
brun fauve, et ses regards rayonnèrent.

Il cessa de faire chauffer, et il enflamma le gaz.

Rien n'apparut.

Le vieux praticien était stupéfait.

Maxou, durant ce temps, regardait les opérateurs
d'un œil distrait.

Sa pensée était ailleurs.

Soudain, un éclair illumina son visage; il s'approcha
de M. Duranger, et il lui demanda si l'enveloppe qu'il
avait sous les yeux était bien celle qu'on avait trouvée
dans l'album qui renfermait la substance suspecte.

— C'est la même, dit le juge d'instruction.

— Pourrais-je la voir?

M. Duranger, pour toute réponse, mit le reste de la
poudre sur un autre papier et présenta l'enveloppe à
Maxou.

La pâte qui avait servi à sa fabrication était celle
qu'on emploie pour le papier à lettres ordinaire.

Elle n'offrait d'ailleurs rien de particulier, sinon
qu'elle avait dû faire partie d'une feuille de papier à
lettre, car on pouvait remarquer encore la trace de la
déchirure.

L'avocat retourna l'enveloppe en tous sens et l'examina
avec le plus grand soin.

Bientôt il poussa une exclamation.

— Auriez-vous découvert quelque chose? dit le juge.

— Oh! presque rien... mais vous le savez, en matière
criminelle, ce sont souvent les plus faibles indices qui
conduisent à de grands résultats : tenez, regardez!

Il prit l'enveloppe, la plaça contre le jour et l'on put
voir distinctement se dessiner dans l'intérieur les lettres suivantes ainsi disposées :

E S

Puis, au-dessous, en lettres plus petites :

I N S

— Quelle importance attachez-vous donc à la découverte de ces caractères? demanda M. Duranger à son
ancien camarade d'école.

— Une immense! Ces lettres imprimées dans le pa_

pier peuvent nous mettre sur la trace de la provenance du poison.

Un quart d'heure plus tard, l'un des principaux papetiers de Château-Chinon, qui avait été appelé sur la demande de maître Maxou, était introduit dans le cabinet du juge d'instruction.

L'enveloppe lui fut remise.

— Ce papier, dit-il après l'avoir regardé et palpé, est celui dont on se sert ordinairement dans les hôtels publics, et il doit sortir des fabriques de Rives.

— Je pensais, répliqua Maxou, qu'on n'y confectionnait que des papiers de luxe.

— Erreur, monsieur; on y confectionne également les uns et les autres, répondit le papetier, et j'ai justement dans mon magasin plusieurs rames de ce papier.

— Peut-être alors celui-ci vient-il de chez vous ? dit vivement M. Duranger.

— Non, monsieur le juge d'instruction : mon papier, contrairement à celui que voilà, ne porte aucune lettre dans l'intérieur.

— Savez-vous ce que signifient celles-ci ?

— Elles peuvent être la marque d'une maison de commerce tout aussi bien que l'indication d'une hôtellerie quelconque. Du reste, il est très-facile de se renseigner à cet égard. Le fabricant de Rives vous dira, à première vue, le nom du client pour lequel il a confectionné ce papier.

— En ce cas, repartit M. Duranger, je vais adresser une commission rogatoire au juge de paix de Rives, et, sous quatre jours, nous connaîtrons l'origine de ce papier.

Le papetier se retira.

Le juge d'instruction et Maxou rentrèrent dans le greffe.

Le docteur Cavarrox et le pharmacien avaient terminé leurs opérations.

M. Courseju avouait, dans son rapport, qu'il y avait doute de sa part. Il supposait que la poudre était de l'arsenic ; mais il n'avait aucune certitude matérielle à cet égard.

Cavarrox, dans un mémoire très-concis et très-clair, expliquait le résultat de son expertise.

Sa conclusion était foudroyante.

La poudre trouvée dans l'album du Nivernais était de l'arsenic.

Maxou s'attendait à cette déclaration.

Toutefois, ce ne fut pas sans un tressaillement qu'il la vit formulée d'une manière aussi péremptoire.

— Eh bien ! nierez-vous encore la supériorité de mon procédé ? dit Cavarrox d'un ton goguenard à M. Courseju.

Le pharmacien morvandais reçut le coup sans répondre. Il semblait désespéré.

— Voilà une terrible charge contre la prévenue, reprit le juge d'instruction en se tournant vers Maxou.

Et il donna l'ordre qu'on amenât Flavia Morin dans son cabinet.

Le greffier, pendant cet échange de paroles, avait libellé la commission rogatoire destinée au juge de paix de Rives. Il la fit signer à M. Duranger, qui sortait pour aller interroger la prévenue.

Maxou et Cavarrox quittèrent alors le Palais-de-Justice.

— Malheureux ! dit le jeune avocat à son ami, tu nous perds !

Celui-ci se prit à sourire.

— J'élargis ton horizon, répondit-il ; je te fais un piédestal, et tu ne me sautes pas au cou ? Tu n'es qu'un ingrat ! La belle affaire, ma foi ! Si contre mon devoir, contre ma conscience, j'eusse nié la présence du poison, tu n'aurais eu à défendre qu'une cause gagnée d'avance, et tu rentrais ainsi dans la catégorie des avocats vulgaires ! Je te place, au contraire, dans cette magnifique situation de plaider l'innocence de ta cliente lorsque tu te trouveras en face d'un crime, qu'elle soit ou non coupable. Si, comme j'en suis certain, tu as un talent hors ligne, du génie, tu sortiras triomphant de cette épreuve ; demain, les cent bouches de la Renommée répéteront ton nom sur toutes les gammes, et après-demain, tu seras célèbre !

— C'est vrai, dit Maxou ; après tout, mieux vaut la certitude que le doute : une lumière inattendue en jaillit quelquefois.

— A la bonne heure !... je vois avec plaisir que tu n'as pas perdu tout espoir de sauver cette jeune fille, reprit le docteur Cavarrox.

— L'avocat ne doit s'avouer vaincu que devant une condamnation, répondit d'un ton bref maître Maxou.

VII

LES — INS

Maxou, deux heures plus tard, se rendait à la prison avec une appréhension fébrile.

L'attitude de Flavia Morin était la même.

Ce fut avec le plus grand calme qu'elle rendit compte à son défenseur de l'interrogatoire qu'elle venait de subir.

Maxou, malgré son scepticisme, ne pouvait se défendre d'une vive admiration pour cette nature fière et virile, que le poids des charges amoncelées sur sa tête était impuissant à courber.

— Mais, lui demanda-t-il, qu'avez-vous répondu au juge d'instruction, lorsqu'il vous a montré le paquet de poudre blanche trouvé dans l'album qui était en votre possession le jour même où vous étiez arrêtée ?

— J'ai répondu que cette découverte ne prouvait rien contre moi ; ce livre était sur une table de la lingerie ouverte à tous, et le premier venu a pu y placer cette poudre accusatrice dans le but de me perdre plus sûrement.

— Vous pensez donc qu'une main ennemie ?...

— Sans aucun doute. Aussi, cette nouvelle charge dont on s'arme contre moi, loin de m'abattre, me fortifie ; elle jette une vive clarté sur ma situation et me démontre l'existence d'une haine implacable.

Ces paroles, que la jeune prévenue jetait comme un cri de son cœur, ranimèrent la conviction un instant ébranlée de son défenseur.

Il avait devant lui une innocente, il le sentait, tout le lui disait. Mais pour faire passer sa certitude dans l'âme des autres, il fallait démasquer l'ennemi acharné à la perte de Flavia.

Cet ennemi, qui pouvait-il être ?

— Enfin, qui soupçonnez-vous ? dit-il.

— J'ai beau chercher dans ma pensée, interroger mes souvenirs, aucun nom ne se place sur mes lèvres, répondit-elle, et cependant je ne dois pas me tromper...

— Vous êtes bien certaine de n'avoir jamais eu en votre possession du papier semblable à celui dans lequel l'arsenic a été trouvé ? poursuivit Maxou.

— Très-certaine ; j'ai la conviction que si l'on parvenait à découvrir d'où vient ce papier, on aurait la clé de l'énigme.

— Je sais où il a été fabriqué, continua l'avocat, mais cela n'est qu'un indice insuffisant ; ce qu'il faudrait connaître, c'est le nom de la personne qui a fait imprimer, dans l'intérieur du papier, les lettres : ES — INS.

— Et comment y parvenir, à moins d'un miracle ?

— Demain, je le saurai peut-être.

— Ah ! ce serait mon salut ! s'écria Flavia.

Une lueur d'espérance brilla dans ses yeux, et une larme mouilla sa paupière.

— Monsieur, ajouta-t-elle d'une voix qui exprimait éloquemment toute sa reconnaissance, soyez béni, car c'est Dieu, sans doute, qui vous a envoyé près de moi pour faire éclater mon innocence !

Une heure après cet entretien, Maxou prenait, en compagnie du reporter Martineau, la diligence qui relie Château-Chinon au chemin de fer, et, à onze heures du soir, ils montaient dans le train qui se dirige de Cercy-la-Tour à Chagny.

Le lendemain matin, à onze heures, ils s'arrêtaient à la station de Rives.

Les papeteries qui font la fortune de Rives sont installées au fond d'une immense vallée arrosée par une rivière aux eaux cristallines.

C'est la pureté de ces eaux qui a décidé les chefs de ces établissements à s'y fixer.

Ce fut par un sentier tout alpestre que Me Maxou et Martineau arrivèrent à l'importante manufacture dont les produits rivalisent avec ceux d'Angoulême.

Le directeur était absent.

Un jeune et intelligent contre-maître reçut les deux voyageurs.

Maxou lui expliqua en quelques mots la nature des renseignements qu'il désirait obtenir.

— Pouvez-vous m'indiquer exactement la disposition des lettres que vous avez remarquées? lui demanda le contre-maître.

— Voici un *fac-simile* que j'ai relevé moi-même, dit l'avocat.

— Très-bien! répondit le jeune homme en prenant le *fac-simile*.

Il alla chercher un registre sur lequel se trouvaient inscrites toutes les commandes, et il le feuilleta.

— Le papier à lettres dont vous parlez est, en effet, sorti de notre fabrique, dit-il à Maxou après un instant de recherche, les baigneurs de la station d'Uriage l'emploient ordinairement. Voici une feuille entière avec son inscription : *Uriage-les-Bains*. Comparez et vous verrez que cette inscription répond parfaitement aux lettres relevées ES — INS. Le fragment que vous avez eu entre les mains a été détaché de l'une de ces feuilles.

La démonstration était des plus concluantes.

C'était bien d'Uriage qu'avait dû être envoyé le papier qui renfermait la poudre accusatrice.

Maxou remercia vivement le jeune contre-maître du précieux renseignement qu'il venait de lui donner, et il lui demanda s'il pourrait partir le jour même pour Uriage.

— A quatre heures, répondit celui-ci, un train venant de Lyon vous conduira à Grenoble ; vous y arriverez à six heures du soir, et, jusqu'à huit heures, vous trouverez des voitures de place qui vous transporteront à Uriage-les-Bains.

L'avocat et Martineau se retirèrent et regagnèrent la station, où ils se firent servir à déjeuner.

Une éclaircie venait de se faire dans les ténèbres qui enveloppaient ce procès criminel.

C'était bien à Rives qu'avait été confectionné le papier accusateur.

Mais, ce coin du voile soulevé, rien au delà n'apparaissait.

Pendant que Maxou mordait à belles dents dans une tranche de gigot, Martineau lui dit tout à coup :

— Le duc de Vallombreuse n'est-il pas à Uriage ?

— Oui, répondit l'avocat, dont les sourcils se contractèrent.

— Est-ce que le coup ne partirait pas de là ?...

— Il y a longtemps que ce soupçon m'est venu, répliqua Me Maxou.

— Eh bien !...

— Pourquoi donc vais-je à Uriage ?

— Ah ! c'est pour cela.

— Parbleu !. .

Et, pendant tout le reste du déjeuner, Maxou demeura plongé dans ses réflexions.

Martineau, lui, but et mangea comme un homme à jeun depuis trois jours.

Arrivés à Grenoble, les deux amis prirent à la gare

un fiacre qui, en moins d'une heure, les conduisit à la station thermale d'Uriage.

Rien de plus pittoresque que la route qu'ils parcouraient.

Après avoir coupé la vallée du Grésivaudan, ils s'engagèrent dans un vallon étroit au fond duquel coule un ruisselet.

A droite et à gauche, des montagnes boisées surplombaient le chemin qui suit les sinus causés par les eaux.

Le paysage, qu'encadraient au loin les glaciers alpestres éclairés par les teintes roses d'un soleil couchant, était magnifique.

Le jour touchait à sa fin lorsque Martineau et Maxou arrivèrent à Uriage.

Les baigneurs, répandus çà et là sur les pelouses qui entourent l'établissement thermal, aspiraient la fraîcheur qui descendait des montagnes.

Le Casino se détachait, étincelant de lumières, sur la masse sombre des constructions.

Toutefois, ce spectacle féerique toucha médiocrement nos deux voyageurs.

Ils se firent conduire au principal hôtel d'Uriage, afin d'y arrêter deux chambres pour la nuit.

Maxou, tout en inscrivant son nom et celui de Martineau sur le registre des voyageurs, parcourut ce registre, comme poussé par un indicible pressentiment.

Le nom du duc de Vallombreuse fut l'un des premiers qui frappa ses regards.

Mais il domina son émotion, et il rejoignit tranquillement Martineau, qui venait de commander leur dîner,

Il se pencha à son oreille, et il lui dit à mi-voix :

— Il loge dans cet hôtel.

— Qui? lui demanda sur le même ton le reporter.

— Lui, répondit l'avocat.

— Ah bah !

En ce moment, un personnage couvert de poussière fit son entrée dans la salle.

Tout aussitôt les domestiques s'empressèrent autour de lui, attendant ses ordres.

Le nouvel arrivé, qui avait fort grand air et paraissait exténué de fatigue, se laissa tomber plutôt qu'il ne prit place sur un siége.

— Que faut-il servir à monsieur le duc? demanda le maître de l'établissement, qui venait d'accourir.

— Une bouteille de champagne frappé et une volaille froide.

Quelques instants après cet ordre était exécuté.

Maxou et Martineau, en entendant désigner ce personnage par son titre, avaient dressé les oreilles et ouvert les yeux.

— Je crois que c'est notre homme, murmura l'avocat en faisant à son compagnon un clignement d'œil significatif.

Lorsque le dîner commandé par Martineau eut été apporté, le journaliste demanda au domestique qui les servait, — mais de façon à n'être entendu que de lui seul, — si leur voisin de table n'était point le duc de Vallombreuse.

— C'est bien lui, répondit le domestique; il revient d'une excursion au lac de Cœlo.

Maxou, on le voit, ne s'était pas trompé.

Le duc de Vallombreuse avait été l'un des beaux hommes de son époque.

Il conservait, malgré ses cinquante ans biens sonnés,

3.

des vestiges de sa beauté première, et il possédait à un degré suprême ce cachet d'élégance qui semble être le privilége presque exclusif des races aristocratiques.

Quelques fils d'argent apparaissaient dans sa chevelure brune.

Son front était large et haut, et de ses yeux, surmontés de sourcils épais, s'échappaient des regards remplis d'un feu sombre.

Le teint du visage était coloré, ses lèvres dénotaient des penchants matériels, et les plis qu'on remarquait sous ses yeux et aux angles de sa bouche laissaient deviner que le duc avait dû user et abuser largement de la vie.

— Regard de bête fauve, murmura Maxou à l'oreille de Martineau, tout en observant à la dérobée M. de Vallombreuse, qui ne se doutait nullement de l'examen dont il était l'objet. Demain, je saurai le mot de ce sphinx en chair et en os!

VIII

OÙ PARAIT LE VICOMTE DE KERLUSSET

Le lendemain, Martineau et Maxou, après avoir déjeuné, se promenaient dans le jardin de l'hôtel.

L'avocat était silencieux.

— A quoi diable songes-tu? demanda le reporter, que ce silence intriguait.

— Je songe, cher ami, aux moyens que j'emploierai pour entrer le plus à fond possible dans la pensée du duc sans lui donner l'éveil.

— N'est-ce que cela ?

— Tu en parles à ton aise; je voudrais bien savoir comment tu t'y prendrais à ma place.

— Regarde là-bas, dans cette allée à gauche, lui dit-il à mi-voix : c'est notre homme !

L'avocat tourna la tête vers l'endroit indiqué, et il aperçut le duc de Vallombreuse qui causait avec un jeune homme à la tournure distinguée et à l'air réfléchi.

— En effet, c'est lui ! reprit Maxou. Eh bien ?

— Eh bien ! le jeune homme avec lequel il s'entretient en ce moment te tirera d'embarras.

— Comment cela ?

— Il se nomme le vicomte de Kerlusset, nous sommes sortis ensemble de l'Ecole normale, moi pour faire du journalisme, lui pour s'occuper de sciences. Lorsque je l'ai rencontré, il y a deux ans, à Paris, pour la dernière fois, il étudiait un nouveau système de force motrice qui, paraît-il, doit révolutionner...

— Un rêveur... un fou comme tant d'autres, interrompit l'avocat.

— Non... C'est un véritable savant, qui n'est pas riche et qui deviendra facilement millionnaire quand il le voudra; dès qu'il sera seul, je l'aborderai et il nous fournira sans doute toutes les indications dont tu as besoin.

— Décidément, jusqu'ici la chance se montre aimable à notre égard, répondit Maxou, surveille ton vicomte, je t'attendrai près de ce kiosque, sous ce tilleul.

Pendant que Maxou s'éloignait, Martineau alluma un cigare, s'enfonça sous un massif et s'assit sur un banc, attendant le moment de pouvoir se présenter devant son ancien camarade.

— Voyons, disait pendant ce temps le duc à son interlocuteur, vous qui êtes un savant, mon cher Amaury, vous pourrez sans doute résoudre une question qui m'embarrasse fort.

— S'il s'agit de chimie, je suis tout prêt à vous répondre, repartit M. de Kerlusset.

— La chimie n'a rien à faire dans le cas présent, mon ami ; je voudrais avoir votre avis au sujet d'une question légale.

— Je suis très-peu au courant de ces choses, mon cher duc ; mais parlez toujours .. je vous écoute.

— Voici : je suis cité comme témoin dans une affaire fort désagréable, et je donnerais tout au monde pour éviter la corvée.

— Est-ce une affaire civile ou criminelle?

— Criminelle au premier chef : la duchesse a failli devenir victime d'une tentative d'empoisonnement...

— Que dites-vous là? s'écria Amaury.

— On accuse de ce crime l'institutrice de mes deux filles...

— Mˡˡᵉ Flavia Morin ?

— Oui, mon ami.

— En ce cas, votre devoir est d'éclairer la justice.

— Mais je ne sais rien... absolument rien...

— Eh bien ! vous le direz au magistrat chargé de l'instruction.

— Sans doute ; mais cette institutrice, vous le savez, est fort belle, et si je témoigne en sa faveur, Dieu sait à quels commentaires pourra donner lieu ma déposition.

— N'êtes-vous pas au-dessus de toute calomnie ?

— Rappelez-vous cet axiome si vrai de Figaro : Calomniez... calomniez... il en reste toujours quelque

chose... Mais enfin, si je refusais d'obéir à cette citation ?

— Il vous en coûterait une amende de cinq cents
francs.

— Cinq cents francs !... une bagatelle !... Je paierai.

— Non ; vous vous rendrez à la citation, dit le vicomte ; car votre devoir, dans une circonstance aussi
grave, est d'être auprès de la duchesse ; si vous le
voulez, nous partirons tous les deux aujourd'hui
même...

— Et notre excursion de demain au lac Robert?

— Il s'agit bien du lac Robert; partons-nous?

— Oui, je comprends, répondit le duc en souriant.
Je vous ai emmené ici avec moi, et vous saisissez aux
cheveux l'occasion de me quitter. Oh! mon Dieu, c'est
tout naturel, et Marcelle, j'en suis sûr, ne s'en plaindra
pas.

— C'est convenu, n'est-ce pas, nous partons !

— Rien ne presse... j'ai plusieurs jours devant moi,
et je compte sur vous pour demain.

— Ce qui veut dire que votre intention bien arrêtée
est de ne pas vous rendre à cette citation ?

— Je réfléchirai à tout ceci, répondit M. de Vallombreuse, et je vous apprendrai demain ce que j'aurai
décidé.

Et il s'éloigna tout pensif.

Lorsque Martineau vit Amaury seul, il sortit de son
poste d'observation et il alla droit à lui.

— Martineau ! fit le jeune savant en l'apercevant.

— Mon cher Kerlusset! vous ici? dit ce dernier en
jouant l'étonnement.

Et ils se serrèrent cordialement la main.

Ensuite la conversation s'engagea.

Le reporter l'amena habilement sur le duc de Val-lombreuse, et, quand il eut appris ce qu'il lui importait de savoir, il courut rejoindre maître Maxou, auquel il rendit compte de son entrevue avec M. de Kerlusset.

— Il résulte de tout ceci, dit l'avocat, que le duc ne comparaîtra que s'il y est contraint et forcé. Je vais agir en conséquence.

— Quel est ton projet? demanda Martineau.

— Tu verras.

Quelques instants plus tard, Maxou envoyait la dépê-che suivante :

« *A M. Duranger, juge d'instruction à Château-Chinon.*

« Le d... de V... ici. — Refusera témoignage.

« Le papier trouvé dans le livre est parti d'Uriage.

« MAXOU. »

Deux heures après, Maxou recevait cette réponse :

« Je lance un mandat de comparution. »

IX

LE MYSTÈRE REDOUBLE

Grâce au télégraphe électrique, la justice ne marche plus d'un pied boiteux.

Ses ordres sont transmis en quelques heures d'une extrémité de la France à l'autre; ils peuvent, en quel-ques jours, traverser l'immensité des mers.

Le lendemain, vers sept heures du matin, un huissier envoyé par le parquet de Grenoble signifiait au duc de Vallombreuse un mandat de comparution.

La chose, du reste, se passa le plus courtoisement du monde.

Un huissier remit le mandat au duc et lui en demanda un reçu avec toutes les marques de la plus respectueuse déférence.

M. de Vallombreuse, malgré l'émotion qu'il ressentait, sut parfaitement se contenir.

Il serra le mandat dans son portefeuille, en disant :

— La justice ordonne, j'obéirai.

L'officier ministériel s'inclina.

— Vous n'avez plus rien à me dire? lui demanda le duc de Vallombreuse.

— Rien, si ce n'est que, dans le cas peu probable où M. le duc ne tiendrait pas compte des ordres du parquet, il s'exposerait à une chose fort désagréable

— Et quelle est cette chose?

— Monsieur le duc me reverrait de nouveau à Uriage, mais cette fois avec un mandat d'amener, et derrière moi il y aurait des gendarmes.

— Merci de l'avis, mon cher monsieur, répondit le duc de Vallombreuse en souriant; mais la force publique n'aura pas à intervenir, je vous le garantis.

Le duc, après le départ de l'huissier, fut en proie à une grande prostration.

Son visage, habituellement pâle, se revêtit de teintes livides.

Longtemps il demeura comme replié sur lui-même.

Un bruit venu du dehors l'arracha enfin à ses préoccupations.

On frappait à sa porte.

— Qui est là? fit-il en tressaillant.

— C'est moi, Amaury de Kerlusset, dit une voix.

Le duc se leva, alla ouvrir, et le vicomte entra.

Il avait échangé son élégant costume de la veille contre une blouse en toile grise, de gros souliers, un large panama, une gourde en sautoir et un bâton ferré.

— Qui vous amène d'aussi grand matin? lui demanda M. de Vallombreuse du ton d'un homme qu'on dérange.

— Avez-vous donc oublié notre projet d'ascension au lac Robert? répondit Amaury.

— Tiens... c'est ma foi vrai... je n'y songeais plus.

— Allons, mon cher duc, dépêchez-vous, si vous voulez que nous arrivions à temps là-haut pour déjeuner.

— Mais c'est que j'ai quelques lettres urgentes à écrire.

— Écrivez vos lettres, j'attendrai.

— Ce sera peut-être un peu long; j'en ai bien pour une heure.

— Une heure, soit... Dans une heure, je reviendrai vous prendre, et vous me direz si oui ou non je retournerai seul au Faubouloy.

Lorsque le vicomte de Kerlusset fut parti, le duc de Vallombreuse prit une plume, du papier, et, d'une main fiévreuse, il se mit à écrire.

De temps à autre, il s'arrêtait comme épouvanté de ce qu'il écrivait.

Puis, faisant sur lui-même un énergique effort, il continuait à écrire.

Une heure s'écoula de la sorte.

Il posa un instant sa plume sur la table.

En ce moment reparut Amaury.

— L'adresse à mettre sur une lettre et c'est tout, dit le duc.

L'adresse mise, il serra la lettre dans sa poche.

— Maintenant, je suis à vous, mon cher vicomte.

Ils descendirent dans la cour de l'hôtel où stationnaient les mulets et leurs guides.

A quelques pas, Maxou et Martineau semblaient attendre.

— Quels sont ces messieurs et que font-ils là? demanda le duc de Vallombreuse à Amaury.

— L'un est un de mes camarades de classe, attaché aujourd'hui à la rédaction d'un grand journal de Paris, répondit M. de Kerlusset, et l'autre est un jeune avocat; ils seraient enchantés de nous accompagner, avec votre agrément, bien entendu, dans notre petite excursion.

Martineau et Maxou, qui s'étaient rapprochés, s'inclinèrent.

M. de Vallombreuse en fit autant, bien que cette proposition lui sourît médiocrement.

Toutefois, en homme courtois qu'il était, il ne laissa rien voir de la contrariété qu'il éprouvait.

Les présentations étaient faites; on se mit en route.

Le chemin qui conduit d'Uriage au lac Robert est des plus pittoresques.

A mesure que l'on avance vers la région des neiges éternelles, la végétation devient plus sombre.

Aux bois de châtaigniers et de hêtres succèdent des massifs noirâtres de sapins.

On monte, on monte toujours, et les sapins deviennent plus rares; ils cessent enfin pour faire place aux rhododendrons, aux rosiers sans épines, aux saxifrages et aux gentianes, arbustes et plantes qui n'arrivent à leur développement complet que dans les basses températures.

Sur les pentes abritées des prairies verdoyantes apparaît une flore des plus variées et des plus riches, au milieu de laquelle miroitent les corolles mouchetées du lis martagon.

Une excursion au lac Robert est tout un voyage.

Il ne dure pas moins de six heures.

Mais aussi comme on est dédommagé, lorsqu'on parvient à l'espèce de cirque servant de lit à ce lac en miniature qui, d'après le dire des habitants de la contrée, fut autrefois un cratère !

Ses eaux, sans cesse alimentées par la fonte des neiges, ont une couleur étrange; elles sont d'un bleu indigo, comme le ciel si pur dans ces régions élevées, et qu'elles reflètent.

La vie qui ne s'arrête nulle part, est puissante et active dans ces eaux dont jamais la main des hommes n'est parvenue à sonder la profondeur.

Le lac Robert est, en effet, renommé pour ses belles truites saumonées.

D'autre part, et à quelques centaines de pas de là, le chasseur peut amplement satisfaire ses goûts cynégétiques.

Sur les rochers qui avoisinent le lac pousse un arbuste dont les graines attirent le magnifique faisan noir des Alpes.

Enfin, dans les prairies apparaissent parfois les chamois.

Une belle chasse qui n'est pas sans danger.

Il était environ deux heures lorsque le duc et ses compagnons atteignirent le lac Robert.

Les guides, qui portaient des provisions, disposèrent rapidement un rustique couvert près d'une source glacée où l'on pouvait puiser à volonté.

Le déjeuner servi, chacun prit place autour.

Une franche gaieté préside d'ordinaire à ces sortes de repas improvisés en plein air.

Il n'en fut pas ainsi du déjeuner des quatre voyageurs.

Vainement Martineau épuisa le chapelet de ses racontars les plus excentriques, vainement Maxou mit en œuvre toutes les ressources de son esprit incisif, rien ne put dissiper l'atmosphère de tristesse qui pesait sur ce repas.

Le duc de Vallombreuse, le visage sombre, se renfermait dans le silence le plus absolu.

Le déjeuner terminé, on se sépara pour se livrer chacun à son plaisir de prédilection.

Maxou, qui crayonnait passablement, s'arma de son album afin de prendre quelques croquis de ce site sauvage.

Martineau, en sa qualité de pêcheur endurci, ajusta une ligne dans le dessein de harponner les truites du lac.

Le vicomte de Kerlusset, muni de son herbier, se mit en quête de plantes rares.

Le duc prit sa carabine et s'éloigna dans la direction des rochers, afin d'y tirer les faisans.

Les deux guides, qui étaient épuisés de fatigue, s'endormirent sur l'herbe.

Il avait été convenu que le retour aurait lieu à cinq heures.

A cinq heures, Amaury, Martineau et Maxou étaient présents.

M. de Vallombreuse manquait à l'appel.

Une demi-heure s'écoula.

Les guides, qui étaient montés sur les hauteurs pour

tâcher de découvrir le retardataire, redescendirent.

Ils n'avaient point aperçu le duc, et aux notes aiguës de leurs cornets aucune réponse n'avait été faite.

Une vague inquiétude commença à gagner les trois voyageurs.

Tout à coup, M. de Kerlusset se souvint que, pendant qu'il herborisait sur l'un des versants de la montagne, un coup de feu était parti d'un bois de sapins, dans une direction opposée à celle où il se trouvait.

Sur sa proposition, la petite troupe se mit en marche vers l'endroit indiqué.

Le chemin était rude, et plus d'une fois les trois jeunes gens et leurs guides furent obligés de s'accrocher aux buis qu'ils rencontraient çà et là pour gravir le revers de la montagne.

Lorsqu'ils eurent atteint le sommet, un spectacle vraiment féerique s'offrit à leurs regards.

Au-dessous des crêtes alpestres s'étendait la magnifique vallée du Grésivaudan, et l'Isère éclairée par les derniers rayons du soleil se déroulait, comme un serpent de feu, en détours sinueux.

Mais nul, parmi eux, ne songeait en ce moment à contempler ses splendeurs.

Une seule pensée les absorbait.

Qu'était devenu le duc de Vallombreuse ?

S'était-il égaré ?

Était-il tombé dans l'un des abîmes dont est couverte cette région convulsée ?

Le vicomte de Kerlusset indiqua de la main le bois de sapins d'où devait être partie la détonation qu'il avait entendue.

Cinq minutes plus tard on pénétrait dans ce bois.

Le soleil ne l'éclairait plus et l'obscurité était presque complète.

Les guides prirent les devants.

L'un d'eux tout à coup poussa un cri.

Ses camarades accoururent, puis Martineau, Maxou et le vicomte.

Sur la mousse humide était étendu, immobile, un homme dont le front était troué par une balle.

C'était le duc de Vallombreuse.

— Mort ! s'écria Amaury.

— Mort ! répétèrent les autres.

Martineau mit la main sur le cœur du duc.

Le cœur ne battait plus.

— Allons, voilà mon mystère devenu plus impénétrable que jamais ! se dit maître Maxou avec un profond découragement ; c'est la mort qu'il faut interroger à présent ; la mort répondra-t-elle ?

Les deux guides improvisèrent un brancard avec des branches d'arbre, placèrent dessus le cadavre de M. de Vallombreuse, et l'on prit le chemin du retour.

Lorsque le cortége arriva en vue d'Uriage, la soirée était fort avancée. Les derniers baigneurs étaient rentrés, et les hôtels fermaient leurs portes.

On transporta le corps du duc dans la chambre qu'il occupait, et le vicomte de Kerlusset annonça qu'il ferait la veillée mortuaire.

— Si vous le permettez, mon pauvre ami, lui dit Martineau, je serai de moitié dans l'accomplissement de ce pénible devoir, je veillerai près du duc avec vous.

Amaury lui serra la main en signe de remercîment et de consentement.

— A demain, dit le reporter à Maxou, en s'installant près du vicomte, au chevet du lit sur lequel le duc de Vallombreuse dormait du sommeil éternel.

X

LA VEILLÉE MORTUAIRE

La présence d'un mort imprime une invincible terreur, même chez les organisations les plus énergiques.

Ce n'est qu'à voix basse que les vivants osent échanger leurs pensées.

La pièce, — l'une des plus coquettes et des plus gaies de l'hôtel, — dans laquelle avait été déposé le duc, avait pris tout à coup un aspect lugubre.

Le corps du défunt, recouvert d'un drap, se dessinait sous des formes rigides.

Quatre flambeaux allumés, placés aux angles du lit, formaient une sorte de chapelle ardente.

Un crucifix, mis à l'endroit de la poitrine, se détachait en noir sur la blancheur du linceul.

Assis près du lit, M. de Kerlusset et Martineau veillaient en silence.

Ce dernier, après une longue hésitation, dit à voix basse à Amaury :

— M. de Vallombreuse a-t-il à Uriage d'autres amis que vous?

— Aucun autre, répondit le vicomte également à voix basse.

— Dans ce cas, vous aurez un dernier devoir à remplir, plus douloureux encore que celui-ci.

— Oui, le duc laisse une veuve, deux jeunes filles et un fils.

— Et vous voilà nécessairement chargé de la pénible mission de les informer du coup épouvantable qui les frappe.

— Ah! j'y ai déjà songé... mais que leur dire? Sais-je bien moi-même si le duc est mort volontairement ou victime d'un accident de chasse?

— La chose n'est pas douteuse, reprit Martineau; il a dû appuyer le canon de sa carabine sur son front et faire partir le coup à l'aide de la baguette que sa main crispée tenait encore lorsque nous l'avons relevé.

— C'est vrai, répondit M. de Kerlusset après un instant de réflexion ; le malheureux a dû se tuer... mais pourquoi? Idolâtré de sa femme et de ses enfants, immensément riche... quel bonheur lui manquait?

— En effet, c'est fort étrange. Mais peut-être a-t-il laissé quelque écrit pour expliquer sa terrible détermination?

— Je vais m'en assurer, dit le vicomte.

Il prit l'un des flambeaux et ouvrit le secrétaire.

Mais il n'y trouva que des papiers insignifiants.

— Peut-être dans son portefeuille, repartit Martineau.

— En effet, je me souviens... Au moment où nous sommes partis pour le lac Robert, il a serré une lettre dans la poche de son vêtement.

Il glissa la main dans la veste de chasse du mort, et une lettre tomba à terre.

Martineau la ramassa et la remit au vicomte.

Ce dernier tressaillit.

Sur l'enveloppe de cette lettre était écrit en caractères nets et fermes :

« Au vicomte de Kerlusset. »

Amaury ouvrit la lettre et lut ce qu'elle contenait.

Et à mesure qu'il lisait, son visage exprimait tour à tour l'étonnement, la stupeur et l'épouvante.

— Pauvre duchesse ! pauvres enfants ! murmura Amaury lorsqu'il eut terminé sa lecture.

Martineau attendait avec anxiété l'explication de ces paroles.

Mais le vicomte était retombé dans un morne abattement.

Pendant plusieurs heures, on n'entendit dans la chambre mortuaire d'autre bruit que celui du balancier de la pendule.

Le journaliste, malgré tout son vif désir de connaître ce que renfermait la lettre du duc de Vallombreuse, n'osa point arracher Amaury à son douloureux silence.

Enfin une lueur blafarde fit pâlir la lumière des bougies.

Le jour allait paraître.

M. de Kerlusset sortit alors de sa longue torpeur.

Il leva la tête et il aperçut, à quelques pas de lui, Martineau.

— Tout en moi est doute et confusion, lui dit-il ; j'ai besoin d'un conseil ami, d'un guide discret au milieu des ténèbres qui m'enveloppent.

— Parlez, et quoi que j'entende, vous pouvez compter sur mon silence le plus absolu, répondit Martineau.

— La lettre que m'a écrite le duc avant de se tuer, —

car il s'est tué, — reprit Amaury, est tout à la fois une confession et un acte suprême de contrition. Je ne vous la lirai pas; je me bornerai à la résumer. Sachez donc que le mort qui est là, après avoir été l'un des hommes les plus brillants et, dois-je le dire? des plus à bonnes fortunes de son époque, s'était réfugié dans un mariage d'amour.

A partir de ce moment, sa transformation fut complète.

Le viveur d'autrefois avait été remplacé par le mari et par le père, et, l'âge survenant, rien ne devait faire pressentir que le bonheur qu'avait trouvé jusque là M. de Vallombreuse dans les douces affections de la famille pourrait un jour être anéanti.

Ce fut cependant ce qui advint.

Flavia Morin avait été admise dans la maison du duc en qualité d'institutrice de ses deux filles.

Elle était remarquablement belle, et il en devint éperdûment amoureux.

Répondit-elle à la passion qu'elle lui avait inspirée?

Il n'en dit rien.

Toutefois, pendant son séjour à Uriage, M. de Vallombreuse, emporté par la folie de sa passion, était allé jusqu'à promettre, dans une lettre adressée à Flavia, de lui donner son nom si la duchesse venait à mourir.

C'est, d'après ce qu'il suppose, cette espérance qui a dû inspirer à cette jeune fille le crime épouvantable pour lequel elle est poursuivie.

Appelé à témoigner devant la justice, il a reculé devant la pensée de l'accuser et devant le scandale produit par les révélations de la coupable; c'est pour ce double motif qu'il s'est tué.

Le vicomte de Kerlusset avait achevé.

— Cette Flavia ne serait donc qu'une misérable empoisonneuse? dit Martineau.

— Tout porte à le croire, répondit Amaury; mais que faire, maintenant? Dois-je, cette lettre à la main, supplier la duchesse d'exaucer le vœu suprême de son mari, en tâchant de soustraire Flavia à une condamnation certaine?... Dois-je, au contraire, n'écoutant que ma conscience, remettre cet écrit à la justice?

Martineau, à son tour, devint rêveur.

La situation, en effet, était des plus perplexes.

— Si vous livrez cette pièce à la justice, dit-il après un silence à M. de Kerlusset, vous agirez contre la volonté du mort, puisque cette lettre est toute confidentielle, et vous aboutirez infailliblement à la condamnation de Flavia.

— Vous avez raison, reprit Amaury. Mais alors quel parti prendre?

— Je n'en vois qu'un seul, c'est de faire appel à la générosité de la duchesse, sans lui révéler toutefois l'entraînement coupable du duc, et de lui apprendre ce qu'il attendait d'elle.

— Mais ne soupçonnera-t-elle pas la cause de son suicide? répondit le vicomte. Elle est très-jalouse, et ma démarche pourrait bien avoir un résultat contraire à celui que je voudrais obtenir.

— Tout est possible, dit Martineau; mais je crois que la tentative doit être faite, ne fût-ce que pour vous conformer à la volonté dernière du duc de Vallombreuse.

— Soit. Aujourd'hui même, je partirai pour me rendre auprès de la duchesse; quant à cette fatale lettre, voici ce que j'en fais: des cendres.

En prononçant ces mots, Amaury approcha la lettre contre un flambeau, et il la brûla.

En ce moment, on frappa à la porte.

Martineau alla ouvrir.

L'huissier qui, la veille, avait apporté un mandat de comparution, entra tout effaré.

— Grand Dieu! dit-il, ce qu'on vient de m'apprendre est-il vrai?... M. le duc de Vallombreuse...

M. de Kerlusset, pour toute réponse, montra le linceul qui recouvrait le cadavre.

XII

LA DUCHESSE DE VALLOMBREUSE

Deux jours après les événements que nous avons racontés, l'avocat Maxou était de retour à Château-Chinon.

Il se rendit aussitôt chez le juge d'instruction.

— Eh bien! lui dit M. Duranger, la lumière est-elle faite enfin? Le duc de Vallombreuse a-t-il joué, comme vous l'avez supposé, un rôle dans cette ténébreuse affaire?

— Le duc est cloué depuis vingt-quatre heures dans les quatre planches d'un cercueil, répondit froidement Maxou.

Le juge d'instruction demeura un moment immobile de stupéfaction.

Son ancien camarade de l'Ecole de droit lui apprit alors tous les détails du suicide.

M. Duranger, qui l'avait écouté dans un profond silence, résuma sa pensée en ces termes :

— Le doute n'est plus permis, dit-il, le duc était le complice de Flavia Morin. Dans quel but? je l'ignore; mais nous parviendrons peut-être à le découvrir.

— D'abord, mon cher ami, rien jusqu'à présent ne démontre la culpabilité de ma cliente, répondit Maxou. Quant à la participation que vous attribuez à M. de Vallombreuse dans ce crime, sur quelles présomptions pourriez-vous l'établir?

— Mais son suicide... mais ce papier qui renfermait le poison et qui venait d'Uriage?

— Et qui vous a dit que ce fragment de papier trouvé dans l'album du Nivernais contenait dans le principe de l'arsenic, et qu'il ait été envoyé à Flavia? Ne pouvait-il pas faire partie d'une lettre adressée à une autre personne?

— Et à quelle autre personne? demanda le juge d'instruction en regardant fixement le jeune avocat.

— Que sais-je? répondit celui-ci. Mais ne peut-on pas supposer que le duc ait écrit... à la duchesse, par exemple?...

— Je ne comprends pas bien où vous voulez en venir, reprit M. Duranger; quoi qu'il en soit, j'interrogerai le facteur qui fait le service de Fauboulov, et je saurai s'il a apporté au château des lettres timbrées d'Uriage. Mais le duc, avant de mourir, n'a-t-il point parlé... ou écrit?... Un homme qui se tue a presque toujours quelque chose à dire...

— Il n'a point parlé, et il n'a laissé aucun écrit, répondit Maxou.

— C'est bien étrange, répliqua le juge; toutefois, je verrai de nouveau l'accusée; peut-être que la mort de M. de Vallombreuse la décidera à entrer dans la voie des aveux.

— Surtout n'oubliez pas d'interroger le facteur, dit maître Maxou en se retirant.

— Ce sera fait aujourd'hui même, répondit M. Duranger.

Le château de Faubouloy, si animé, si joyeux autrefois, était devenu silencieux et morne depuis l'arrestation de Flavia Morin.

La duchesse qui, jusque là, avait constamment pris part aux travaux et aux jeux de ses deux filles, semblait en proie à de douloureuses préoccupations.

Ève et Marcelle, livrées à elles-mêmes, passaient une partie de leurs journées dans l'isolement et dans la solitude.

Leur pensée se reportait sans cesse sur leur institutrice aujourd'hui enfermée dans les murs d'une prison.

Et leurs yeux se remplissaient de larmes, et leurs cœurs se refusaient à la croire coupable.

Les vieux serviteurs, eux aussi, ressentaient le contre-coup du malheur qui était venu fondre sur le château.

Ils s'étonnaient tout bas de l'absence prolongée de leur maître, et ils se demandaient ce qui pouvait le retenir loin du foyer domestique dans d'aussi graves circonstances.

Les choses en étaient là lorsque le vicomte de Kerlusset se présenta inopinément au château de Faubouloy,

La duchesse était fort souffrante, et l'ordre avait été donné de répondre aux visiteurs qu'elle ne pouvait recevoir.

4

Amaury écrivit au crayon sur sa carte : *Il s'agit de M. de Vallombreuse.*

Puis il fit passer sa carte à la duchesse.

Ces quelques mots produisirent l'effet d'un talisman.

Le domestique reparut bientôt, et il conduisit M. de Kerlusset dans un petit salon.

La duchesse était assise près de la fenêtre ; son bras droit, appuyé sur une table à ouvrage, soutenait son front accablé.

Pâle les joues amaigries, le regard presque éteint, elle semblait sortir d'une longue maladie.

— C'est mon mari qui vous envoie près de moi? dit-elle au vicomte.

Celui-ci baissa la tête sans répondre.

Mme de Vallombreuse allait réitérer sa question, lorsque l'expression douloureuse du visage de M. de Kerlusset la frappa tout à coup.

Elle y lut comme le présage d'un malheur.

— Mais parlez donc, Amaury, lui dit-elle; votre silence m'épouvante!

— Madame... balbutia-t-il.

La violence de son émotion arrêta la parole sur ses lèvres.

— Qu'est-il donc arrivé? Que me cachez-vous? reprit la duchesse au comble de l'anxiété. Le duc serait-il malade?

Cette fois encore, Amaury ne répondit pas.

— Serait-il mort? poursuivit-elle avec un tremblement convulsif dans la voix.

Le vicomte se tut de nouveau.

— Mort!... c'est donc vrai?... il est mort! murmura-t-elle.

Et elle s'affaissa sur son fauteuil.

Deux minutes s'écoulèrent pendant lesquelles le silence ne fut interrompu que par les sanglots de la duchesse.

Amaury, debout à quelques pas d'elle, attendait, le cœur serré, que la première explosion de cette grande douleur fût passée.

Tout à coup, Mme de Vallombreuse se dressa devant lui, comme mue par un ressort invisible.

Ses yeux n'avaient plus de larmes.

Sa voix était claire et vibrante.

— Et comment est-il mort? lui demanda-t-elle.

— Un accident de chasse, répondit M. de Kerlusset.

— Où est-il?

— Je l'ai ramené d'Uriage, et je n'attends que vos ordres pour le faire transporter ici.

— Vous avez été au devant de ma pensée, dit-elle ; merci!

Et elle serra la main d'Amaury.

— Madame la duchesse, reprit-il, le duc, avant de mourir, m'a chargé d'une mission pour vous...

— Une mission ?...

— Ou plutôt il m'a commandé de vous adresser une prière...

— Cette prière, quelle qu'elle soit, sera un ordre pour moi.

— M. le duc de Vallombreuse, pendant les dernières heures de sa vie, était très-préoccupé de l'événement qui a jeté la désolation dans votre maison, et il a exprimé le désir que vous fassiez tout ce qu'il sera en votre pouvoir de faire pour sauver la jeune fille qui est accusée.

La duchesse tressaillit et répondit à Amaury qu'elle

se conformerait, dans la mesure du possible, aux volontés suprêmes du duc.

Puis elle ajouta :

— Allez accomplir jusqu'à la fin votre triste tâche, mon ami ; moi, je vais, pendant que vous amènerez ici le corps de mon cher mari, préparer mes pauvres filles au malheur sans nom qui nous frappe.

— Ah ! madame, Dieu vous éprouve doublement en un seul jour, murmura M. de Kerlusset d'une voix profondément émue.

Puis il sortit.

XIII

LA VEILLE DES ASSISES

La chambre des mises en accusation, après une longue instruction, avait été enfin saisie du crime de Faubouloy.

Flavia Morin fut renvoyée devant la cour d'assises de Nevers, et son procès, inscrit en tête des rôles de la session, devait s'ouvrir le lendemain.

La curiosité publique, surexcitée par les indiscrétions de la presse, avait amené un immense concours de désœuvrés dans la capitale de la Nièvre.

Les hôtels regorgeaient d'étrangers, et les grands journaux de Paris avaient dépêché leurs reporters pour suivre les débats.

Il est presque superflu de dire que les dames, qui étaient accourues de tous les points du département, assiégeaient la justice de leurs demandes, et qu'obtenir un billet d'entrée était une grosse affaire.

Cette curiosité et cet empressement s'expliquaient.

L'affaire de Faubouloy renfermait toutes les at-
tractions qu'on recherche dans les drames judiciaires.

D'abord, on savait que l'accusée était fort jeune et
admirablement belle.

En second lieu, une femme du plus grand monde,
— une duchesse, — devait figurer comme témoin.

De plus, la mort dramatique et inexpliquée du duc
de Vallombreuse, l'accusation qui serait soutenue par
le procureur général en personne et la présence du
docteur Cavarrox, qui avait joué un rôle très-impor-
tant dans l'expertise, et dont le témoignage serait in-
voqué; enfin, la défense, confiée à un jeune avocat du
barreau de Paris, autour duquel les journaux avaient
fait grand bruit, — tout contribuait à donner à ce procès des proportions gigantesques.

Il n'était point jusqu'à Martineau qui ne fût le point
de mire de tous les regards, le sujet de toutes les conversations.

L'énorme publicité donnée à cette affaire, et dont il
pouvait à bon droit réclamer la paternité, lui avait
créé dans la presse une véritable popularité.

Aussi la meilleure place lui avait-elle été réservée
dans la tribune mise à la disposition des journalistes.

La duchesse de Vallombreuse, peu soucieuse de se
donner en spectacle à la foule, était descendue incognito
pendant la nuit, à Nevers, dans une maison amie, avec
ses deux filles.

La porte avait été rigoureusement fermée pour tout
le monde, à l'exception de deux personnes, le vicomte
de Kerlusset, le fiancé de Marcelle, et Maurice de Lavernay, le fiancé d'Ève.

Flavia, aussitôt après la notification de l'arrêt de la

chambre des mises en accusation, avait été transférée dans la prison de Nevers.

C'était là qu'elle devait attendre son jugement.

Elle avait rencontré dans sa cellule de Château-Chinon des témoignages de compassion et même de sympathie.

Le juge d'instruction Duranger s'était efforcé, on s'en souvient, d'apporter quelque soulagement à sa captivité.

Il n'en fut pas ainsi à Nevers.

Le directeur de la prison — un ancien militaire — était un homme rigide.

La prison était à ses yeux un régiment, et tout devait s'y passer militairement.

Point de faveurs, point de distinction ; tous les prévenus, quels qu'ils fussent, étaient égaux devant lui.

C'étaient des numéros, rien de plus,

Lorsque maître Maxou, la veille de l'ouverture des assises, se présenta pour conférer une dernière fois avec Flavia, le redoutable directeur compulsa son registre.

— Cellule nº 12, dit-il : vous pourrez voir l'accusée de deux heures à cinq.

— Pourquoi pas tout de suite ? répondit Maxou.

— C'est le règlement.

— Mais je suis son défenseur.

— Ayez une permission du procureur et la consigne sera levée.

Maître Maxou eut beau insister, il se brisa contre une muraille.

Il fut obligé d'attendre l'heure réglementaire.

Enfin, deux heures sonnèrent, et un geôlier le conduisit auprès de Flavia.

Une maigre couchette, une petite table et une chaise composaient tout l'ameublement de la cellule.

Elle n'avait pas revu son défenseur depuis sa translation à Nevers, et elle fit un mouvement de joie lorsqu'il entra.

Elle était belle comme autrefois, et rien chez elle ne trahissait la faiblesse ou le découragement.

Son visage seulement avait revêtu cette blancheur marmoréenne que produit le séjour des prisons.

Elle offrit sa chaise à Maxou, et elle s'assit sur son pauvre grabat.

— Eh bien! lui dit-elle en souriant, je touche enfin au terme de mon martyre!

— Vous n'avez donc pas perdu l'espoir d'être acquittée? lui dit son avocat en lui serrant la main.

— Acquittée ou condamnée, mon sort sera fixé, rien n'est plus horrible que l'incertitude.

— Oh! tout semble conspirer contre nous, reprit brusquement son défenseur.

— Qu'est-il survenu encore? demanda-t-elle froidement.

Maxou plongea ses regards dans les yeux de l'accusée.

— Ce n'est plus l'heure des réticences, poursuivit-il d'une voix brève. Parlez-moi sincèrement... Je me suis chargé de votre défense, et, que vous soyez coupable ou non, je ne faillirai point à ma tâche; mais si vous avez manqué de confiance envers moi... si vous m'avez trompé, il faut que je le sache, je veux le savoir! Eh bien! je plaiderai les circonstances atténuantes... j'invoquerai votre jeunesse... j'implorerai la pitié des juges... je les attendrirai, et...

— Je vous le répète, interrompit Flavia, je suis in-

nocente, et j'entends que vous plaidiez mon innocence,
ou je me défendrai moi-même!

— Votre innocence!... mais comment l'établir,
lorsque tout vous condamne!... Un instant, j'avais espéré trouver le mot de l'énigme près du duc de Vallombreuse... Le duc nous a échappé, et, s'il avait un
secret, il l'a emporté dans la tombe.

— Quoi!... il est mort? s'écria la prévenue stupéfaite.

— Il s'est tué.

— Tué! murmura Flavia.

— Hier, hier encore, poursuivit le jeune avocat,
j'avais... je tenais un fil à l'aide duquel je pensais sortir de cet infernal dédale, et il s'est brisé dans ma
main!

— Un fil, dites-vous?

— Oui... ce papier qui porte la marque d'Uriage et
dans lequel on a trouvé du poison... ce papier qui pouvait être votre salut...

— Eh bien?...

— Le facteur, appelé en témoignage, a déclaré qu'il
avait, en effet, apporté au château de Faubouloy une
lettre timbrée d'Uriage, adressée à Mme de Vallombreuse..,

— A la duchesse? interrompit Flavia.

— Oui; mais, hélas! cette lettre, que j'ai eue ce
matin même entre les mains, était datée du 20 août,
c'est-à-dire le lendemain du jour où l'arsenic a été découvert dans ce fatal album. Comprenez-vous maintenant?

— Oui, répondit l'accusée d'une voix défaillante.

— Si bien, continua le jeune avocat, que je suis en pré-

sence d'un crime et que je n'ai derrière moi que le
néant.

Il s'arrêta pendant quelques secondes, puis il reprit :

—Oui, le néant !... car le silence m'est recommandé sur
les tentatives de séduction du duc ; ou, si j'en parlais,
chacun dirait que vous avez voulu empoisonner sa
femme pour devenir duchesse de Vallombreuse.

— Mais ce serait épouvantable ! s'écria Flavia avec
indignation.

— Il ne nous reste plus qu'une planche de sauvetage,
ma pauvre enfant, continua Maxou : c'est le mobile du
crime qui échappe. On nous montre bien le poison,
mais on ne peut nous dire pourquoi nous l'aurions
versé. Donc, le mobile échappant, le doute subsiste, et
il doit être interprété en votre faveur.

— Allons, je le vois, je suis perdue... bien perdue !
murmura Flavia avec résignation.

— Qui sait ?... répliqua son défenseur ; les incidents
des débats me fourniront peut-être quelque lumière
inespérée, et alors...

— Non... tout est fini pour moi... bien fini !...

— Les drames de la justice sont souvent remplis d'im-
prévu ; la déposition d'un témoin suffit parfois pour
changer tout à coup la face d'une affaire.

— Que Dieu fasse donc ce miracle de la dernière
heure, sans quoi je suis à l'avance irrévocablement condamnée !

— Oui, s'il y a une Providence là-haut pour les innocents, il est temps qu'elle intervienne, dit Maxou. Quoi
qu'il en soit, ce sera pied à pied, pouce à pouce, je le
jure, que je vous disputerai à l'accusation !

— Oh ! je n'en doute pas, je n'en ai jamais douté

5

répondit la jeune fille, et absoute ou non, ma reconnaissance vous suivra jusqu'à mon dernier soupir.

En prononçant ces paroles, elle baisa à plusieurs reprises la main de son avocat.

— Je suis trop pauvre, continua-t-elle, pour reconnaître votre dévoûment autrement que par mon cœur. Mais je serais bien heureuse si vous vouliez accepter ceci comme souvenir. C'est peu de chose : une pauvre petite bourse de soie que j'ai brodée dans mon cachot, en pensant à vous.

Elle tendit à Maxou une bourse de soie bleu.

Un vrai travail de fée.

Une larme mouilla la paupière de Maxou.

Il prit l'offrande de Flavia, puis se dirigeant vers la porte :

— A demain, chère enfant ! lui dit-il. Espérons tous les deux en la Providence, et bon courage !

XIV

LA COUR D'ASSISES

La scène que nous venons de retracer avait presque son pendant chez la duchesse de Vallombreuse.

Assise près d'une table dans le salon de l'hôtel qui lui servait provisoirement de demeure, Mme de Vallombreuse, un livre de prières à la main, était absorbée dans sa lecture.

Dans l'embrasure d'une fenêtre, Ève et Marcelle faisaient de la tapisserie, échangeant de temps à autre quelques paroles à voix basse.

Le jour touchait à son déclin, et l'ombre envahissait peu à peu l'. n ique salon.

Les deux jeunes filles dressèrent tout à coup la tête.

La cloche de l'hôtel venait de se faire entendre, annonçant une visite.

— Sans doute, M. de Lavernay, dit Marcelle en regardant sa sœur qui, involontairement, se prit à rougir.

— Ou peut-être le vicomte de Kerlusset, reprit Ève tout bas.

Marcelle rougit à son tour et attendit.

Un domestique annonça M. de Lavernay et le vicomte.

Les deux jeunes gens parurent presque aussitôt.

Ils jetèrent un coup d'œil rapide vers l'embrasure de la fenêtre, puis ils s'avancèrent respectueusement près de la duchesse, qui leur tendit sa belle main.

— Est-ce toujours pour demain? leur dit-elle en les invitant par un geste à s'asseoir.

— Pour demain, répondit Maurice de Lavernay.

— Ah! je voudrais mourir pour quarante-huit heures, reprit Mme de Vallombreuse, tant la pen. e de comparaître devant un tribunal m'épouvante!... Ces juges, ces jurés, cette foule, la vue de cette malheureuse jeune fille... Il me semble que la voix me manquera quand on m'interrogera...

— Mon Dieu! si Flavia allait être condamnée!... dit Marcelle en s'approchant...

— C'est ce qui aura lieu, selon toute probabilité, répliqua le procureur de la République.

— Mais vous aussi, monsieur, vous la croyez donc coupable? lui demanda Ève en le regardant avec des yeux étonnés.

— Et vous, mesdemoiselles, après ce qui s'est passé

au château de Faubouloy, devant vous, vous la croyez
donc innocente? dit le jeune magistrat.

— Oui, répondirent simultanément les deux sœurs.

— Mais, enfin, si madame votre mère avait pris ce
breuvage, et si elle était morte?

— Ma conviction serait la même, répliqua Ève.

— Et qui donc aurait versé le poison, repartit M. de
Kerlusset. Ce n'est pas le médecin, ce ne sont point les
domestiques, qui se trouvaient ailleurs, ce n'est pas
vous, ce n'est pas Mlle Marcelle, ce n'est pas davantage
Mme la duchesse...

— A moins de lui prêter l'intention d'avoir simulé
une tentative d'empoisonnement sur elle-même, afin
d'accuser ensuite de ce crime une innocente, ajouta
M. de Lavernay, le doute n'est pas possible.

— Assez, messieurs, assez! interrompit Mme de Vallombreuse d'une voix presque éteinte. Depuis un mois,
je suis si cruellement éprouvée que tout ce qui touche
à cette sinistre affaire me cause un ébranlement nerveux, et je crains de n'avoir pas la force de supporter
l'épreuve qui m'attend demain.

— Cette épreuve, madame la duchesse, se bornera à
un simple interrogatoire, répondit Maurice de Lavernay.

— C'est vrai!... mais les paroles que vous venez de
prononcer pour convaincre mes filles de la culpabilité
de Flavia, son avocat, lui aussi, peut les prononcer
dans l'intérêt de la défense, et si cela arrivait, j'en
mourrais!

— Rassurez-vous, madame, dit le jeune magistrat;
la défense, si grandes que soient ses prérogatives, ne
peut sortir de certaines limites, ce fût-il même pour
sauver la tête d'un criminel.

— Flavia peut donc être condamnée à mort ? dit Marcelle.

— Sans doute, répondit Maurice.

Un double cri s'échappa de la poitrine des deux sœurs.

L'ancienne résidence des ducs de Nevers est devenue le palais de justice actuel du chef-lieu du Nivernais.

La salle qu'occupe la cour d'assises a un aspect grandiose et sévère.

Le jour où les débats devaient s'ouvrir, et bien avant leur ouverture, une foule immense encombrait les abords du palais ducal ; les sergents de ville faisaient des efforts, souvent inutiles, pour maintenir l'ordre.

On savait que les places réservées au public étaient peu nombreuses, mais les portes du palais ne s'en trouvaient pas moins assiégées par des flots humains toujours grossissants.

Le tirage du jury devait avoir lieu à neuf heures.

A neuf heures sonnant, on procéda au tirage au sort des jurés qui devaient siéger, et de deux jurés supplémentaires.

Cela fait, les jurés s'installèrent dans le tribunal, et un huissier, selon la formule consacrée, annonça l'arrivée des magistrats.

— La Cour, messieurs, chapeaux bas, silence !

Le président déclare la séance ouverte.

— Faites entrer l'accusée, dit-il.

Quelques instants après, une porte placée derrière le banc de la défense s'ouvrit.

Flavia parut entre deux gendarmes.

Un frémissement d'admiration courut par toute la salle.

Ses beaux cheveux aux reflets dorés, relevés sur la nuque, encadraient sa tête charmante.

On eût dit un diadème sur un front royal.

Tout le monde dans la salle, sans même excepter les magistrats, ne put se défendre d'un vague sentiment d'intérêt à la vue de cette belle jeune fille sur laquelle pesait cependant une accusation si terrible.

Le greffier lut l'acte d'accusation au milieu d'un profond silence.

Flavia l'écouta sans tressaillir, sans pâlir.

On aurait pu supposer, à la voir, qu'elle ne figurait dans les débats que comme simple spectatrice.

— Accusée, levez-vous, fit le président.

Elle se leva, et répondit d'une voix douce, mais assurée, à toutes les questions qui lui furent posées.

N'ayant rien à cacher, elle déclara que c'était elle qui avait préparé la potion prescrite par le médecin; elle qui l'avait présentée à la duchesse de Vallombreuse.

Devant cette déclaration, toutes les physionomies s'assombrirent.

Des paroles s'échangèrent à voix basse parmi l'auditoire.

Les premières impressions, sympathiques à l'accusée, se dissipaient peu à peu.

L'interrogatoire terminé, les dépositions des témoins commencèrent.

Tous les domestiques du château furent unanimes à représenter l'accusée comme bonne et aimée de tout le monde.

Le calme qu'avait montré Flavia jusqu'à ce moment l'abandonna.

Elle ne put entendre, sans un profond attendrissement, ces naïfs témoignages qui s'élevaient en sa faveur.

Le tour de la duchesse de Vallombreuse était arrivé.

La duchesse, on se le rappelle, avait promis au vicomte de Kerlusset d'exaucer les vœux suprêmes du duc, et d'atténuer, autant qu'il serait en son pouvoir, les charges terribles qui pesaient sur Flavia.

Elle déclara que si une tentative d'empoisonnement sur sa personne avait eu lieu, ainsi que l'affirmaient les hommes de la science, elle ne pouvait se l'expliquer que comme un acte de folie instantanée.

Cette déposition, si favorable à l'accusée, fut accueillie par les murmures approbateurs de l'auditoire.

Flavia, en entendant les paroles de la duchesse, bondit sur son banc, et se dressant de toute sa hauteur :

— Je n'accepte point, madame, lui dit-elle, des insinuations qui, tout en m'excusant, me représentent comme coupable d'un crime que je n'ai pas commis !... J'avais toute ma raison à moi le jour de l'événement, et, je le déclare, je ne veux pas devoir la vie à un mensonge !

Les auditeurs demeurèrent stupéfaits.

Chacun se regarda comme pour se demander s'il avait bien entendu.

Le président lui-même et les jurés furent un moment interdits.

Quelques personnes cependant, — mais elles étaient en petit nombre, — virent dans ces paroles une preuve indiscutable de l'innocence de l'accusée.

Maxou semblait radieux.

La duchesse avait ressenti comme une secousse électrique.

Elle voulut regarder celle qui repoussait si fièrement l'appui miséricordieux qu'elle lui apportait, mais ses jambes fléchirent et elle tomba sans connaissance sur son fauteuil.

L'audience fut un instant suspendue.

Le docteur Cavarrox s'était précipité vers Mme de Vallombreuse; il lui fit respirer des sels, et peu à peu elle rouvrit les yeux, mais elle était très-pâle.

— Vos forces vous trahissent, madame la duchesse, lui dit le président avec une bienveillance respecueuse; votre déposition est terminée, vous pouvez vous retirer.

— Mes filles, doivent être entendues, répondit-elle, et je désirerais être présente à cette épreuve si douloureuse pour elles.

Le président fit un signe d'assentiment et la duchesse alla se placer près de la tribune des journalistes.

L'huissier appela Marcelle de Vallombreuse.

Marcelle et Ève entrèrent dans la salle.

En apercevant Flavia, elles s'élancèrent vers elle afin de la serrer dans leurs bras.

Flavia, de son côté, tendit les mains vers les deux jeunes filles comme pour répondre à leur affectueux appel.

Les dépositions des deux sœurs éclatèrent comme deux sanglots.

Elles protestèrent dans les termes les plus éloquents de l'innocence de Flavia.

Puis, elles fondirent en larmes en lui envoyant des baisers avec la main.

L'émotion gagna tous les assistants.

L'accusée seule, ses regards attachés sur la duchesse de Vallombreuse, demeura impassible.

Elle semblait vouloir lire sur son visage et dans ses yeux le mot de cette énigme épouvantable.

La liste des témoins était épuisée.

Le ministère public allait faire entendre sa parole.

Nous ne reproduirons ici ni le réquisitoire du procureur général ni la plaidoirie de Me Maxou.

Nous nous bornerons à dire que le jeune avocat s'éleva aux plus hauts degrés de l'éloquence.

Il fut tour à tour précis, brillant et passionné ; il fit tomber une à une toutes les charges qui pesaient sur l'accusée, et démontra son innocence avec une admirable clarté.

Les auditeurs et les jurés n'avaient jamais entendu de pareils accents : ils se sentaient émus jusqu'au fond des entrailles.

Si les membres du jury eussent été appelés à se prononcer en ce moment, sans aucun doute Flavia était acquittée.

Mais il restait à entendre le résumé du président.

Dans ce résumé concis, impartial, l'évidence des faits fit disparaître peu à peu l'émotion produite par l'éloquent défenseur.

Au moment où le président allait demander à l'accusée si elle n'avait point d'observation à faire, le chef du jury pria le magistrat d'adresser à Flavia la question suivante :

« Avait-elle des ennemis, et supposait-elle que quelqu'un eût intérêt à la perdre ? »

— Vous avez entendu la question ? dit le président à l'accusée ; répondez sans crainte à la justice.

Flavia se leva.

Elle était très-pâle, et le tressaillement des muscles de son visage indiquait qu'elle était en proie à une grande lutte intérieure.

Son regard alla droit à la duchesse qui, sur les prières d'Ève et de Marcelle, était demeurée dans la salle pour connaître le jugement.

Ce regard, aigu comme la pointe d'une flèche, semblait renfermer un défi ou une menace.

On eût dit à la voir qu'une révélation instantanée venait de l'éclairer.

Mme de Vallombreuse, à son tour, la regarda d'un air sombre.

Le président répéta sa question.

— J'ignore, dit enfin Flavia sans quitter des yeux Mme de Vallombreuse, si je me suis fait un ennemi à mon insu, et si cet ennemi me poursuit lâchement de sa haine, une seule personne peut le savoir.

— Nommez cette personne, reprit le président.

— C'est Mme la duchesse, répondit-elle.

Des murmures d'indignation s'élevèrent dans toute la salle.

Maxou pâlit.

— Vous venez d'entendre les paroles de l'accusée, poursuivit le président en se tournant vers la duchesse ; avez-vous quelque chose à répondre ?

— Je ne connais à cette malheureuse enfant aucun ennemi dans ma maison, répliqua-t-elle, et j'ai dit en sa faveur tout ce que prescrivaient l'intérêt que je lui ai toujours porté et ma conscience.

La cause était entendue.

Les jurés entrèrent dans la chambre des délibérations pour répondre aux questions posées par l'accusation.

Flavia fut emmenée hors de la salle.

Elle ne devait plus y reparaître qu'au moment où le chef du jury ferait connaître le verdict.

XV

LE VERDICT

Rien de plus émouvant que le dernier acte d'un drame judiciaire.

Rien de plus solennel que le moment qui s'écoule entre la clôture des débats et l'audition des réponses du jury aux questions qui lui ont été posées.

On sait que le sort de l'accusée dépend du mot qui sera prononcé.

— Oui !

— Non !

C'est-à-dire la vie ou la mort.

Le public, toujours si impressionnable, se replie sur lui-même, pendant cet intervalle, et chacun discute à voix basse les chances présumables de l'acquittement ou de la condamnation.

Ce n'est pas seulement dans la salle des assises qu'on se livre à ces préoccupations.

La foule qui assiège les abords du Palais-de-Justice subit le contre-coup de l'émotion du dedans.

Chacun s'interroge du regard et émet son avis.

Dès que les jurés eurent quitté le tribunal pour délibérer, Martineau et Cavarrox se précipitèrent vers Maxou pour le féliciter de son succès oratoire.

Les avocats du barreau nivernais, eux aussi, ne lui lui épargnèrent pas les éloges.

Et c'était justice.

Maître Maxou avait eu d'admirables élans d'éloquence.

— Tu as été tout simplement sublime, lui dit le reporter Martineau, et j'ai eu l'heureuse idée de faire sténographier ta plaidoirie ; demain toute la France pourra la lire.

Mais le jeune avocat semblait indifférent à toutes ces chaleureuses félicitations.

Une seule pensée l'absorbait.

Il attendait avec une anxiété fébrile le verdict qui allait être prononcé.

Par instants, il repassait dans sa mémoire les points les plus importants de son plaidoyer, et il se demandait s'il n'avait rien omis, rien négligé qui fût de nature à amener la conviction dans l'esprit des jurés.

Si cette pauvre fille, en l'innocence de laquelle il avait foi, allait être condamnée !...

Quelle horrible pensée, et quelle torture !...

Une demi-heure s'était écoulée, et rien ne faisait présager que les délibérations touchassent à leur terme.

Cette lenteur le rassurait et l'épouvantait en même temps.

Évidemment, les jurés se trouvaient divisés d'opinions.

Mais de quel côté finirait par pencher la balance ?

Une autre demi-heure s'écoula encore.

L'anxiété de Maxou grandissait.

Les vieux avocats du barreau de Nevers regardaient cette lenteur comme un signe favorable, et ils s'efforçaient de faire passer leur confiance dsns l'âme de leur jeune confrère.

Mais, lui, il hochait tristement la tête.

La duchesse de Vallombreuse était silencieuse et morne.

Pâle sous ses vêtements de deuil, elle semblait personnifier la résignation.

Il n'en était pas de même d'Ève et de Marcelle.

Elles tressaillaient au moindre bruit.

On eût dit que c'était leur sort qui se trouvait en jeu.

Enfin, un coup de sonnette retentit.

Bientôt les jurés entrèrent.

Tous les regards se tournèrent vers eux, comme pour les interroger.

Maxou, qui les observait, se sentit envahi par la terreur.

Les juges avaient pris place sur leurs siéges.

Le président invita le chef du jury à faire connaître le verdict.

Celui-ci se leva et prit la parole en ces termes :

— Sur la première question :

« L'accusée a-t-elle versé du poison dans le breuvage de la duchesse de Vallombreuse afin de lui donner la mort? »

Sur mon âme et conscience :

Oui !

Tous les assistants frissonnèrent

Maxou était attéré.

— Sur la deuxième question :

« Y a-t-il eu préméditation? »

Non !

— Sur la troisième question :

« Y a-t-il des circonstances atténuantes? »

Oui !

Toutes les poitrines respirèrent.

Le président prit aussitôt la parole, et lut les articles du Code applicables à l'espèce.

Il se leva ensuite, et passa avec les juges dans la salle du conseil pour délibérer.

Puis il rentra au bout d'un instant, et il ordonna de ramener l'accusée.

Elle était plus pâle qu'à sa sortie de la salle des assises.

Mais son regard ne trahissait aucune faiblesse.

Elle entendit avec le plus grand sang-froid l'arrêt qui la condamnait à dix ans de travaux forcés.

M Maxou, à bout de forces, se laissa tomber sur son banc.

L'arrêt prononcé, la condamnée se tourna vers la duchesse de Vallombreuse qui faisait de vains efforts pour calmer ses filles éplorées, et d'une voix qui pénétra jusqu'au fond de tous les cœurs de la foule, elle lui dit :

— Si vous connaissez l'auteur du crime, madame, apprenez-lui que je le plains mille fois plus que moi, car c'est le remords éternel qui l'attend dans cette vie, et, dans l'autre, le châtiment de Dieu !

Puis, s'adressant aux juges :

— Un jour, continua-t-elle, la vérité éclatera et vous regretterez votre erreur !

— Vous avez trois jours pour vous pourvoir en cassation, lui dit le président.

La condamnée, sur ces mots, fut conduite hors du tribunal.

Elle était tout aussi calme que si la porte qui venait de s'ouvrir devant elle devait la conduire à la liberté.

XVI

LE POURVOI

Trois jours, la condamnée avait trois jours pour se pourvoir en cassation.

La première pensée de M° Maxou, après le prononcé de l'arrêt, avait été d'aller trouver Flavia dans sa prison, afin de lui faire signer immédiatement un pourvoi.

Mais, après réflexion, il se décida à laisser une nuit à la pauvre fille, et lui permettre ainsi d'envisager froidement sa situation.

Le lendemain, lorsqu'il se présenta devant elle, il fut frappé du changement qui s'était opéré dans son attitude et sur sa physionomie.

Son visage avait pris des lignes plus arrêtées.

Son regard, habituellement si doux, brillait d'un feu sombre.

C'était Flavia, mais transfigurée.

Une trace fugitive d'émotion se peignit sur ses traits lorsqu'elle vit entrer son défenseur.

— Merci, dit-elle en lui tendant la main, tout ce qu'il était possible à l'éloquence de faire pour prouver mon innocence, vous l'avez fait. Encore une fois, merci!

— J'ai fait de mon mieux, répondit Maxou d'une voix pleine de tristesse. Ah! j'avais trop compté sur moi peut-être... peut-être un autre vous aurait-il sauvée?

— Non. Je devais fatalement succomber dans cette lutte inégale, répliqua Flavia : ceux qui voulaient me perdre m'avaient enserrée dans un cercle infernal dont je ne pouvais sortir que condamnée.

Ces paroles et l'accent avec lequel elles furent prononcées jetèrent son jeune défenseur dans un étonnement inexprimable.

— Mais vous soupçonnez donc quel est l'auteur ou quels sont les auteurs du crime? demanda-t-il vivement à Flavia.

— Peut-être, répondit-elle.

— Alors, rien n'est désespéré, s'écria Maxou : j'ai constaté deux nullités de procédure qui feront casser l'arrêt; signez le pourvoi que voici, nous recommencerons la lutte, et, avec l'aide de Dieu, cette fois, sans doute, nous triompherons.

— Reprenez ce papier, dit la condamnée, je ne le signerai pas.

— Mais c'est de la folie !

— Folie ou non, ma résolution est irrévocable.

— Pourquoi?... Expliquez-vous !

— Si je révélais devant de nouveaux juges les épouvantables soupçons qui m'ont assaillie pendant les longues heures de mon emprisonnement, on ne me croirait pas; on crierait à la calomnie, à l'imposture, et je serais frappée d'une condamnation plus horrible que la première.

— Je crois rêver... j'ai la tête perdue, je ne comprends plus, dit Maxou. Quoi !... vous n'auriez peut-être qu'un mot à prononcer, et vous préférez subir une peine infamante ?

— Dix ans, ce n'est pas toute la vie, répondit Flavia. Dans dix ans, je sortirai de prison et je me mettrai en quête de la main ténébreuse qui m'a marquée au front d'un stigmate d'infamie... Tôt ou tard, je finirai par la découvrir, et que ce soit celle que je soupçonne... ou une autre, soyez tranquille, je me vengerai !

— Vous venger ! Et comment ?

— A la façon des justiciers primitifs... des sauvages : œil pour œil, dent pour dent ! Ah ! je ne ferai grâce de rien... Je me rembourserai avec usure de toutes les tortures que j'aurai endurées ! Ce jour-là, je vous appellerai et vous assisterez, je vous le jure, au drame le plus effroyable que vous aurez jamais vu !

Maxou, par instants, se demandait si la secousse terrible ressentie la veille par Flavia n'avait point ébranlé son cerveau, et si elle avait conscience de ses paroles.

— Vous me croyez folle, n'est-ce pas ? continua-t-elle. Rassurez-vous ; jamais je n'ai été plus en possession de moi-même ; j'ai bien ma raison, toute ma raison.

— Je n'insisterai pas davantage, répondit son défenseur. Gardez votre secret jusqu'au jour où vous croirez devoir me le confier. Mais souvenez-vous que je vous appartiens complètement. Quelle que soit l'heure où vous ferez appel à mon dévoûment, j'accourrai près de vous et je me mettrai à votre disposition.

— Je le savais, dit la condamnée.

Et, prenant à deux mains la tête du jeune avocat, elle l'attira par un mouvement rapide contre ses lèvres, et la baisa à plusieurs reprises.

Quelques minutes plus tard, maître Maxou sortait de la cellule.

— Jusqu'au revoir, lui dit Flavia avec un sourire plein de mélancolie.

— Jusqu'au revoir, pauvre enfant ! répondit-il.

Et il s'éloigna précipitamment pour ne pas laisser voir le désespoir qui le transportait.

Le reporter Martineau qui, lui aussi, avait foi en

l'innocence de Flavia Morin, termina l'article dans lequel il rendait compte de l'arrêt prononcé, par cette phrase qui renfermait, dans son laconisme, tout un monde de suppositions :

« L'accusée est condamnée, mais tout porte à croire « que le dernier mot de cette mystérieuse affaire n'a « pas été dit.

« L'avenir, selon toute probabilité, nous réserve de « bien curieuses révélations. »

FIN DE LA PREMIÈRE PARTIE

DEUXIÈME PARTIE

LE LAC DE FEU

I.

LES ÉMIGRANTS.

Un an après les événements que nous avons racontés, le steamer la *Ville-de-Paris* partait du Havre à destination de New-York.

Cinq cents émigrants avaient pris passage à bord du bâtiment.

La plupart des passagers étaient des Alsaciens-Lorrains qui, pour échapper à la nationalité prussienne, allaient en Amérique afin de s'y créer une existence nouvelle.

Ces braves gens portaient sur les traits comme un voile de tristesse résignée.

Les autres voyageurs appartenaient à toutes les classes de la société ; il y avait des employés de commerce, des touristes et quelques artistes dramatiques.

Dans ces derniers groupes se trouvait une jeune fille simplement vêtue et d'une beauté remarquable.

Deux grands yeux noirs éclairaient son visage charmant. Les cheveux lissés en bandeaux sur son front
avaient cette nuance fauve que l'école vénitienne s'est
plu à reproduire dans les chefs-d'œuvre qu'elle a légués
à la postérité. Son sourire, quand par hasard elle souriait, était doux, mais si rempli de mélancolie, qu'on se
sentait pris, en la voyant, d'une compassion involontaire.

Parmi les passagers était également un jeune homme
qui, à son insu, attirait tous les regards.

Doué d'une grande distinction native, il n'avait aucune
recherche dans sa mise; mais à ses cheveux noirs har-
diment rejetés derrière sa tête et à l'expression ardente
de son visage, on comprenait que ce n'était point un
homme ordinaire.

Ce jeune homme et cette jeune fille n'étaient sans
doute pas riches, car ils n'avaient pris que des places de
seconde classe.

La première fois qu'ils se rencontrèrent, ils demeurèrent un moment immobiles de surprise.

— Mademoiselle Morin ! fit le jeune homme.

— M. de Kerlusset ! murmura la jeune fille.

Le vicomte, comme s'il doutait encore de la réalité
de cette apparition, fit un pas vers Flavia ; mais devant
les regards suppliants qu'elle lui adressa, il s'arrêta, et
elle rentra vivement dans sa cabine.

Comment l'ancienne institutrice des demoiselles de
Vallombreuse, condamnée à dix ans d emprisonnement,
se trouvait-elle, un an après sa condamnation, à bord
du steamer la *Ville-de-Paris* qui se rendait à New-
York ?

Par quel hasard le **vicomte** de Kerlusset était-il sur le
même bâtiment ?

Qu'allait-il faire en Amérique ?

M. de Kerlusset, malgré le grand nom qu'il portait, était relativement pauvre ; les vastes domaines de sa famille avaient été vendus comme biens nationaux pendant la Terreur, et il possédait à peine cinq ou six mille francs de rente.

Trop fier pour mettre dans sa main la main de Marcelle de Vallombreuse qu'il adorait et dont il était tendrement aimé, il partait pour les Etats-Unis afin d'y conquérir une fortune, à l'aide d'une importante découverte qu'il venait de faire.

La présence de Flavia Morin sur le steamer était plus difficile à expliquer.

A la suite de quelles circonstances avait elle été si miraculeusement rendue à la liberté ?

Elle l'ignorait elle-même.

Un jour, la porte de sa prison s'était ouverte devant elle, et elle s'était vue libre.

Alors, elle se demanda ce qu'elle ferait de sa liberté.

Rester dans le Nivernais, témoin de sa flétrissure, c'était impossible.

S'en retourner à Paris et s'y placer comme institutrice, il n'y fallait pas songer. Son procès et sa condamnation avaient eu un retentissement tel, que son nom prononcé l'eût fait chasser partout où elle se serait présentée.

L'exil lui était donc commandé; l'exil et l'abandon de sa vengeance.

Après bien des combats, bien des larmes, elle se résigna et, le lendemain de sa sortie de sa prison, elle se rendit au Havre sans savoir dans quelle contrée étrangère elle irait ensevelir à tout jamais sa misérable existence.

A son arrivée au Havre, elle apprit qu'un steamer devait partir sous deux jours pour New-York.

L'Amérique, l'Angleterre, ou tout autre pays que lui importait ?

Elle arrêta son passage sur-le-champ.

Le peu d'argent qu'elle possédait servit en partie à le payer.

Flavia Morin, depuis sa rencontre avec le vicomte de Kerlusset, ne sortit plus de sa cabine qu'aux heures des repas, et toujours elle avait soin de se placer à distance de lui.

Il était évident qu'elle voulait l'éviter.

Cependant, la vie à bord est enfermée dans un cercle si étroit qu'il est bien difficile, même à des gens qui s'évitent, de ne pas se trouver, tôt ou tard, en présence.

Ce fut ce qui arriva un soir.

La journée avait été exceptionnellement chaude, et presque tous les passagers étaient montés sur le pont pour respirer la fraîcheur de la mer.

Assise sur un pliant tout à l'extrémité du pont, Flavia les yeux perdus dans l'immensité, se laissait aller à une profonde rêverie.

Si grande était sa préoccupation, qu'elle ne remarqua point que M. de Kerlusset, debout à quelques pas d'elle, l'examinait attentivement.

Cette scène muette se fût sans doute prolongée si le coup de sifflet d'un contre-maître n'avait brusquement arraché Flavia à ses méditations.

Seulement alors elle aperçut le vicomte.

Comme la fois précédente, elle se leva et voulut s'éloigner.

— Pourquoi me fuyez-vous ? lui dit-il. Vous n'avez rien à craindre de moi.

— Je le sais, monsieur, répondit Flavia, et si je vous

fuis, c'est parce que vous me rappelez le passé... ce passé que je voudrais effacer de ma mémoire.

Le vicomte inclina la tête sans prononcer un mot, mais son silence trahissait mieux sa pensée que ne l'eussent fait ses paroles.

— Oh! je comprends, murmura la jeune fille ; vous aussi...

Puis, après une courte interruption, elle ajouta avec un accent plein de tristesse...

— Mais pouvait-il en être autrement, tout le monde ne doit-il pas me croire coupable ? Et cependant...

— Achevez, dit M. de Kerlusset.

— Il est une personne qui doit croire à mon innocence, celle à qui je suis redevable de ma liberté.

Le vicomte hocha la tête.

— Comment... pas même celle-là? répondit Flavia avec découragement,

Cette fois le jeune homme ne répondit pas.

— Si vous pensez que cette bienfaitrice, que je ne connais point, a été uniquement conduite par un sentiment de compassion en me faisant gracier, c'est donc que vous savez son nom, monsieur?

— Je crois le deviner.

— Et quel est-il? demanda vivement l'ex-institutrice.

— La duchesse de Vallombreuse.

— La duchesse ?

— Oui... mais ne vous méprenez pas sur les motifs de sa conduite, mademoiselle; en sollicitant votre grâce, elle n'a fait que remplir le dernier vœu de son mari.

— Que dites-vous? s'écria Flavia, qui marchait d'étonnement en étonnement; mais, continua-t-elle, pour que le duc, avant de mourir, ait appelé sur moi la bienveillance de sa femme, il fallait donc qu'il eût foi en mon innocence?

— Le duc vous croyait coupable.

La jeune fille, devant cette déclaration, demeura atterrée.

Pendant cet entretien, la nuit était venue.

Une brume épaisse avait remplacé le soleil radieux, et presque tous les passagers étaient rentrés dans leurs cabines.

Le steamer, au lieu de marcher à toute vapeur, comme il l'avait fait pendant les premiers jours, n'avançait plus que lentement afin d'éviter le choc terrible des blocs de glace en route pour les eaux chaudes du Mexique.

Les fanaux qu'on avait allumés projetaient sur les vagues une traînée couleur de sang.

C'était un spectacle tout à la fois magnifique et terrible.

Tout à coup la vigie signala une voile à bâbord.

— Vire à tribord ! ordonna le capitaine, qui observait avec une lunette de nuit.

Le bâtiment signalé s'approchait comme un fantôme, et sa masse sombre devenait de plus en plus distincte.

— D'où venez-vous ? héla le capitaine au moment où le vaisseau passait à tribord.

— Du Havre; — parti le 12.

— Vous avez marché rapidement, répliqua le capitaine : nous avons quitté le Havre le 11, et vous nous avez rejoints; comment vous nommez-vous ?

— L'aviso l'*Éclair*, porteur de dépêches : et vous, votre nom ?

— La *Ville-de-Paris*.

— En ce cas, stoppez... J'ai quelque chose pour vous.

Les deux bâtiments, qui n'étaient plus qu'à quelques encâblures l'un de l'autre, s'arrêtèrent.

Aussitôt le bateau-poste mit à la mer une barque montée par deux matelots.

L'un d'eux gravit l'échelle que le steamer venait de placer, et il s'élança sur le pont, portant sur son dos une sacoche en cuir.

Puis, tirant une lettre de sa sacoche:

— Un pli à l'adresse d'un de vos passagers, capitaine, dit-il.

Le capitaine de la *Ville-de-Paris* prit le pli, s'approcha contre une lanterne et lut à haute voix le nom de Flavia Morin.

L'ex-institutrice, en entendant prononcer son nom, sortit de l'état de torpeur où l'avait plongée la brusque déclaration du vicomte de Kerlusset, et elle s'avança vers le capitaine.

— Je suis Mlle Morin, lui dit-elle; que me voulez-vous?

— Voici une lettre qui vous est adressée, répondit le capitaine; veuillez m'en donner un reçu.

Flavia prit la lettre, lut sur l'enveloppe, non sans étonnement, à la lueur de la lanterne, ces mots écrits en gros caractères: « Mademoiselle Flavia Morin, à bord du steamer la *Ville-de-Paris* » puis elle donna le reçu demandé.

Le matelot regagna sa barque, et ensuite le bateau-poste.

Le steamer continua sa marche.

Cependant Flavia, cette lettre mystérieuse dans la main, se demandait de qui elle pouvait lui venir.

Etait-ce d'une main amie?

6

Mais quelle pouvait être cette main qui lui écrivait à elle qui se croyait seule au monde, et que lui écrivait-elle?

Toute préoccupée, elle quitta le pont, oubliant que M. de Kerlusset était là.

Le vicomte, qui avait assisté à la remise de la lettre, suivit Flavia à distance.

Il la vit se diriger vers sa cabine, et seulement alors il regagna la sienne, en proie à une vive curiosité.

Dans cette lettre, se trouvait un papier plié en deux, Flavia l'ouvrit.

Ce papier était un chèque de cinquante mille francs, payable à New-York, chez M. Thompson, banquier.

L'étonnement de l'ex-institutrice était arrivé à son paroxysme.

D'où provenait cet argent?

Flavia, les regards fixés sur le chèque de cinquante mille francs, se demanda d'abord si ce n'était pas un cœur généreux qui avait voulu, par ce bienfait anonyme, la dédommager de sa flétrissure imméritée?

Mais pourquoi avoir attendu que le steamer eût quitté la France?

On l'avait donc épiée, suivie, depuis sa sortie de prison?

Si elle ne s'était point volontairement condamnée à l'exil, cette main qui s'ouvrait pour elle serait donc demeurée fermée?

Toutes ces pensées se confondaient, se heurtaient dans son cerveau, et, cette nuit-là, elle dormit peu.

Le lendemain, au moment où elle montait sur le pont, elle aperçut le vicomte de Kerlusset qui, appuyé contre le bord, observait — comme sait observer un savant — le spectacle grandiose de la nature.

Au lieu de l'éviter, elle alla droit à lui.

— Monsieur, lui dit-elle, un étrange incident est venu hier interrompre notre entretien ; permettez-moi de le continuer.

— Je n'ai rien à vous apprendre de plus que ce que je vous ai dit, répliqua le vicomte.

— Oh ! vous devez en savoir davantage, poursuivit Flavia ; au nom du ciel, ne me cachez rien... qui sait si je ne trouverai point dans vos paroles la preuve de mon innocence ?

Tout cela fut dit avec un accent de vérité tel qu'Amaury se sentit ébranlé.

— Vous finirez par me faire douter de la justice de votre condamnation, répondit-il, et cependant...

— Achevez...

— Si le duc vous a crue coupable, c'est parce qu'il avait une raison puissante pour le supposer...

— Laquelle?... Oh ! parlez ! parlez !...

— Et si, près de mourir, il a supplié la duchesse de se montrer généreuse envers vous, c'est qu'il pensait avoir été involontairement le complice de l'attentat commis sur sa femme.

Flavia regarda le vicomte sans comprendre.

— Complice du crime qu'il m'attribuait, comme tout le monde, dit-elle ; et en quoi ?

— Cherchez dans vos souvenirs, et vous trouverez l'explication de mes paroles.

La jeune fille se recueillit pendant quelques instants.

— J'ai beau interroger le passé, répondit-elle, je ne trouve rien.

— Avez-vous donc oublié cette lettre datée d'Uriage, dans laquelle le duc vous promettait, si un jour il devenaît libre, de vous faire duchesse de Vallombreuse?

— Jamais M. le duc ne m'a écrit.

Amaury tressaillit.

— Rappelez-vous, reprit-il; ce devait être dans les derniers jours du mois de juin 1871.

Flavia ne l'écoutait plus, elle réfléchissait, et tout le drame mystérieux du château de Faubouloy se reconstituait dans sa pensée.

— Oui... oui... ce doit être cela! murmura-t-elle, comme se parlant à elle-même.

— Quoi... cela? fit le vicomte.

— Le voile, demeuré jusqu'ici impénétrable, se soulève enfin, il se déchire... continua-t-elle, je commence à comprendre... je comprends!...

— Et que comprenez-vous?

— Comment, vous ne le voyez pas?... vous ne devinez pas?... c'est la duchesse qui a intercepté la lettre de son mari!...

— Et, lors même que ce serait, qu'est-ce que cela prouverait? dit froidement Amaury.

— Mais vous êtes donc aveugle..., aveugle comme les autres, quand la lumière éclate devant vos yeux?... Oui, cette lettre que m'adressait le duc est tombée entre les mains de sa femme; elle a allumé dans son cœur tous les feux de la jalousie..., ma mise en jugement..., ma condamnation..., ma grâce..., ces 50,000 francs que j'ai reçus hier, tout s'enchaîne..., tout s'explique... La duchesse, me croyant sa rivale, a voulu me perdre..., et c'est elle qui a versé le poison dans le breuvage que je lui apportais..., elle qui, sciemment, volontairement, m'a laissé condamner, elle qui, plus tard, prise de remords, a obtenu ma grâce; elle enfin qui, sachant que je quittais la France, m'a jeté comme réparation, la nuit dernière, cette aumône. Ce chèque de 50,000 francs, c'est le prix de mon honneur!

Flavia, en prononçant ces mots, tendit au vicomte de Kerlusset le chèque et l'enveloppe dans laquelle il avait été placé.

Amaury était si confondu, si bouleversé, que ce ne fut qu'au bout de quelques instants qu'il prit les papiers que lui présentait l'ex-institutrice.

Il examina attentivement l'écriture de l'enveloppe, mais il ne la reconnut pas.

— Cette enveloppe ne contenait-elle aucune lettre, aucune indication? dit-il à Flavia en lui rendant les deux papiers.

— Rien que ce chèque à mon nom, payable à New-York.

Le vicomte tomba dans une profonde méditation.

Par moment il se demandait si les choses ne s'étaient point, en effet, passées comme Flavia l'affirmait, et si la duchesse n'avait point, dans une heure d'égarement jaloux, conçu et exécuté l'acte criminel imputé à l'institutrice de ses filles.

Et une violente angoisse lui étreignait le cœur.

Si Flavia, d'accusée qu'elle avait été, allait devenir accusatrice, que deviendraient alors ses rêves d'amour si longuement caressés?

Et sa bien-aimée Marcelle, que deviendrait-elle à son tour?

N'en mourrait-elle pas de douleur et de honte?

Toutefois, il fit un énergique effort pour refouler au dedans de lui-même toutes ses vagues terreurs, et calme, presque souriant, il dit à l'ex-institutrice :

— Qu'importe de quelle main vous arrivent ces cinquante mille francs, vous voici désormais à l'abri du besoin.

— Cette fortune, qu'elle parte d'une source pure ou coupable, répond-elle, sera la base sur laquelle j'édifierai ma vengeance. Il y a quatre jours, je partais pour l'Amérique afin d'y ensevelir ma flétrissure; j'y vais à présent pour convertir en millions cette aumône ou ce don qu'on m'a fait. S'il est vrai qu'en ce bas monde rien n'est impossible à des mains pleines d'or, je reviendrai un jour en France, et la revanche qu'autrefois j'avais rêvée ne m'échappera pas!

— Vous venger? répliqua Amaury, mais en admettant que vos suppositions soient fondées, quelles preuves avez-vous contre la duchesse de Vallombreuse?

— La lumière ne s'est faite qu'à demi, mais je la forcerai à se faire tout entière, dit Flavia en soulignant chacune des paroles qu'elle prononçait, et s'il m'est bien prouvé que c'est justement que j'accuse Mme la duchesse de Vallombreuse, dussé-je attendre des mois, des années, je ne la tiendrai pas quitte de ma vie brisée, déshonorée et, tôt ou tard, je lui en demanderai un compte terrible.

Flavia était superbe d'indignation et de colère.

Après avoir ainsi parlé, elle salua M. de Kerlusset et s'éloigna lentement.

— Mon Dieu! pensa Amaury en la suivant des yeux, cette jeune fille m'épouvante!

Six jours après cet entretien, le steamer la *Ville-de-Paris* arrivait à New-York.

Là, l'ex-institutrice et le jeune savant se séparèrent sans échanger ni un mot ni un regard. Puis, ils prirent chacun une direction opposée.

II

LE MARCHAND D'HUILE DE PÉTROLE

Le vicomte de Kerlusset se rendait en Amérique afin d'y exploiter un procédé dont il était l'inventeur, celui de l'épuration et de la désinfection sur place du pétrole.

L'Amérique, presque toujours, expédie ces huiles à l'état de nature; c'est en France que s'opère l'œuvre désinfectante, d'où il suit une perte notoire de bénéfices pour les propriétaires de puits de pétrole.

Le jeune savant, en trouvant le moyen d'opérer sur place, avait donc résolu un des problèmes les plus intéressants du monde industriel, et sa fortune était faite si le résultat répondait à ses espérances.

Il avait, il est vrai, fait dans son laboratoire des expériences concluantes, mais autre chose est d'agir sur une simple cornue ou sur des quantités considérables de liquides.

C'était afin d'expérimenter sa découverte sur une vaste échelle que le vicomte de Kerlusset arrivait aux Etats-Unis, porteur d'une lettre de recommandation pour sir John Colfax, le principal marchand d'huiles de New-York.

A peine débarqué, son premier soin fut de s'enquérir d'un hôtel où il pourrait s'installer d'une façon convenable.

Cela lui prit tout un grand jour, car les hôtelleries regorgeaient de voyageurs.

Le second jour, il garda la chambre pour se remettre des fatigues de la veille.

Le troisième jour, vers le milieu de la journée, il demanda un cab et se fit conduire dans Broadway, le quartier le plus aristocratique de la ville, où se trouvait la résidence du riche industriel.

Mais il est nécessaire, avant d'introduire le jeune savant chez sir Colfax, de faire connaissance avec ce dernier.

Dans le courant de l'année 1863, John Colfax était arrivé du fond des Etats du Sud à New-York avec la modeste somme de cent-dollars, et, en moins de dix ans, il était parvenu à acquérir une de ces fortunes colossales dont l'Amérique seule possède le secret.

Ses débuts avaient été rudes.

Il avait commencé par cirer les bottes des gentlemen de Broadway.

Ce métier étant peu productif, il s'était fait portefaix sur les quais.

Dès qu'il eut réalisé quelques économies, il jugea le moment venu de déployer ses ailes et il se lança dans une spéculation sur les tabacs.

L'affaire fut bonne et lui permit d'aborder les salaisons.

Là encore, ses dollars se convertirent en quadruples de Guatemala.

Tout lui réussissait.

Plus tard, la guerre de sécession lui suggéra l'idée de forcer le blocus et de faire passer en Europe d'immenses quantités de coton.

Son bonheur dans toutes ses entreprises était tel, qu'il devint bientôt proverbial.

Dans Wal street, la rue des banquiers et des compagnies d'assurances, on tenait pour assuré le succès d'une affaire lorsqu'on y voyait figurer le nom de sir John Colfax.

Après avoir réalisé d'énormes bénéfices dans ces divers commerces, sir Colfax aurait pu se reposer et jouir, au sein de l'opulence, des fruits de ses labeurs.

Mais il n'en fut pas ainsi.

Pourquoi cette soif de l'or qui, chez lui, allait toujours grandissant, lorsqu'elle aurait dû être si largement étanchée?

C'est ce que nous allons expliquer.

John Colfax avait fait, à trente ans, un mariage d'amour et, cinq ans plus tard, il était devenu père; mais ce bonheur, qu'il avait si longtemps désiré, devait être suivi d'une immense douleur.

Sa femme, dix mois après la naissance de sa fille, mourait d'une maladie de poitrine.

C'était pour cette enfant, désormais toute sa vie, que l'ancien portefaix voulait grossir son trésor et l'augmenter sans cesse.

Mieux que personne, il savait quelle influence peut avoir la fortune sur le bonheur, et il s'était mis en tête de faire de sa fille une des plus riches héritières du globe.

Ce fut partant de cette idée, qu'après s'être enrichi dans les cotons, il abandonna tout à coup ce commerce pour celui des huiles minérales.

Disons-le tout de suite, miss Mary Colfax était bien la plus charmante personne qu'on pût voir.

Elle entrait à peine dans sa seizième année, et déjà sa beauté était citée comme une merveille par toute la ville et à cent lieues à la ronde.

Aussi de nombreux prétendants s'étaient-ils présentés; mais à tous sir John Colfax avait invariablement

répondu qu'il ne marierait sa fille que lorsqu'il serait
en mesure de lui donner en dot dix millions de dollars.

On savait l'Américain fort entêté, et les soupirants
attendirent pour se présenter de nouveau que cette dot
fabuleuse fût entrée dans sa caisse.

Au dire de beaucoup de gens, le rêve de ce père insatiable était insensé; selon quelques autres, il ne tar-
derait pas à se réaliser, car sir Colfax venait de conce-
voir le projet le plus audacieux qui jamais eût germé
dans un cerveau humain.

Pour bien faire comprendre les gigantesques proportions de ce projet, il est indispensable d'ouvrir une pa-
renthèse.

L'Amérique, qui a eu sa fièvre d'or, a également eu
sa fièvre d'huile minérale.

Voici l'historique de cette dernière :

L'emploi du pétrole est d'origine récente. Les tribus
indiennes répandues dans les régions auxquelles on a
donné le nom de Pensylvanie connaissaient ce précieux
liquide qui jaillissait de sources naturelles ; les indi-
gènes s'en servirent d'abord comme de médicament,
puis comme de combustible.

Ce ne fut qu'en 1854 qu'un savant professeur de New-
Haven analysa ce produit qui ne devait pas tarder à
attirer l'attention de la spéculation.

Toutefois, la fièvre de l'huile ne data réellement que
de 1857.

Un homme énergique et aventureux, le colonel
Drake, résolut d'attaquer directement les nappes sou-
terraines de pétrole au moyen de puits.

Le succès couronna ses efforts, et il parvint ainsi à
extraire quarante barriques par jour.

L'élan était donné.

De toutes parts affluèrent de nombreux émigrants pour exploiter cette nouvelle source de richesses.

C'est ainsi que se formèrent les grands centres industriels de Meadville, de Franklin, d'Oil-City et autres.

Des fortunes colossales s'y improvisèrent, pour ainsi dire, du jour au lendemain.

Un tel appât devait affriander un esprit aussi hardi que celui de sir Colfax.

Vers l'année 1868, il se rendit dans le pays du pétrole. Il parcourut successivement Venango, Crawford et les comtés de Waren, où se trouvaient les puits d'huile les plus productifs; il descendit dans l'un de ces puits pour juger de l'importance de la nappe d'huile.

La nappe n'existait point.

C'était par des conduits souterrains qu'arrivait le pétrole, et, chose remarquable, tous ces conduits partaient de la même direction.

Ce fut pour John Colfax un trait de lumière.

Il pressentit que les filons bitumeux devaient prendre leur source dans un lac intérieur situé au nord-ouest de Franklin. Il poursuivit ses investigations de ce côté, et bientôt il put observer que le sol, à partir des puits ouverts, s'élevait par une pente douce jusqu'à une sorte d'entonnoir formé par des rochers.

Cet entonnoir pouvait avoir une superficie de cinquante hectares.

— C'est là que doit se trouver le lac d'huile, se dit le perspicace explorateur.

Et il acquit, pour une somme relativement modique, tous les terrains sur lesquels cet entonnoir était placé.

Alors, et sans perdre de temps, il fit creuser un puits.

Un de ses compatriotes, Williams Turker, qui exploitait à peu de distance trois ou quatre puits, se prit d'abord à rire de la tentative de son concurrent.

— Le pauvre diable va se ruiner, pensait-il en voyant l'œuvre de la perforation marcher lentement, car il fallait traverser une croûte fort épaisse de rochers.

Déjà le puits de sir Colfax était parvenu à cent mètres, et rien n'indiquait la présence de l'huile.

— Mauvaise opération, dit un jour Williams Turker à son voisin, qui faisait continuer le perforage avec un entêtement héroïque.

— A cent vingt mètres, répondit flegmatiquement John Colfax, je trouverai ce que je cherche.

Et il en fut ainsi.

A cent vingt mètres le dernier obstacle était vaincu, et, sous la croûte rocheuse perforée, s'étendait un lac d'huile d'une profondeur insondable.

Une fois encore, le succès avait couronné les prévisions de l'heureux spéculateur; il possédait une source dont le produit allait dépasser celui de tous les établissements voisins réunis.

Sir Colfax, certain à l'avance de l'infaillibilité de ses calculs, avait pris toutes les mesures nécessaires pour ne pas laisser improductive sa précieuse découverte.

Il avait fait construire une pompe qui pouvait extraire jusqu'à trois cents barriques par jour et préparer les vases destinés à contenir le liquide qui allait sortir des entrailles de la terre.

En outre, et pendant qu'on creusait le puits, il installait un tronçon de voie ferrée qui reliait son établissement au chemin de fer de l'Atlantique et du Grand-Ouest.

En moins d'un mois, les bâtiments de l'exploitation étaient construits ainsi qu'un chalet destiné à sir Colfax et à sa fille.

Ce chalet mérite une description.

Il se composait d'un rez-de-chaussée, d'un premier étage et des combles.

Le rez-de-chaussée, réservé à John Colfax, contenait un cabinet de travail, un salon, une salle à manger et une chambre à coucher.

Mais, chose singulière, la seconde et la troisième de ces pièces étaient coupées par le terrain sur lequel s'élevait le puits.

Et, chose plus étrange encore, c'était au-dessus même de l'orifice du puits que se trouvait placée la chambre à coucher de miss Mary, qui devait occuper le premier étage.

De plus, les planches de cette chambre étaient à claire-voie, de sorte qu'on pouvait voir de là le fonctionnement de la pompe et aspirer en même temps et directement les émanations du lac d'huile.

Pourquoi cette bizarre disposition ?

Nous allons, sans plus tarder, le faire connaître en introduisant le lecteur dans le cabinet du riche indüstriel.

Sir Colfax était en grande conférence depuis une heure avec le médecin le plus accrédité de New-York.

L'entretien était des plus graves.

On va en juger.

— Ainsi, docteur, disait sir Colfax, vous espérez que la fatale maladie qui a enlevé la mère en pleine jeu-

7

nesse épargnera la fille si je la soumets aux émanations du pétrole?

— Je ne puis rien garantir, répondit le médecin; toutefois, je vous répète ce que je vous ai dit lors de votre départ pour la Pensylvanie : le traitement par le pétrole est le seul qui puisse prévenir l'invasion du mal que nous redoutons. Des charlatans vous conseilleront d'envoyer votre fille à Madère; ce moyen est un palliatif insuffisant; il peut ajourner la crise finale, mais non pas détruire le principe de la maladie. Ce qui importe avant tout, c'est de cautériser les germes des tubercules avant leur développement. Les émanations du pétrole ont cette propriété, et aujourd'hui, comme il y a six mois, je ne saurais trop vous en recommander l'usage pour miss Mary.

— Ah! je n'ai pas oublié vos prescriptions, reprit l'industriel, j'ai établi la chambre de ma fille au-dessus du puits que je viens de faire creuser dans la Pensylvanie, et ses émanations seront d'autant plus puissantes, qu'il correspond à un lac de pétrole.

— Vous êtes un homme pratique au premier chef, dit en souriant le docteur; de ce puits, vous ferez sortir tout à la fois des millions de dollars et la santé de votre enfant.

— Dieu vous entende! répliqua l'industriel.

Et il pressa la main du médecin qui se retirait.

En ce moment, un domestique apporta, sur un plateau d'argent, la carte du vicomte de Kerlusset.

— Que me veut ce vicomte? dit John Colfax, qui aimait médiocrement les particules et les titres nobiliaires.

— Cet étranger, répondit le valet, se dit porteur

d'une lettre de recommandation du chargé d'affaires
des États-Unis à Paris.

— Oh ! alors, faites-le entrer.

Quelques instants plus tard, le jeune savant était introduit.

— Vous avez une lettre de notre chargé d'affaires ?
lui demanda l'Américain tout en l'invitant à s'asseoir.

— La voici, répondit M. de Kerlusset en lui remettant un large pli fermé par un cachet aux armes d'A-
mérique.

Sir Colfax brisa le cachet et lut attentivement la lettre
qui lui était adressée, et, à mesure qu'il lisait, sa physionomie devenait plus réfléchie. Lorsqu'il eut achevé,
il se tourna vers Amaury et lui dit brusquement :

— Vous êtes l'auteur de la découverte dont on me
parle ?

Le vicomte s'inclina modestement.

— Si vous parvenez à l'appliquer avec succès, continua l'industriel, votre fortune est faite.

— Je l'espère bien aussi, répondit Amaury avec assurance.

— Pouvez-vous me donner la preuve de l'efficacité
de votre procédé ?

— Rien de plus facile ; faites apporter à l'hôtel où je
suis descendu une barrique de pétrole, en deux minutes je rendrai cette huile aussi pure que de l'eau de
roche, et elle sera dépouillée de toute odeur.

— Pensez-vous pouvoir opérer sur de grandes quantités ?

— Je le crois fermement.

— Pourquoi ne feriez-vous pas cet essai chez moi ?

— Ma découverte vaut des millions, et si l'on s'en
emparait...

— Vous êtes prudent, et vous avez raison. Donnez-moi votre adresse ; ce soir, à huit heures, je serai chez vous.

Le vicomte écrivit son adresse sur sa carte.

— A ce soir, lui dit sir Colfax

— A ce soir, répondit le vicomte de Kerlusset en se retirant.

III

UNE SINGULIÈRE RENCONTRE

Le soir du même jour, à huit heures précises, sir John Colfax faisait son entrée dans l'hôtel du vicomte de Kerlusset.

Celui-ci l'attendait dans une sorte de remise.

C'était là que devait avoir lieu l'expérience.

L'Américain, défiant comme la plupart de ses compatriotes, s'était fait escorter d'une barrique de pétrole à l'état brut.

De cette façon, toute supercherie devenait impossible.

Le jeune savant, qui de son côté, ne voulait pas livrer son secret, avait placé deux énormes bonbonnes en verre, d'une contenance d'environ cent vingt litres, et il y avait introduit les substances qui devaient produire l'épuration.

L'opération fut des plus simples.

Le vicomte de Kerlusset fit passer, à l'aide d'un siphon, le contenu de la barrique dans les bonbonnes, qu'il agita énergiquement.

Le pétrole mis en contact avec les agents chimiques

perdit peu à peu sa couleur primitive, et en moins d'un quart d'heure, il était devenu transparent et sans odeur.

—C'est merveilleux, lui dit John Colfax ; vendez-moi votre secret ; je vous en offre cent mille dollars.

— Je veux l'exploiter moi-même, répondit Amaury.

— Fort bien. Je possède en Pensylvanie un lac de pétrole ; voulez-vous vous charger de sa désinfection ?

— Volontiers ; mais à quelles conditions?

— J'extrais de mon puits trois cents barriques par jour ; je vous offre une prime de deux dollars pour chaque barrique désinfectée.

— Accepté, répondit le jeune savant.

Les deux contractants se serrèrent la main en signe d'accord.

La nuit était venue.

La journée avait été pluvieuse et une brume épaisse s'étendait sur toute la ville.

Les lampadaires à gaz se ponctuaient dans l'obscurité comme des charbons rouges.

Le pavé était humide et glissant.

Aussi les passants devenaient-ils rares et, de loin en loin, au coin des rues, on voyait s'estomper la silhouette des hommes de police, bien reconnaissables à leurs vastes carriks à triple pèlerine.

Dans Broadway, les riches magasins commençaient à se fermer.

Dans cette rue, la grande artère commerciale de la cité, deux hommes cheminaient lentement, évitant les flaques d'eau, et continuant une conversation.

— Sous deux ou trois jours, je pars pour la Pensylvanie, et vous viendrez m'y rejoindre selon nos conventions, disait l'un d'eux.

— Au jour convenu, je serais au puits Noir, répond l'autre.

Ces deux personnages, avons-nous besoin de le dir' n'étaient autres que sir John Colfax et le vicom' Amaury de Kerlusset, qui avait voulu accompagner riche négociant jusqu'à sa résidence princiè' e de Broa way.

En ce moment, l'attention des deux promeneurs no' turnes fut attirée par de faibles gémissements.

Ils s'arrêtèrent simultanément.

— Il y a près d'ici une créature humaine qui souffr' dit le jeune savant.

— Quelque ivrogne qui sera tombé sur le trotto' répliqua sir Colfax, peu impressionnable de sa natur'

— Un de nos semblables, quel qu'il soit, a droit notre assistance, poursuivit Amaury en se dirigeant v' l'endroit d'où les plaintes étaient parties.

Bientôt il entrevit à quelques pas de lui un objet n' râtre qui se dessinait, à travers la brume, sur le trott' désert.

L'Américain, malgré son insensibilité apparen' avait suivi le vicomte de Kerlusset.

— Une femme ! s'écria ce dernier en soulevant' corps que la vie semblait avoir abandonné ; je cra' bien que nous ne soyons arrivés trop tard.

— J'aperçois une boutique de pharmacien encore verte, dit le riche industriel ; portons-y cette malh' reuse, peut-être parviendrons-nous à la ranimer.

Ils la prirent, l'un par-dessous les bras, l'artre les pieds, et ils se dirigèrent vers la boutique in' diqu'

Lorsqu'ils furent entrés chez le pharmacien et qu' eurent placé la pauvre femme sur une chaise long' son visage alors leur apparut.

Elle pouvait avoir une vingtaine d'années, et sa pâleur ajoutait à sa beauté.

Le vicomte de Kerlusset, en la voyant, poussa un cri de surprise.

— La connaîtriez-vous ? lui demanda John Colfax.

Le jeune savant répondit par un signe de tête affirmatif.

Le pharmacien, sans plus tarder, tâta le pouls de cette cliente qui lui tombait des nues, l'ausculta, et il déclara, après un court examen, qu'elle n'était ni morte, ni même malade.

Elle était seulement évanouie, et son évanouissement avait été causé par la faim.

— Pardieu ! voilà qui est étrange, dit Kerlusset. Se laisser mourir d'inanition, quand, il y a trois jours, à son arrivée à New-York, elle avait en sa possession un chèque de 50,000 fr. !...

— En effet, et à moins qu'elle n'ait été dévalisée, répliqua l'Américain... Un verre de vin d'Espagne, ajouta-t-il en forme de conclusion, la ranimera sans doute.

Dès qu'on en eut introduit quelques gouttes dans la bouche de Flavia Morin, — car nos lecteurs ont dû la reconnaître en même temps que le vicomte de Kerlusset, — ses deux joues pâles prirent peu à peu une teinte rosée, puis ses paupières s'agitèrent et ses yeux s'ouvrirent.

Elle promena autour d'elle des regards étonnés et remua les lèvres comme pour parler.

— Prenez ceci, vous causerez plus tard, lui dit le pharmacien.

Et il lui présenta un bol dans lequel fumait un consommé odorant et deux petites tranches de pain.

— Encore quelques gorgées de ce vin et tout ira pour le mieux, continua le pharmacien, lorsque Flavia eut achevé de prendre le consommé.

Le vin d'Espagne agit, on le sait, puissamment sur le cerveau, surtout quand il se trouve affaibli par un long jeûne.

A peine l'ancienne institutrice eut-elle vidé le verre de madère, que ses yeux se fermèrent.

— Puisque vous la connaissez, dit John Colfax en se tournant vers Amaury, indiquez-moi sa demeure, nous la reconduirons chez elle.

— Mais j'ignore le quartier dans lequel elle s'est installée, répondit le vicomte.

— Diable ! fit le marchand d'huile, tout en réfléchissant.

En ce moment un cab attardé passa dans la rue.

Le riche industriel héla et le cochman s'arrêta aussitôt devant la boutique du pharmacien.

John Colfax prit dans ses bras Flavia endormie, la hissa douillettement dans le cab et se plaça à côté d'elle.

— Pearl street, n° 20, dit-il ensuite au cochman.

Puis s'adressant à M. de Kerlusset :

— A demain, chez moi, pour convenir du jour définitif de notre départ.

— A demain, répondit Amaury.

L'automédon fouetta son cheval et le cab disparut bientôt au milieu des ténèbres.

Un quart d'heure après, il s'arrêtait devant un somptueux hôtel.

Sir Colfax mit pied à terre, et, au coup de marteau frappé par lui, plusieurs serviteurs accoururent aussitôt avec des flambeaux.

— Il y a dans cette voiture une jeune fille qui dort,

dit sir John Colfax à ses valets ; descendez-la avec précaution, de manière à ce qu'elle ne s'éveille point.

Cet ordre fut promptement exécuté, et avec un plein succès.

— Bien, reprit le marchand d'huile : maintenant transportez-la dans la pièce qui fait face à l'appartement de miss Mary.

Ce nouvel ordre rempli, Colfax congédia ses serviteurs qui se retirèrent en échangeant des signes d'étonnement et de curiosité.

Il fit venir alors une femme de chambre à laquelle il recommanda de préparer un lit bien chaud pour sa protégée, et de la veiller pendant la nuit.

Puis, il alla se coucher.

Quelques instants plus tard, Flavia Morin reposait dans un lit des plus confortables.

La femme de chambre s'étendit à côté d'elle, sur un divan, après avoir eu soin d'apporter, conformément aux ordres de son maître, un plateau chargé de provisions pour le cas où la faim réveillerait la belle dormeuse.

Sir Colfax était, nous venons de le voir, de ces hommes qui songent à tout.

Nous profiterons du sommeil de Flavia pour faire connaître par quelle suite d'incidents, elle, qui possédait un chèque de cinquante mille francs, était tombée épuisée et mourant de faim sur un trottoir de New-York.

La première pensée de l'ancienne institutrice des demoiselles de Vallombreuse, en quittant le steamer, avait été toute à ses projets de vengeance.

Mais, à moins de retourner en France, à peine dé-

7.

barquée, comment pourrait-elle se venger de la duchesse? Quelles armes avait-elle contre elle?

Ainsi que le lui avait dit le vicomte de Kerlusset, tout son bagage d'accusation se bornait à de simples présomptions, et les présomptions, en matière judiciaire, ne prouvent rien.

Il lui fallait donc, avant d'entreprendre son œuvre de vengeance, que ces présomptions fussent accompagnées de preuves matérielles irrécusables.

Alors, mais seulement alors, elle pourrait marcher d'un pas sûr à son but.

D'un autre côté, elle avait songé dans le premier moment à convertir ses cinquante mille francs en millions; mais, pour espérer cette conversion, si toutefois elle se réalisait, il lui importait de savoir comment elle procéderait.

L'Amérique, il est vrai, est le pays où s'improvisent les millionnaires; cependant, pour récolter des millions, faut-il encore un point de départ, un champ d'ensemencement.

D'où partirait-elle, elle, étrangère, inconnue de tous, et qui n'avait aucune base sur laquelle elle pût s'appuyer?

Elle résolut donc, quoi qu'il lui en coutât, d'ajourner ses rêves de fortune, et, par suite, ses projets de vengeance, jusqu'à ce qu'elle eût bien pris connaissance du pays où elle se trouvait exilée, et qu'une occasion favorable se présentât.

Flavia Morin, après s'être arrêtée à ce dernier parti, s'était fait conduire, en quittant le steamer la *Ville-de-Paris*, dans l'un des plus modestes hôtels de New-York, ses ressources personnelles, moins le chèque bien entendu, se trouvant presque épuisées.

Ce chèque, nous savons à quel usage elle le réservait, et elle s'était bien promis de ne s'en servir qu'à un moment donné propice.

Son premier soin, après s'être installée dans une petite chambre d'un demi-dollar par jour, avait été de consulter les feuilles d'annonces des journaux de la ville dans l'espoir d'y trouver une place d'institutrice.

Plusieurs emplois de cette nature y étaient, en effet, proposés ; mais toutes ses tentatives avaient été infructueuses.

Pendant deux jours, elle était allée frapper à diverses portes, et partout elle avait été éconduite.

Le motif de ce refus s'expliquait ; elle ne pouvait produire aucun certificat attestant l'honorabilité de ses antécédents.

Et, à mesure que le découragement s'emparait d'elle, elle voyait sa maigre bourse se vider.

Le matin du troisième jour de son arrivée à New-York, elle n'avait même plus l'argent nécessaire pour payer sa chambre et sa place à la table des repas.

Elle dut alors se résoudre à tirer parti de son chèque.

Mais ce jour-là était un dimanche, et la pauvre enfant n'avait pas songé que, le dimanche, toutes les banques étaient fermées.

La demeure du banquier Thompson se trouvait dans un quartier éloigné ; elle s'y rendit vers trois heures de l'après-midi.

La caisse était close, et il lui fallut retourner à son hôtel.

La pluie tombait, ses vêtements étaient transpercés, et elle était à jeun depuis vingt-quatre heures.

Pour surcroît de malheur, la nuit arrivait, et comme

les rues de New-York lui étaient complétement incon-
nues, elle n'avait pas tardé à s'égarer dans le dédale
des ruelles étroites et sombres qui se croisent autour de
Broadway.

Pendant longtemps, pendant bien longtemps, elle
avait marché au hasard, s'en rapportant à la Providence,
et, au moment où elle espérait atteindre le but désiré,
épuisée de fatigues et se mourant de faim, elle s'était
sentie soudainement prise de vertige. Ses oreilles bour-
donnaient, autour d'elle tout semblait tourner ; alors
elle avait laisser échapper quelques plaintes étouffées,
puis elle était tombée sur le trottoir où le vicomte
Amaury de Kerlusset et sir John Colfax l'avaient trouvée
privée de sa connaissance.

On sait ce qui s'en était suivi.

Il faisait grand jour depuis longtemps lorsque Flavia
s'éveilla.

Grande fut sa surprise en se voyant dans une chambre luxueusement meublée.

Elle aperçut alors la jeune fille préposée à sa garde.
Son étonnement redoubla.

— Où suis-je ? lui demanda-t-elle.

— Chez sir John Colfax, répondit la camériste.

— Sir Colfax !... qu'est-ce que sir Colfax ? reprit l'ancienne institutrice.

— Vous devez être étrangère, madame, car le nom
de mon maître est connu de tout New-York et dans tous
les États de l'Union.

— En effet, je ne suis point de ce pays, dit Flavia.

La jeune fille approcha la petite table sur laquelle
était le plateau chargé de provisions.

— Si madame désire prendre quelque chose, elle
trouvera là tout ce qu'il faut, dit la femme de chambre.

Puis elle sortit.

Flavia, demeurée seule, s'habilla à la hâte et mangea quelques sandwichs avec un plaisir manifeste.

Sa faim apaisée, elle examina curieusement la pièce coquette dans laquelle elle se trouvait, tout en se demandant comment elle y était venue.

Mais ses souvenirs étaient si confus, que, parfois, elle croyait continuer un rêve.

Trois coups frappés à la porte de sa chambre lui démontrèrent qu'elle appartenait bien au monde réel.

— Entrez! dit-elle.

IV

L'ENTRETIEN

La porte s'ouvrit.

Un homme âgé d'environ cinquante ans parut.

La physionomie du visiteur était énergique. D'épais sourcils grisonnants surmontaient ses yeux, qui étaient petits, mais pleins de vivacité. Un grand air de bonté tempérait la rudesse de ses traits.

A son entrée, Flavia s'était levée.

— Asseyez-vous, mademoiselle, lui dit sir Colfax; puis, si vous le voulez bien, nous causerons comme de vieux amis.

L'ex-institutrice le remercia par un gracieux sourire.

L'Américain continua :

— Hier au soir, je vous ai trouvée mourante de faim sur un trottoir de Broadway.

— Je m'étais égarée, répondit Flavia Morin.

Colfax, comme s'il n'eût pas entendu l'interruption, poursuivit :

— Je vous ai recueillie chez moi, ainsi que l'eût fait à ma place toute âme charitable; mais je ne regarde point ma tâche comme terminée. Parlez, apprenez-moi si je puis vous être utile en quelque chose?

— Je suis Française, monsieur, et je suis venue en Amérique afin de me placer comme institutrice dans quelque riche famille.

— C'est facile, mademoiselle; les institutrices françaises sont très-recherchées ici...

— Cependant, partout où je me suis présentée, j'ai subi des refus.

— Voilà qui est bien étrange, reprit John Colfax.

Et, après quelques instants de réflexion, il ajouta :

— Mais comment se fait-il que vous cherchiez un emploi lorsque vous possédez un chèque de cinquante mille francs qui vous permet de vivre indépendante?

Flavia tressaillit.

— Ah! vous savez? dit-elle.

— Oui, répondit l'Américain sans lui faire connaître qu'il tenait ce renseignement du vicomte de Kerlusset.

— Cet argent, continua la jeune fille, n'est point destiné à me donner le pain de chaque jour : je l'ai réservé pour un autre usage.

— C'est différent, fit sir Colfax sans insister davantage; mais revenons à ce que vous me disiez tout à l'heure. Ce que vous n'avez point trouvé, peut-être puis je vous l'offrir.

— Vous, monsieur?

— J'ai besoin d'une gouvernante pour miss Mary, ma fille; montrez-moi vos certificats, et s'ils ne laissent rien à désirer...

Flavia ne s'attendait point à cette proposition, et une vive rougeur monta à ses joues.

— Ces certificats que vous me demandez, monsieur, répondit-elle avec hésitation, je ne puis les produire.

— Et pourquoi? dit sir Colfax surpris.

Devant cette interrogation si nettement formulée, Flavia Morin se troubla visiblement. Elle essaya de répondre; mais la parole s'arrêta sur ses lèvres.

L'Américain, auquel ce trouble n'avait point échappé, se sentit pris de vagues soupçons.

N'avait-il point devant lui une aventurière?

— Voyons, parlez! dit-il, que je sache à qui j'ai affaire.

Le ton avec lequel il prononça ces mots, le geste qui les avait accompagnés, et, plus que tout cela encore, l'expression de défiance qui se lisait sur son visage, augmentèrent le trouble de Flavia Morin.

Elle se leva et se dirigea vers la porte.

— Où allez-vous? lui demanda impérieusement sir Colfax.

— Chez M. Thompson, répondit-elle, et de là...

— Ah! oui... pour toucher ce chèque de cinquante mille francs; mais, continua-t-il en plongeant ses regards dans les yeux de l'ex-institutrice, ce chèque, d'où le tenez-vous?

Le trait pénétra jusqu'au fond du cœur de la jeune fille.

Elle dressa fièrement sa belle tête pâlie par la souffrance, et, d'une voix brisée, elle murmura:

— Ah! monsieur, je ne suis pas une voleuse!

Puis elle fondit en larmes.

La vérité a des accents dont l'éloquence est persuasive.

Sir John Colfax, malgré toute sa défiance, se sentit ébranlé.

Il se dit qu'il n'avait point une comédienne devant lui, et que ce devaient être des paroles et des larmes sincères qui tombaient des lèvres et des yeux de Flavia.

— J'ai été trop loin, mademoiselle, lui dit-il ; mais c'est vous qui avez éveillé, provoqué mes soupçons : je vous ai demandé qui vous étiez, dans l'intention de vous être utile, et vous avez refusé de me répondre.

— Monsieur, répliqua l'ex-institutrice avec un sentiment de profonde douleur, ceux qui ont beaucoup souffert sans l'avoir mérité aiment peu à faire parade de leurs blessures ; ils les gardent toutes saignantes au fond de leur cœur.

— Ah ! vous avez souffert ? dit l'Américain dont la voix s'était radoucie.

Flavia répondit par un signe de tête affirmatif, tout en essuyant ses larmes.

— Mon enfant, poursuivit John Colfax, ce n'est peut-être pas sans dessein que Dieu vous a jetée sur ma route. Tout à l'heure, je vous ai semblé brutal, cruel même... Mais je vaux mieux que ce que je parais être. Voyons, ouvrez-moi votre cœur, et si les maux que vous avez soufferts sont réellement immérités, eh bien ! je m'efforcerai, dans la mesure de mes moyens, de les adoucir.

Ces paroles, proférées avec une bonté toute paternelle, touchèrent vivement Flavia Morin.

Toutefois, elle hésitait encore.

— A votre tour, douteriez-vous de ma sincérité ? lui dit Colfax.

— Non, répondit elle avec effusion.

La jeune fille raconta alors fidèlement, simplement,

les sombres péripéties du drame qui s'était accompli treize mois auparavant au château de Faubouloy; la passion insensée du duc de Vallombreuse, la lettre qu'il lui avait adressée d'Uriage, et qui ne lui était point parvenue; puis, à quelque temps de là, le poison mystérieusement versé dans le breuvage qu'elle avait apporté à la duchesse, les soupçons dont elle avait été l'objet, son arrestation, sa comparution en cour d'assises, l'arrêt rendu, sa mise en liberté après un an de sa peine subie, et enfin le don anonyme de cinquante mille francs que le bateau poste lui avait apporté pendant qu'elle se rendait à New-York.

L'Américain écouta sans l'interrompre le récit de Flavia, et, lorsqu'elle eut achevé, il se prit à réfléchir sur tout ce qu'il venait d'entendre.

— Vous connaissez M. de Kerlusset? lui dit-il tout à coup.

— Je l'ai vu quelquefois chez la duchesse de Vallombreuse, répondit-elle; mais pourquoi cette question?

— M. de Kerlusset était avec moi quand je vous ai trouvé évanouie; je l'attends ce matin, m'autorisez vous à lui demander ce qu'il pense de tout ce que vous venez de me dire?

— M. de Kerlusset doit épouser l'une des filles de Mme de Vallombreuse, répondit Flavia; mais, qu'importe!... vous pouvez l'interroger.

En ce moment, la femme de chambre vint remettre une carte à sir Colfax.

— Faites entrer, dit-il.

Quelques secondes après, le vicomte de Kerlusset parut.

Mlle Morin voulut se retirer.

— Demeurez! fit le riche industriel.

Puis, s'adressant à Amaury :

— Vous m'avez dit hier que vous connaissiez cette jeune fille ?

— En effet, répondit le vicomte.

— Vous n'ignorez point la condamnation dont elle a été frappée. Sur votre honneur de gentilhomme, croyez-vous qu'elle ait été victime d'une erreur judiciaire ?

M de Kerlusset, mis en demeure de se prononcer dans une affaire aussi grave, semblait hésiter.

— Pendant tout le temps qu'elle est demeurée dans la famille du duc de Vallombreuse, dit-il enfin, Mlle Morin a eu la conduite la plus irréprochable ; la duchesse l'aimait, et ses deux filles la regardaient comme leur sœur.

— Je vous demande si, oui ou non, vous la croyez coupable, reprit l'Américain qui, en toute choses, allait droit au but.

Amaury mit une main sur ses yeux et tomba dans une méditation profonde.

— Eh bien ! fit John Colfax, dont la patience n'était pas la qualité dominante.

— Sur mon âme et conscience, répondit M. de Kerlusset, et malgré toutes les charges qui se sont élevées contre Mlle Morin, je la crois innocente.

En entendant ces paroles, qui étaient pour elle un commencement de réhabilitation, Flavia respira longuement et son visage devint presque rayonnant.

Sir Colfax, tout cuirassé qu'il était contre les surprises du cœur, se sentit vivement ému, et il tendit cordialement la main à la jeune fille en lui disant :

— Demeurez ici, mon enfant ; j'ai à causer avec M. de Kerlusset ; dès que j'aurai terminé, nous nous reverrons.

Il sortit avec Amaury.

Une demi-heure s'était écoulée à peine, quand un domestique vint chercher Flavia et la conduisit dans le cabinet de travail du riche Américain.

— Mademoiselle Morin, lui dit-il, dès aujourd'hui vous faites partie de ma maison, et vous êtes attachée auprès de ma fille en qualité de gouvernante et d'amie.

Flavia voulut le remercier, mais il ne lui en laissa pas le temps.

— Ce n'est pas tout, continua t-il : Je crois deviner à quel emploi vous destinez les cinquante mille francs qui vous sont mystérieusement échus, et voici ce que je vous propose : En dehors de ma fortune, qui est considérable, je suis à la tête d'une entreprise colossale; avant peu j'aurai concentré dans mes mains tout le commerce des huiles de pétrole, et c'est par millions que se chiffreront mes bénéfices. Vous possédez dix mille dollars, l'argent ne doit jamais dormir, confiez-moi le vôtre, et devenez mon associée au prorata de votre apport. En moins de deux années vos capitaux seront décuplés; si, alors, vous parvenez à acquérir la preuve irrécusable que la duchesse a été l'instrument de votre flétrissure, eh bien! vous serez en mesure de lui faire subir la peine du talion, car l'or est une puissance à laquelle rien ne résiste ici-bas.

Flavia demeura un moment comme étourdie de cette offre inespérée.

— C'est convenu, n'est-ce pas, mon enfant? lui dit sir Colfax.

— Ah? vous m'avez comprise, bien comprise, répondit l'ex-institutrice, dont les yeux lancèrent des flammes, oui, si je tiens à la vie, si je veux vivre... et je vivrai, ce n'est qu'en vue d'un seul but : la vengeance!

Mais, continua-t-elle, comment pourrai-je jamais reconnaître ce que vous voulez bien faire pour moi !

— Acceptez sans scrupule, repartit le marchand d'huile en souriant : je ne suis pas commerçant pour rien, et dans toutes mes affaires j'ai soin de me réserver la meilleure part. En échange de la fortune que je vous propose, je compte que vous me rendrez un de ces services que tout l'or du monde ne saurait payer.

— Ce service, quel est-il ? demanda vivement Flavia.

— J'ai mis toutes mes affections sur une tête unique, — le dernier débris de mon bonheur passé, — sur ma fille, répondit John Colfax : sa mère m'a été ravie toute jeune par une maladie implacable qui, presque toujours, se transmet aux enfants : la phthisie.

— Grand Dieu ! fit Flavia Morin.

— Jusqu'à présent, miss Mary semble avoir été épargnée : aujourd'hui elle a dix-sept ans, et mon médecin m'a affirmé que si, à l'aide d'un traitement qu'il m'a indiqué, elle parvient à atteindre sa vingtième année, j'aurai tout espoir de la conserver.

— Et ce traitement, quel est-il ?

— L'inhalation du pétrole. On a reconnu que ses émanations exerçaient une action cautérisante sur les germes tuberculeux des poumons, et souvent même empêchaient leur formation.

— Vous voulez essayer de ce moyen ?

— Oui, mais il faut que je séquestre miss Mary pendant de longs mois... pendant deux ou trois ans peut-être dans la Pensylvanie où se trouve mon exploitation d'huile, et comme mon commerce m'oblige à de fréquents déplacements, je redoute que, livrée à elle-même, dans cette contrée sauvage, ma pauvre fille ne

... d'ennui, et je compte sur vous pour
... pagne de sa solitude.

... vous le proposer, répondit simplement
...

... lui prit les mains, les pressa silencieuse-
... les siennes, puis il frappa sur un timbre,
... mestique entra.

... venez miss Mary que je l'attends ici, lui dit-il.
... mestique sortit, et presque aussitôt parut miss

... ut une de ses gracieuses enfants de la race an-
... saxonne dont les keepsakes anglais ne nous don-
... une idée imparfaite.

... teint rose et blanc était pour ainsi dire trans-

... chevelure blonde s'harmoniait merveilleusement
... ses yeux d'un bleu pâle.

... enfin dans sa personne avait la grâce de la jeu-
... et la douce mélancolie répandue sur son visage
... prêtait un charme de plus.

... Mais, sous les dehors adorables qui donnent à la
... femme toutes les apparences de la fleur, se cache, le
plus souvent, hélas ! une mort prématurée.

Flavia, en voyant miss Mary, se rappela involontai-
... ment les vers du vieux poète :

> Et, rose elle a vécu ce que vivent les roses,
> L'espace d'un matin.

La jeune fille parut surprise de trouver une étrangère auprès de son père.

— Ma chère Mary, lui dit sir Colfax, après l'avoir
tendrement baisée au front, je vous cherchais une com-

pagne qui fût digne de ma confiance et de votre amitié ; je l'ai trouvée, c'est mademoiselle.

La suave figure de la jeune Américaine prit une expression sérieuse, ses grands yeux limpides se posèrent sur Flavia Morin et l'enveloppèrent tout entière.

On eût dit une âme sondant une autre âme

Cet examen fut très-court.

Un gracieux sourire entr'ouvrit presque aussitôt les lèvres de miss Mary, et, d'une voix douce comme une caresse :

— Soyez la bienvenue, mademoiselle, dit-elle à Flavia, si vous le voulez, je serai votre amie.

Ce sympathique accueil émut profondément l'ex-institutrice, et si maîtresse qu'elle fût d'elle-même, elle ne pût empêcher une larme de tomber sur sa joue.

Miss Mary vit cette larme et elle tendit la main à sa compagne,

Sir Colfax, pour cacher l'émotion qui le gagnait, se dirigea vers sa caisse et l'ouvrit.

Cela fait, il rejoignit les deux jeunes filles.

— Demain, dit-il à miss Mary, nous partons pour Franklin.

Puis, s'adressant à Flavia :

— Vous avez toute votre journée pour monter votre garde robe, mademoiselle ; voici cinq cents dollars à compte sur vos appointements. Munissez-vous donc de tout ce que vous jugerez nécessaire pour un long séjour, car nous allons dans un vrai pays de sauvages où souvent même les objets de première nécessité manquent. Mais, j'y songe, continua-t-il, remettez-moi votre chèque, et je l'enverrai toucher chez Thompson.

Le lendemain sir Colfax, ainsi qu'il l'avait annoncé,

se mettait en route pour Franklin avec miss Mary et Flavia Morin.

V

LE PUITS NOIR

Avant que l'homme eût songé à convertir en or les immenses réservoirs d'huile minérale que renferme la Pensylvanie, cette région, l'une des plus privilégiées de l'Amérique, possédait de magnifiques forêts, des vallées fertiles, et le regard charmé s'arrêtait à chaque instant sur des sites pittoresques, d'une végétation luxuriante.

Dans toutes les parties de cette contrée livrées aujourd'hui à l'exploitation du liquide bitumineux, la vie s'est arrêtée sous son action délétère.

Aucun oiseau dans l'air, aucun insecte sous l'herbe; les arbres sont morts, et leurs squelettes noirâtres se dressent lugubrement au milieu d'un paysage désolé et morne.

L'homme seul a survécu.

L'atmosphère chargée d'âcres senteurs vous enveloppe de toutes parts.

Partout où vous portez vos pas, suinte le pétrole

Il couvre d'une couche vernissée les murs extérieurs des maisons, il surnage à la surface des ruisseaux.

C'est le pays de l'huile, le pays dans lequel sir Colfax, miss Mary, Flavia Morin et le vicomte de Kerlusset sont venus s'installer.

Nous connaissons l'habitation du riche Américain,

située à environ quinze milles de Francklin, au nord-ouest de la Pensylvanie.

C'est un chalet de trois étages construit sur l'ouverture même du puits.

Nous savons également que les planches du parquet de la chambre à coucher de miss Mary, au lieu d'être jointes, sont espacées et forment une sorte de claire-voie.

En entrant dans cette chambre, l'odeur du pétrole vous prend à la gorge ; cette première impression dure peu et l'on se familiarise vite avec ces émanations.

A cinq ou six cents mètres du chalet occupé par sir Colfax, miss Mary Flavia et le personnel domestique, on aperçoit un petit pavillon composé d'un rez-de-chaussée de trois pièces.

C'est la demeure de M. de Kerlusset.

Le hardi industriel, en venant s'installer dans cette sorte de désert, songea tout d'abord à se mettre à l'abri de toutes surprises de l'extérieur, et il avait, à cet effet, entouré sa propriété de hautes et épaisses murailles.

Ce mur d'enceinte, d'une circonférence immense, n'avait qu'une seule porte.

A cette porte, qui était en fer et qu'on fermait à triple tour tous les soirs, aboutissait un tronçon de voie ferrée qui mettait l'établissement en communication avec la ligne du Grand-Ouest.

Derrière cette porte était une vaste niche qui servait d'habitation à un magnifique terre-neuve auquel on avait donné le nom mythologique de Minos.

Fidèle comme tous les chiens de race, Minos, qu'on lâchait pendant la nuit, valait, à lui seul, toute une armée de serviteurs pour la garde : le plus léger bruit éveillait ses défiances, et il aurait bel et bien étranglé l'intrus ou les intrus assez malavisés pour oser pénétrer clandestinement dans l'intérieur de l'établissement.

Sir Colfax avait, en outre, fait bâtir à quelques centaines de mètres, en dehors de l'usine, un village pour ses ouvriers et leurs familles.

Tout cela lui avait coûté des sommes énormes, mais peu lui importait. N'était-il pas certain du succès de son entreprise ?

Un an s'était écoulé depuis l'arrivée des deux jeunes filles dans la Pensylvanie.

La frêle organisation de miss Mary s'était fortifiée, grâce à l'influence énergique des émanations de l'huile minérale. Son visage avait pris des tons chauds, indices non équivoques d'une bonne santé. L'éclat fiévreux de ses yeux s'était tempéré, un sang généreux courait dans ses veines, et toute trace de sa mélancolie d'autrefois avait disparu.

Mystère impénétrable, cette atmosphère viciée qui tuait les fleurs, les plantes, les insectes et les animaux lui avait donné une vie nouvelle.

Flavia, qui s'était prise d'une vive affection pour sa jeune et jolie compagne, constatait avec joie ces changements salutaires.

Quant à John Colfax, il était radieux.

D'autre part, l'entreprise commerciale marchait à souhait.

Chaque jour, le chemin de fer emportait par centaines des tonnes d'huile.

Le puits Noir, — c'était ainsi qu'on appelait, dans le pays, le puits de sir Colfax, — fournissait à lui seul un rendement supérieur à celui de tous les établissements voisins réunis.

Un soir, pendant que Colfax, retiré dans son cabinet de travail, compulsait ses registres, miss Mary et Flavia entrèrent bruyamment en se tenant par le bras.

Il ferma ses livres ; puis allant à Flavia :

— Vous tombez à propos, mon enfant, lui dit-il en souriant ; je viens de mettre mes comptes à jour, et votre part de bénéfices s'élève, pour l'année qui s'est écoulée, à quatre-vingt mille dollars.

— Quatre-vingt mille dollars !... Mais c'est toute une fortune, répondit l'ex-institutrice, qui croyait rêver.

— Encore un an ou deux, continua l'Américain, et vos dollars seront quintuplés ; je vendrai mon puits, et miss Mary, riche de cent millions, pourra épouser un prince ou... un pauvre diable, selon sa fantaisie.

Deux coups de cloche suivis d'aboiements prolongés se firent entendre.

Les deux jeunes filles échangèrent des regards étonnés.

— Une visite probablement, dit sir Colfax ; je vais voir qui nous arrive.

— Vous avez beaucoup d'ennemis en ce pays, prenez garde, monsieur Colfax, répliqua Flavia.

— Avec ceci, je ne redoute personne, repartit en souriant le marchand d'huile.

Il prit un revolver, l'arma puis il sortit.

Les deux jeunes filles, après son départ, se précipitèrent avec inquiétude vers la fenêtre.

Mais la nuit était noire et elles ne purent apercevoir sir Colfax, qui, avant d'ouvrir, interrogea le nocturne visitateur.

— Qui êtes-vous ? lui demanda-t-il.

— Votre voisin, Williams Turker, répondit une voix.

— Vous venez bien tard, compère.

— L'affaire est urgente.

Colfax ouvrit, après s'être assuré toutefois, au moyen d'un judas pratiqué dans la porte, que son voisin était seul.

— Quelle communication si importante avez-vous à me faire à pareille heure ? lui dit-il lorsqu'il l'eut fait entrer.

— Je ne vous prendrai que dix minutes.

— Soit, répondit sir John Coliax.

Il conduisit Willams Turker à son petit bureau du rez-de-chaussée ; puis, sur un signe qu'il fit à miss Mary et à Flavia, celles-ci se retirèrent fort intriguées de cette étrange visite.

VI.

LES DEUX MARCHANDS D'HUILE

Williams Turker était, si l'on s'en souvient, le propriétaire des puits de pétrole situés à peu de distance du lac d'huile que sir Colfax avait découvert.

Le trop plein du lac qui s'écoulait par les fissures du bassin central avait alimenté jusqu'alors ses puits ; mais John Colfax, en attaquant directement le lac, à l'aide d'une pompe puissante, devait infailliblement supprimer cet écoulement.

En effet, à peine eut-il installé cette pompe que la déversion de l'huile dans les puits de Turker diminua peu à peu.

Ce dernier, qui s'était moqué de l'entreprise de son nouveau voisin, supposa d'abord que cette diminution provenait de quelque éboulement intérieur. Il fit percer des galeries au centre même des anciennes sources, mais ce fut en pure perte : chaque jour les rendements de pétrole s'affaiblissaient. Enfin, un moment vint où ses puits se trouvèrent complètement à sec.

Seulement alors, il se rendit compte de cette suppression.

La pompe de sir Colfax, qui puisait sans discontinuité dans le lac, en avait abaissé le niveau.

Williams, qui avait réalisé de très-beaux bénéfices dans son exploitation, aurait pu vivre tranquillement de ses rentes, mais il était insatiable, et la prospérité de sir Colfax le jetait dans une profonde irritation.

S'il avait pu détruire de fond en comble l'usine de son heureux voisin, certes il n'eût point hésité. Mais John Colfax, outre les précautions de défense que nous connaissons, avait toute une légion de travailleurs dévoués et, en cas d'attaque à main armée, la victoire, à coup sûr, lui serait restée.

Turker, après de longues et mûres réflexions, estima qu'un arrangement amiable lui serait plus profitable qu'un acte de violence, et il s'était, à cet effet, rendu chez sir Colfax.

— De quoi s'agit-il, mon voisin? lui demanda ce dernier lorsqu'ils furent seuls.

— Vous devez un peu vous en douter, répondit l'interpellé en dardant ses petits yeux gris sur son rival.

— Pas le moins du monde.

— Vous ne pouvez cependant pas ignorer que mes quatre puits sont desséchés depuis plusieurs jours.

— C'est donc pour cela que vos ouvriers sont venus m'offrir leurs services?

— Et vous les avez acceptés ? dit Williams Turker avec un mauvais sourire.

— Je n'ai pas l'habitude d'embaucher le personnel de mes voisins, répondit brusquement sir Colfax.

— Vos scrupules sont honorables, mais il ne vous ont pas empêché de couper les sources de pétrole que j'exploitais. Mon voisin, vous m'avez ruiné.

— Mon voisin, répliqua Colfax d'un ton glacial, j'ai acheté ma concession, et, en en tirant tout le parti possible, j'use de mon droit.

— J'ignore si les tribunaux seraient de votre avis, insinua Turker d'une voix doucereuse.

— Si vous voulez plaider, voisin, libre à vous.

— Je suis un bonhomme, ennemi de toute contestation, peu processif, et, si vous le voulez, nous transigerons.

— Sur quelles bases ?

— Ah ! c'est bien simple. Nous ferons un petit acte d'association et nous exploiterons votre puits de compte à demi.

John Colfax poussa un sonore éclat de rire.

— Vous entendez à merveille les affaires, dit-il, lorsque son hilarité fut passée. Vous avez des puits improductifs, et vous me proposez de partager le produit du mien, qui donne trois cents barriques par jour. Ah ! ça, me prenez vous pour un imbécile ?

— Alors, c'est la guerre que vous voulez ? riposta Williams Turker.

— Comme il vous plaira, voisin ; si vous m'attaquez devant les Tribunaux, je me défendrai ; si vous avez recours à la force, j'opposerai la force.

— Si encore vous m'offriez une honnête indemnité, nous pourrions peut-être nous entendre ! mais rien, absolument rien !

8.

— La seule chose que je puis vous offrir, dit Colfax
en se levant pour indiquer à Turker que l'audience était
terminée, c'est de vous acheter, à dire d'experts, votre
matériel qui vous est devenu inutile.

— Je préfère le brûler.

— Comme il vous plaira, mon voisin.

— Vous êtes dur en affaires, sir John, reprit Williams
Turker d'une voix aigre, c'est pour le mieux. Seulement,
rappelez-vous qu'il est parfois imprudent de mépriser
plus petit que soi.

— Des menaces ?

Turker se retira sur ces mots.

— Ce gredin-là est capable de m'assassiner, pensa
John Colfax lorsqu'il eut fermé sur son visiteur désappointé la porte d'entrée de son établissement. Je le sur-
veillerai de près.

VII

UN POINT NOIR A L'HORIZON

Le vicomte de Kerlusset s'était proposé tout d'abord
d'épurer d'un seul coup le lac de sir John Colfax, mais
il n'avait pas tardé à se convaincre que cette gigantesque entreprise était impraticable.

En effet, le lac était si profond que les plus fortes
sondes ne pouvaient en atteindre les extrémités sou-
terraines, et, dès lors, il était impossible de jeter dans
le puits une quantité suffisante de matières désinfec-
tantes.

Il avait donc modifié son projet primitif, et il s'était

borné à établir, à proximité du puits, un atelier d'épuration.

A mesure que l'huile brute était extraite, un tramway la transportait dans son atelier, où l'opération chimique s'effectuait.

Il livrait chaque jour deux cent cinquante barriques épurées, ce qui se traduisait pour lui en un gain quotidien de deux mille cinq cents francs.

La fortune devait donc lui arriver rapide et facile et, avec elle, la réalisation de ses rêves de bonheur par sa prochaine union avec Marcelle de Vallombreuse.

Les choses marchaient à la satisfaction de tous quand eut lieu la visite de Williams Turker au puits noir.

M. de Kerlusset, mis au courant du conflit qui s'était élevé entre les deux voisins, s'en émut vivement d'abord ; mais toutes ses craintes cessèrent lorsqu'il apprit que Turker avait brusquement abandonné ses puits et disparu de la contrée.

Sir Colfax, nous l'avons dit, était obligé de faire de fréquentes absences qui, souvent, se prolongeaient pendant plusieurs semaines.

En effet, dans toutes les industries, le point essentiel n'est pas de produire, mais d'écouler les produits.

New-York était le centre principal des affaires de Colfax ; c'était là qu'il passait ses marchés et qu'il frétait les bâtiments destinés à transporter en Europe ses huiles de pétrole.

Pendant ses absences, Flavia prenait en main la direction de l'exploitation ; c'était elle qui tenait les livres, rédigeait les factures, surveillait les travaux et payait les ouvriers.

En un mot, elle remplaçait le maître.

Sir John Colfax était parti depuis plusieurs jours pour

New-York, quand eurent lieu les événements dont nous allons raconter les péripéties.

Un soir, au moment où le vicomte, qui revenait de Franklin, regagnait l'usine, il aperçut tout près du mur d'enceinte une forme noire et immobile.

Il lui sembla, en regardant attentivement, que cette forme à demi cachée dans l'ombre projetée par le mur était celle d'un homme.

Le jeune savant, surpris de cette apparition, marcha droit à l'ombre.

L'homme, — car c'en était un, — se voyant découvert, fit un bond énorme, s'enfuit à toutes jambes et disparut.

Cependant Amaury avait cru reconnaître le fuyard, malgré la rapidité de sa course.

— Dieu me pardonne ! pensa-t-il, si ce n'est pas notre ancien voisin Williams Turker, qu'on disait parti.

Cet étrange rencontre le préoccupa vivement.

Toutefois il n'en parla ni à miss Mary ni à Flavia, afin de ne les point effrayer ; mais il se promit de surveiller avec plus de soin qu'il ne l'avait fait jusque-là les abords du puits Noir, et, à partir de ce moment, il ne sortit plus le soir sans être armé d'un revolver.

Ce fut vainement qu'il se livra à d'incessantes et minutieuses recherches, l'ombre ne se montra plus.

Mais si elle était invisible, elle agissait.

Sir Colfax n'avait emmené en Pensylvanie que deux serviteurs : un jeune mulâtre et une jeune négresse.

Le mulâtre se nommait Bob Krieq.

C'était une sorte de maître Jacques qui cumulait les honorables fonctions de cuisinier et d'écuyer tranchant.

La négresse avait le nom gracieux de Scabieuse, et

servait de femme de chambre à miss Mary et à Flavia.

Bob s'était pris d'une belle passion pour Scabieuse ; mais celle-ci, fière sans doute de sa position sociale, tenait son adorateur à distance.

— A quand la célébration du mariage? demanda un matin, en riant, Flavia à Scabieuse qu'elle avait trouvée en tête-à-tête avec le mulâtre.

— Bonne maîtresse, répondit la jolie négresse, qui rougit à sa manière, — c'est-à-dire en devenant pâle sous l'ébène de son épiderme, — Bob, qui s'absente depuis plusieurs nuits, doit avoir un secret important qu'il me cache, et que je veux connaître.

— Vous êtes sûre qu'il s'absente pendant la nuit? dit Mlle Morin avec étonnement.

— Très-sûre, maîtresse. Je l'ai aperçu de ma chambre franchir à diverses reprises, entre **onze heures** et minuit, le mur de l'usine.

— Où peut-il aller à pareille heure ?

— Je l'ignore.

— C'est tout ce que vous avez remarqué?

— Il y a encore autre chose...

— Qu'est-ce donc?

— Chaque fois que Bob sort, un hurlement semblable à celui des loups des prairies se fait entendre.

— C'est fort étrange, reprit Flavia devenue pensive.

— N'est-ce pas, maîtresse?... et si ce n'était la peur de me tromper, je vous dirais que bien certainement il se trame quelque chose contre ce bon M. Colfax.

— Ah ! vous croyez...

— Je le crois, maîtresse, et l'on profite de son absence...

— Mais, devant un danger inconnu, que faire ?

— Une chose bien simple.

— Laquelle ?

— Obliger Bob Kricq à parler.

— Comment y parvenir ?

— Il y a à Cincinnati une vieille négresse qui possède le secret de délier la langue à ceux qui veulent se taire.

— Et ce secret, quel est-il ?

— Un breuvage composé de plantes qui ne sont connues que d'elle seule et dont la vertu, est infaillible. Au temps où j'étais esclave, un vol important avait été commis chez mon maître ; mon père fut soupçonné, et il allait être passé par les verges lorsque la vieille Effie força, au moyen de la liqueur qui fait parler, le coupable à avouer son crime.

— Contes en l'air que tout cela, dit Mlle Morin avec un sourire d'incrédulité.

— Maîtresse, répondit Scabieuse d'un ton grave, si vous voulez me laissez partir pour Cincinnati, sous huit jours je vous rapporterai ce breuvage.

— Vous supposez qu'un danger nous menace, vous avez peur, et voilà pourquoi vous désirez nous quitter, répliqua Flavia.

— Vous vous trompez maîtresse ; si je vous demande à partir, c'est pour écarter de sir Colfax, de miss Mary et de vous-même sans doute un danger que j'ignore, mais que je pressens. La vieille Effie aime l'argent, et, en échange de quelques dollars, elle me remettra un flacon qui fera parler Bob.

— Et dans huit jours vous serez de retour ?

— Dans huit jours.

— Mais Bob, en vous voyant partir, ne concevra-t-il pas des soupçons ?

— Soyez sans inquiétude, maîtresse, il ne soupçonnera rien.

Deux heures après cet entretien, Bob-Kricq ayant aperçu Scabieuse qui quittait l'usine, lui demanda où elle allait.

— Je vais à New-York faire des emplettes pour miss Flavia, répondit-elle.

— Combien de temps resteras-tu absente ? reprit le mulâtre.

— Quatre ou cinq jours, dit la jeune négresse.

Puis elle s'éloigna rapidement.

Un éclair de joie brilla dans les yeux de Bob.

— Quatre ou cinq jours, pensa-t-il en la suivant du regard. Quand elle reviendra, tout sera fait, je serai riche et elle m'épousera.

Dans l'après-midi du même jour, Bob Kricq prit un linge mouillé et il l'étendit au soleil comme pour le faire sécher sur l'un des piquets placés près du puits noir.

Au-dessus du puits, et en deçà du mur d'enceinte de l'usine, se dressait une montagne dont le sommet était hérissé d'énormes quartiers de roches entassés pêle-mêle les uns sur les autres.

Dans l'infracture de l'un de ces rochers était caché un homme.

C'était Williams Turker que le vicomte de Kerlusset avait cru reconnaître le soir où il revenait de Franklin, et qui s'était enfui à son approche.

De l'observatoire où se trouvait placé l'ancien marchand d'huile, il pouvait voir, sans être vu, tout ce qui se passait dans l'établissement de sir John Colfax.

La présence du chiffon blanc sur le parquet lui arra-un cri de joie.

— Allons, tout va bien, murmura-t-il en avançant la

tête pour s'assurer qu'il avait bien vu. Cet imbécile de Bob s'est enfin décidé. Ce sera pour ce soir.

En prononçant ces mots, il se mit à rire, mais d'un rire sinistre et silencieux.

Si les tigres pouvaient rire lorsqu'ils flairent une proie, ils ne riraient pas autrement que le faisait alors Williams Turker.

Cet accès de joie passé, il se prit à réfléchir.

— J'ai sept heures devant moi, pensait-il, il faut les employer à achever mes préparatifs.

Il rentra dans son rocher.

Les préparatifs de Williams Turker étaient des plus bizarres

Il commença d'abord par dérouler une corde d'une circonférence de 10 centimètres et longue d'environ 150 mètres.

Lorsqu'il eut déroulé cette corde, il l'enduisit d'une substance noire et gluante, assez semblable à du goudron.

Ce travail, d'une exécution très-difficile, dura trois heures.

Ensuite, il alla chercher au fond des rochers des copeaux, et il les plongea à diverses reprises dans un baril qui contenait un liquide également noir.

Cela fait, il mit les copeaux sécher, et quand ils furent secs, il les plaça dans deux sacs de cuir.

Cette seconde opération terminée, il s'essuya le front, qui était ruisselant de sueur, puis il tira sa montre.

— Neuf heures, dit-il ; j'ai trois heures à moi pour me reposer.

Il s'étendit sur un lit de feuilles sèches, et il s'endormit.

VIII

LES PRÉLIMINAIRES DU COMPLOT

Flavia Morin avait tout d'abord mis en doute la vertu que Scabieuse attribuait au breuvage fabriqué par la vieille négresse.

Puis bientôt elle se souvint qu'étant enfant elle avait trouvé, consignés dans des récits de voyages, des faits tout aussi extraordinaires.

Pourquoi Effie ne posséderait-elle pas le secret de composer la liqueur qui fait parler ?

Sa réponse, à cette question qu'elle s'était adressée, avait été d'autoriser la jeune négresse à partir sur-le-champ pour Cincinnati.

Toutefois, une pensée la préoccupait.

Scabieuse serait-elle de retour à temps pour détourner le malheur qu'elle pressentait, sans pouvoir le définir ?

La soirée qui suivit son départ fut triste.

La chaleur avait été accablante, pendant la journée.

Vers le soir, des nuages couleur de plomb accoururent du fond de l'horizon et enveloppèrent tout le ciel.

L'état atmosphérique avait fortement réagi sur l'organisation impressionnable de miss Mary ; elle respirait avec peine l'air embrasé qu'aucun souffle ne rafraîchissait.

Tous les soirs, après dîner, les deux jeunes filles avaient l'habitude de faire une courte promenade, et

presque toujours le vicomte de Kerlusset les accompa-
pagnait.

Miss Mary, ce soir-là, après avoir fait quelques pas,
se sentit si lasse qu'il lui fut impossible de continuer.

Les deux amies rentrèrent donc dans le chalet.

Mais Flavia, avant de s'éloigner, dit à voix basse et
mystérieuse au jeune savant :

— Attendez-moi, monsieur de Kerlusset, j'ai à vous
parler.

Au bout d'une demi-heure, elle rejoignit Amaury.

Elle lui apprit alors les confidences de Scabieuse et
son départ qu'elle avait caché à miss Mary, afin de ne
pas l'effrayer.

Le vicomte approuva en tout point la conduite qu'a-
vait tenue Flavia.

Sans doute, la puissance merveilleuse qu'avait, au
dire de la jeune négresse, le breuvage composé par
Effie, le surprenait bien un peu ; toutefois, il ne la
niait pas, car, mieux que tout autre, il savait que les
peuples primitifs possèdent certains secrets qui dé-
routent toutes les données de la science.

— Attendons l'expérience avant de nous prononcer,
dit-il à Flavia, mais redoublons de surveillance jusqu'au
retour de Scabieuse. Moi aussi, je redoute quelque
chose. Ou je me trompe fort, ou Williams Turker,
qu'on a prétendu parti, n'a point quitté le pays et, s'il
se cache, c'est qu'il a en tête quelque sinistre projet.
J'ai bien envie, ajouta-t-il, d'informer sir Colfax de ce
qui se passe.

Amaury, tout en parlant, était arrivé devant son pavillon.

Il y entra et écrivit les lignes suivantes :

« *A sir John Colfax, à New-York.*

« Orage dans l'air. — Revenez tout de suite au puits.

« KERLUSSET. »

Cela fait, Amaury et Flavia cherchèrent, mais inutilement, Bob Kricq dans l'usine ; ils finirent par le trouver assis devant la porte d'entrée, fumant gravement sa pipe.

— Cette dépêche sur-le-champ au bureau télégraphique, lui dit le vicomte.

Le mulâtre se leva et prit le pli.

— Quand vous serez de retour, continua M. de Kerlusset, vous sonnerez, et je vous ouvrirai.

Bob, sans prononcer un mot, partit dans la direction du télégraphe.

Il marchait d'un bon pas et bientôt il disparut dans les ombres de la nuit.

Le vicomte ferma la porte, retira la chaîne de Minos, puis il rentra dans son pavillon, pendant que Flavia regagnait le chalet.

Tant que Bob se trouva à la portée des regards de Flavia et du vicomte, il ne modifia point sa marche rapide.

Mais, lorsqu'il fut certain qu'on ne pouvait plus l'apercevoir, il s'arrêta, prêta l'oreille et écouta.

Il entendit distinctement la porte de fer crier sur ses gonds, puis le bruit des pas d'Amaury et de Flavia, qui rentraient chez eux, et enfin la porte du pavillon et la porte du chalet qu'on refermait.

Alors, au lieu de continuer à s'avancer dans la direction du poste télégraphique, il revint sur ses pas en rampant à terre, à la façon des reptiles.

Arrivé auprès du mur d'enceinte de l'usine, il regarda à droite, à gauche, devant lui, derrière lui, de tous les côtés enfin, pour se bien assurer qu'il n'y avait là aucun témoin suspect.

Tout était silencieux dans l'établissement de Colfax.

Une seule lumière apparaissait.

Cette lumière partait de la chambre à coucher de miss Mary.

— On veille là-bas, murmura le mulâtre, mais la nuit est noire, personne ne me verra.

De nouveau, il se mit à ramper.

Mais, cette fois, il se dirigea vers la montagne rocheuse.

Au bout de trois quarts d'heure de marche, il était parvenu au sommet de la montagne.

Williams Turker dormait profondément.

Bob fut obligé, pour l'éveiller, de lui frapper assez rudement sur l'épaule.

L'ancien marchand d'huile bondit comme une bête fauve surprise dans son repaire.

— Qui va là ? cria-t-il.

— Eh parbleu, c'est moi !... Bob Kricq !

— Ah ! très-bien... je sommeillais en t'attendant... partons !

— Il n'est pas encore l'heure. Réglons d'abord notre petit compte.

— Je t'ai promis deux mille dollars pour me faire entrer dans l'usine.

— Quatre mille ! dit le mulâtre.

— Quatre mille, dont deux avant d'entrer et deux en sortant.

— Je veux les quatre mille dollars tout de suite, ou le marché ne tient plus.

— Tu te méfies de moi ?

— Non… mais je doute que vous vous tiriez de l'entreprise sans y laisser votre peau.

— Stupide adimal !… il n'y a à l'usine que deux jeunes filles, ce Français et un chien.

— Ce n'est pas là qu'est le danger.

— Voyons… explique-toi.

— Votre projet est de faire sauter le puits, n'est-ce pas.

— Après ?

— Il faudra alors que vous descendiez dedans.

— Naturellement.

— Puis, une fois descendu, vous mettrez le feu à votre corde goudronnée…

— Elle brûlera lentement, et j'aurai le temps de sortir du puits.

— Mais, si le feu va plus vite que vous ?… si le lac s'enflamme spontanément… vous êtes un homme mort, et je perds, — moi, Bob Kricq, — les deux mille dollars qui qui doivent compléter la somme convenue… ce qui serait, convenez-en, peu délicat de votre part.

— Soit, tu auras les quatre mille dollars, mais quand je serai dans l'usine.

— Il me les faut tout de suite, sinon je cours porter au télégraphe la dépêche que voici.

Le mulâtre, à l'appui de sa menace, montra la lettre adressée à sir John Colfax.

Williams Turker s'en saisit, la lut, puis il la déchira.

— Tiens, dit-il à Bob, voici les quatre mille dollars.

Et il lui remit une grosse bourse pleine d'or.

— Bien, reprit le mulâtre ; maintenant allumez votre lanterne.

— Pourquoi faire ?

—- Je veux m'assurer si le compte y est.

L'ex-marchand d'huile se sentit un moment l'envie de sauter à la gorge de Bob Kricq ; toutefois il alluma sa lanterne, mais en ayant soin de diriger le jet lumineux dans l'intérieur du rocher.

Bob se mit à compter l'or enfermé dans la bourse.

— La somme est exacte, dit-il.

Et il serra la bourse dans sa bouche.

— Passons maintenant à notre petit programme, dit Williams Turker après avoir éteint sa lanterne ; à minuit précis, je serai derrière le mur de l'usine, et je ferai entendre le cri convenu.

— Fort bien !

— Lorsque tu m'auras répondu, je jetterai par-dessus le mur une échelle de corde.

— Après ?

— Tu fixeras solidement sur le sol un des bouts de cette échelle.

— Puis je vous renverrai l'autre bout.

— De cette manière, je ferai mon ascension et j'opérerai ma descente dans l'établissement...

— Sans la moindre difficulté...

— Et, en cas de tricherie de ta part, mon drôle, tu sais ce qui t'attend ?...

— Qu'est-ce qui m'attend ?

— Je t'ai payé, donc tu m'appartiens... et je t'en préviens en honnête homme que je suis... s'il te prenait la fantaisie de me trahir, tu vois ce revolver...

— Je le vois.

— Il y a dedans six balles...

— Six balles. Ensuite ?...

— Il y en aurait une pour toi, et si elle ne t'atteignait pas, je recommencerais jusqu'à extinction de projectiles.

— Bien obligé. Mais vous n'aurez pas cette peine.. j'ai promis de vous faire entrer chez sir Colfax, je n'a qu'une parole, et vous entrerez.

— A la bonne heure !

— Vous n'avez plus rien à me dire ?

— Rien. Retourne promptement à l'usine, car on pourrait s'étonner de ton absence ; et, à minuit !

— A minuit ! répondit le mulâtre en s'éloignant d'un pas rapide.

XX

UNE NUIT TERRIBLE

Une demi-heure après l'entrevue que nous venons de raconter, deux coups de cloche annonçaient le retour de Bob Kricq dans l'usine.

Le vicomte de Kerlusset alla lui ouvrir.

— Etes-vous arrivé à temps au bureau télégraphique ? lui demanda-t-il.

— Le télégramme est probablement maintenant entre les mains du maître, répondit le mulâtre.

— Fort bien. Mais vous paraissez fatigué, il se fait tard, allez vous reposer.

Bob regagna sa chambre.

Au moment où M. de Kerlusset se disposait à rentrer dans son pavillon, Minos accourut joyeusement à lui.

— Oui, c'est moi, mon brave chien, lui dit Amaury

en le caressant. Va... fais bonne garde et, au besoin, avertis-moi.

Minos, comme s'il eût compris ces paroles, répondit par un aboiement, puis il s'élança dans les nombreux méandres de l'habitation.

Nous avons dit que Flavia, en quittant M. de Kerlusset, était retournée au chalet.

Elle y avait laissé miss Mary gracieusement endormie dans son hamac, comme un oiseau dans son nid.

A son retour, elle la trouva sommeillant toujours.

Flavia s'assit sur un petit tabouret auprès de la charmante jeune fille, et ses regards ne pouvaient s'en détacher.

— A toi, chère enfant, pensait-elle, tout en la regardant avec une ineffable tendresse, à toi les songes d'or de la jeunesse, à toi la vie avec toutes ses joies, tous ses enivrements ; tu es belle, tu es bonne, tu es riche : tout ce qui peut donner le bonheur, tu le possèdes.

Puis, faisant un retour sur elle-même :

— Et moi, se disait-elle, quel avenir m'attend ? Ma route est sombre ; le soleil, qui brille pour les autres, sera sans rayons pour moi. Je ne suis plus une femme ; je me nomme la Vengeance !... La Vengeance, continuat-elle ; et pourtant je n'étais pas faite pour haïr !...

Longtemps, bien longtemps elle demeura comme perdue dans tout un monde de rêveries.

Un bruit bien connu de ceux qui ont parcouru les solitudes de l'Amérique l'arracha brusquement à ses pensées.

Ce bruit c'était le hurlement du loup des prairies.

Par trois fois, et à quelques minutes d'intervalle, le même hurlement se répéta.

Bientôt le cri du hibou se fit entendre..

Il était si rapproché qu'on eût dit qu'il partait de l'intérieur de l'usine.

Un aboiement répondit à ce cri et aux trois hurlements.

C'était Minos qui l'avait poussé.

— C'est étrange, dit Flavia en se parlant à elle-même ; jamais, depuis que nous sommes ici, les loups des prairies ne sont venus rôder dans les environs, et jamais je n'ai aperçu des hiboux...

Tout à coup un soupçon traversa son esprit.

— C'est peut-être un signal, pensa-t-elle ; si c'en est un, comment le savoir sans donner l'éveil à l'ennemi ?

Elle prit la lampe qui éclairait la chambre de miss Mary et elle la porta dans la sienne.

Lorsqu'elle fut revenue près de la jeune fille endormie, elle entr'ouvrit les rideaux de la fenêtre et regarda.

Le terre-neuve se mit de nouveau à aboyer.

— Viens, Minos, viens, dit une voix, suis-moi.

Minos reconnut sans doute un ami dans le parleur nocturne, car il se tut aussitôt et le suivit.

Quelques instants après, il était solidement enchaîné.

La nuit était si noire que Flavia ne put rien distinguer d'abord.

Peu à peu cependant ses yeux s'accoutumèrent à l'obscurité.

Bientôt il lui sembla apercevoir un objet informe se dresser sur le mur d'enceinte de l'usine.

Elle crut, dans le premier moment, s'être trompée.

L'orage qui menaçait depuis longtemps éclata tout à coup avec cette spontanéité et cette furie particulières aux orages d'Amérique.

Les éclairs et les coups de tonnerre se succédaient sans discontinuité.

9,

A la lueur d'un éclair, elle vit un ombre accrochée à une échelle de cordes se mouvoir, descendre du mur et rejoindre une forme humaine accroupie sur le sol.

Quels pouvaient être ces hommes ?

Quel était leur dessein ?

Elle attendit, le cœur tout palpitant.

Ici, Minos fit entendre à plusieurs reprises des aboiements furieux, et sa chaîne, qu'il secouait, rendit des sons métalliques.

Puis les aboiements du terre-neuve cessèrent, comme si une voix amie venait de calmer ses défiances.

Deux ou trois minutes s'écoulèrent.

Un nouvel éclair illumina le ciel sombre, et Flavia, à sa clarté, reconnut dans l'un des deux hommes le mulâtre et, dans l'autre, Williams Turker.

Ce dernier portait un fardeau sur ses épaules.

Bob tenait un sac de cuir à chaque main.

Ils se dirigèrent du côté du puits et il disparurent.

Flavia sans se rendre compte encore de ce qu'ils voulaient faire, sentit son sang se glacer.

Elle songea à réveiller miss Mary.

— A quoi bon effrayer cette pauvre enfant ? se dit-elle bientôt en la regardant avec attendrissement. En quoi pourrait-elle me seconder ?... Il sera toujours temps de l'éveiller, si je ne parviens pas à conjurer le danger,

Elle descendit rapidement à la chambre de sir Colfax et elle remonta presque aussitôt armée d'un revolver.

Mais ce ne fut point à la fenêtre qu'elle alla.

Elle se coucha sur le parquet de la chambre de miss Mary, qui, on le sait, était à claire voie.

D'abord, elle ne vit rien et elle sentit sa poitrine soulagée d'un poids douloureux.

Cette lueur d'espoir ne devait pas durer.

Un bruit de pas la fit tressaillir.

C'était Bob et Turker qui arrivaient près du puits.

Elle aperçut alors l'ex-marchand d'huile jeter à terre un énorme paquet de cordes noires, allumer sa lanterne et se mettre à dérouler son paquet de cordes.

De son côté, le mulâtre venait d'entr'ouvrir les sacs de cuir et en tirer des copeaux enduits de résine.

Flavia, toujours immobile sur le parquet, les suivait du regard, tout en cherchant à deviner le mot de l'énigme.

Pour bien faire comprendre la scène qui va suivre, il est indispensable de donner une description exacte des lieux.

Le puits noir avait trois mètres de diamètre

Sur l'un de ses côtés était une échelle en fer qui descendait jusqu'à la nappe de pétrole.

Du côté opposé, était fixé le tuyau du corps de pompe qui faisait monter l'huile minérale à la surface.

Comme cette huile est essentiellement inflammable, sir Colfax, pour écarter tout risque d'incendie, avait fait placer sur l'orifice de son puits une couverture en double tôle.

Toutefois, cette couverture était percée de petits trous ronds afin que les émanations du pétrole pussent arriver jusqu'à la chambre à coucher de miss Mary.

Enfin, une serrure solide fermait la plaque en tôle du puits dans lequel, d'ailleurs, on ne descendait que lorsque des réparations étaient jugées nécessaires.

En l'absence de sir John Colfax, c'était Flavia qui avait cette clé.

Grande fut sa surprise quand elle entendit Williams Turker demander cette clé au mulâtre.

— **La voici,** répondit ce dernier en lui remettant la clé.

La surprise de Flavia devint de la stupeur.

On lui avait donc dérobé cette clé.

Bob Kricq, après la remise de la clé demandée, dit à Williams Turker :

— J'ai tenu honnêtement toutes mes promesses, à vous de faire le reste.

— Tu me quittes ? reprit l'ex-marchand d'huiles.

— Quoique ma peau ne soit pas de la couleur de la vôtre, répondit le mulâtre, j'ai la faiblesse, n'en ayant pas une autre de rechange, d'y tenir énormément, et je me sauve !

— A ta guise, mon garçon !

Bob, ainsi qu'il l'avait annoncé, s'enfuit à toutes jambes.

Williams Turker, muni de la fausse clé, ouvrit alors l'orifice du puits, et, après avoir tiré à lui la corde et les copeaux, il se mit en devoir de descendre.

Flavia frissonna.

La signification de tous ces préparatifs mystérieux lui fut révélée avec la rapidité de la foudre.

Cette corde et ces copeaux imprégnés d'une substance inflammable étaient destinés à mettre le feu au lac, et la corde noire, en brûlant lentement, devait jouer le rôle d'une mèche dans une mine.

Attendre un instant de plus et l'épouvantable forfait était consommé.

Il fallait donc arrêter le bras de Turker avant qu'il eût allumé l'incendie.

Elle arma son revolver et ne fit qu'un bond de la chambre à l'escalier extérieur qui communiquait aux abords du puits.

Le puits, dans certaines parties seulement, était éclairé par la lanterne sourde de Turker ; le reste était noyé dans l'ombre.

L'ex-marchand d'huile avait franchi les premiers degrés de l'échelle en fer qui descendait jusqu'à la nappe du pétrole, et le haut de son corps était seul visible.

Déjà il se baissait pour mettre le feu aux copeaux attachés à l'extrémité de la corde.

Flavia, arrivée au milieu de l'escalier, s'arrêta instantanément.

Puis elle dirigea son revolver sur l'incendiaire et fit feu.

La lanterne placée sur le rebord du puits tomba à terre et s'éteignit.

L'obscurité devint complète.

Williams Turker avait-il été atteint ?

Dans ce cas, le bruit de sa chute dans le lac devait se faire entendre.

Flavia, l'oreille tendue, écouta.

Au même moment, le puits s'éclaira de nouveau.

C'était Turker qui déchargeait au hasard son revolver sur son agresseur invisible.

A son coup de feu, un autre, qui venait de l'escalier, répondit.

Puis, cinq nouvelles détonations se succédèrent en quelques secondes.

Et deux grands cris partirent simultanément, l'un du puits, l'autre de l'escalier extérieur du chalet.

Turker, frappé d'une balle à la tête, lâcha sa corde pour se cramponner à l'échelle.

Mais bientôt ses mains crispées se détendirent, et il roula au fond du gouffre en proférant d'horribles imprécations.

Flavia avait le haut du bras fracassé.

Cependant elle eut le courage de se traîner jusqu'au puits.

Là, elle put entendre les derniers gémissements et les derniers blasphèmes du misérable.

Elle voulut alors retourner auprès de miss Mary.

La douleur que lui causait sa blessure fut plus forte que sa volonté.

Elle tomba inanimée contre la margelle du puits.

X

LE TERRE-NEUVE ET LE MULATRE

Le vicomte de Kerlusset, après avoir congédié Bob Kricq, était, comme nous l'avons dit, rentré dans son pavillon.

Ce pavillon, distant de cinq cents mètres du puits noir, avait vue sur le chalet placé au centre de l'usine.

L'esprit tout troublé par les confidences de Flavia et par de vagues pressentiments d'un prochain malheur, il avait résolu de veiller jusqu'au petit jour.

Accoudé sur sa fenêtre, et les yeux sur la croisée de la chambre de miss Mary, il se tenait prêt à accourir au plus léger indice de danger.

Une heure, deux heures se passèrent.

Rien de suspect ne le frappa.

Au bout de ce temps, il crut entendre comme le cri d'un oiseau de nuit.

Mais ce cri ne s'étant pas renouvelé, il pensa s'être trompé.

Minuit venait de sonner, lorsque la chambre de miss Mary qui, jusque-là, était demeurée éclairée, rentra dans l'obscurité.

Presque au même moment l'orage éclata.

De son poste d'observation, il vit la tempête se déchaîner, les éclairs sillonner les nues, et il entendit les grondements de la foudre.

Le spectacle des grands déchirements de la nature a quelque chose de terrible et de grandiose tout à la fois.

Le jeune savant était tout absorbé dans sa contemplation, lorsque la détonation d'une arme à feu se fit entendre.

Il s'élança dans la direction du chalet d'où la détonation était partie, sans même songer à s'armer.

Sept autres coups de feu suivirent, presque sans interruption, le premier.

Puis on n'entendit plus que la voix de la tempête.

Quand il arriva près du puits, il trébucha contre une masse inerte.

Épouvanté, il se baissa.

Il sentit sous sa main des vêtements de femme.

Etait-ce Flavia ?

Était-ce miss Mary ?

Interrogation terrible à laquelle il ne pouvait répondre !

Il prit dans ses bras ce corps inanimé, et il gagna l'escalier.

Mais en traversant l'espace qui séparait le puits de cet escalier, il sentit des gouttes chaudes qui tombaient du plancher à claire-voie sur son front et sur ses mains.

A la lueur d'un éclair, il vit que ses mains étaient rouges.

— Il pleut donc du sang de là haut? se dit-il tout glacé d'épouvante.

Il gravit fièvreusement l'escalier, trouva la chambre à coucher de miss Mary ouverte, et il déposa son fardeau sur un fauteuil.

Le silence et l'obscurité régnaient dans cette chambre.

Calme, malgré les terreurs secrètes qui l'agitaient, il alluma une bougie.

Alors, un tableau horrible s'offrit à ses yeux.

Sur le fauteuil gisait Flavia, sans mouvement.

Miss Mary, couchée dans son hamac, semblait dormir.

Mais son visage avait la pâleur d'une morte.

Une écume rosée frangeait ses lèvres et sa robe était toute maculée de sang.

Amaury entr'ouvrit la robe de la jeune Américaine, et la blessure apparut, un trou de la largeur d'une pièce de dix sous, entre les épaules.

La pauvre enfant avait été frappée, pendant son sommeil, par une balle de Williams Turker.

M. de Kerlusset prit un linge, le trempa dans l'eau et le passa sur les tempes de miss Mary.

Elle fit un léger mouvement, et plusieurs soupirs semblables à des plaintes s'échappèrent de sa poitrine.

— Grâce à Dieu, elle n'est pas morte! murmura Amaury.

Il alla alors à Flavia.

Elle venait de reprendre connaissance, et ses yeux effarés étaient fixés sur miss Mary.

Elle comprit l'intention du vicomte.

— Non... non..., fit-elle d'une voix faible. C'est à elle qu'il faut songer... Sauvez-la, si c'est possible.

Amaury revint auprès de miss Mary et il mit un appareil sur sa blessure.

Quelques instants après, sa respiration devint plus libre, et elle ouvrit les yeux.

— Tout espoir n'est pas perdu, n'est-ce pas? demanda Flavia à M. de Kerlusset.

— Hélas! répondit-il.

Au moment où miss Mary était atteinte par la balle de Turker, un drame épouvantable avait lieu sur un autre point de l'usine.

Bob Kricq, après avoir quitté l'ex-marchand d'huile, était retourné précipitamment non pas vers le chalet qui, placé sur le puits, devait infailliblement crouler au milieu de l'incendie, mais vers le mur d'enceinte où était demeurée l'échelle de corde.

Son projet était de fuir et de rejoindre Scabieuse à New-York, où il la croyait allée.

Comme il mettait le pied sur l'échelle, des aboiements furieux retentirent.

C'était Minos qui avait fini par rompre sa chaîne et qui accourait pareil à un ouragan.

Le mulâtre l'appela.

Mais sa voix se perdit dans les grondements de la tempête. Minos, en trois bonds, rejoignit Bob-Kricq et lui sauta à la gorge.

Le lendemain matin, les ouvriers, en arrivant à l'usine, trouvèrent le mulâtre étranglé près du mur d'enceinte.

Le vicomte de Kerlusset, mis par Flavia au coura t de la trahison de Bob, envoya immédiatement à sir John Colfax le télégramme suivant :

« Miss Mary grièvement blessée ; arrivez vite avec un médecin. »

XI

L'ARC EN CIEL.

Six semaines s'étaient passées depuis la nuit terrible dans laquelle Williams Turker et le mulâtre Bob Kricq avaient trouvé la mort, juste châtiment de leur criminelle tentative.

Flavia était complètement rétablie.

Il n'en était pas de même de miss Mary.

La balle qui l'avait frappée entre les épaules avait attaqué les organes de la vie.

Le poumon gauche était traversé, et malgré les soins que lui prodiguait l'habile médecin que John Colfax avait amené de New-York, la pauvre enfant allait chaque jour s'affaiblissant.

Un grand changement s'était produit chez le riche industriel.

Cet homme, si vigoureux et d'une activité dévorante, était tombé dans un sombre abattement.

Assis au chevet du lit de sa fille, pendant le jour et pendant la nuit il suivait d'un œil atone les progrès du mal.

Tout le fardeau des affaires pesait sur Flavia, et, le soir venu, elle allait reprendre sa place de sœur de charité auprès de sa chère malade.

Amaury de Kerlusset admirait, sans chercher à le dissimuler, cette énergie virile que rien ne lassait, et qui faisait face à tout.

Flavia devina-t-elle cette admiration toute platonique d'ailleurs du vicomte?

Toutefois, depuis quelque temps déjà, et surtout pendant la longue agonie de miss Mary, une transformation s'était faite en elle.

Sa pensée, sans qu'elle se l'avouât, était toute préoccupée du jeune savant.

S'il ne paraissait point au chalet aux heures accoutumées, elle s'inquiétait de son absence et tombait dans de vagues rêveries; puis, dès qu'il se montrait, la joie rentrait dans son âme troublée.

Amaury ne se doutait de rien, ne soupçonnait rien.

Flavia, inconsciente du sentiment qui avait peu à peu envahi son cœur, s'y laissait aller avec cette douce quiétude de l'enfant qui, ne connaissant pas le danger, ne le redoute point.

Cependant l'état de miss Mary s'aggravait de jour en jour.

La pauvre enfant comprit que ses heures étaient comptées.

Mais la mort ne l'effraya point.

Une seule pensée la préoccupait.

Que deviendrait son père lorsqu'elle ne serait plus?

Elle eut alors une de ces inspirations que la tendresse filiale est seule capable de trouver.

Un jour, au sortir d'une syncope, elle lui prit les mains, et d'une voix à demi éteinte:

— Il ne faut pas vous faire illusion, cher père, lui dit-elle: je suis mortellement atteint; avant que cette journée soit achevée, j'aurai rejoint ma mère.

— Que parles-tu de mourir? sanglota Colfax. Je ne veux pas que tu me quittes... je ne veux pas que tu meures... Que deviendrais-je si tu partais la première?

— Moi morte, poursuivit miss Mary, comme si elle n'avait point entendu, je serai encore auprès de vous ; mon âme ne vous quittera plus... Et puis n'aurez-vous pas à en aimer une autre... à vivre pour une autre... pour votre seconde fille ?

— Ma seconde fille ! s'écria sir Colfax qui ne comprenait pas. Mon Dieu ! mon Dieu ! est-ce que ma pauvre enfant deviendrait folle ?

— J'ai toute ma raison, mon père, répondit la mourante, et si je vois le présent avec toutes ses douleurs et toutes ses déchirements, l'avenir m'apparaît aussi avec ses espérances et ses consolations.

Miss Mary en proférant ces mots s'était, pour ainsi dire, transfigurée.

Tout ce qu'il y avait de matériel en elle s'était comme évanoui aux approches de la mort.

On se serait cru en présence d'une âme dégagée de ses liens terrestres qui planait au-dessus de ce monde périssable.

Sir Colfax, malgré la violence de son désespoir, fut frappé de ce changement.

Il lui sembla que ce n'était plus la voix de son enfant, mais une voix venue d'en haut qui lui dictait ses volontés.

— Parle, répondit-il, j'écoute.

— Je veux, dit miss Mary, que Flavia me remplace auprès de vous, lorsque je ne serai plus.

— Que me demandes-tu ? exclama le malheureux père.

— Voudriez-vous enlever à votre fille bien-aimée sa dernière consolation en quittant la vie ? murmura la mourante.

— Non... non..., fit sir Colfax en lui baisant les mains.

Une éclair de joie brilla sur le visage pâle de miss Mary.

— Maintenant que j'ai votre promesse, mon père, dit-elle, faites venir ma sœur.

Quelques instants plus tard, Flavia entrait dans la chambre.

Miss Mary lui fit signe d'approcher, et, lorsqu'elle fut près d'elle, elle se souleva lentement sur son lit.

— Flavia., mon amie… ma sœur, lui dit-elle, il y a ici… près de nous… un pauvre vieillard cruellement éprouvé, et qu'un nouveau malheur va atteindre… veillez sur lui comme je l'ai fait, tant que Dieu me l'a permis… séchez ses larmes, calmez son désespoir, soyez pour lui une autre moi-même… devenez son ange consolateur… devenez sa fille… je vous lègue mon père.

Flavia au comble de l'émotion, regarda sir Colfax.

Celui-ci comprit son regard et répondit par un signe de tête qui voulait dire :

« J'ai consenti, consentez. »

Puis, il tomba à genoux devant le lit de miss Mary.

Flavia, sans prononcer un mot, se mit également à genoux devant la mourante.

La mourante, par un suprême effort, se pencha sur eux, leur prit les mains, les plaça l'une dans l'autre, puis un sourire ineffable apparut sur son visage, elle entr'ouvrit les lèvres :

— Mon père !… ma sœur ! dit-elle.

Sa tête retomba sur son lit.

L'âme de miss Mary venait de rejoindre l'âme de sa mère.

FIN DE LA DEUXIÈME PARTIE

TROISIÈME PARTIE

LE BREUVAGE QUI FAIT PARLER

I

UN REVENANT DE L'AUTRE MONDE.

Les nombreux promeneurs qui, pendant la belle saison, suivent l'avenue de l'Impératrice pour aller au bois de Boulogne, rencontrent sur leur droite, à mi-chemin, un charmant hôtel du meilleur style Louis XIV, en partie caché, comme un nid de fauvettes, parmi de verts ombrages.

Sur le devant de cet hôtel s'élèvent deux petits pavillons en briques rouges, séparés par une grille en fer doré du plus beau travail.

Au milieu de cette grille, une porte magistrale, également en fer, donne accès aux voitures.

Sur les deux côtés, près des pavillons, sont deux portes de service de dimension réduite.

Cette résidence féérique, de construction récente,

avait abrité, à diverses époques, des hôtes illustres, quoique à des titres différents.

Ainsi, en 1867, lors de la grande exposition qui marqua l'apogée du second empire, une tête princière l'avait occupée pendant quelques mois.

Plus tard, une actrice renommée pour ses diamants y pendit la crémaillère de la haute galanterie parisienne.

A cette princesse de la rampe succéda un coulissier transformé du jour au lendemain en millionnaire, et qui, peu de temps après, à la suite d'un coup de bourse mal combiné, gagna précipitamment les frontières de la Belgique, afin de sauver sa caisse.

Vers la fin du mois d'août 1874, cet hôtel était devenu la propriété de sir John Colfax.

Le riche Américain avait résolu, après la mort de miss Mary, de quitter son pays qui lui rappelait de trop cruels souvenirs, et Flavia, tout entière à ses projets de vengeance, l'avait facilement décidé à venir en France.

Il avait cédé au vicomte de Kerlusset, moyennant une énorme redevance annuelle, l'exploitation de son puits, et il était parti avec sa fille adoptive.

Trois mois avant son arrivée à Paris, sir John Colfax, à la recommandation du vicomte, avait chargé le notaire Lacarrière de lui acheter et de lui préparer un gîte digne de son immense fortune. Il lui avait fait ouvrir en même temps un crédit de trois millions chez Rothschild pour subvenir aux frais de son installation.

Deux millions étaient destinés à l'acquisition de l'hôtel; le troisième, au mobilier et aux divers détails de l'aménagement.

Le notaire Lacarrière, peu expert en cette dernière

matière, avait confié à Salavert, — notre ancienne connaissance du dîner chez Brébant, — devenu son maître-clerc, le soin de remplir cette mission délicate.

Ce choix était excellent, car Salavert, tout clerc de notaire qu'il était, s'entendait à merveille aux choses de la haute vie.

Il avait acquis, dans sa fréquentation avec les artistes et les journalistes, certaines connaissances spéciales qui faisaient complétement défaut au brave Lacarrière, vénérable tabellion de l'ancien régime.

Le notaire avait donné carte blanche. à son maître clerc.

— Faites pour le mieux, lui avait-il dit ; vous avez un million à dépenser, ne le dépassez pas.

On peut tout à Paris avec de l'argent, et Salavert s'était montré à la hauteur de son mandat.

Aussi, lorsque le richissime Yankee entra dans son immeuble, le 16 octobre 1874, trouva-t-il tout fait et bien fait.

Deux valets de pied, remarquables par leur cachet aristocratique, attendaient, l'intendant de l'hôtel en tête, leur nouveau maître, et faisaient haie quand la porte d'honneur s'ouvrit pour lui donner passage.

Dans l'un des pavillons, un gaillard, d'une stature colossale, était préposé au cordon.

Dans l'intérieur du sous-sol, un maître cook, qui avait fait ses preuves chez plusieurs ambassadeurs étrangers, surveillait les fourneaux en compagnie de jeunes marmitons d'une propreté irréprochable.

John Colfax avait à son bras une jeune femme dont le visage était entièrement caché sous un voile.

Derrière elle, était une négresse de dix-sept à dix-huit ans, qui résumait en sa personne toutes les beautés de la race noire.

Elle tenait en laisse un magnifique terre-neuve.

L'intendant présenta à Colfax, les uns après les autres et suivant les règles exactes de la hiérarchie, ses différents subordonnés.

Cette revue du personnel terminée, on passa dans un salon-vestibule où attendait un personnage habillé de noir et cravaté de blanc.

Ce personnage était le maître clerc du notaire Lacarrière.

Lorsque sir John Colfax parut avec sa jeune compagne, Salavert s'inclina avec déférence.

— Si vos Seigneuries ne se ressentent pas trop des fatigues de leur voyage, dit-il, je leur montrai les pièces principales de l'hôtel.

— Nous vous suivons, répondit l'Américain

Salavert jeta un rapide coup d'œil sur la jeune compagne de sir Colfax, mais il en fut pour sa curiosité, car le voile qu'elle portait était impénétrable.

Il prit les devants et il les conduisit dans les divers appartements ; le goût le plus parfait avait présidé à leur aménagement.

Les deux salons du premier étage communiquaient entre eux par des glaces sans tain qu'un bouton dissimulé dans les boiseries faisait tourner sur des pivots invisibles.

Bronzes, lustres, tentures, tapis d'Aubusson, plafonds peints par des artistes en renom, tout indiquait ce luxe de bon aloi qui a l'art pour collaborateur.

La salle à manger, ni trop grande ni trop petite, était un véritable poème cynégétique.

La boiserie en vieux chêne sculpté, avec encadrement

10

d'ébène, contenait, dans les médaillons des panneaux, des natures mortes dues au pinceau de Desgoffe.

Sur les côtés, deux immenses dressoirs étaient chargés de pièces d'argenterie sortant des ateliers d'Odiot.

L'Américain et la jeune femme voilée passèrent cette inspection avec le flegme le plus anglo-normand.

Aucun signe d'approbation ou d'improbation n'avait traduit leurs impressions.

Salavert, désappointé, se demandait si ces sauvages cousus d'or possédaient les lumières suffisantes pour distinguer les merveilles de l'art d'avec les produits banals de la pacotille.

Il regrettait tout bas de s'être donné tant de mal pour d'aussi piètres connaisseurs.

On était arrivé à l'appartement destiné à la compagne de sir John Colfax.

— Voici l'appartement de madame, dit le maître clerc avec une certaine emphase.

— Madame, non, repartit d'un ton bref le riche Yankee ; mademoiselle est ma fille.

Salavert s'inclina respectueusement.

Quand l'inspection fut achevée, il demanda au nouveau propriétaire si ses intentions avaient été bien comprises et s'il était satisfait.

— C'est vous qui aviez dirigé les travaux de l'installation ? dit sir John en regardant le maître clerc à travers son monocle.

— C'est moi, répondit il avec avec une modestie qui n'était pas exempte d'orgueil.

— Voici un chèque de quarante mille francs pour vos honoraires, continua Colfax en tirant de son portefeuille un papier qu'il tendit à Salavert.

Salavert écarquilla les yeux, prit le précieux chiffon

de papier et le serra dans la poche de son habit d'un
air tout radieux.

— Un à-compte sur le prix de ma future étude, pensa-
t-il. Une dizaine d'aubaines comme celle-ci, et...

Un valet de pied qui entra coupa le reste de sa phrase.

Ce valet de pied portait sur un plateau d'or trois
cartes de visite.

— C'est pour vous, chère, dit l'Américain à sa compagne, après les avoir regardées.

La jeune femme les prit à son tour et lut à haute voix
les trois noms suivants :

« Maxou, avocat ;

« Cavarrox, docteur en médecine ;

« Martineau, journaliste. »

Salavert, en entendant prononcer ces trois noms,
dressa la tête avec stupéfaction.

— J'ai envoyé ce matin, dit la dame voilée à sir John
Colfax, une invitation à dîner à ces messieurs, et ils
sont là.

L'Américain fit un signe de tête approbatif.

— Vous voudrez bien être des nôtres, n'est ce pas,
monsieur? continua-t-elle en se tournant vers le maître
clerc de plus en plus abasourdi.

Salavert, qui se disposait à se retirer, la regarda avec
des yeux effarés.

— Conduisez monsieur dans le petit salon, dit-elle
au valet de pied.

Salavert salua de l'air d'un homme qui écoute une
charade dont il ne connaît pas le premier mot, et il
suivit le valet.

Sir John prit alors les mains de celle qu'il avait appelée sa fille devant le maître clerc.

— Vous avez voulu venir à Paris, mon enfant, lui

dit-il, et nous y voici : Etes-vous contente de moi ?

— Vous êtes bon comme Dieu, répondit-elle. Vous avez épousé ma cause, vous vous associez à l'œuvre de réparation que je vais entreprendre, maintenant je suis certaine d'atteindre mon but.

— Et une fois votre vengeance accomplie, vous serez complètement et véritablement ma fille, n'est-ce pas ?

— Oui, votre fille, car le spectre du passé ne viendra plus se placer entre vous et moi, répliqua Flavia en baisant les mains de son père adoptif.

II

L'AMORCE

Le valet de pied conduisit Salavert dans le petit salon.

L'entrée du maître clerc fut saluée par des hourras et par un feu de file d'interrogations.

— Monsieur le basochien, lui dit Martineau, tu vas nous expliquer l'énigme de cette invitation d'un Américain que nous ne connaissons ni d'Eve ni d'Adam.

— A-t-il un procès à me confier ? demanda Maxou.

— De quelle maladie faut-il le guérir ? reprit le docteur Cavarrox.

— Veut-il fonder un journal franco-américain ? poursuivit le journaliste.

— Mes enfants, pour l'amour de Dieu, ne parlez pas tous à la fois, répondit Salavert en se bouchant les oreilles.

Lorsque le calme fut rétabli, il continua d'un ton solennel :

— Impossible de vous fournir d'autres renseignements

que ceux qui vous sont connus ; j'ai été chargé par mon patron de garnir de meubles et de valetaille l'hôtel de sir John Colfax ; néant pour le reste.

— Alors, pourquoi cette triple invitation ? firent les trois jeunes gens.

— L'invitation est quadruple, attendu que je suis aussi du dîner, repliqua Salavert, et, ce qu'il y a de plus surprenant dans tout ceci, c'est que l'invitation nous vient de miss Colfax.

— C'est une Américaine en quête d'un mari, dit Martineau en se regardant complaisamment dans une glace.

— Est-elle jolie, au moins ? demanda Cavarrox en essuyant les verres bleus de ses lunettes.

— Miss Colfax avait un voile qui lui cachait le visage, reprit Salavert.

— Ce doit être un monstre, conclut le docteur.

— Tout ce que je peux vous dire, poursuivit le maître clerc, c'est que le papa est immensément riche. Jugez-en d'après les honoraires dont il m'a gratifié.

Il leur montra le chèque qu'il avait reçu.

— Quarante mille francs ! exclamèrent les trois amis tout ébaubis.

En ce moment la porte du petit salon s'ouvrit, et une jeune femme éblouissante de jeunesse et de beauté se montra.

— Flavia ! s'écria Maxou stupéfait.

— Mademoiselle Morin ! dirent simultanément Martineau et Cavarrox.

Salavert, en entendant prononcer ce nom, faillit tomber à la renverse.

L'énigme, loin de se débrouiller, devenait pour lui plus inexplicable que jamais.

Flavia était vêtue d'une robe en cachemire blanc.

10.

Sa chevelure opulente, roulée en couronne, laissait apercevoir le cou le plus aristocratique, en le découvrant jusqu'à la nuque. .

Ses yeux d'un bleu sombre avaient tour à tour, selon qu'elle le voulait, la douceur du regard des blondes ou l'acuité du regard des femmes brunes.

— Je le vois, messieurs, dit-elle en s'approchant de Maxou, du journaliste et du docteur, vous m'avez reconnue malgré ma transformation.

— Vous !... c'est vous !... reprit l'avocat en serrant à plusieurs reprises les mains de la jeune fille.

— Moi, c'est moi, répondit-elle ; moi qui n'ai rien oublié du passé, ni l'infamie de ceux qui ont voulu me perdre, ni votre dévoûment, mon cher défenseur, ni le vôtre, messieurs, ajouta-t-elle en se tournant vers Martineau et Cavarrox ; oui, après m'être expatriée, me voici de retour, et ma première pensée a été pour vous.

Et elle donna aux trois jeunes gens une de ces cordiales poignées de main que l'Amérique a mises à la mode.

— Merci de ce bon souvenir, lui dit le journaliste qui, toujours sous le coup de l'étonnement, ne trouva dans son répertoire rien autre chose à répondre.

— Oh ! ne me remerciez pas, repartit Flavia, car j'ai encore besoin de vous ; mais, plus heureuse qu'autrefois, je pourrai reconnaître vos services. Je ne suis plus l'institutrice condamnée comme empoisonneuse ; je suis la fille de sir John Colfax, et je possède une force à laquelle rien ne résiste : la richesse !

Sir John Colfax entra.

— Présentez-moi à vos invités, ma fille, dit-il à Flavia.

Flavia nomma tour à tour les trois jeunes gens, et l'Américain tendit la main à chacun d'eux.

— Messieurs, poursuivit-il ensuite, vous vous êtes montrés autrefois les amis dévoués de M{ile} Morin, et je serai heureux de devenir le vôtre.

Martineau, Cavarrox et Maxou s'inclinèrent en signe de consentement.

Salavert crut devoir imiter leur exemple.

Un valet doré sur toutes les coutures parut à la porte qui communiquait du petit salon à la salle à manger :

— Mademoiselle est servie ! dit-il.

Flavia prit le bras de Maxou, et les autres convives suivirent.

Salavert s'était distingué dans le choix du cuisinier-chef.

C'était un maître ès-sciences en fait d'art culinaire.

Le dîner qu'il avait composé était un véritable chef-d'œuvre.

Maxou et ses amis, quoique habitués aux fluctuations de la vie, n'étaient point gens à tomber en extase devant un festin succulent; cependant ils durent s'avouer que bien rarement ils avaient été conviés à de pareilles agapes.

Les plats n'étaient pas nombreux.

Mais quel choix !

Avec quelle science merveilleuse il avait été procédé à leur confection !

Il en fut de même des vins.

Un bordeaux retour de l'Inde pour ordinaire.

Clos-vougeot au rôti.

Vin de Champagne de Rœderer au dessert.

Très-gai fut le repas.

Sir John Colfax, quoique habituellement sobre de paroles, raconta des histoires de l'autre monde devant lesquelles eussent pâli les récits du capitaine Mayne-Reid.

Mais ce qui impressionna le plus vivement les auditeurs, ce fut lorsqu'il retraça, avec une sombre émotion, le drame sanglant dont Flavia avait été l'héroïne.

Il le termina en disant :

— Vous savez maintenant, messieurs, comment Mlle Morin est devenue ma fille.

Rien ne dispose plus aux confidences que les copieuses libations et la fumée des cigares.

La glace était rompue, et l'Américain comprit que le moment était venu d'aborder la grande question.

— Je vous ai raconté, dit-il aux quatre jeunes gens, les événements terribles à la suite desquels Flavia avait remplacé près de moi ma chère fille assassinée ; il me reste à vous apprendre l'engagement que j'ai pris en devenant son père adoptif.

Tous quittèrent leurs cigares et prêtèrent l'oreille.

— Vous n'avez jamais douté de son innocence, n'est-ce pas, messieurs ? continua-t-il ; comme moi, vous avez compris que la vraie coupable n'était point celle que la justice avait frappée et que, derrière la pauvre condamnée, était un crime demeuré impuni ?

— Je l'ai toujours pensé, dit Maxou.

— Moi je suis certain, répliqua sir Colfax.

Et il ajouta d'un ton grave :

— Lorsque la loi est impuissante, le droit naturel commence : œil pour œil, dent pour dent, c'est ainsi que nous procédons dans mon pays, et je me suis juré de faire de la cause de ma fille d'adoption ma propre cause, et de sa vengeance, la mienne !

— C'est juste, répliqua maître Maxou : mais la France

n'est point l'Amérique, et nous ne reconnaissons pas, nous autres Européens, votre juge Lynch.

— Ce que j'ai résolu sera, répondit Colfax ; mais, pour accomplir cette œuvre de légitime revendication, fit-il en enveloppant les quatre jeunes gens d'un regard profond, nous avons besoin d'auxiliaires dévoués.

Les quatre jeunes gens échangèrent un sourire significatif.

— Tiens... tiens... glissa Martineau à l'oreille de Cavarrox, c'est la carte à payer !

— Je dirai que j'ai oublié mon porte-monnaie, pensa le docteur.

— Diable ! se dit Salavert, le dessert manque de gaîté.

Maxou se disposait à répondre.

Flavia ne lui en laissa pas le temps.

— Rassurez-vous, messieurs, dit-elle en souriant ; la petite vengeance que je compte tirer du mal qui m'a été fait ne comportera ni l'intervention des gendarmes ni celle des juges d'instruction.

— A la bonne heure ! exclama Martineau.

— A la bonne heure ! répétèrent Salavert et Cavarrox.

— Ma chère enfant, repartit Maxou, quoique vous n'ayez prononcé aucun nom, ce nom, je le devine : vous voulez vous venger ? Très-bien ! mais comment ? Et puis qu'avez-vous par devers vous ? De simples présomptions, mais pas la moindre preuve.

— Patience, répondit l'ancienne institutrice, cette preuve qui me manque, je l'aurai bientôt : ce sera le crime lui-même qui devant vous, devant moi, devant vous tous, messieurs, se dénoncera !

Les quatre jeunes gens se regardèrent avec étonnement.

— Docteur, poursuivit Flavia en se tournant vers Cavarrox, croyez-vous aux agents mystérieux qui peuvent, en quelque sorte, séparer l'âme du corps et anéantir la volonté ?

— Je crois au magnétisme, à l'électricité, au chloroforme, mademoiselle, repartit le docteur.

— Moi, dit Flavia, je crois à la puissance d'un breuvage qu'emploient les Indiens pour arracher à leurs ennemis les secrets qu'ils veulent connaître.

— La liqueur qui fait parler, répliqua Cavarrox d'un air incrédule ; oui... en effet... j'ai lu cela quelque part... dans des romans.

— Vos yeux verront, vos oreilles entendront, si M. Salavert veut bien me prêter son concours.

— Que faudra-t-il faire, mademoiselle ? demanda avec empressement l'ambitieux maître clerc.

— Oh ! peu de chose... introduire une jeune négresse qui est à mon service chez la personne qui subira l'expérience que je désire tenter... et il vous sera d'autant plus facile de me rendre ce petit service, que votre patron, Me Lacarrière, est le notaire de cette personne.

— La duchesse de Vallombreuse ? dit Salavert.

— La duchesse, répéta Flavia.

Cavarrox fit un soubresaut.

— Mais c'est l'une de mes meilleures clientes, répliqua-t-il.

— Alors, docteur, c'est vous que je chargerai de cette introduction.

— Mais... fit Cavarrox.

— Que vous rapporte la clientèle de la duchesse ? nterrompit sir John Colfax.

— Environ deux mille francs par an, répondit le docteur.

Le riche Américain eut un sourire rempli de dédain.

— Messieurs, poursuivit Flavia en s'adressant aux quatre amis, si j'ai une revanche à prendre avec Mme de Vallombreuse, n'avez-vous pas la vôtre à prendre avec la vie ?... Qu'avez-vous fait jusqu'à ce jour ?... Malgré votre mérite, malgré tous vos efforts, vous n'avez pas pu vous élever au-dessus de la couche inférieure où vous a relégués votre pauvreté.

— Hélas ! soupira le maître clerc.

— C'est la vérité, murmura à son tour Cavarrox.

— Bah ! l'horizon s'éclaircira un jour ou l'autre, repartit philosophiquement Martineau.

— Eh ! bien reprit-elle, puisque la fortune vous a traités en marâtre, j'entends, moi, réparer ses torts envers vous : voyons, que voulez-vous, Salavert ?

— Une étude de notaire, répondit-il.

— Vous l'aurez. Et vous, Martineau ?

— La direction d'un grand journal.

— C'est convenu : et vous, docteur ?

— Une riche clientèle.

— Je vous la promets : et vous, maître Maxou.

— Moi, je ne veux rien que vous servir, s'il m'est prouvé que votre vengeance est légitime et lorsque vous m'aurez appris comment vous entendez vous venger.

— Je prends acte de vos paroles, répondit l'ancienne institutrice.

— Et moi pareillement, répliqua Maxou.

— Eh bien ! docteur, c'est convenu, n'est-ce pas ? continua Flavia en se tournant vers Cavarrox ; vous

vous occuperez de caser ma jolie négresse chez la duchesse de Vallombreuse le plus tôt possible.

— Dans huit jours ce sera fait, dit le docteur, après un instant de réflexion.

— Et quel rôle nous réservez-vous, à Salavert et à moi ? demanda Martineau à la fille adoptive de sir John Colfax.

— Lorsque j'aurai acquis la certitude que la duchesse est coupable, je vous dirai ce que vous aurez tous les deux à faire, répondit Flavia.

III

LE PIÈGE

La duchesse de Vallombreuse, depuis la mort de son mari, avait quitté sa résidence de Faubouloy, qui lui était devenue odieuse par les souvenirs qu'elle lui rappelait.

Elle était revenue à Paris, avait vendu sa propriété des Champs-Elysées, à présent trop spacieuse pour elle et pour ses enfants, puis elle s'était installée dans un hôtel à l'extrémité de la rue de Varennes, près de la rue de la Chaise.

A l'exception de quelques amis intimes, au nombre desquels figurait Maurice de Lavernay, qui était entré dans le ressort de Paris, elle ne recevait personne et vivait pour ainsi dire cloîtrée.

L'ajournement du mariage de Marcelle avec M. de Kerlusset, parti pour l'Amérique afin d'y conquérir la fortune, avait eu pour effet de retarder également celui

d'Ève, les deux sœurs, qui s'aimaient tendrement, s'é-
tant promis de se marier le même jour.

Octave occupait un petit pavillon situé au fond du
jardin de l'hôtel, afin d'être plus libre de ses actions.

Si les jours de la duchesse s'écoulaient tristement,
ses deux filles, de leur côté, menaient une existence
des plus monotones.

Leur unique distraction consistait, lorsqu'il faisait
beau, à aller passer quelques heures en compagnie
d'une servante, dans le jardin du Luxembourg.

Le surlendemain de l'arrivée à Paris de sir John Colfax et de Flavia, Marcelle et Ève venaient à peine de
s'asseoir sur leur banc accoutumé au Luxembourg,
quand leur attention fut attirée par une étrange pro-
meneuse

C'était une négresse d'une rare beauté.

Sa peau noire avait les teints chauds et lustrés d'un
bronze florentin.

Sa mise était des plus modestes, bien qu'un peu
théâtrale.

Un terre-neuve, aussi remarquable dans son genre
que sa maîtresse, la suivait.

— La belle négresse! fit Ève.

— Le superbe chien! dit Marcelle.

La négresse passa silencieusement, parcourut deux
fois l'allée, puis vint s'asseoir sur un banc voisin de
celui des demoiselles de Vallombreuse.

Le terre-neuve se mit alors gravement sur ses pattes
de derrière, et regarda la négresse comme pour lui demander quelque chose.

— Pauvre Minos! murmura celle-ci avec un sourire
plein de tristesse, tu attends ton déjeuner?

Minos remua la queue en signe d'affirmation.

— Brave ami, continua la jeune négresse, tant qu'il y en aura pour moi, tu auras ta part.

Elle tira un petit pain de sa poche, le cassa par le milieu et en donna la moitié à son chien.

Ève et Marcelle n'avaient perdu aucun détail de ce petit drame intime.

— Pauvre fille, elle est malheureuse! dit tout bas Ève à sa sœur.

— C'est peut-être son dernier morceau de pain qu'elle vient de partager avec son fidèle compagnon, répondit Marcelle; si j'osais, je lui offrirais ma bourse.

Cependant la jolie négresse venait de terminer son frugal déjeuner; le terre-neuve, en trois coups de dent, avait absorbé le sien.

Alors elle se leva et s'éloigna avec son chien.

Marcelle, qui les suivait du regard, semblait réfléchir.

— A quoi penses-tu, ma sœur? demanda Ève.

— Marianne se marie dans huit jours...

— Oui... Eh bien?

— Cette pauvre négresse se trouve sans place et nous aurions pu la prendre pour remplacer Marianne.

— C'est vrai, dit Ève.

Puis elle ajouta en souriant:

— Et elle nous aurait raconté des choses curieuses sur le pays qu'habite aujourd'hui M. de Kerlusset.

— Méchante, répondit sa sœur, qui avait tressailli au nom du vicomte.

— Demain, elle reviendra peut-être, et si elle revient, reprit Ève, nous la questionnerons, et si elle est sans place...

— Nous engagerons maman à la prendre avec son superbe chien dont je raffole, interrompit Marcelle.

Les deux jeunes filles quittèrent leur banc et reprirent le chemin de la rue de Varennes.

Lorsque le docteur Cavarrox avait promis à Flavia de faire entrer Scabieuse en qualité de servante chez la duchesse de Vallombreuse, il était certain de ne pas s'engager imprudemment.

Expliquons maintenant comment la duchesse était devenue sa cliente.

Brisée d'émotion à la suite de son interrogatoire devant les assises de la Nièvre, elle s'était, on s'en souvient, évanouie en plein tribunal, et le docteur lui avait prodigué les soins les plus empressés.

Or, Cavarrox avait compris tout le parti qu'il pouvait tirer de cet incident vulgaire, et le soir même du jour, il s'était, sans y avoir été appelé, présenté chez Mme de Vallombreuse, afin de prendre de ses nouvelles.

Il fut reçu et il glissa une ordonnance parfaitement inutile.

Le lendemain, l'opiniâtre disciple d'Esculape revint tout naturellement pour s'enquérir du résultat de ses prescriptions de la veille.

Les premiers pas étaient faits, et, lorsque, fort peu de temps après, la famille de Vallombreuse abandonna le Morvan pour se fixer définitivement à Paris, le docteur Cavarrox hasarda quelques visites, d'abord assez espacées, afin de ne pas effaroucher la duchesse, puis plus rapprochées, et, au bout de trois ou quatre mois de ce manége, il devenait le médecin de l'hôtel de la rue de Varennes.

De retour chez elles, Ève et Marcelle racontèrent à leur mère la rencontre qu'elles avaient faite et parvinrent sans peine à l'intéresser à leur protégée inconnue.

Le lendemain elles retournèrent au jardin du Luxembourg.

Mais ni la négresse ni son compagnon ne parurent.

Comment parvenir à les retrouver ?

Il fut décidé qu'on consulterait à cet égard Maurice de Lavernay, qui, en sa qualité de magistrat, pourrait sans doute indiquer la marche à suivre.

Le soir venu, le petit cénacle qui se réunissait le jeudi chez la duchesse était au complet.

Le docteur Cavarrox avait eu soin d'arriver l'un des premiers, — et pour cause.

Il ne doutait pas de l'effet qu'avait dû produire sur l'imagination exaltée des demoiselles de Vallombreuse la comédie qu'il avait soufflée à Scabieuse et que celle-ci avait si bien jouée, et il comptait, non sans raison, qu'il serait parlé d'elle pendant la soirée.

En effet, à peine Maurice de Lavernay fut-il entré, que Mme de Vallombreuse lui fit part du désir de ses filles.

— Une négresse accompagnée d'un terre-neuve, rien de plus facile à trouver, répondit le jeune magistrat d'un ton distrait ; il suffit de s'adresser à la préfecture de police.

Cavarrox venait de s'approcher comme par hasard.

— Docteur, lui dit la duchesse, vous qui connaissez beaucoup de monde, ne connaîtriez-vous pas quelqu'un à la préfecture de police ?

— Oui, madame la duchesse, répondit Cavarrox.

— Vous pourrez peut-être, alors, rendre un petit service à Marcelle et à Ève. Voici ce dont il s'agit.

— Fort bien, fit le docteur lorsque Mme de Vallombreuse lui eut expliqué l'affaire. J'irai voir demain le chef de la sûreté...

— Le chef de la sûreté, interrompit Marcelle. Quel est ce personnage ?

— C'est un agent supérieur de la préfecture, mademoiselle, repartit le docteur; et j'obtiendrai par lui les renseignements les plus circonstanciés sur cette négresse, à moins, ajouta-t-il en souriant, que la noirceur de son visage ne soit faux teint.

Pendant cette conversation tout intime, deux tables de whist avaient été préparées et les joueurs prirent place.

La duchesse avait Maurice de Lavernay pour partenaire.

Sur une carte malencontreusement jetée par le jeune magistrat, Mme de Vallombreuse poussa une exclamation et lui dit :

— Vous avez des distractions ce soir, mon cher Maurice.

— C'est vrai, répondit-il. Je pensais à toute autre chose qu'à ce jeu.

— Et à quoi, s'il vous plaît ?

— J'ai reçu ce matin une lettre d'Amérique...

— Du vicomte? demanda vivement la duchesse.

— Précisément.

Le docteur Cavarrox, qui était à la table voisine, prêta l'oreille en entendant prononcer le nom de M. de Kerlusset.

— Ah!... et que vous dit-il? poursuivit Mme de Vallombreuse en posant ses cartes sur la table.

— Va-t-il enfin nous revenir? dit le troisième joueur de whist.

— A-t-il fait fortune? repartit le quatrième joueur.

— Il sera de retour d'ici à six ou sept mois avec trois millions, répondit Maurice.

Ève et Marcelle, assises, une broderie à la main, près du piano, ne perdaient pas un mot de l'entretien.

Cavarrox, de son côté, écoutait, mais sans affectation.

— Je suis vraiment heureuse de ce que vous m'apprenez-là et je m'explique votre distraction, mon cher Maurice, répliqua la duchesse en jetant un regard significatif sur Ève.

— Il n'y a point que cela dans la lettre d'Amaury, dit le jeune magistrat avec une certaine hésitation.

— Et qu'y a-t-il encore ?

— Il me recommande de veiller avec le plus grand soin sur vous et sur Mlles de Vallombreuse.

— Et pourquoi ?

— Il ne s'explique pas sur la nature du danger qui semblerait vous menacer... si toutefois un danger vous menace... Il se borne à parler de certains projets qu'on méditerait contre vous.

— Quels projets ?

— Que sais-je ? Mais, si j'ai bien compris les sous-entendus, je serais tenté de croire qu'il s'agirait d'une vengeance.

Mme de Vallombreuse tressaillit.

Toutefois, elle ne voulut rien laisser voir du trouble involontaire qui l'agitait.

Elle répondit en hochant la tête et d'un ton ironique :

— Ce pauvre Kerlusset, l'affection qu'il nous porte le rend visionnaire.

La duchesse ne pensait pas un mot de ce qu'elle disait.

Une crainte soudaine, indéfinie, quelque chose

comme un sinistre pressentiment, venait d'assaillir son
âme.

— Tiens, tiens! on nous dénonce! C'est bon à savoir, pensa le docteur Cavarrox; j'en informerai, pas
plus tard que demain, notre belle Flavia.

— Quel ennemi caché pourrait donc avoir notre
mère? dit tout bas Ève à sa sœur.

— Comme toi, je l'ignore, répondit Marcelle; mais
sans m'expliquer pourquoi, j'ai peur!

IV

L'HOTEL DU CYGNE

L'hôtel du Cygne, situé non loin de la gare Montpar-
nasse, diffère peu des garnis qui logent à la nuit.

La clientèle, qui s'y renouvelle sans cesse, est des plus
panachées.

On y voit des petits marchands de province qui viennent
à Paris pour y faire leurs achats, des militaires qui se
rendent en congé dans leurs foyers, et des commis-
voyageurs sans emploi.

Parfois aussi des pick-pockets choisissent ce gîte afin
de pouvoir disparaître provisoirement lorsque les agents
de la sûreté publique deviennent par trop gênants.

Le maître de l'hôtel du Cygne était un Normand aux
épaules carrées et aux biceps musculeux. Il faisait
lui-même la police de son établissement, et il la faisait
si bien qu'il avait, à diverses reprises, facilité l'arrestation de filous émérites et de vagabonds de la pire
espèce.

Ce Normand se nommait Moulinet.

Il était doublé d'une robuste Gasconne, brune comme une mulâtresse et d'une stature à faire rêver un tambour major.

Mme Moulinet avait dans ses attributions le règlement des comptes de ses locataires.

Elle plaisantait peu sur l'article argent, la brave femme!

Elle exigeait jour par jour, et d'avance, le paiement de ses chambres.

On trouvait également à boire et à manger à l'hôtel du Cygne.

C'était là qu'un soir, et d'après les instructions du docteur Cavarrox, Scabieuse était descendue à la sortie du chemin de fer, ayant une valise à la main et suivie du brave Minos.

Le terrible hôtelier fit d'abord des façons pour accepter comme pensionnaire le gigantesque compagnon de la négresse.

Mais le terre-neuve paraissait si débonnaire que Mme Moulinet, qui avait un faible pour les bêtes, décida qu'on admettrait Minos, à la condition, toutefois, que sa nourriture serait payée à part.

— Je suis bien pauvre, dit Scabieuse, mais, tant que j'aurai un morceau de pain, je le partagerai avec le seul ami qui me reste.

Ce mot « pauvre » fit dresser l'oreille de la Gasconne.

— Ma petite, répondit-elle à la jeune négresse, crédit est mort ici, et vous aurez à me payer d'avance une huitaine pour votre chambre, sinon vous pouvez chercher un domicile ailleurs.

Scabieuse sortit de sa poche une bourse bien usée et la vida dans les mains de la géante en cotillon, à l'exception de quelques pièces de menue monnaie pouvant. s'élever à la maigre somme de quatre ou cinq francs.

— C'est avec ce qui vous reste que vous comptez vivre à Paris, vous et votre chien ? lui demanda Mme Moulinet.

— Dieu est bon, madame, répondit la jolie négresse ; avec son aide, j'espère trouver à me placer.

— Ah ça ! quelle idée avez-vous eue, étant sans sou ni maille, de venir à Paris ? lui dit l'hôtelier d'un ton bourru.

Scabieuse avait son petit romain tout prêt, — un roman sorti de la fabrique de Flavia, — ayant pour prologue son départ de la Nouvelle Orléans avec sa maîtresse ; une tempête, un naufrage et la noyade de douze passagers, sa maîtresse comprise, pour nœud ; puis pour épilogue, un sauvetage par Minos, son arrivée au Havre et du Havre à Paris avec quelques dollars en poche.

Ce roman, débité avec diverses intermittences éloquentes de soupirs et de larmes, fut accepté comme véridique par le couple Moulinet.

On le voit, tout avait été habilement mis en scène afin de faciliter l'entrée de la jeune négresse chez Mme de Vallombreuse.

Le docteur Cavarrox, le lendemain de l'entretien qu'il avait eu avec la duchesse, accourut rue de Varennes muni de renseignements émanés de la préfecture de police, qui n'avait pas eu grand'peine, comme on doit le présumer, à trouver les traces de Scabieuse.

Ces renseignements, qui étaient une seconde édition du récit mensonger fait par la négresse aux époux Moulinet, impressionnèrent vivement Eve et Marcelle, et elles supplièrent leur mère de les conduire à l'hôtel du Cygne.

11.

Le Normand fumait gravement sa pipe, lorsqu'un landau richement armorié s'arrêta devant sa porte.

Le bonhomme crut d'abord à une erreur.

Aussi sa surprise fut-elle grande quand il vit le laquais qui se tenait derrière le landau s'élancer à terre et abaisser le marchepied.

La duchesse descendit d'abord, puis ses deux filles.

— Vous avez une jeune négresse dans cet hôtel ? demanda Mme de Vallombreuse à l'hôtelier tout ébaubi.

— Oui, madame, répondit-il pendant que la Gasconne s'avançait d'un pas majestueux pour recevoir ses aristocratiques visiteuses.

— Est-elle chez-elle ? continua la duchesse.

— Elle rentre à l'instant, brisée de fatigue, reprit la géante. Figurez-vous, ma bonne dame, que la pauvre chère créature, depuis deux jours, va frapper du matin au soir à toutes les portes des bureaux de placement, sans pouvoir rien trouver.

— Conduisez-moi près d'elle, répliqua Mme de Vallombreuse.

La femme Moulinet servit de cicérone à la duchesse et à ses deux filles.

Lorsqu'on fut arrivé au troisième étage, l'hôtelière s'arrêta devant une porte et frappa.

— Qui est là ? demanda de l'intérieur de la chambre une voix douce.

— Ouvrez vite, ouvrez, ma petite ! cria Mme Moulinet d'une voix de stentor à travers la serrure.

La porte s'ouvrit, et la jeune négresse apparut.

— C'est elle ! firent simultanément Ève et Marcelle.

Scabieuse regarda les trois visiteuses avec un étonnement admirablement simulé.

Le terre-neuve lui-même, comme s'il était de moitié

dans cette comédie, ne quittait point des yeux sa maîtresse, et semblait lui demander ce que venaient faire ces trois étrangères.

— Que désirez-vous, mesdames ? dit Scabieuse en s'avançant d'un air timide.

— Je vais vous l'apprendre, mon enfant, répondit la duchesse.

Et, sur un signe qu'elle fit à la géante, celle-ci se retira.

V

LE DOSSIER DU BARON DE LAVERNAY

Pendant que le docteur Cavarrox organisait la petite comédie dont le dénoûment devait être l'introduction de Scabieuse dans l'hôtel de la rue de Varennes, Flavia, de son côté, ne demeurait pas inactive.

Quant à John Colfax, aux yeux duquel la loi de Lynch était le dernier mot de la civilisation, s'il eût suivi ses inspirations instinctives, — le crime de la duchesse une fois prouvé, — il se fût emparé d'elle et l'eût fait brancher dans le premier bois venu.

Aussi sa fille adoptive eut-elle beaucoup de peine à lui faire comprendre que ce mode de justice primitive, employé avec succès en Amérique, ne pouvait s'appliquer en France, et qu'un gendarme ou le premier garde champêtre saisirait bel et bien au collet celui ou celle qui s'aviserait de recourir à des procédés aussi expéditifs.

— Mais enfin, quels sont vos projets ? lui demanda un jour sir John Colfax.

— J'ai été frappée dans mon honneur, répondit Flavia, et je ne puis frapper la duchesse dans le sien ; mais quand j'aurai acquis, comme je l'espère bien, la preuve de son crime, je lui infligerai l'épouvantable châtiment de voir couler les larmes de ses enfants sans qu'elle puisse les sécher.

— Très-bien ! c'est une vengeance comme une autre, répliqua froidement l'Américain ; mais comment vous y prendrez-vous pour atteindre le but que vous vous proposez ?

Flavia allait s'expliquer, quand un domestique entra.

— M. Salavert, dit-il, demande si mademoiselle peut le recevoir.

— Oui, répondit-elle.

Un instant après, la porte s'ouvrit de nouveau et Salavert parut.

Flavia était si convaincue de la culpabilité de M⁰ de Vallombreuse, qu'elle avait résolu, sans vouloir attendre que sa conviction fût appuyée par des preuves matérielles, de prendre toutes ses mesures pour entrer en campagne dès que l'heure serait venue.

— M'apportez-vous les renseignements que je vous ai demandés sur le jeune duc ? dit-elle au maître clerc.

— Oui, mademoiselle, répondit Salavert ; de plus, j'ai pu me procurer certains détails d'un très-haut intérêt sur le baron de Lavernay...

— Le père du procureur de la République qui a obtenu ma condamnation ? interrompit Flavia Morin avec un tressaillement.

— Précisément. Il y a en germe, dans ce que j'ai recueilli sur son compte, un drame superbe qui n'aurait besoin que d'être un peu réchauffé pour éclore. Par lequel des deux, du baron de Lavernay ou du jeune duc de Vallombreuse, voulez-vous que je commence?

— Nous laissons le choix à votre appréciation, reprit sir John Colfax.

— Alors, si vous le permettez, je débuterai par le baron.

— Je vous écoute, dit Flavia en invitant Salavert à s'asseoir.

— Le baron Horace de Lavernay, dit le maître-clerc, possédait autrefois une fortune assez ronde, environ vingt-mille francs de revenus en biens fonds; il mena dans sa province, jusqu'à l'âge de quarante-cinq ans, la vie de gentilhomme campagnard.

Il chassait une partie du temps, buvait sec, et, quoique marié, il courtisait, lorsqu'elles étaient jolies, les filles de ses fermiers.

En un mot, c'était un bon diable.

Il vivrait encore de cette vie-là aujourd'hui, si la cupidité ne l'avait point tenté.

Peu après la mort de sa femme, il y a huit ou neuf ans, un de ces prospectus que lancent certains industriels pour piper l'argent des provinciaux lui tomba sous la main.

Il s'agissait de la création d'une Société au capital énorme de cinquante millions, ayant pour objet le dessèchement de la Camargue. Aujourd'hui, c'est ainsi qu'on procède lorsqu'on veut lancer une affaire, bonne ou mauvaise, et les actionnaires rarement font défaut.

Les fallacieuses promesses contenues dans ce prospectus firent ouvrir de grands yeux au naïf baron, sa tête fermenta, et il se tint ce petit discours : « Mes « fermes, mes bois et mes moulins me donnent à « grand'peine trois pour cent; en convertissant mon

« bien en espèces sonnantes et en les mettant dans cette
« magnifique entreprise, j'aurai en quelques années
« doublé mon capital. J'ai un fils; je lui compterai, lors-
« qu'il se mariera, deux cent mille francs, et, malgré
« cette saignée, je serai trois fois plus riche que
« devant. »

Le baron avait une sœur avec laquelle il habitait, —
une vieille fille, son aînée de six ans, fort dévote et fort
avare. — Et comme leurs biens étaient indivis, il lui
fallait son consentement pour pouvoir vendre l'immeuble patrimonial.

La vieille demoiselle ne voulut à aucun prix consentir
à échanger son vieux château et ses bonnes terres contre
des chiffons de papier; il eut beau jurer, tempêter, elle
fut inflexible.

— Vendez votre part, Horace, lui dit-elle, moi, je
conserverai la mienne intacte, et si, comme je le crains
fort, vous dissipez votre fortune dans vos spéculations,
vous serez heureux de trouver un gîte et un couvert
dans mon vieux manoir.

Cette prophétie s'accomplit.

En moins de cinq ans, les actions de la Société dite
du dessèchement de la Camargue avaient perdu quatre-
vingt-quinze pour cent, et, de toute sa fortune passée,
il ne resta plus au baron de Lavernay qu'une trentaine
de mille francs.

Il s'en revint alors, l'oreille basse, auprès de sa sœur,
qui lui donna, — ainsi qu'elle l'avait promis, — une
place à sa table et à son foyer.

— Jusqu'à présent, je ne vois rien de bien intéres-
sant dans tout ceci, dit Flavia à Salavert.

— Attendez la fin, répondit le maître-clerc.

Et il poursuivit :

— Dès que le baron se vit ruiné, il n'eut plus qu'une pensée : reconstituer autant que possible sa fortune, et il devint joueur.

— Joueur! fit la jeune fille; mais pour jouer, il faut avoir beaucoup d'argent, et trente mille francs sont bien vite dévorés.

— Sans doute; mais il ne joue ni aux cartes, ni à la Bourse.

— A quoi donc joue-t-il? demanda sir John Colfax avec étonnement.

— Il joue sur la mort de sa sœur, reprit Salavert.

— Ah! ah! dit Flavia; voilà, en effet, qui prend tournure.

Salavert, après un instant de silence, poursuivit :

— Le baron de Lavernay a assuré, il y a cinq ans, pour la somme de deux cent mille francs la vie de Mlle Athénaïs, — c'est le nom de la vieille fille, — à l'une des compagnies d'assurances les plus importantes de Londres; mais comme, chaque année, il est obligé de verser treize mille six cents francs, son petit capital y a passé en deux ans. Il a dû contracter, depuis trois années des emprunts à droite et à gauche pour payer sa police d'assurances; aujourd'hui il n'a plus de crédit nulle part, et si sa sœur n'est pas morte d'ici sept à huit mois, non-seulement tous ses versements jusqu'à ce jour seront perdus, mais il se sera endetté d'une quarantaine de mille francs qu'il ne pourra jamais rembourser.

— Oui... oui... la chose se complique, murmura Flavia devenue toute pensive.

— Dites qu'elle se corse fortement, répliqua le maître clerc; le baron est, comme on dit vulgairement, au bout de son rouleau; il voudra à tout prix sortir de

cette impasse, et j'entrevois à l'horizon des **nuages gros**
de tempêtes.

— C'est tout ce que vous savez ?

— Tout, jusqu'à présent, mademoiselle.

— Comment avez-vous appris cette histoire d'assurances ? demanda John Colfax à Salavert.

— Un des principaux courtiers en France de cette
compagnie anglaise est mon compatriote, répondit le
maître clerc, et...

— Il faudra surveiller les faits et gestes du baron de
Lavernay, interrompit Flavia,

— Parbleu ! fit Salavert d'un ton superbe.

— Et son fils...

— Je n'ai rien trouvé qui méritât de vous être signalé ;
c'est un jeune homme rangé, laborieux, instruit... un
jeune magistrat d'avenir, enfin.

— Passons maintenant au jeune Octave, dit l'ex-institutrice.

VI

LE DOSSIER D'OCTAVE DE VALLOMBREUSE

Salavert toussa et se campa sur son fauteuil avec toute
l'importance d'un homme qui se croit nécessaire et qui
se sait apprécié ; puis il reprit la parole de la façon suivante :

— Jean-François-Octave est né le 23 mars 1851, de
François-Albert, duc de Vallombreuse, avec dona Maria-
Angelina-Dolorès de la Figuéra ; il a donc vingt-trois
ans.

— Passons !... passons !... dit Flavia.

— Passons ! répéta sir John Colfax.

— Octave de Vallombreuse est donc majeur, continua le maître clerc, c'est-à-dire qu'il a la libre disposition de sa fortune ; mais sa mère, qui redoute avec raison la faiblesse de caractère de monsieur son fils, s'est bornée à subvenir largement à ses fantaisies, ce qui n'a pas empêché le jeune duc de contracter des dettes considérables, pour lesquelles il est abominablement traqué à l'heure qu'il est.

— Bien. Après ?

— Ce pauvre jeune homme est plutôt un fanfaron de vices que foncièrement vicieux. D'un esprit ordinaire, il est doué d'un amour-propre excessif, et c'est ce dernier côté de son caractère qui l'a poussé dans des extravagances qui lui ont valu une sorte de célébrité dans le monde où l'on s'amuse. Il a pour maîtresse en ce moment une actrice d'un de nos théâtres à la mode.

— Fort bien, dit Flavia.

— Célestine Marbeau est une de ces femmes sans cœur qui spéculent sur l'amour qu'elles inspirent, avec la froideur des tripoteurs d'affaires. Sa beauté est un capital, et elle l'exploite dans le sens le plus profitable à ses intérêts. Lorsqu'elle a ruiné ses galants, elle les met à la porte ; elle en est à son troisième décavé.

— Depuis quand est-elle la maîtresse du duc ? demanda Flavia.

— Depuis six mois.

— Et à combien se montent les dettes d'Octave ?

— Une bagatelle, dit Salavert : deux cent mille francs environ.

— Ce qui fait que Célestine Marbeau lui dévore une quarantaine de mille francs par mois ?

— Il paraît que c'est son tarif, répliqua gravement le maître clerc.

— Voilà une fille pratique, dit sir John Colfax en riant.

— Elle a, pour le moment, un bout de rôle dans une féerie de la Gaîté.

— Très-bien ! Demain, interrompit Flavia, j'irai voir cette Célestine Marbeau.

— En ce cas, je demanderai une avant-scène à Martineau, car notre ami Martineau est au dernier mieux avec cette brave Célestine.

— Vraiment ?

— Oui, mais sans bourse délier... Oh ! il est dans les bons principes, lui !

— Tiens, tiens ! reprit l'ancienne institutrice, comme tout s'enchaîne !... Mais alors, Martineau... oui, au besoin, je me rappellerai cela... Vous m'accompagnerez, n'est-ce pas, mon père ? dit-elle à sir John Colfax.

— Je verrai avec plaisir l'héroïne qui a su élever l'amour à la hauteur d'une profession régulière, répondit l'Américain.

Le nom de Martineau, mêlé si inespérément à ceux d'Octave de Vallombreuse et de Célestine Marbeau, tintait encore, comme une douce musique, à l'oreille de Flavia.

Elle avait entrevu, avec ce coup d'œil rapide de la haine, tout le parti qu'elle pouvait tirer, au cas où la duchesse serait criminelle, de la liaison de Martineau avec la figurante de la Gaîté ; mais elle n'en souffla mot, et, se tournant vers Salavert :

— Vos renseignements sont des plus intéressants, lui dit-elle, et vous êtes en bonne voie pour devenir notaire ; continuez.

Le maître clerc était rayonnant.

— Ah ! ajouta Flavia, n'oubliez pas ma loge pour demain.

— Je vous l'apporterai moi-même, répondit Salavert.

Il se leva, prit son chapeau, salua et sortit.

VII

CÉLESTINE MARBEAU

Célestine Marbeau n'était point belle dans l'acception plastique de ce mot.

Brune entre les plus brunes, elle rappelait la *Salomé* du peintre Regnault.

Ses lèvres, rouges comme du sang, étaient épaisses et laissaient voir, quand elle souriait, des dents d'une blancheur de lait, mais taillées un peu en pointe comme celles des carnassiers.

Ses cheveux étaient opulents.

Dénoués, ils retombaient en cascades luisantes et ondulées sur ses épaules fermes comme un marbre de Carrare.

Il est des femmes qui ne sont complètement belles que dans le désordre du déshabillé ; Célestine était une de ces femmes.

Elle le savait et elle usait de la recette.

Martineau, dans un compte rendu, avait dit que la volupté s'était incarnée en elle.

Cette appréciation, un peu réaliste, était juste et avait si bien chatouillé la vanité de Célestine Marbeau qu'à partir de ce jour elle s'était éperdûment engouée de lui.

Le jeune duc, dans les commencements de sa liaison avec Célestine, n'avait éprouvé pour elle rien qui ressemblât à de l'amour.

Il l'avait prise comme une étiquette, afin de se poser auprès de ses amis.'

Mais, peu à peu, elle l'avait enveloppé dans les mille réseaux de ses séductions et Octave en était arrivé, en moins de deux mois, à l'aimer follement.

Et cependant, si tous les jours se suivaient, ils ne se ressemblaient pas.

Cette liaison avait ses jours de pluie, plus souvent de pluie que de soleil.

Parfois Célestine traitait Octave comme elle n'eût pas traité un laquais.

Le lendemain elle se montrait douce et soumise comme une femme d'Orient.

Ces alternatives de beau temps et de bourrasques, de cruautés et de tendresses, avaient fini par énerver à ce point la volonté du pauvre garçon, qu'au bout du troisième mois il était passé à l'état d'esclave.

C'était pour satisfaire aux luxueuses fantaisies de l'actrice qu'il s'était endetté de deux cent mille francs, et tout faisait pressentir qu'il ne s'arrêterait pas là.

Salavert, ponctuel comme un chronomètre, apporta, le lendemain de son entretien avec Flavia et sir Colfax, une avant-scène grillée que lui avait donnée Martineau.

La salle de la Gaîté était comble.

Le rôle confié à Célestine était aussi insignifiant que court.

Mais il avait l'immense avantage de la montrer dans trois costumes différents.

Le premier était d'une simplicité presque primitive.

Le second, tout éblouissant d'or : un costume d'amazone avec casque et cuirasse.

Le troisième et dernier, celui de l'apothéose, consistait dans une robe de poussière de diamant.

Le prix de ces toilettes se chiffrait par vingt mille francs, qu'Octave avait dû trouver.

Placé ce soir-là dans un fauteuil d'orchestre, il contemplait Célestine avec cette satisfaction idiote de l'amour-propre.

— Célestine est vraiment réussie ce soir, dit tout haut Martineau, qui se trouvait derrière le fauteuil du jeune duc.

Cet éloge, entendu par Octave, le plongea dans une extase impossible à décrire.

Flavia, cachée par la grille de son avant-scène, ne perdait aucun détail de la pièce qui se jouait sur le théâtre et de celle qui se jouait dans la salle,

— Ce jeune homme dès aujourd'hui m'appartient, pensa-t-elle en jetant un regard cruel sur Octave de Vallombreuse.

Quant à sir John Colfax, il avait l'air ennuyé d'un Anglais pris de spleen.

Derrière eux, Salavert et Maxou causaient à voix basse.

Au moment où la toile tombait pour ne plus se lever, Flavia, leur désignant l'actrice du doigt, leur dit :

— Savez-vous comment cette fille se nomme?

— Parbleu! vous connaissez tout aussi bien que nous ses nom et prénoms, répondit le maître clerc avec un gros rire : elle s'appelle Célestine Marbeau.

— Avant peu, elle se nommera le Châtiment, répliqua Flavia d'une voix sombre.

VIII

LE NOTAIRE LACARRIÈRE

La petite comédie due à la collaboration de Flavia et du docteur Cavarrox eut un plein succès.

Scabieuse débita à Mme de Vallombreuse, à Ève et à Marcelle, le rôle qu'elle avait appris, son quasi naufrage et sa détresse en arrivant à Paris, récit en tout point conforme aux renseignements recueillis par le docteur à la préfecture de police.

Bref, elle sut si bien enjôler la duchesse et ses filles, qu'une demi-heure après elle prenait place dans le landau, à côté d'elles, au grand ébahissement de Moulinet et de sa colossale épouse.

Minos suivait gravement à pattes la voiture armoriée.

Scabieuse, en peu de jours, devint la coqueluche de tout l'hôtel.

Les deux jeunes sœurs en raffolaient, Octave la choyait et leur mère s'adressait de préférence à elle en maintes occasions.

Rien ne semblait devoir troubler la douce quiétude de cette famille, lorsqu'un soir, au moment où la duchesse se disposait à quitter le salon avec Ève et Marcelle, un domestique annonça la visite de Me Lacarrière.

Le digne notaire n'avait pas l'habitude de se rendre chez ses clients à une heure aussi avancée; il fallait donc que le motif qui l'amenait fût bien grave.

La duchesse, malgré tout l'empire qu'elle avait sur elle-même, ne put dissimuler la surprise que lui causait cette visite.

— Que peut-il donc te vouloir, maman ? lui demandèrent ses deux filles, auxquelles son émotion n'avait point échappé.

— Je ne sais, mes enfants, répondit Mme de Vallombreuse.

Puis, s'adressant au domestique :

— Conduisez M. Lacarrière dans ma chambre, dit-elle, je le rejoins.

Le domestique sortit.

— Ève et moi, nous t'attendrons ici, dit Marcelle en accompagnant sa mère jusqu'à la porte du salon.

Il n'est pas inutile, avant de faire connaître le motif qui amenait Me Lacarrière rue de Varennes, à dix heures du soir, de donner un abrégé sommaire de l'existence en partie double du jeune duc Octave de Vallombreuse.

Lorsque la duchesse était venue s'installer définitivement à Paris, Octave ne pouvait, sans causer un certain émoi dans le faubourg Saint-Germain, se dispenser d'aller habiter avec elle.

Toutefois, il ne s'installa point dans l'hôtel proprement dit ; il occupait un petit pavillon situé au fond du jardin.

Ce n'était pas sans raison qu'il avait fait choix de cette demeure isolée.

Lancé dans la vie à outrance depuis sa liaison avec Célestine, il voulait, tout en dérobant ses désordres aux regards de sa mère, avoir la liberté la plus complète.

Or, le jardin avait une porte de sortie sur une ruelle, et trois ou quatre fois la semaine, quand les dernières lumières de l'hôtel étaient éteintes, Octave prenait sa volée jusqu'au lendemain.

Mme de Vallombreuse s'était, à diverses reprises, aperçue de ces escapades nocturnes, mais elle avait fermé les yeux.

Le notaire était assis, le front dans ses mains, lorsque la duchesse le rejoignit.

Au bruit qu'elle fit en entrant, il leva brusquement la tête.

— Qu'est-il arrivé? Est-ce un malheur que vous venez m'annoncer? demanda vivement Mme de Vallombreuse, effrayée de l'abattement qui se lisait sur le visage de Me Lacarrière.

— Hélas! madame, répondit-il, avant un an votre fils sera complètement ruiné, si vous n'y mettez bon ordre...

— Ruiné!... comment cela?

— M. le duc a fait, en quelques mois, deux cent mille francs de dettes.

— Deux cent mille francs! s'écria la duchesse; mais où a passé cet argent?...

— Dans les mains d'une de ces drôlesses dont le métier est de dépouiller les fils de famille...

— Mais Octave est donc fou?

— C'est mon avis; et, comme sa folie n'est pas de celles qu'on enferme à Charenton, je vous engage à user d'un remède moins énergique, quoique tout aussi salutaire...

— Et ce remède?

— C'est de faire interdire votre fils.

— Mais c'est tuer son avenir!

— Vous préférez alors qu'il vous ruine, qu'il ruine vos filles?

— Mais il n'a aucun droit sur la fortune de ses sœurs, non plus que sur la mienne !

— Faux raisonnement, madame ; lorsqu'il aura gaspillé son patrimoine, il fera des dettes qu'il ne pourra payer, et que vous paierez, vous, pour ne pas laisser compromettre l'honneur de votre nom.

Mme de Vallombreuse ne répondit pas ; elle réfléchissait.

— Eh bien ! fit Lacarrière, qu'avez-vous résolu ?

— Payons d'abord ses dettes, puis nous aviserons...

— Payer... oui... il le faut... Mais, si riche que vous soyez, vous n'avez pas deux cent mille francs dans votre coffre-fort à jeter en pâture à ses créanciers...

— Je vendrai une de mes terres, celle de Chatrou, dans l'Indre, ou ma ferme des Buissons, dans la Beauce.

— Mais c'est vous dépouiller...

— Ce ne sera qu'une avance sur la part qui lui reviendra dans ma succession.

— Puisque vous êtes décidée à vendre une de vos propriétés, que ne vendez-vous celle de Faubouloy que vous n'habitez plus depuis trois ans ?

La duchesse tressaillit.

— Soit, répondit-elle après un silence ; vendons le Faubouloy.

— En ce cas, vous n'aurez qu'à me remettre vos titres de propriété.

— Je ne les ai pas, ils sont au château.

— Donnez-moi une autorisation, et je les ferai retirer.

— Toute réflexion faite, j'irai les chercher moi-même ; j'aurai aussi à prendre des papiers de famille

12

enfouis je ne sais plus où, et que seule je puis retrouver.

— Comme il vous conviendra, madame la duchesse.

— Demain, je partirai pour Nevers, et dans quatre
jours je serai de retour avec les titres dont vous avez
besoin.

Le notaire quitta l'hôtel de la rue de Varennes, sinon
rassuré sur l'avenir d'Octave, mais du moins avec la
douce satisfaction d'un homme qui a rempli son devoir.

— Eh bien ! chère mère, demandèrent Marcelle et
Ève à la duchesse, lorsqu'elle les rejoignit au salon.

— Demain, il faudra que je vous quitte pour quelques jours, mes chères enfants, répondit Mᵐᵉ de Vallombreuse.

— Nous quitter... et pourquoi ? dit Ève.

— Où vas-tu ? reprit Marcelle.

— Au Faubouloy, chercher des papiers.

— En ce cas, nous t'accompagnerons, continua Marcelle.

— Non... j'emmènerai seulement Scabieuse. Mais il
se fait tard, ajouta leur mère en les embrassant, vous
devez avoir besoin de sommeil ; à demain !

Le lendemain, dans la matinée, Flavia recevait la
dépêche suivante :

« Je pars pour le Faubouloy avec la duchesse, par le
train de huit heures du soir.

« SCABIEUSE. »

IX

LE BREUVAGE QUI FAIT PARLER

La duchesse, ainsi qu'elle l'avait annoncé, quittait Paris le lendemain, accompagnée de Scabieuse.

Elle dormit peu pendant le voyage.

Mille pensées douloureuses l'agitaient.

Les poteaux du télégraphe, qui se dressaient dans la nuit sombre, pareils à des spectres, les arbres qui fuyaient la remplissaient de vagues terreurs.

A Nevers, on changea de train pour prendre celui qui unit le Nivernais à la Bourgogne.

Lorsqu'elles arrivèrent à Dusser, le jour commençait à poindre, — un jour gris et triste, car il avait plu toute la nuit.

La duchesse avait télégraphié la veille au maître du bureau de poste de tenir une voiture à sa disposition.

Un berlingot, attelé de deux chevaux vigoureux, l'attendait à la gare.

Ce second voyage se fit lentement, car les routes avaient été défoncées par l'orage.

Nous allons laisser la duchesse et Scabieuse gagner le château de Faubouloy, et nous retournerons un moment à Paris.

Dès que Flavia eut reçu le télégramme de la jeune négresse, elle convoqua en toute hâte Martineau, Maxou, le docteur Cavarrox et Salavert.

Ils se rendirent sur-le-champ à son appel.

— Mes amis, leur dit-elle; l'heure de l'expérience dont je vous ai parlé est venue.

— Ah! ce fameux breuvage qui délie la langue aux muets? reprit Cavarrox avec un sourire incrédule.

— Oui, répondit Flavia. La duchesse part ce soir pour le Faubouloy, et nous irons l'y rejoindre.

— Très-bien! firent Salavert et Martineau.

— Seulement, nous ne suivrons pas la même route qu'elle, nous prendrons l'express de Paris-Lyon. Nous descendrons à Laroche, et nous nous rendrons au château de Faubouloy par Clamecy. De cette façon, nous éviterons toute rencontre avec la duchesse. Je vous attendrai ce soir à la gare de Lyon, à huit heures et demie.

— Nous serons exacts, répondirent les quatre jeunes gens.

Le château de Faubouloy, délaissé depuis trois ans par la famille Vallombreuse, avait un aspect sinistre ; la mort semblait y être entrée.

Rien, en effet, de plus triste qu'une demeure abandonnée.

Elle se congèle pour ainsi dire, ses murs se couvrent de moisissure, les tentures se fanent, les meubles suintent des mucosités délétères et de mauvaises herbes envahissent les cours désertes.

La duchesse, en pénétrant à la nuit tombante dans le château, se sentit prise de ce frisson que fait éprouver l'entrée d'un tombeau.

Scabieuse, elle-même, ne put se défendre d'un sentiment d'effroi.

La pluie, qui avait cessé pendant quelques heures, tombait de nouveau, lente et monotone.

L'Houssière grossie grondait sourdement.

Au-dessus des bois environnants flottaient, pareils à

d'innombrables troupeaux, des nuages d'un blanc terne qui se suspendaient aux crêtes des rochers.

Lorsque les volets eurent été ouverts, la duchesse de Vallombreuse, que son insomnie de la veille avait brisée, fut comme saisie d'un accès de fièvre.

— J'ai froid, dit-elle.

Scabieuse appela le jardinier, — un vieux bonhomme à moitié sourd, — le seul gardien du château.

Quelques instants plus tard, un feu de campagne était allumé dans le salon, mais le vent qui soufflait avec violence abattit toute la fumée et l'on fut obligé d'éteindre ce feu.

C'était dans ce salon qu'avait eu lieu le prologue du drame judiciaire qui s'était dénoué par la condamnation de Flavia.

Dans le fauteuil où venait de s'asseoir Mme de Vallombreuse, la jeune institutrice lui avait apporté le breuvage dans lequel son médecin avait signalé la présence de l'arsenic.

Le petit guéridon près duquel elle se trouvait assise était celui sur lequel elle avait posé sa tasse après avoir bu quelques gouttes de son contenu.

Tous ces souvenirs prirent une forme devant les yeux de la duchesse ; pendant quelques minutes, elle ne vécut plus dans le présent, mais dans le passé, et des gouttes de sueur perlaient à son front.

Elle s'arracha enfin à cette vision et, se tournant vers Scabieuse, qui se tenait debout à quelques pas :

— Mon enfant, lui dit-elle, je me sens toute glacée, et je voudrais prendre quelque chose qui pût me réchauffer.

— J'ai eu soin d'emporter du thé, madame, répondit la jeune négresse, et je vais vous en préparer une tasse.

— C'est cela... allez... vous me trouverez dans ma chambre à coucher que voici.

Elle indiqua une des pièces qui donnaient sur le salon.

Scabieuse se rendit à la cuisine, et, en moins d'un quart d'heure, le thé fut prêt.

Elle ouvrit alors la fenêtre, tira de son sein un petit sifflet d'argent et fit entendre trois sons aigus.

Peu après, trois sons tout à fait semblables, et qui venaient des gorges de la rivière, répondirent à ce signal.

— Ils sont là, dit-elle, je puis agir.

Elle alla prendre son sac de voyage, en sortit un flacon rempli d'une couleur incolore, le déboucha et en versa cinq ou six gouttes dans la théière.

La duchesse, aussitôt après la sortie de Scabieuse, était passée dans sa chambre à coucher.

Là, elle introduisit une clé qui ne la quittait jamais dans la serrure d'un petit secrétaire en bois de rose, où se trouvaient enfermés ses papiers de famille et divers titres de propriété.

Les uns et les autres étaient à leur place et parfaitement intacts.

Lorsque la jeune négresse vint apporter le thé, la duchesse était couchée.

— Mettez la théière et la tasse sur ma table de nuit, mon enfant, lui dit sa maîtresse, et puis allez vous reposer, car vous devez être fatiguée. Votre chambre est au bout de mon cabinet de toilette ; si j'ai besoin de vous, je vous appellerai.

Scabieuse se retira.

Mme de Vallombreuse, malgré les épaisses couvertures sous lesquelles elle était enfouie, grelottait.

— Voyons, se dit-elle, si ce thé parviendra à me réchauffer.

Elle emplit sa tasse, la sucra et but.

Le frisson qui jusque-là ne l'avait pas quittée, diminua presque instantanément.

Puis une chaleur, d'abord douce, se répandit par tout son corps.

Peu à peu, cette chaleur devint plus vive et une grande torpeur s'empara de tout son être.

— Mon Dieu! et cette lettre que j'ai oublié d'anéantir! fit-elle tout à coup.

Elle essaya de lutter contre le sommeil.

Mais ce fut en vain.

Ses paupières étaient lourdes comme du plomb.

— Ce sera pour demain, murmura-t-elle.

Et ses yeux se fermèrent.

A ce moment, la porte qui donnait sur le cabinet de toilette s'entrouvrit tout doucement, et la tête de la jeune négresse se montra dans l'entre-bâillement.

— La liqueur agit, dit-elle.

Elle prit un flambeau, l'alluma et descendit.

Quand elle fut arrivée près du petit pavillon qui servait de demeure au vieux jardinier, elle s'arrêta et prêta l'oreille.

Un bruit énergique lui annonça que le digne gardien dormait profondément.

Elle entra dans le pavillon et s'empara de la clé de la porte d'entrée du château.

Cela fait, elle se dirigea vers cette porte et interrogea du regard les ténèbres.

Trois coups discrètement frappés dans la main la firent tressaillir.

— C'est elle! dit-elle tout bas.

Et elle ouvrit.

Scabieuse ne s'était point trompée.

Flavia, enveloppée dans un ample burnous, attendait près de la grille.

Derrière se tenaient cinq hommes, également cachés sous d'épais manteaux.

— Eh bien? lui demanda Flavia.

— Elle a bu la liqueur qui fait parler, répondit la négresse.

— Où est-elle?

— Dans sa chambre à coucher.

— Et c'est pendant son sommeil qu'elle parlera? dit le docteur Cavarrox.

— Non, répondit Scabieuse : l'effet de ce breuvage a deux périodes bien distinctes : la première, celle de l'engourdissement, dure une heure ; puis, vient celle de la surexcitation nerveuse, pendant laquelle on se réveille brusquement comme pour chasser un cauchemar. Alors il suffit, afin de faire parler la personne endormie, de lui prendre la main et de l'interroger.

— C'est bien, dit Flavia, conduisez-moi vers elle, et vous, messieurs, continua-t-elle en se tournant vers les cinq hommes qui écoutaient silencieusement, suivez-moi!

La chambre à coucher de la duchesse présentait, au point de vue dramatique, une mise en scène vraiment saisissante.

Dans le lit qui, par sa forme, rappelait l'époque de Henri III, la veuve du duc de Vallombreuse dormait d'un sommeil léthargique.

Sur la table de nuit, une veilleuse en porcelaine projetait une lumière vague et blafarde.

Devant le lit, cinq hommes couverts de manteaux s'estompaient en silhouettes sombres sur la muraille.

C'était sir John Colfax, Martineau, Salavert, Maxou et Cavarrox.

A la tête du lit, tout près de la dormeuse, se dessinait le profil implacable de Flavia.

Perdue dans l'obscurité, la négresse, accroupie, attendait.

Elle avait dit que le sommeil de la duchesse durerait une heure.

Le breuvage avait été pris à neuf heures, donc les effets de la seconde période devaient se produire à dix heures.

Les sept personnages qui épiaient la crise annoncée ressemblaient à ces francs-juges qui exerçaient autrefois leur mission terrible en Allemagne.

Le silence le plus profond régnait.

On eût dit une veillée mortuaire.

L'horloge du clocher voisin sonna dix heures.

Alors la duchesse fit un mouvement.

Scabieuse étendit la main comme pour dire : Voici l'heure, regardez !

Mme de Vallombreuse, comme si elle eût été galvanisée par le choc d'une pile électrique, se dressa sur son séant, les yeux fixes et brillant d'un éclat extraordinaire.

Les cinq hommes firent un mouvement pour s'éloigner du lit et laisser Flavia commencer l'interrogatoire.

— Restez immobiles et attentifs, leur dit la jeune négresse. En ce moment, elle ne voit pas et, si on lui parlait, elle n'entendrait pas. Elle vit dans un monde surnaturel.

La scène muette dura quelques minutes encore.

Puis la duchesse entr'ouvrit les lèvres et dit à voix basse, comme si elle se parlait à elle-même ;

— Personne ne peut me voir !

Elle s'arrêta et fit le geste d'une personne qui cherche un objet quelconque.

— Voici la poudre blanche... la poudre vengeresse... reprit-elle bientôt. La vengeance !... ah ! la bonne chose !

Et elle fut prise d'un rire fou, étrange, désordonné.

Ce rire la secouait des pieds à la tête, comme si elle éprouvait une vive souffrance intérieure.

— C'est ainsi que doivent rire les damnés, dit Flavia, qui, droite et impassible, les yeux fixés sur Mme de Vallombreuse, semblait être la personnification de la Haine.

Et le rire continuait toujours, mais étranglé, étouffé et interrompu de temps à autre par des spasmes.

Martineau, Maxou, John Colfax et Salavert, vivement impressionnés par cet épouvantable spectacle, détournèrent un moment la tête.

Cavarrox, auquel il présentait un très-grand intérêt sous le rapport scientifique, se rapprocha du lit, puis il s'arrêta et regarda Scabieuse.

Elle comprit la signification de son regard.

— Vous pouvez constater le nombre des pulsations, lui dit-elle ; elle ne sentira rien.

Le docteur tira son chronomètre et prit ensuite le bras de la duchesse.

— Quatre-vingt-dix pulsations à la minute, fit-il,

mais pas de fièvre ; cet état de surexcitation est tout moral ; il ne réagit nullement sur le corps.

À ce rire succédèrent des soupirs prolongés, assez semblables à des sanglots.

— Le moment est venu, maîtresse, dit la jeune négresse ; prenez sa main, et elle répondra aux questions que vous lui adresserez.

— Messieurs, dit Flavia, c'est une confession que je vous ai promise, écoutez donc attentivement : Salavert, placez-vous devant cette table et écrivez tout ce que vous allez entendre.

Flavia prit alors la main de la duchesse.

Celle-ci fit un mouvement comme pour se dérober à cette étreinte.

Mais bientôt, se sentant dominée par une volonté supérieure à la sienne, elle cessa toute résistance.

L'interrogatoire commença.

— Vous aviez au château de Faubouloy, pour institutrice, une jeune fille nommée Flavia Morin ?

— Oui.

— Elle a été condamnée comme empoisonneuse ?

— Oui.

— Était-elle coupable ?

— Non.

— Qui donc alors avait commis le crime ?

— Moi.

— Pourquoi l'avez-vous fait condamner ?

— J'ai voulu me venger.

— Vous venger... et de quoi ?

— Mon mari l'aimait.

— Mais répondait-elle à l'amour de votre mari ?

— Elle y répondait.

À ces paroles prononcées d'une voix nette par la duchesse, Cavarrox, Salavert et Martineau se regardèrent avec étonnement.

Maxou avait pâli.

Sir John Colfax semblait atterré.

Flavia, sans s'émouvoir, continua :

— Quelle preuve avez-vous qu'elle aimât le duc?

— Une lettre qu'il lui a adressée.

— Cette lettre, elle ne l'a jamais reçue.

— Je l'ai interceptée.

— Qu'en avez-vous fait?

— Elle est dans mon secrétaire.

— Où est la clé de ce secrétaire?

— Derrière la pendule.

Flavia fit signe à Scabieuse.

Celle-ci alla prendre la clé, ouvrit le meuble désigné et en sortit une lettre.

— Lisez, mon père, dit Flavia à sir John Colfax, lisez à haute voix.

Colfax prit la lettre du duc de Vallombreuse, et lut tout haut ce qui suit :

« Vous l'avez ordonné, ma chère Flavia, et je pars ; j'emporte à Uriage une blessure dont je ne guérirai point. Vous êtes trop fière pour accepter un autre titre que celui d'épouse. Mais la duchesse est d'une santé délicate, je puis devenir libre un jour, et libre avec vous devenue ma femme. — Quel rêve! »

— Eh bien! dit Flavia à la duchesse, vous mentiez donc tout à l'heure lorsque vous affirmiez que l'amour de votre mari était partagé?...

— Je ne sais pas.., je croyais... je crois...

— Et sur un simple soupçon, vous avez pu commettre un crime aussi épouvantable?

— J'étais jalouse… j'avais la tête perdue et, à l'insu de tous, j'ai versé le poison…

— Et l'arsenic trouvé dans l'album du Nivernais?

— C'est moi également qui l'y ai mis.

— Plus tard, Flavia a été graciée. Qui lui a fait obtenir sa grâce?

— Moi.

— Ce chèque de cinquante mille francs qu'on lui a remis sur le paquebot, de quelle main venait-il?

— De la mienne.

— Dans quel but avez-vous agi ainsi?

— Le remords me tuait.

L'interrogatoire était terminé.

— Vous avez écrit tout ce que vous venez d'entendre? dit Flavia à Salavert.

— Tout, répondit-il.

— Voit-elle en ce moment? demanda Flavia à Scabieuse.

— Elle voit, maîtresse.

Flavia présenta à la duchesse le procès-verbal dressé par le maître clerc.

— Lisez, madame, fit-elle.

Mme de Vallombreuse prit le papier, le lut lentement et à mi-voix.

— Vous reconnaissez pour vrai tout ce que vous venez de lire? continua l'ex-institutrice.

— Oui.

— Signez alors, madame.

Sir John Colfax passa une plume à la duchesse, et elle signa.

— A vous maintenant de signer, dit Flavia en s'adressant aux quatre jeunes gens.

Martineau et Salavert apposèrent leur signature au bas du procès-verbal.

— J'étais incrédule, dit le docteur Cavarrox en souriant, à présent je crois à la vertu du breuvage qui fait parler. Quel dommage que je ne connaisse pas la recette de sa fabrication, je deviendrais le maître du monde!

Puis il signa.

Le tour de Maxou était venu.

— Je signe, dit-il, mais sous toutes réserves

— Et quelles sont-elles? répliqua Flavia en le regardant dans les yeux, comme pour y lire la signification de ses paroles.

— Si, plus tard, il en est besoin, répondit-il, je m'expliquerai.

Lorsqu'il eut signé, Flavia prit le procès-verbal et le serra dans son portefeuille avec la lettre du duc de Vallombreuse.

Cependant la duchesse était retombée dans son sommeil, un sommeil agité et anxieux.

Sa respiration devenait plus pénible.

Parfois, elle avait des soubresauts convulsifs.

Elle fut prise ensuite d'un tremblement par tout le corps.

— On dirait le tétanos, murmura Cavarrox, qui suivait d'un œil curieux toutes les phases du phénomène.

— Elle va se calmer, répondit Scabieuse, puis elle dormira pendant dix heures, et lorsqu'elle se réveillera, elle ne souviendra plus de ce qui s'est passé.

— Eh bien! messieurs, dit Flavia d'un air sombre, pensez-vous que cette femme mérite un châtiment?

Tous répondirent par un signe de tête affirmatif.

— Bien, reprit-elle ; maintenant, retournons à Paris.

— Vous m'emmenez, n'est-ce pas, maîtresse ? lui demanda Scabieuse.

— Non, car ta disparition pourrait lui donner l'éveil, répondit Flavia ; je te ferai savoir quand tu pourras me rejoindre.

Quelques instants après, on entendait le bruit d'une voiture qui descendait les collines ardues au sommet desquelles se dressait le château de Faubouloy.

Le lendemain matin, la duchesse, à son réveil, n'avait aucun souvenir des événements de la nuit.

Elle éprouvait seulement dans tous les membres une lassitude et une faiblesse extrêmes.

Mais elle ne s'en préoccupa point, attribuant ce malaise à la fatigue de son voyage.

Lorsqu'elle fut levée, elle alla prendre, derrière la pendule, la clé de son secrétaire.

Tous les papiers se trouvaient à la place où elle les avait laissés la veille.

Un seul manquait.

La lettre du duc de Vallombreuse.

Elle ouvrit tous les tiroirs et chercha partout.

Stupéfaite, elle se demanda si elle ne l'avait pas mise dans un autre endroit ou brûlée.

Mais non, elle était bien certaine de l'avoir laissée dans le secrétaire.

Elle agita fiévreusement sa sonnette, et Scabieuse ccourut.

A toutes les questions de Mme de Vallombreuse, la jeune négresse répondit qu'elle n'était pas entrée dans sa chambre depuis la veille.

La duchesse était confondue à ce point qu'elle finissait par se demander si ses yeux ne l'avaient pas trompée, et si la lettre qu'elle avait tenue la veille dans ses mains était bien celle que le duc avait adressée d'Uriage à Flavia Morin.

Elle fit alors appeler le vieux jardinier, et s'enquit si, depuis qu'elle avait abandonné le château, quelqu'un d'étranger n'y serait point entré.

— Personne, madame la duchesse, répondit-il.

— Mais êtes-vous bien certain, continua-t-elle, qu'on ne s'y soit point introduit à votre insu?

— Il n'y a point de malfaiteurs dans le pays, dit le brave gardien, et puis qui aurait pu s'introduire dans les appartements, puisque les portes et les volets sont demeurés fermés durant tout le temps de votre absence? D'ailleurs, je m'en serais bien aperçu, madame.

Cette réponse était sans réplique.

La duchesse se livra à de nouvelles recherches, elle fouilla tous les meubles de la chambre à coucher, la lettre du duc ne se trouvait nulle part.

Un trait de lumière passa alors devant ses yeux.

— Plus de doute, se dit-elle, on m'a volé cette lettre! mais dans quel but?

Le soir du même jour, elle quittait, avec Scabieuse, le château de Faubouloy.

Et tout le long de la route elle demeura silencieuse.

Son esprit était agité de vagues pressentiments.

Ce que lui avait dit Maurice de Lavernay lui revint bientôt en mémoire, et son épouvante redoubla.

— Mon Dieu! mon Dieu! pensait-elle, si l'heure du châtiment est venue, que, du moins, il épargne mes enfants!

A peine fut-elle arrivée à son hôtel de la rue de Varennes qu'elle se précipita comme une folle au cou
d'Ève et de Marcelle, qui étaient accourues à sa rencontre.

— Mes filles ! mes chères filles ! s'écria-t-elle, vivantes... je vous retrouve vivantes !

Elle ne put en dire davantage.

Son visage devint pâle, ses yeux se voilèrent, elle
étendit les mains pour chercher un appui, et elle tomba
comme foudroyée.

FIN DE LA TROISIÈME PARTIE

QUATRIÈME PARTIE

LE DRAME DU FIER

———

I

L'ENTRÉE EN CAMPAGNE

Mai tirait à sa fin.

Un mois s'était écoulé depuis la nuit terrible où la duchesse de Vallombreuse, sous l'influence du breuvage que Scabieuse lui avait prendre, et inconsciente de ses paroles et de ses actes, avait révélé le secret, jusqu'alors ignoré, de la condamnation de Flavia Morin, et signé de sa main cette révélation redoutable.

Aucun fait important ne s'était produit.

La vente du château de Faubouloy avait payé les dettes d'Octave, et, devant ce sacrifice de sa mère, le jeune duc repentant avait promis de s'amender, — sauf à ne pas remplir sa promesse.

Les terreurs causées à la duchesse par le mystérieux

avertissement du vicomte de Kerlusset et qu'avait cor-
roborées la disparition de la lettre du feu duc, s'étaient
peu à peu, non pas évanouies, mais affaiblies, lorsqu'un événement vint de nouveau jeter le trouble dans
l'hôtel de la rue de Varennes.

Mᵐᵉ de Vallombreuse, un matin, fit appeler Scabieuse.

On la chercha partout, on ne la trouva point.

La matinée et la journée se passèrent sans qu'elle
parût.

Qu'était-elle devenue?

Pourquoi ce départ, que rien n'avait fait pressentir?

En effet, elle semblait si attachée à ses maîtres.

Avait-elle trouvé une condition plus avantageuse?

Mais rien ne lui manquait chez la duchesse, où
tout le monde l'avait prise en affection et la choyait.

Ç'eût été de sa part une ingratitude sans nom.

Enfin, tous les gens de l'hôtel se perdaient en conjectures.

Ève et Marcelle s'en affligèrent.

Leur mère s'en effraya.

On se souvient que le vicomte de Kerlusset, dans la
lettre qu'il avait adressée à Maurice de Lavernay, quelques semaines avant le voyage au château de Faubouloy, disait que la duchesse avait un ennemi secret.

Or, la duchesse se demandait si la jeune négresse
n'était point l'agent occulte de cet ennemi, et si ce
n'était point elle qui avait soustrait la lettre du duc de
Vallombreuse ou favorisé sa soustraction.

Toutefois, et après avoir admis cette supposition,
elle se dit que cette lettre, même au pouvoir d'une
main ennemie, ne pouvait pas servir d'arme contre elle.

En effet, que contenait-elle?

L'aveu de l'amour de son mari pour Flavia, et pas autre chose.

Cette réflexion, très-logique d'ailleurs, dissipa ses appréhensions, et elle ne vit plus dans le départ ou la fuite de Scabieuse qu'un de ces faits bizarres dont la cause lui échappait.

Pendant que ceci se passait à l'hôtel de la rue de Varennes, un complot s'organisait dans l'hôtel de l'avenue de l'Impératrice.

Plusieurs entrevues avaient eu lieu entre Flavia, Salavert, Martineau et le docteur Cavarrox.

Me Maxou s'était tenu à l'écart : il observait.

Flavia, l'âme du complot, avait distribué un rôle à chacun de ses auxiliaires.

Martineau, en sa qualité d'ami intime de Célestine Marbeau, avait été chargé de traiter à fond la question Octave de Vallombreuse.

Salavert, qui avait précédemment fourni de précieux renseignements sur le baron Horace de Lavernay, eut pour mission d'épier les faits et gestes du frère d'Athénaïs, à l'aide d'agents largement rétribués.

Le docteur Cavarrox, qui avait les pieds dans les deux camps, devait informer l'ex-institutrice de ce qui pourrait se passer d'important rue de Varennes.

Un soir, à l'issue de l'un de ces conciliabules, Flavia prit Martineau à l'écart et lui dit à mi-voix :

— Amenez, d'ici à trois mois, les choses où je veux qu'elles soient, et je vous remettrai les fonds nécessaires pour fonder un journal.

— Et moi, dit Salavert, qui s'était sournoisement approché, est-ce qu'on m'oublie ?

— Nous songerons à vous chercher une étude quand

le baron de Lavernay aura réalisé les espérances qu'il donne, repartit Flavia Morin.

— S'il en est ainsi, je me vois installé sous peu dans un fauteuil de notaire, reprit le maître clerc en se frottant les mains.

II

LA VILLA DE VILLE-D'AVRAY

Célestine Marbeau avait deux domiciles : l'un d'hiver, l'autre d'été ; le premier à Paris, rue Murillo ; le second à Ville-d'Avray, dans un charmant cottage qui lui appartenait en toute propriété depuis quatre ans.

Le lendemain de l'aparté qui avait eu lieu entre Flavia et Martineau, Célestine se livrait, entre neuf et dix heures du matin, aux douceurs du sommeil dans sa villa, lorsque sa cameriste Anastasie, qu'on appelait vulgairement Asie, souleva la portière de sa chambre à coucher.

— Le feu est-il à la maison, que tu m'éveilles à pareille heure ? lui demanda l'actrice en s'étirant comme une jeune chatte dont on trouble le repos.

— C'est que, madame... fit Asie peu intimidée et avec un malicieux sourire.

— C'est que... répéta Célestine en ouvrant tout à fait les yeux.

Son regard tomba sur un pli triangulaire que la femme de chambre lui tendait, et elle poussa un cri de joie.

13,

— Que ne me disais-tu tout de suite, continua-t-elle, que c'était une lettre de lui?

Ce mot *lui*, en dehors de son sens ordinaire, a une signification toute particulière; *lui*, pour certaines femmes, résume le monde tout entier; *lui* est presque toujours le maître absolu du *moi*; *lui* enfin, c'est l'aveu de la domination acceptée et subie.

Célestine avait pris et ouvert le billet, et elle lut ce qui suit :

« Aujourd'hui, relâche à ton théâtre pour cause d'en-
« rouement subit du premier larynx.

« J'ai une fringale de campagne, de beurre frais et de
« goujons frits; ce qui veut dire, ma Titine, que je se-
« rai ce soir, à six heures, dans ton petit palais de Ville-
« d'Avray.

« Si ton fantoche de duc Octave se présente, ren-
« voie-le à l'école buissonnière.

« TOTO.

« P. S. — Réponse au porteur du présent poulet. «

Toto était le pseudonyme employé par Martineau dans sa correspondance galante.

— Un chiffon de papier et un crayon, dit Célestine à sa cameriste.

Celle-ci alla quérir les objets demandés.

L'actrice griffonna ces deux mots :

« Je t'attends. »

— Maintenant, poursuivit-elle, mets ma réponse sous enveloppe, porte-la à l'homme et reviens.

Célestine, pendant l'absence d'Asie, relut le billet de Martineau.

— Il n'y a que lui pour tourner une lettre de la sorte,

pensait-elle. Quel style ! Et il n'est pas de l'Académie !

Asie rentra sur cette réflexion littéraire de sa maîtresse.

— Aujourd'hui, dîner à six heures, lui dit l'actrice.

— Combien de couverts ?

— Deux : lui et moi.

— Quel sera le menu ?

— Potage à la bisque, truite de rivière à la paysanne, cailles en caisse, truffes sous la cendre et salade russe.

— Très bien, madame.

Asie se dirigea vers la porte, puis s'arrêta.

— M. le duc doit venir tantôt, dit-elle ; madame le recevra-t-elle ?

— Tu lui répondras que j'ai la migraine, répliqua sèchement Célestine Marbeau.

— Pauvre jeune homme ! soupira la cémériste.

L'actrice accueillit ces mots par un éclat de rire bruyant.

Asie leva les yeux au ciel comme pour protester et se retira.

— Niaise qu'elle est, se dit Célestine ; elle croit encore aux Princes Charmants et à l'amour !... moi, je ne crois à rien... si... je crois à *lui*... à *lui* qui est mon maître !

Elle s'enfonça sous ses couvertures et se rendormit.

Elle dormait encore lorsque la pendule, qui sonna onze heures, la réveilla en sursaut.

Elle frappa sur un timbre et Asie reparut.

— Mon bain est-il prêt ? lui demanda sa maîtresse.

— Oui, madame, répondit la camériste.

Célestine Marbeau s'enveloppa dans une robe de chambre et passa dans sa salle de bain.

Cette salle, dallée et recouverte d'un tapis épais, était revêtue, murs et plafond, de plaques de zinc.

Une baignoire en marbre blanc et de niveau avec le sol était remplie d'une eau chauffée à trente degrés.

Au-dessus de la baignoire, une grille soudée au plafond laissait échapper, au moyen d'un ressort poussé, une pluie fine et glacée.

L'actrice se plongea dans son bain comme une couleuvre dans une jatte de lait.

Elle y resta dix minutes.

Asie alors tourna le robinet et la baignoire se trouva instantanément vide.

Elle fit jouer aussitôt après le ressort qui mettait en mouvement la douche d'eau froide.

Elle jaillit en pluie durant l'espace de deux minutes, le temps que mit un sablier à s'écouler.

La baigneuse, ceci fait, passa un peignoir en peluche et se roula dans une immense couverture.

Bientôt une bienfaisante chaleur se répandit par tout son corps, puis elle ferma les yeux et tomba dans une douce somnolence.

C'était là le secret de sa jeunesse et de sa beauté demeurées inaltérées ; grâce à ce procédé hygiénique, elle pouvait impunément passer plusieurs nuits dans la fournaise de la vie parisienne.

Six heures sonnaient lorsque Martineau fit son entrée dans la villa de Célestine Marbeau.

Lorsque Célestine Marbeau entendit le bruit des pas de Martineau sur le sable des allées, elle quitta son salon,

courut à lui en frappant des mains, et lui tendit son
front.

Les lèvres du journaliste l'effleurèrent à peine.

— Comment, c'est ainsi que tu m'accueilles ? lui dit-
elle d'un ton de reproche ; que t'est-il donc arrivé ?

— Dînons d'abord, j'ai une faim de loup, nous parlerons affaires ensuite, répondit-il.

Martineau avait sur la femme les idées les plus sin-
gulières.

L'amour, selon lui, était un duel qui se terminait
toujours au profit du plus fort, et il avait si bien mis
cet axiome en pratique, que Célestine, si fantasque et
si impérieuse avec Octave de Vallombreuse, était souple
et sans volonté devant lui.

Lorsqu'il eut savouré son café et humé, à petites gorgées, une fine champagne sortie des caves de Martel, il
alluma un conchas, et s'étendit sur les coussins d'un
divan.

L'actrice s'assit, à la mode orientale, aux pieds de
son sultan.

— Causons maintenant, mon infante, lui dit-il, et,
d'abord, où en sommes-nous avec ce jobard de duc ?

— Mon duc m'adore, et il satisfait à toutes mes fantaisies, répondit Célestine Marbeau.

— Et combien tes fantasies lui ont-elles coûté ? reprit
Martineau.

— En six mois, deux cent mille francs.

— Sur lesquels tu as mis dans ta caisse personnelle.

— Une quarantaine de mille francs.

Martineau haussa les épaules.

— Vous voilà bien, vous autres, avec votre stupide
devise : Courte, mais bonne !

— Mais tu sais bien qu'outre ce chalet, qui m'appartient, j'ai, — depuis deux ans, — dix mille francs de rentes sur l'État?

Le journaliste se prit à rire.

— Et que feras-tu de cette misère, ma pauvre chatte? poursuivit-il ; c'est à peine si tu pourras, toi qui dévore trois cent mille francs année moyenne, payer le loyer de ton appartement. A l'époque où nous sommes, il faut marcher vite, sous peine de rester en route ; nous vivons avec la vapeur et l'électricité, que diable !

C'était la premier fois que Martineau parlait affaires à l'actrice, et elle le regarda avec des yeux étonnés.

— Où veux-tu en venir, Toto? lui demanda-t-elle.

— A ceci : comme j'ai pour toi quelque affection, je ne veux pas que tu meures sur la paille ; tu as trouvé un filon, il faut l'exploiter, et vivement ; sans cela, gare l'hôpital !

— Mais si je vais trop vite, répliqua Célestine, la duchesse finira pas se fâcher ; elle a le bras long, elle pourrait bien porter plainte contre moi, et...

— Des bêtises, ma chérie, n'aie aucune crainte à cet égard, interrompit Martineau ; du moment que je me mets dans ton jeu, tu auras ce qu'on appelle la carte forcée.

— Tu veux donc m'épouser, Toto? s'écria l'actrice en lui sautant au cou.

— A bas les menottes, ma fille, et ne disons pas de balivernes, répondit Martineau d'un ton railleur, tu sais bien qu'on n'épouse pas Célestine Marbeau.

Célestine eut un serrement de cœur, et une larme perla au coin de son œil noir.

— Allons, oublie ce que je viens de te dire, continua le journaliste ; qu'est-ce que je veux? assurer ton avenir, voilà tout. Pour en revenir à ton duc, à combien encore se monte sa fortune ?

— A un million environ.

— Eh bien ! il faut que dans trois mois ce million soit croqué.

— Et quand Octave sera à sec ?

— Alors, j'aviserai, répondit Martineau d'un ton bref.

Célestine Marbeau l'écoutait, et sa surprise redoublait à chaque instant.

— Tu manigances quelque chose que je veux connaître, dit-elle ; car tu es trop spirituel pour me donner de pareils conseils, si tu n'avais point une arrière-pensée.

— Je te le répète, je veux que tu t'assures un morceau de pain... et le reste, pour tes vieux jours.

Célestine réfléchit pendant quelques secondes, puis elle lui répondit :

— Je t'obéirai : dans trois mois, le tour sera joué.

Les nuages qui avaient assombri un moment le front de Jupiter-Martineau, se dissipèrent comme par enchantement.

Il redevint le jovial garçon qui faisait les délices de l'actrice tout en châtouillant sa vanité.

Lorsque neuf heures sonnèrent, il se leva et prit son chapeau.

— Tu me quittes ? lui demanda-t-elle.

— Un article que j'ai promis à mon journal, et que je vais brocher, répondit-il.

De retour à Paris à dix heures, Martineau envoyait à Flavia ce billet laconique :

« Célestine est avec nous ; d'ici à trois mois, Octave sera complètement ruiné. »

III

LE REJETON D'UN CROISÉ

Le jeune duc de Vallombreuse, lors de la vente du château de Faubouloy, avait, ainsi qué nous l'avons dit, promis à la duchesse de s'aménder, et il était sincère en faisant cette promesse ; mais Célestine Marbeau était là, et, derrière elle, Martineau.

Plus soumis qu'un esclave, le pauvre Octave subissait, comme par le passé, le joug de l'actrice.

Chaque jour, c'était un nouveau caprice à satisfaire et, par suite, de nouvelles dettes à contracter.

En moins d'un mois, son passif s'élevait à cinquante mille francs.

Ce n'était que la préface du complot ourdi par Flavia, mis en circulation par Martineau et, en action, par Célestine.

Un beau jour, l'actrice dit à brûle-pourpoint au jeune duc :

— Il y a trop longtemps que je demeure chez les autres, je veux avoir un hôtel à moi.

Octave risqua quelques observations.

Célestine s'emporta.

Il riposta.

Elle simula une attaque de nerfs.

C'était le manége habituel auquel elle recourait pour triompher des résistances d'Octave.

Quand elle eut fait semblant de reprendre ses sens, il était à ses genoux.

— Avez-vous donc un hôtel en vue ? lui demanda-t-il.

— Oui, mon ami, Un vrai nid d'amoureux... où nous pourrons pendre la crémaillère dans huit jours... si vous le voulez.

— Où est-il situé ?

Rue de Courcelles... un bijou d'hôtel avec jardin sur le parc Monceaux.

— Ah !... fit le jeune duc. C'est un des quartiers les plus aristocratiques de Paris... ce doit être fort cher.

— Voulez-vous donc que j'aille loger à Montmartre ou aux Batignolles ? dit Célestine Marbeau d'un ton dédaigneux.

— Assurément non... mais on pourrait trouver ailleurs.

— Son propriétaire est obligé de quitter Paris... il sera coulant... très-coulant.

— Combien en demande-t-il ?

— Deux cent cinquante mille francs·

Le jeune duc bondit.

— Deux cent cinquante mille francs ! s'écria-t-il, mais où voulez-vous que je les prenne ?

— Est-ce que vous n'avez pas des fermes, des vignobles dans l'Orléanais, sans compter votre domaine du Berri, où vous ne mettez jamais le pied ?

— Je réfléchirai à tout cela, répondit Octave.

— Et moi, je ferai de même, repartit Célestine Marbeau d'un ton aigre.

— Que voulez vous dire ?

— C'est vrai... je suis bien bête de vous faire le sacrifice de ma jeunesse, lorsque tant d'autres mettent chaque jour des monceaux d'or à mes pieds...

Octave pâlit, ses sourcils se contractèrent, un éclair jaillit de ses yeux ; un éclat était imminent, quand Asie entra, une carte de visite à la main.

L'actrice prit la carte, et un sourire mauvais contracta ses lèvres.

— Quelle est cette carte ? demanda le jeune duc.

— Cette carte, répondit-elle, est celle d'un riche Portugais qui met son cœur et ses millions à mes pieds.

Ce Portugais qui n'existait point, avait été fabriqué par Martineau pour les besoins de la cause.

— Et vous recevez cet homme ? dit le crédule Octave.

— C'est la troisième fois qu'il se présente chez moi... et j'ai tenu toujours ma porte fermée... mais, dans les dispositions d'esprit où vous êtes à mon égard, je vais le recevoir.

— Vous ne ferez pas cela ?

— Qui m'en empêchera ?

— Moi !

— Vous !

Un moment Octave sembla hésiter, mais sa folle passion l'emporta.

— Oui, répondit-il, car dans huit jours nous pendrons la crémaillère dans votre hôtel de la rue de Courcelles.

Célestine Marbeau lui sauta au cou.

— Ah ! je vois bien que tu m'aimes, mon Octave, lui dit-elle ; un moment j'avais douté de toi... je m'étais trompée... Je suis bien heureuse, va !...

— Que faut-il que je réponde à ce monsieur ? demanda Asie.

— Tu lui diras qu'il s'épargne à l'avenir toute visite, répliqua l'actrice.

Asie, indignée de l'effronterie de Célestine, se retira silencieusement.

Huit jours après, le domaine du Berri passait des mains d'Octave dans celles de sir John Colfax, contre trois cent mille francs, espèces sonnantes, et Célestine

Marbeau devenait propriétaire du petit hôtel de la rue de Courcelles contre deux cent cinquante mille francs, également payés comptant par le jeune duc de Vallombreuse.

Cette vente et cette acquisition n'avaient point eu lieu, comme on le pense bien, par devant maître Lacarrière.

Salavert avait eu soin de désigner un autre notaire.

Le soir de la signature des deux actes, un thé réunissait Martineau, le maître clerc, Cavarrox et Maxou dans l'hôtel de sir John Colfax.

Flavia était rayonnante.

Martineau, fier de son succès, pensa que le moment était favorable pour mettre sur le tapis la création de son journal.

Elle l'arrêta dès les premiers mots.

— Quand Octave sera complètement ruiné, lui répondit-elle, alors... mais seulement alors, je tiendrai mes promesses.

Cette réponse catégorique renfonça jusqu'au fond de la gorge de Salavert le petit speech qu'il méditait relativement à l'achat d'une étude qu'il avait en vue.

Le docteur Cavarrox, lui, n'avait rien à demander.

Promu, depuis l'entrée de Scabieuse chez la duchesse, à la dignité de médecin de miss Colfax, dont les attelages étaient admirés au lac, il avait, en peu de temps, conquis une sorte de célébrité.

La colonie américaine de Paris ne se guérissait plus qu'en vertu de ses ordonnances, et il était devenu, sur la recommandation du riche Yankee, le représentant en France de la compagnie anglaise à laquelle le baron de Lavernay avait assuré sa sœur.

Quant à Maxou, on se souvient qu'à l'exemple d'Hippocrate devant Artaxerxès, il avait refusé les présents

de Flavia et qu'il se tenait en dehors de toutes ses me-
nées ténébreuses.

Au moment où les quatre jeunes gens allaient se retirer, l'ex-institutrice les riva, pour ainsi dire, au parquet par cette simple phrase :

— Cette soirée est une soirée d'adieux.

— D'adieux ! s'écria Martineau avec stupéfaction.

— Ma présence à Paris n'est plus nécessaire en ce
moment, répondit-elle ; je m'absente pour deux ou
trois mois ; l'affaire Octave de Vallombreuse suivra son
cours ; dans tous les cas, mon cher Martineau, vous
êtes là pour raviver le feu, s'il faisait mine de vouloir
s'éteindre.

— Et où allez-vous ? lui demanda le maître clerc.

— Dans la Haute-Savoie, mon futur tabellion, dit-
elle en lui adressant un regard significatif.

— Mes renseignements de ces jours derniers sur le
baron ont produit leur effet, comme je le prévoyais, se
dit Salavert avec satisfaction.

— Ah ! ah ! fit Maxou en dressant la tête.

Flavia n'eut point l'air de remarquer le brusque
mouvement de l'avocat.

— Je suis curieuse, continua-t-elle en souriant, de
visiter cette contrée pittoresque, d'admirer ses lacs,
ses montagnes et ce torrent du Fier qui, dit-on, n'a pas
son second au monde.

— Le baron de Lavernay habite ce pays, je crois ?
reprit Maxou en regardant Flavia dans les yeux.

— En effet, répliqua l'ex-institutrice du ton le plus
naturel, et ce voyage me procurera sans doute le plaisir de faire connaissance avec lui.

Maxou ne jugea pas à propos de relever ces paroles.

Salavert avait la figure radieuse.

— Vous accompagnerai-je ? demanda Cavarrox à Flavia.

— N'êtes-vous pas notre médecin ordinaire ? répondit-elle.

— Je n'ai jamais vu la Haute-Savoie, dit M⁰ Maxou, et...

Flavia fit un léger mouvement qu'elle comprima aussitôt.

— Nous serons enchantés, mon père et moi, de vous avoir pour compagnons, interrompit-elle.

— Eh bien ! c'est convenu, je serai des vôtres, reprit le jeune avocat.

— Que diable veux-tu aller faire dans ce département savoyard ? demanda Salavert à Maxou lorsqu'ils eurent quitté l'hôtel de l'avenue de l'Impératrice

— Les procès chôment en ce moment... un caprice qui m'est passé par la cervelle, répondit-il sans s'expliquer davantage.

IV

LE BONHOMME TRUAZ

Les touristes qui se rendent de Paris à Aix-les-Bains, l'une des stations balnéaires les plus renommées de la Haute-Savoie, descendent à Culoz, où ils trouvent un train qui les conduit à destination.

A Aix, le train s'arrête une heure, et les voyageurs qui vont plus loin ont le temps de déjeuner, soit au buffet de la gare, soit dans un des somptueux hôtels de la ville.

Quelques minutes avant l'arrivée du train, un individu, vêtu de ce gros drap gris qui se confectionne dans les montagnes de la Savoie, se promenait avec une certaine impatience aux alentours de la barrière par où sortent les voyageurs.

Cet individu, dont les allures étaient celles d'un paysan, pouvait avoir une soixantaine d'années.

Son vaste chapeau, déformé par la pluie et par l'usage, avait pris la forme d'un champignon.

Sous ce chapeau, apparaissait un visage qu'il était difficile d'oublier après l'avoir vu.

Sur un nez recourbé comme le bec des oiseaux de proie, était fixée une paire de lunettes en argent dont les boucles massives encadraient des verres ronds, pareils à des yeux de bœuf.

Ses lèvres étaient si minces qu'on aurait pu croire qu'elles avaient été découpées par une lame de rasoir.

Quoique maigre, il semblait avoir une santé vigoureuse, et les tons bistrés de sa peau parcheminée indiquaient une existence passée en plein air.

A coup sûr, cet individu, malgré son accoutrement plus que modeste, ne devait pas être le premier venu, car tous les employés de la gare le saluaient avec une déférence marquée.

Le chef de la station l'ayant aperçu, le fit entrer sur le quai de la gare, après lui avoir demandé s'il attendait quelqu'un.

—J'attends ce mange-tout de baron de Lavernay, qui doit arriver ce matin de Mâcon, répondit le bonhomme en prenant une prise de tabac dans une de ces tabatières appelées *queues-de-rat* et qui coûtent dix centimes ; en usez-vous, monsieur le chef de gare ?

Ce dernier accepta par politesse.

— Excellent tabac... de contrebande ! fit-il en éternuant.

— Heu ! heu ! le tabac de la régie est si mauvais ! repartit Truaz.

— Ah ! voici le train qui arrive, et j'aperçois la tête de M. le baron à la fenêtre d'un compartiment de première.

— Si ça ne fait pas pitié ! grommela entre ses dents le bonhomme. Prendre les premières lorsqu'on n'a pas le sou ! Moi qui ai quelque aisance, je ne vais jamais qu'en troisièmes.

— Sans compter que vous pourriez prendre des coupés et ne pas faire pour cela grand tort à votre bourse, dit, en clignant de l'œil, le chef de gare, car on prétend que vous avez des millions dans vos caves.

— Le commerce des bois est devenu mauvais, répondit Truaz, et ceux qui disent que j'ai des millions sont des menteurs ou des envieux.

— On sait à quoi s'en tenir, poursuivit son interlocuteur. Lors du dernier emprunt, vous avez pris pour dix mille francs de rente. Je tiens la chose du percepteur.

— Le percepteur est un bavard.

— Allons, ne vous fâchez pas, monsieur Truaz, et si cela peut vous faire plaisir, je dirai à tout le monde que vous êtes pauvre comme Job.

Le train venait de s'arrêter, et le chef de gare s'éloigna rapidement.

Le personnage dont nous avons tracé la silhouette, le bonhomme Truaz, comme on l'appelait dans le pays, était l'un des plus gros bonnets des Alpes françaises.

Son nom, comme commerçant, était des mieux cotés sur les places de Genève, de Berne et de Lyon.

Aucune banque n'eût hésité à lui compter un million sur sa simple signature.

Le père Truaz, qui habitait le village de Saint-André, s'était enrichi dans le commerce des bois au moment de l'annexion.

Le rusé compère avait compris que la réunion à la France d'une certaine partie de la Savoie allait donner une vie nouvelle au pays, et que des voies de communication s'ouvriraient pour relier entre eux les points les plus excentriques du territoire.

Alors il se dit que d'immenses forêts de sapins qui, jusque-là, avaient été réputées inexploitables faute de débouchés, ne manqueraient pas d'être exploitées.

Il calcula, avec une véritable science d'ingénieur, le tracé et la direction des routes à ouvrir ; puis, hardiesse rare chez un paysan, il vendit ses lopins de terre, et avec leur produit grossi d'emprunts à gros intérêts, il acheta les plus belles forêts du département.

Tout se réalisa selon ses prévisions.

Les bois qu'il avait acquis à vil prix s'exploitèrent facilement, s'écoulèrent de même et, en moins de dix ans, le bonhomme Truaz avait gagné cinq millions.

Telle était la situation pécuniaire de cet homme qui attendait avec une vive impatience l'arrivée du baron de Lavernay.

Le baron, ainsi que l'avait annoncé le chef de gare, était dans le train venant de Culoz, et la première per-

sonne qu'il aperçut en descendant fut le bonhomme
Truaz.

— Vous voilà? fit-il avec un mouvement de mauvaise humeur qui n'échappa point aux lunettes du marchand de bois.

— Vous m'avez demandé un délai pour aller à Mâcon chercher les fonds nécessaires au paiement des
vingt mille francs que vous me devez, répondit Truaz,
et je viens vous demander mon argent.

— Nous causerons de cela tout à l'heure, mon aimable créancier, répliqua M. de Lavernay. Je meurs de
faim, et vous me permettrez bien de déjeuner. Nous
avons une heure devant nous; si vous le voulez, nous
déjeunerons ensemble et nous partirons ensuite pour
Rumilly.

— Va pour le déjeuner, dit Truaz, qui, tout rustre
qu'il était, ne dédaignait point les invitations de ce
genre.

Le baron conduisit le marchand de bois à l'hôtel de
l'Europe et là, ils s'attablèrent devant un repas copieux
arrosé des meilleurs crûs.

La salle commune de cet hôtel était peu faite pour
des confidences entre créancier et débiteur; aussi la
conversation du baron et de Truaz resta-t-elle sur le
terrain vague des généralités.

Le déjeuner terminé, ils retournèrent à la gare.

L'heure du départ était arrivée.

Le marchand de bois cinq fois millionnaire, fidèle à
ses habitudes de parcimonie, prit un billet de troisième.

Quant au baron, il s'était confortablement installé
dans un coupé.

14

Au moment où **Truaz** allait monter en wagon, son débiteur le héla.

— Venez donc à côté de moi, lui dit-il.

M. de Lavernay avait certainement un projet en faisant cette invitation qui concordait si peu avec la mauvaise humeur qu'il avait manifestée tout d'abord en apercevant son créancier.

— En coupé... jamais! répondit le bonhomme; les petites économies font les gros millions.

— Je paierai le supplément, reprit le baron.

— Allons, comme vous voudrez, dit le marchand de bois.

Puis, tout bas, il murmura :

— Dissipateur!... panier percé!... il ferait bien mieux de me payer ce qu'il me doit!...

— En wagon, messieurs ! cria un employé, le train va partir!

Presque aussitôt un coup de sifflet se fit entendre, et le convoi se mit en marche.

— Maintenant que nous voici seuls, dit M. de Lavernay, lorsque Truaz eut pris place à côté de lui, nous pouvons causer de nos petites affaires sans crainte d'être dérangés.

— Monsieur le baron, répondit son créancier, vous me devez vingt mille francs de capital, plus douze cents francs d'intérêts, ce qui porte votre dette au chiffre rond de vingt et un mille deux cents francs.

— Parfaitement exact, le compte, reprit son débiteur, qui venait d'allumer un londrès.

— Dans ce cas, payez-moi. J'ai justement dans ma poche une quittance signée d'avance.

— Mauvais plaisant ! vous savez bien que je ne le puis pas...

— Alors, je ferai marcher le papier timbré.

— A quoi bon des frais inutiles ? En serez-vous mieux et plus tôt remboursé, quand vous aurez lâché les huissiers à mes trousses ?

— Je saisirai ce qui vous reste.

— Il ne me reste rien... et vous n'ignorez pas que c'est ma très cher sœur Athénaïs qui possède tout, répondit le vieux gentilhomme.

— C'était pour me dire cela que vous m'avez invité à déjeuner et fait monter en coupé avec vous ? répliqua le marchand de bois avec une colère peu contenue.

— Cela, et autre chose.

— Quoi donc ?

— Il faut que vous me prêtiez huit mille francs.

Truaz bondit à cette proposition formulée d'une voix calme par le baron.

— Ah ça, êtes-vous fou, ou me prenez-vous pour un imbécile ? s'écria-t-il.

— Je vous prends, au contraire, pour un homme d'infiniment de bon sens, repartit M. de Lavernay avec le même calme, et vous me prêterez ces huit mille francs lorsque je vous aurai prouvé clair comme le jour qu'ils me sont indispensables pour pouvoir vous payer les vingt et un mille deux cents francs dont je vous suis débiteur.

— Vous me ferez infiniment plaisir en me prouvant cela, dit Truaz avec un sourire goguenard.

— Ecoutez donc attentivement ce que je vais vous dire, répondit le baron en jetant son cigare par la fenêtre du coupé.

Le marchand de bois mit ses coudes sur ses genoux et son menton sur ses mains.

— Je vous ai emprunté vingt mille francs, poursuivit M. de Lavernay, non pas pour les dissiper follement, comme vous pourriez le supposer, mais pour reconstituer ma fortune...

— Voyons un peu cela, dit le bonhomme Truaz.

— Vous savez que ma sœur Athénaïs, mon aînée de six ans, est aujourd'hui dans sa soixante-quatrième année.

— Parfaitement.

— Vous savez également que je suis son héritier direct et que sa fortune est d'environ trois cent mille francs.

— Connu.

— Mais ce que vous ignorez, c'est que, malgré ma qualité incontestable et incontestée d'héritier direct, cette fortune doit revenir un jour à mon fils, qui est sur le point d'épouser une fille très-riche.

— De sorte, interrompit le marchand de bois, qu'il ne vous reviendra, à la mort de votre sœur, si elle meurt avant vous toutefois, pas même un rouge liard pour me payer?... Mais alors je suis volé comme dans un bois !

— Veuillez prêter la plus grande attention à ce qu'il me reste à vous dire, continua M. de Lavernay, et vous verrez que si vous savez comprendre vos intérêts, vous ne perdrez rien.

— J'écoute, répliqua Truaz en ouvrant ses oreilles.

Le baron de Laverney poursuivit en ces termes :

— Mon fils, ainsi que je viens de vous le dire, héritera de tous les biens de sa tante ; mais Athénaïs, ma chère sœur, pour ne pas me laisser mourir de faim, me constituera une petite pension incessible et insaisissable que Maurice sera chargé de me faire.

— Je suis donc volé, tout ce qu'il y a de plus volé ! s'écria le marchand de bois.

— Vous comprenez, mon cher Truaz, continua le vieux gentilhomme sans se préoccuper de l'interruption passablement injurieuse de son créancier, qu'il est tout naturel que je me sois arrangé de façon à ne pas être réduit à cette situation humiliante.

— Eh bien ! après ? fit le bonhomme peu rassuré.

— Ma sœur étant mon aînée, répliqua M. de Lavernay, doit, dans l'ordre de la nature, partir la première...

— Ça n'est pas une raison ; souvent les jeunes déménagent avant les vieux, interrompit le marchand de bois.

— Heu !... heu !... Athénaïs est d'une santé... douteuse... elle en est à sa quatrième attaque de catarrhe, et il est probable qu'une cinquième l'enlèvera.

— Ça, c'est possible.

— Eh bien ! il m'est venu, il y a cinq ans, une idée superbe... magnifique... C'était de placer les trente mille francs qui me restaient après ma débâcle sur la tête de ma chère sœur.

— Sur sa tête ? fit Truaz, qui ne comprenait pas.

— Oui ; j'ai assuré la vie d'Athénaïs pour une somme de deux cent mille francs, et je paye, à cet effet, treize mille six cents francs par an. Les trente mille francs qui me restaient sur mon ancien avoir ont servi à payer les deux premières années, et les vingt mille francs que vous m'avez prêtés, joints à d'autres petits emprunts, ont été employés à payer les trois autres.

— Très-bien ! ensuite ?

— Si je ne paie pas la police qui va écheoir dans trois mois, le contrat devient nul de droit, et toutes les sommes que j'ai versées jusqu'à ce jour, y compris vos vingt mille francs, mon cher Truaz, seront complètement perdues.

— De sorte que c'est pour continuer cette assurance que vous voulez m'emprunter encore huit mille francs ?

— Pas pour autre chose, mon brave créancier ; j'ai

14.

rapporté de Macon, en tout et pour tout, six mille francs,
et il m'en manque environ huit mille que je vous demande.

— Turlutaine ! fit le marchand de bois en hochant
la tête.

— Vous réfléchirez...

— C'est tout réfléchi.

— Mais si je vous abandonnais le tiers des deux cent
mille francs qui me reviendront à la mort d'Athénaïs?

— Ce qui ferait !

— Soixante-six mille six cent soixante-six francs pour
votre part.

— Le chiffre est assez joli... je n'en disconviens pas,
mais votre sœur peut vivre cent ans.

— Athénaïs, je vous en réponds, ne passera point
l'hiver.

Le baron prononça ces mots avec un accent si étrange
que le bonhomme Truaz se sentit froid dans le dos.

On était arrivé à la gare de Rumilly.

C'était à six ou sept kilomètres de cette station que
demeuraient M. de Lavernay et le marchand de bois.

Le vieux manoir d'Athénaïs était situé sur le sommet
d'une montagne qui dominait le torrent du Fier.

Le marchand de bois plusieurs fois millionnaire habitait un chalet des plus confortables auprès du village
de Saint-André.

Une de ces voitures des campagne dans lesquelles
les maîtres sont assis sur le côté attendait le baron à la
sortie du chemin de fer.

Une sorte de rustaud, moitié cocher, moitié jardinier,
et qui répondait au nom de Martin Thibaut, était sur le
siége.

— Si vous le voulez, mon cher Truaz, je vous con-

duirai jusque chez vous, lui dit le vieux gentilhomme :
c'est mon chemin pour aller à ma taupinière, et vous
économiserez vos jambes.

— Très-volontiers, répondit l'avare.

Et, sans plus de façon, il s'assit à côté de M. de Lavernay.

La nouvelle route qui conduit à Seyssel est une des
plus pittoresques de la Haute-Savoie.

Dans le lointain on aperçoit le profil sévère de la
Tournette qui se dresse au-dessus des hautes montagnes
environnantes.

Dans la plaine apparaît comme une sombre déchirure
du sol.

C'est le torrent du Fier qui s'élance et bondit au milieu
de ses abîmes sinistres.

Les percherons du baron étaient de bons trotteurs.

En peu de temps ils atteignirent le joli village qui porte
le nom de Saint-André, et dont les maisons coquettes
se groupent au fond d'un paysage alpestre ; perdues au
milieu des arbres, elles ressemblent de loin à des plaques
blanches sur un tapis de mousse.

Le chalet du bonhomme Truaz était adossé à un bois
de sapins, un sentier bordé d'églantiers et d'aubépines
y conduisait.

Comme le sentier était trop étroit pour laisser passer
une voiture, le marchand de bois descendit.

Eh bien ! lui dit M. de Lavernay d'un ton des plus
dégagés, quand nous reverrons-nous ?

— Dame... voyons... répondit Truaz après un instant
de réflexion, ça vous va-t-il de venir souper demain avec
moi à la bonne franquette ? Nous pourrions causer un
instant.

— Convenu, reprit le baron, dont la voiture disparut
bientôt dans un des tournants de la route.

V

LE CHATEAU DES ABIMES.

Ce que le baron appelait sa taupinière était l'un de ces manoirs féodaux que l'on rencontre fréquemment dans la Haute-Savoie.

Mais ce qui le distinguait des autres constructions de la même époque, c'était sa situation au bord de cette sombre fissure de rochers qui sert de lit au torrent du Fier.

Ce nid d'aigles justifiait bien la dénomination qu'on lui avait donnée dans le pays; on ne le désignait que sous le nom du château des Abîmes.

Le Fier, encaissé en cet endroit entre deux muarilles de rochers hautes de plus de deux cents pieds, prend sa source dans la vallée de Thônes, à la Clusaz; il s'est creusé un lit sur tout son parcours dans la roche vive, coule à des profondeurs souvent vertigineuses, et va se perdre dans le Rhône à Seyssel, en contournant la ville d'Annecy et son lac.

Le Fier est un torrent grondant, écumant et bondissant en cascades; pour un oui, pour un non, il s'élève en une nuit à dix ou vingt mètres au-dessus de son lit ordinaire.

En 1870, la galerie du Fier, suspendue à plus de cinquante mètres de hauteur aux flancs des rochers, a été emportée par une crûe presque instantanée.

Lorsqu'on a laissé derrière soi la commune de Sion, on prend une route mal entretenue qui conduit par une pente des plus raides au sommet de l'étroite plate-forme sur laquelle est construit l'antique manoir.

Une vieille porte cintrée, flanquée de deux tourelles en poivrière, y donne accès.

Nous devons ajouter, pour présenter un dessin complet des lieux, qu'une route ou plutôt un tunnel passe au-dessous du château, à cent pieds environ plus bas.

Cette route, taillée en mortaise dans la roche, coupe la paroi verticale du rocher à moitié de sa hauteur et semble un balcon jeté au-dessus du Fier mugissant.

On se sent saisi d'une indicible terreur quand on traverse cette voie souterraine.

Là, jamais ne pénètre le soleil, et le jour y prend des tons verdâtres.

Mais aussitôt qu'on la quitte, on est aveuglé par des flots de lumière et, devant les regards, se déroule un paysage ravissant, encadré au milieu de prairies vertes comme l'émeraude.

Il faisait déjà tard lorsque M. de Lavernay arriva au château. Un énorme chien du mont Saint-Bernard, en entendant les grelots des chevaux aboya joyeusement comme pour souhaiter la bienvenue au maître.

D'autres aboiements retentirent bientôt, ceux d'une meute de bassets qui, eux aussi, voulaient fêter à leur manière le retour du baron.

L'équipage rustique s'arrêta devant la porte d'entrée, le vieux gentilhomme sauta à terre et voulut ouvrir la porte; elle était fermée.

— Jolie manière d'attendre les gens! dit-il avec mauvaise humeur.

Et il se mit à agiter la cloche à tour de bras.

Peu après, un bruit de pas annonça qu'il avait été entendu, et une vieille servante vint ouvrir.

— Corbleu ! fit M. de Lavernay ; est-ce ainsi qu'on m'attend ?

— Mademoiselle est rentrée dans sa chambre, répondit la servante, et, vous le savez, elle n'y rentre jamais sans que toutes les portes soient fermées.

— Martin devait me ramener ici ce soir, et dès lors, vous auriez dû...

— Mademoiselle est la maîtresse et je dois obéir, interrompit la vieille d'un ton rogue.

Un juron plus énergique que le premier allait sortir de la bouche du baron, mais il le retint.

— Assez de verbiage comme cela, Brigitte, dit-il. Mon souper est-il prêt ?

— Il reste un morceau de bœuf arrangé en salade et des nouilles au fromage, répondit la servante.

Le vieux gentilhomme, malgré toute sa colère, passa dans la salle à manger, car la longueur du chemin et le grand air lui avaient donné un appétit féroce.

Lorsqu'il eût dévoré les maigres reliefs qui lui avaient été servis, il se tourna vers Brigitte qui le regardait souper.

— Comment va ma sœur ? lui demanda-t-il.

— Mademoiselle ne souffre plus de son catarrhe, son appétit est revenu, et depuis votre départ, elle dort ses douze heures sans se réveiller.

— Bien !... très-bien ! fit M. de Lavernay en fronçant involontairement les sourcils; je suis enchanté de ce que vous m'apprenez.

— Oh !... mademoiselle, toute délicate qu'elle paraît être, a un corps de fer, reprit la vieille servante ; elle nous enterrera tous.

Le baron ne répondit pas.

— Voyez-vous, continua Brigitte, les gens maigres

vivent toujours plus longtemps que les autres; notre voisin, Pierre Palud, votre compagnon de chasse était vigoureux, aussi vigoureux que vous... et on l'a porté en terre, il y a trois jours.

— Pierre Palud est mort? dit le vieux gentilhomme.

— Comme vous, il buvait sa bouteille à chaque repas, il n'y a rien qui dispose plus à l'apoplexie... Vous devriez y songer un peu, ajouta Brigitte en jetant un regard en coulisse sur la bouteille vide du baron.

— Va au diable avec tes prédictions de croquemort! dit M. de Lavernay en se levant brusquement.

Puis, il prit un flambeau et monta à sa chambre.

Là, et tout en se déshabillant, il lâcha la bride à sa colère.

— Quel enfer que ma vie! murmura-t-il. Être rivé à une vieille fille avare et égoïste qui me supporte parce qu'elle ne peut pas faire autrement... Non, ça ne durera pas longtemps comme ça!

Il souffla sa bougie et s'endormit.

Brigitte, on a pu le remarquer, n'avait pas une bien vive tendresse pour le baron. Sœur de lait d'Athénaïs, et faisant en quelque sorte partie de la famille, elle ne pardonnait pas au vieux gentilhomme d'avoir dissipé sa part du patrimoine paternel.

Mais, en revanche, elle portait à sa maîtresse un de ces attachements sans bornes, si rares aujourd'hui chez les domestiques; elle se serait fait hacher pour elle.

Mlle Athénaïs de Lavernay quoique l'aînée du baron de six ans seulement, aurait pu, à première vue, passer pour sa mère.

Recherchée à diverses fois en mariage, non pas pour ses beaux yeux, mais pour sa fortune, elle avait éconduit jadis impitoyablement tous ses galants afin de conserver son indépendance.

Tandis que son frère, devenu veuf de bonne heure, menait la joyeuse vie de gentilhomme campagnard, Mlle Athénaïs vivait comme une recluse, se privait de tout, et maintenait par des prodiges d'économie l'équilibre entre les recettes et les dépenses, et, certes, ce n'était pas une petite affaire que de boucher les trous que le baron creusait dans le budget commun.

Tant que dura cette période, que nous appellerons la phase tempérée de la vie de M. de Lavernay, la bonne harmonie ne fut jamais gravement troublée entre eux.

Mais lorsque saisi par le démon de l'agio, son frère parla de vendre leur patrimoine pour le jeter dans des spéculations hasardeuses, Athénaïs leva aussitôt l'étendard de la révolte.

— Je suis née dans ce vieux château, lui dit-elle, et je veux y mourir. Libre à vous, Horace, de vendre les terres et les fermes qui vous sont échues dans le partage, moi je garde mon bien, et un jour vous me bénirez de vous avoir conservé un morceau de pain pour votre vieillesse.

Le baron insista, mais ce fut en vain.

Il aurait plus facilement attendri les rochers entre lesquels mugit le Fier.

Quand l'imprudent spéculateur eut été ruiné, Athénaïs, qui, jusque là, s'était fait une loi de se prêter à tous ses caprices, s'érigea aussitôt en maîtresse absolue du logis. Son économie d'autrefois devint une avarice sordide, et le château fut brutalement fermé aux parasites que le baron y amenait avant sa déconfiture.

Il eut sa place à table et un gîte au foyer, mais ce fut tout.

La parcimonie de la vieille fille avait cependant son côté louable. Elle thésaurisait sou à sou, afin de soulager les pauvres et les malades du pays, et pour grossir l'héritage de son neveu Maurice, sur lequel elle avait reporté toutes ses affections.

Lorsque, à l'époque des vacances, le jeune magistrat venait passer quelques semaines sous le toit de la famille, alors le vieux manoir prenait un air de fête. On tirait du cellier les bouteilles couvertes d'une noble poussière, on égorgeait la basse-cour et, de temps à autre, on achetait aux pêcheurs quelques-unes de ces belles truites qui habitent les eaux écumantes du Fier.

Le baron de Lavernay, le lendemain de son retour au château, s'était, selon son habitude, levé de bonne heure et il se promenait, en attendant le déjeuner, sur l'étroite terrasse qui dominait le torrent.

Son front était soucieux et de sombres pensées l'agitaient.

Si Truaz refusait de lui prêter les huit mille francs nécessaires au paiement de l'assurance de sa sœur, l'échafaudage de ses espérances croulait.

D'un autre côté, si la prédiction de Brigitte devait se réaliser, si de longues années étaient promises à Athénaïs, il se voyait également perdu.

Pendant qu'il se livrait à ces réflexions peu riantes, une voiture longeait la route taillée en corniche dans les flancs de la montagne.

Le baron ne pouvait pas voir encore cette voiture, mais il entendait le bruit des grelots des chevaux qui montait jusqu'à lui.

Cette route qui, un jour, sera encombrée de touristes, est aujourd'hui peu fréquentée.

Le vieux gentilhomme, curieux de savoir quels étaient

15

ces voyageurs si matinals, se pencha sur le rebord de la terrasse, et attendit que la voiture parût.

Sa curiosité ne tarda pas à être satisfaite.

Cette voiture était un confortable landau.

Dans ce landau se tenaient trois personnages : un homme d'une cinquantaine d'années, une jeune femme et une négresse.

En tête des chevaux courait un superbe terre-neuve.

— Ce sont des étrangers, murmura M. de Lavernay, lorsque la voiture eut disparu sous la corniche, et de riches étrangers, à en juger par leur équipage : moi aussi, ajouta-t-il avec un soupir, j'ai été riche, et maintenant... Mais Truaz n'a pas dit son dernier mot, et, s'il me prête ces huit mille francs, je puis prendre ma revanche de l'épouvantable existence que je mène ici.

Il continua sa promenade, plongé de nouveau dans ses méditations.

Un quart d'heure environ s'était écoulé, lorsque le bruit des grelots qu'il avait précédemment entendu monter du bas de la montagne, se fit encore entendre ; mais au lieu de monter, il lui sembla que ce bruit descendait.

— Ces voyageurs auraient-ils pris la route qui conduit à notre taupinière ? se demanda-t-il avec étonnement.

Brigitte parut en ce moment, tenant une carte de visite à la main.

— Qu'est-ce? fit le baron en prenant la carte que lui présentait Brigitte.

— Un monsieur d'un certain âge et une jeune dame désirent vous parler, répondit la vieille servante.

— Voilà, parbleu! qui est bizarre, reprit M. de Lavernay après avoir regardé le nom imprimé sur la carte.

Sir John Colfax, sujet américain... — Que diable peut-il me vouloir?

— Faites entrer au salon, dit-il à Brigitte.

— Mademoiselle vous prie de ne pas inviter ces personnes à déjeuner, répondit sèchement la vieille servante en s'éloignant.

Ce que le baron appelait son salon était une vaste pièce froide et enfumée, garnie de meubles du temps de Henri III, mais qui, depuis de longues années, attendaient une restauration indispensable qui n'arrivait jamais.

Lorsque le vieux gentilhomme entra, les étrangers l'attendaient.

Il les salua avec cette courtoisie dont l'ancienne noblesse a conservé la tradition.

— Madame, fit-il en s'inclinant, puis-je savoir ce qui me procure l'honneur de votre visite?

— Mon père va vous l'expliquer, monsieur le baron, répondit Flavia.

— Vous m'excuserez, monsieur, si je n'ai pu me faire présenter, reprit John Colfax, mais ma carte a dû vous dire mon nom.

— Sir John Colfax...

— Je voyage avec ma fille; on nous avait parlé de la route de Seyssel à Rumilly comme des plus curieuses au point de vue pittoresque, et je vous avoue que, depuis que je suis en Europe, je n'ai jamais rien vu qui lui soit comparable.

M. de Lavernay fit un signe d'assentiment.

— Ma fille, continua John Colfax, qui est passionnée pour les beautés de la nature, a été tellement émerveillée par l'aspect des gorges du Fier, — c'est bien, je crois, le nom de la rivière, — qu'elle veut avoir une résidence d'été au bord de ce précipice.

Le baron, étonné de ce début, regarda Flavia qui souriait.

— Oui, monsieur le baron, dit-elle, je suis dans l'enthousiasme de vos horreurs, je désire passer ici la belle saison, et comme tous mes désirs sont une loi pour mon père, nous sommes montés sur votre montagne pour vous demander si vous voulez nous céder votre manoir. Il est un peu triste, fort délabré, mais avec de l'argent on pourra en faire quelque chose de confortable.

Et, en parlant ainsi, Flavia regardait les vieux meubles comme s'ils étaient déjà devenus sa propriété.

Cette proposition faite à brûle-pourpoint, stupéfia M. de Lavernay.

— Mais ce château n'est point à vendre, mademoiselle, répondit-il.

— Tout est à vendre, répliqua l'Américain ; ce n'est qu'une question de prix. Combien estimez-vous votre château?.. quatre-vingts ou quatre-vingt dix mille francs tout au plus.

— Je vous le répète, il n'est point à vendre.

— Je vous en offre cent mille francs.

— Cent mille francs ! répéta le baron, qui crut avoir mal entendu.

— Trouvez-vous que ce ne soit point assez? Cent cinquante mille.

— Deux cent mille ! repartit Flavia.

Le vieux gentilhomme demeura un moment abasourdi.

— Si cette taupinière m'appartenait, dit-il quand il fut remis de son étonnement, le marché serait bien vite conclu ; mais elle appartient à ma sœur.

— En ce cas, veuillez lui transmettre ma proposition, répondit l'ancienne institutrice.

— Je vais le faire pour vous être agréable, mademoiselle, dit le baron, bien que je doute du succès de ma démarche ; ma sœur, qui est la vieille fille la plus entêtée que je sache au monde, tient à sa bicoque plus encore qu'à sa vie, et elle tient pourtant furieusement à sa vie, j'en sais quelque chose.

— Nous attendrons votre réponse, reprit sir John Colfax en s'étendant sur un vieux sopha.

M. de Lavernay se dirigea vers la porte du salon et sortit.

— Ah ça, est-ce sérieusement que vous voulez acheter cette affreuse masure ? demanda l'Américain lorsqu'il fut seul avec Flavia.

— Je vous dirai cela plus tard, répondit-elle.

Mlle Athénaïs de Lavernay, assise dans un fauteuil en velours d'Utrecht, jouait avec un vieux chat gris quand son frère entra.

— Hé ! mon cher Horace, qui vous amène de si grand matin dans ma chambre ? dit-elle au baron ; auriez-vous reçu la nouvelle d'une succession d'un oncle d'Amérique ?

— Vous brûlez, ma sœur, répondit-il d'un ton sérieux.

— Comment ! je brûle ? fit vivement la vieille fille en se levant, car elle avait pris à la lettre les paroles de son frère.

Celui-ci ne put s'empêcher de sourire de son effroi.

— Oh ! si je dis que vous brûlez, c'est par métaphore. Il s'agit, non pas d'un héritage, mais de deux cent mille francs qu'on vous offre de votre taupinière.

— Ma taupinière ! s'écria la vieille fille, pâle de colère.

— Votre château, si vous le préférez... Deux cent mille francs! que dites-vous de cela?

— Jamais! répondit sa sœur.

— Voyons, réfléchissez, ma chère Athénaïs... Il n'est question que du château : les fermes et les terres vous resteraient... Votre fortune se trouverait ainsi doublée, et nous irions nous installer à Chambéry ou à Annecy.

— M'en offrît-on un million que je refuserais; à mon âge, d'ailleurs, on ne change pas ses habitudes.

— Pensez à l'avenir de Maurice...

— Ève de Vallombreuse est riche, très-riche.

— Raison de plus pour qu'il ne ressemble pas à un petit saint Jean en se mariant...

— N'ai-je pas mes économies? répliqua Mlle de Lavernay.

— Ah! fit le baron d'un ton étrange.

Mlle de Lavernay, à qui n'avait point échappé l'exclamation du baron, se reprit aussitôt.

— Des économies... pas bien grosses, dit-elle; et, d'ailleurs, Maurice apportera à sa petite duchesse mieux que des sacs d'écus, — son nom qui peut marcher de pair avec les plus grands noms de France. En 1270, un Lavernay suivit saint-Louis en Palestine et mourut sur un champ de bataille en sauvant la vie de son roi; en 1582, une Lavernay épousa un fils du duc de Savoie; en 1563, une Lavernay fut abbesse de Sainte-Claire; en 1641...

— Assez, ma sœur, assez! interrompit le vieux gentilhomme : je sais par cœur l'histoire de la famille.

— On ne s'en douterait guère, reprit sèchement Athénaïs, en voyant le peu de souci que vous avez de son honneur.

— L'honneur des nôtres n'a rien à faire là-dedans.

— Vous vous trompez, l'honneur tient à la terre et au manoir; l'héritier des Lavernay doit avoir le vieux fief de ses ancêtres.

— Il n'y a plus de fiefs, repartit le baron, et les vieux manoirs eux-mêmes ont perdu leur nom... Parlez donc au premier paysan venu du château de Lavernay, il vous répondra qu'il ne le connaît pas; mais si vous lui demandez le château des Abîmes...

— Si les noms de nos manoirs ont été effacés par la Révolution, interrompit Mlle de Lavernay avec dignité, leurs murs sont debout, et tant qu'il en restera une pierre, notre devoir, à nous autres nobles, est de demeurer auprès. Je ne vendrai pas mon château!

Le baorn n'insista pas davantage, et il quitta sa sœur pour aller annoncer aux deux étrangers le mauvais résultat de sa mission.

Pendant qu'il regagnait le salon, une idée traversa son esprit :

— Si ces Américains consentaient à attendre un peu et que, pendant ce temps, Athénaïs vînt à mourir, pensait-il, je deviendrais son héritier puisque Maurice n'est pas marié, et alors...

Il ouvrit la porte du salon.

— Eh bien! fit vivement Flavia en se levant.

— Ma sœur est une vieille fille fort attachée à son domaine, répondit M. de Lavernay, votre proposition l'a prise à l'improviste, et elle demande à réfléchir.

Un éclair de joie brilla dans les yeux de Flavia.

— Et combien veut-elle de temps? dit-elle au vieux gentilhomme.

— Je ne sais pas trop, mademoiselle.

L'ancienne institutrice réfléchit pendant quelques instants.

— Ce château me plaît tellement, reprit-elle ensuite, que j'attendrais volontiers un ou deux mois.

— Mettons deux mois, dit le baron.

— Soit, répondit Flavia ; d'ici là, mon père et moi nous irons nous installer dans les environs ; mais ces deux mois passés, si mademoiselle votre sœur ne s'est point décidée, je reprends ma parole.

— C'est entendu, mademoiselle.

Sir John Colfax et sa fille adoptive se retirèrent.

Le baron, qui les avait reconduits jusqu'à la porte du château, les suivit longtemps des yeux pendant qu'ils s'éloignaient, et, par moment, s'échappaient de ses lèvres ces mots : « Deux cent mille francs ! deux cent mille francs ! »

M. de Lavernay passa une partie de la journée dans sa chambre, plongé dans ses réflexions.

Lorsque trois heures sonnèrent, il fit seller un cheval.

— Monsieur le baron rentrera-t-il pour souper ? lui demanda Brigitte.

— Non, répondit-il ; je ne serai de retour qu'à neuf heures.

Pendant que le vieux gentilhomme, debout devant la porte de son manoir, regardait le landau s'éloigner, l'entretien suivant avait lieu entre Flavia et sir John Colfax.

— Eh bien ! elle a refusé, disait ce dernier.

— Je m'y attendais, répondit la jeune fille.

— Mais si elle avait accepté ?

— Salavert, d'après renseignements pris à bonne source, m'avait affirmé le contraire.

— Enfin, expliquez-moi votre projet.

— Le voici. Le baron se trouve aujourd'hui invinciblement poussé à vouloir à tout prix la mort de sa sœur ; premièrement, pour toucher la prime d'assurance ; en second lieu, pour me vendre son château.

Il ne sortira de tout ceci que par un crime, — un crime, entendez-vous bien ?

Je fais ainsi servir le père à me venger de son fils, car Ève de Vallombreuse, malgré tout l'amour qu'elle porte à Maurice de Lavernay, ne consentira jamais à mettre sa main dans celle du fils d'un meurtrier.

— Mais rien ne prouve que le baron arrive jusqu'au crime ?

— Il y arrivera par la force des choses. Puis, après lui, viendra le tour de cet imbécile d'Octave, que j'ai laissé dans les mains de Martineau, et dont je compléterai la ruine par un feu d'artifice de scandales.

Après Octave, je passerai à Marcelle, et ce sera sa mère, la duchesse de Vallombreuse en personne, ajouta Flavia dont les yeux étincelèrent, qui, sur l'ordre que je lui donnerai, se fera le bourreau de sa fille en rompant son mariage avec le vicomte de Kerlusset.

— Ma chère enfant, dit sir John Colfax en souriant, je commence à croire que notre loi du Lynch est pleine de douceur comparée aux vengeances raffinées de votre vieille Europe.

— Oui... ce que je fais est abominable, murmura Flavia toute pensive, mais ce qu'a fait cette femme, l'est-il moins ?... Ah ! si je pouvais la frapper autrement, Dieu m'en est témoin, j'épargnerais ses enfants, — Ève et Marcelle surtout, — car je les ai aimées pres-

15.

que aussi tendrement que notre chère miss Mary, mais je n'ai pas le choix des moyens, et je dois étouffer dans mon cœur tout sentiment qui ferait obstacle à mon œuvre de vengeance !

Puis, prenant Colfax par les mains :

— Ah ! croyez-le bien, ajouta-t-elle, je n'étais pas née pour faire le mal, mais on m'a poussée dans une voie criminelle, et j'irai jusqu'au bout, dussé-je être brisée après !

VI

LE CHALET DU BONHOMME TRUAZ

Pendant que Flavia Morin, accompagnée de sir John Colfax et de Scabieuse, se rendait auprès du baron de Lavernay, dans le but de surexciter ses mauvais instincts en lui offrant une somme énorme du château de sa sœur Athénaïs, deux jeunes voyageurs s'arrêtaient devant le châlet du bonhomme Truaz.

Ces deux voyageurs étaient le docteur Cavarrox et l'avocat Maxou qui, on se le rappelle, avaient quitté Paris pour suivre le riche Américain et sa fille adoptive dans la Haute-Savoie.

Le docteur, nous l'avons vu, s'était dévoué corps et âme à Flavia dans un but intéressé, et il comptait bien battre monnaie avec son dévoûment de commande.

Un sentiment tout autre, et plus noble, — avait suggéré à Maxou la pensée de ce voyage.

Il pressentait, non sans raison, que le départ subit

de Flavia Morin cachait quelque ténébreux projet, et il
s'était fait son compagnon de route, afin de la surveiller et, au besoin, l'arrêter si elle s'engageait dans une
voie coupable.

Peut-être aussi était-il poussé par un autre sentiment
qu'il ne s'avouait pas encore et dont nous parlerons
plus tard.

— Bien certainement, elle a quelque chose en tête,
s'était-il répété souvent pendant le trajet de Paris
à Rumilly ; mais quoi ?... Enfin, nous verrons bien !

Cavarrox ; lui aussi, s'était adressé la même question, mais sans s'en préoccuper davantage.

Et, d'ailleurs, il avait bien d'autres préoccupations.

C'était lui qui avait voulu veiller sur le personnel
des domestiques et sur le mobilier de campagne que
l'ex-institutrice emmenait avec elle, et il descendait
à toutes les stations pour s'assurer que l'un et l'autre
suivaient le même chemin que leurs maîtres.

— Que diable penses-tu trouver ici ? dit M⁰ Maxou
en s'arrêtant à l'instar de Cavarrox devant le chalet
du marchand de bois ; tu vois bien que cette habitation
n'est pas à louer.

— Voilà trois heures que nous allons par monts et
par vaux depuis que nous avons quitté la gare de Rumilly ; je tombe de lassitude et je ne serais pas fâché de
me reposer un peu, répondit le docteur en essuyant
les grosses gouttes de sueur qui perlaient à son front.

— Si c'est pour cela, à la bonne heure ! Moi aussi, je
n'ai plus de jambes.

Cavarrox sonna

Un bruit de pas se fit bientôt entendre et Truaz
parut.

Il jeta sur les deux jeunes gens un regard interroga-
teur.

— Mon brave homme, lui dit le docteur d'un ton
dégagé, nous venons vous demander l'hospitalité pour
quelques instants et un verre de vin par-dessus le
marché.

— Je ne bois que du cidre, répondit le marchand de
bois, mais je puis vous offrir un banc pour vous reposer.

— Va pour le banc et le cidre, dit philosophiquement Mᵉ Maxou.

Truaz ouvrit la porte de la grille, et les deux voyageurs entrèrent.

Puis le susdit Truaz apporta, non sans avoir poussé
un soupir de regret, un pichet de cidre et trois
verres, car il entendait bien, l'avare qu'il était, prendre
la meilleure part des largesses qu'il se voyait obligé de
faire.

— C'est gentil, ici, dit Cavarrox après avoir bu, et
ça me paraît très-confortable. A qui appartient ce charmant chalet?

— Mais à moi, fit le marchand de bois en se redressant.

— Et vous l'habitez tout seul?

— Tout seul depuis cinq ans.

— Diable! vous devez vous perdre dans votre chalet,
car il est très-spacieux.

— Pour ça, c'est vrai: j'ai de quoi me loger tout à
mon aise.

— C'est dommage qu'il ne soit pas à louer, insinua
le docteur.

— Pourquoi ça? reprit Truaz.

— Parce que j'ai des amis qui ont l'intention de pas-

ser la belle saison dans cette localité, et ils s'accom-
moderaient bien de cette habitation, j'en suis sûr.

— Possible, mais je ne peux pas me mettre à la porte
de chez moi pour les beaux yeux de vos amis, répliqua
Truaz avec un gros rire.

— Sans aucun doute... et cependant...

— Quoi donc?

— Si l'on vous offrait un bon prix pour la location de
ce chalet?

— Ce serait peine perdue.

— Voyons, poursuivit le docteur, sans faire semblant
d'avoir entendu, que peut-il valoir?

— Trente mille francs, au bas mot.

— Trente mille francs, à cinq pour cent, — et la
propriété rapporte rarement cela, — ça fait quinze
cents francs par an; je vous offre deux mille francs
pour la location de votre chalet pendant trois mois.

Le bonhomme Truaz examina attentivement Cavarrox, lut probablement écrit en toutes lettres sur son
visage le vif désir qu'il avait de louer le chalet, car,
après un instant de réflexion, il répondit :

— Nenni, mon brave monsieur.

Le docteur renouvela, sans s'en douter, la comédie
que Flavia était en train de jouer au château domanial
de M ᵉ Athénaïs de Lavernay.

— On vous le louera trois mille francs, dit-il en ta-
pant sur le ventre du marchand de bois : ça vous va-
t-il

— Non, répondit ce dernier d'un ton bref, après un
nouvel examen et une nouvelle pause.

— Quatre mille! dit Cavarrox.

Même pause de Truaz et même examen.

— Pas davantage, reprit-il d'une voix qui, cette fois, semblait hésitante.

Maxou observait en silence le jeu des deux madrés compères.

Le docteur, auquel l'hésitation du marchand de bois n'avait point échappé, murmura entre ses dents :

— Je tiens mon homme.

Et il dit tout haut :

— Six mille francs.

Truaz, pour le coup, ne put se contenir plus long-temps.

Ses petits yeux gris s'écarquillèrent, et, regardant en face son interlocuteur :

— Ce n'est pas pour rire ce que vous me proposez là ? lui demanda-t-il.

— Voyez plutôt, reprit Cavarrox en tirant de son portefeuille six billets de banque de mille francs chacun,

— Topez-là, dit le marchand de bois, fasciné et vaincu.

— Topons, fit le docteur en prenant la main que lui tendait le bonhomme Truaz ; mais je mets une condition à notre marché.

— Laquelle ? reprit l'avare avec une certaine inquiétude.

— C'est que vous déguerpirez sur-le-champ d'ici, vous et vos meubles.

— Sur-le-champ, c'est entendu.

— En ce cas, voici l'argent, préparez votre acte de location.

— A votre nom ?

— Non. Je vous indiquerai le nom qu'il faudra mettre sur l'acte que vous allez faire.

Un quart d'heure plus tard, le docteur Cavarrox et Me Maxou se rendaient à la gare de Rumilly pour faire transporter au chalet le mobilier de campagne de Flavia Morin, pendant que le marchand de bois procédait à son déménagement.

La montagne sur laquelle s'élève le château des Abîmes était rude à gravir et des plus dangereuses à descendre.

Le moindre faux pas des chevaux eût précipité landau et voyageurs dans des ravins profonds et rocailleux, aussi la descente ne s'effectua-t-elle que lentement.

Mais dès qu'on eut gagné la grande route de Seyssel à Rumilly, les excellents trotteurs attelés au véhicule de sir John Colfax prirent un temps de galop, dépassèrent bientôt la commune de Sion et l'on put apercevoir les arbres magnifiques qui servent d'avenue au village de Saint-André.

Assis au fond du landau, sa lunette de poche à la main, le riche Yankee contemplait le merveilleux tableau qui frappait ses regards, puis, consultant de temps à autre son guide Johanne, il expliquait à sa fille adoptive la topographie pittoresque du pays, et nommait par leur nom les pics gigantesques qui découpaient l'horizon de leurs dentelures sombres.

Scabieuse était tout yeux et tout oreilles.

Flavia écoutait aussi, mais elle était distraite, et elle regardait, sans les voir, les splendides paysages de la Haute-Savoie.

Tout à coup, elle fit un mouvement.

— Maxou et Cavarrox, qui viennent à notre rencontre, dit-elle en montrant deux hommes qui se dessinaient au loin sur la route.

Sir John Colfax dirigea sa lunette vers l'endroit indiqué.

— En effet, reprit-il, ce sont eux.

Le landau rejoignit en quelques minutes les deux jeunes gens et les trois voyageurs mirent pied à terre à la grande joie de Minos qui s'ennuyait de n'avoir pas de compagnon de route.

— Eh bien ! demanda Flavia aux deux amis, avez vous réussi dans vos recherches ?

— Vous aurez votre chalet, répondit Cavarrox.

— Vrai ? fit l'ancienne institutrice.

— Il y a bien eu quelques tiraillements, car le propriétaire, auquel nous nous sommes adressés en dernier lieu, est, nous l'avons appris depuis, un vieux marchand de bois millionnaire ; mais vous nous aviez mis entre les mains une baguette magique devant laquelle tout a cédé, et comme le sieur Truaz est encore plus avare qu'il n'est riche, il s'est laissé séduire par les six mille francs que nous lui avons offert pour la location de son chalet.

— Une bagatelle, dit sir John Colfax, qui ne prisait l'or que pour les satisfactions qu'il procure.

— L'affaire terminée, poursuivit le docteur, nous avons fait transporter votre mobilier de campagne qui était en gare à la station de Rumilly, et nous avons procédé à son installation dans votre résidence d'été.

— C'est charmant, reprit Flavia ; avez-vous songé un peu à vous ?

— Nous avons découvert, il y a une heure, à peu de distance de votre chalet, répondit Maxou, une petite maison blanche, toute proprette... dans laquelle nous passerons le temps de nos vacances.

Cet échange de paroles avait eu lieu tout en longeant

le petit chemin vicinal qui conduisait au chalet de
Truaz.

Le bonhomme venait de terminer son déménagement,
et il se disposait à partir avec son mobilier renfermé
dans deux chariots attelés de mulets, lorsqu'il aperçut
ses nouveaux locataires.

Il alla au devant d'eux et voulut leur faire lui-même
les honneurs de leur nouvelle demeure.

— Eh bien ! êtes-vous satisfait ? demanda-t-il ensuite
à Colfax.

— Enchanté, répondit l'Américain ; mais où allez-vous
transporter votre mobilier, à présent que vous voilà
sans gîte ?

— Oh ! ce n'est pas cela qui m'embarrasse. J'ai par-ci
par-là, dans les environs, une dizaine de fermes, et je
trouverai bien un petit coin pour moi et pour mes
meubles. Mais ce qui me tracasse, c'est que j'ai invité
un des mes voisins à souper ici ce soir, et dans la préoccupation de mon déménagement, je n'y avait plus songé ;
si bien que...

— Quel est ce voisin ? interrompit Flavia.

— Oh ! pas grand'chose de bon..., une sorte de noble
ruiné, mademoiselle.

— Vous l'appelez ?

— Le baron de Lavernay.

Sir John Colfax et Flavia échangèrent un regard.

— Eh bien ! votre baron soupera avec nous, reprit
la jeune fille.

— Vous le connaissez donc ? demanda le marchand
de bois.

— Nous lui avons rendu visite aujourd'hui.

Truaz ouvrit des grands yeux.

Depuis le matin, il marchait de surprise en surprise.

— Ce n'est pas tout, dit sir John Colfax que l'ahurissement de Truaz amusait fort, vous souperez aussi avec nous, mon cher propriétaire ; de cette façon, vous ne manquerez pas à votre engagement.

— Ma foi, j'accepte, répondit l'avare ; mais comment ferons-nous pour souper ? Vous n'avez ici ni servante, ni batterie de cuisine...

— Détrompez-vous, interrompit le docteur Cavarrox : tenez... regardez de ce côté... voici notre souper qui arrive.

Et il désigna un fourgon de campagne sur lequel étaient juchés trois individus qu'à leur costume on reconnaissait facilement pour un cuisinier et ses aides.

Le fourgon s'arrêta devant le chalet ; le cuisinier et ses aides descendirent et firent entrer leur équipage.

Le bonhomme Truaz était abasourdi.

— A quelle heure attendez-vous le baron ? demanda sir John Colfax à Truaz.

— Sur le coup de cinq heures, répondit-il.

— Vous tiendrez le souper prêt pour cinq heures un quart, dit l'Américain au cuisinier ; nous serons six, réglez-vous là dessus.

— J'ai de quoi confectionner un dîner de vingt couverts, répondit l'interpellé. Seulement il m'a été impossible de me procurer du poisson.

— Comment ! voisins comme nous le sommes du lac d'Annecy et du lac du Bourget, vous n'avez pas trouvé de poisson ? dit l'Américain avec étonnement.

— Les truites de ces lacs sont une mystification, monsieur, répondit le cuisinier en chef.

— En effet, reprit le marchand de bois, elles sont fort rares à la ville ; mais je vous en offre de bon cœur, et des plus grasses et des plus succulentes; elles ont été prises dans le Fier, et j'en ai un plein réservoir.

— Accepté, repartit Colfax en riant ; de cette manière, notre souper sera un véritable pique-nique : chacun aura fourni son plat.

— Venez avec moi, l'ami, dit le bonhomme au cuisinier, vous choisirez vous-même les pièces qui vous conviendront. Et vous, continua-t-il en s'adressant à trois garçons de ferme qui se tenaient près des chariots qui renfermaient son mobilier, en route !

— A cinq heures un quart on se mettra à table, dit l'Américain.

— Je ne l'oublierai pas, répondit Truaz tout en s'éloignant.

Le baron de Lavernay arriva à cinq heures au chalet, et il ne fut pas médiocrement surpris d'apprendre que l'étranger du matin serait son amphitryon du soir.

Ceci dérangeait fort ses projets, car il venait, on se rappelle, pour traiter à fond de son nouvel emprunt ; mais, en vrai gentilhomme qu'il était, il ne laissa rien percer de son désappointement.

Le bonhomme Truaz opéra sa rentrée à cinq heures cinq minutes.

Le souper fut des plus gais.

Le baron, qui aimait la bonne chère et qui l'amait d'autant plus que sa sœur Athénaïs l'en avait sevré depuis longtemps, fit honneur au festin improvisé et aux excellents vins qui l'accompagnaient.

Dans un pays de montagnes, la chasse devient inévitablement un sujet de conversation.

M. de Lavernay raconta ses prouesses de chasseur et il proposa à Colfax une chasse au chamois et au coq de bruyère.

La proposition fut acceptée pour le samedi de la semaine suivante, jour de l'ouverture de la chasse.

La nuit était venue lorsque les convives de l'Américain quittèrent le chalet.

— Je vous accompagnerai jusqu'à votre nouveau domicile, dit le baron à Truaz au moment où ce dernier se retirait.

— Il est trop tard pour causer affaires, répondit le marchand de bois ; un de ces matins nous reparlerons de tout cela.

— Soit ! répliqua M. de Lavernay en remontant à cheval.

VII

MAURICE DE LAVERNAY

Maurice de Lavernay avait fait un chemin rapide dans la magistrature ; il appartenait depuis deux ans au ressort de Paris, et il entrevoyait sa prochaine entrée à la cour de la Seine.

D'un autre côté, son mariage avec Eve de Vallombreuse ne devait plus subir de longs retards.

L'avenir se présentait donc à lui sous les plus riantes couleurs.

Et cependant il n'était pas aussi complètement heureux qu'il affectait de le paraître ; plus d'un nuage se cachait sous son ciel bleu ; de vagues appréhensions traversaient son esprit et le troublaient.

« Veillez bien sur la duchesse, sur Eve et sur Marcelle, « lui avait écrit le vicomte de Kerlusset, il se trame dans « l'ombre quelque chose. »

Cet avertissement sinistre était sans cesse présent à sa pensée.

Quel pouvait être ce danger ténébreux qui les menaçait?

Cette question, qu'il s'adressait presque chaque jour, demeurait toujours sans réponse.

Parfois un souvenir venait l'assaillir, c'était celui de l'arrêt rendu dans l'affaire du Faubouloy.

La grâce accordée à l'institutrice des demoiselles de Vallombreuse, un an après sa condamnation, avait causé un si grand étonnement à Maurice de Lavernay qu'il s'était enquis auprès de la chancellerie des motifs de cette faveur insolite, mais la chancellerie était demeurée muette.

Pendant le cours des débats, et sous le coup de la fièvre qu'éprouve un jeune magistrat en présence d'un grand crime, il avait cru sincèrement à la culpabilité de Flavia ; mais depuis sa mise en liberté si extraordinaire, un travail involontaire s'était fait dans son cerveau, et ce qui, dans le principe, lui avait paru aussi clair que la lumière du soleil, devenait obscur; bien des détails, qui lui avaient échappé lors de l'instruction, lui revenaient en mémoire, et il se demandait parfois s'il n'avait point fait condamner une innocente.

L'avis mystérieux d'Amaury avait fortifié ses doutes, et bien qu'il ne s'expliquât point quel rapport pouvait exister entre Flavia et les dangers qui menaçaient la famille Vallombreuse, par moment, ces deux choses s'associaient dans sa pensée. Et, malgré lui, il se sentait de vagues terreurs.

Maurice de Lavernay, chaque année, à l'époque des vacances, allait passer une semaine ou deux auprès de sa tante Athénaïs, à laquelle il portait une vive affection.

Dix jours après l'installation de sir John Colfax au chalet de Saint-André, le jeune magistrat arrivait au château des Abîmes, où il fut reçu à bras ouverts par la vieille châtelaine et par Brigitte.

La chambre qu'il avait l'habitude d'occuper était remise à neuf, et un élégant bureau en acajou avait été acheté à Genève à son intention; des volubilis et des capucines formaient sur sa fenêtre un rideau de fleurs et dérobaient les profondeurs du gouffre.

Lorsque les premières embrassades eurent été données et rendues, Maurice demanda où était son père.

— Le baron, répondit sa tante, déserte le logis du matin au soir, depuis quelques jours.

— Oui... il ne quitte plus ces maudits étrangers qui ont loué le chalet de Truaz, ajouta Brigitte.

— Que veut dire tout cela? fit le jeune magistrat.

— Cela veut dire, mon neveu, que ton père se croit revenu à vingt ans, et qu'il s'est laissé ensorceler par des Américains qui sont tombés ici un beau matin comme une avalanche, sous prétexte d'acheter notre château.

— Acheter votre château, ma tante?...

— Oui, répliqua Brigitte, il paraît qu'ils sont cousus d'or, car ils en **ont** offert deux cent mille francs à mademoiselle.

— Deux cent mille francs! répéta Maurice stupéfait.

— Regretterais-tu, comme mon frère, que j'aie refusé!

— Nullement, ma chère tante, car ce n'est pas avec de l'or qu'on peut payer le berceau de la famille.

— Bien parlé, Maurice; tu es un Lavernay, toi!

— Et vous dites que mon père voit souvent ces étrangers ?

— Il passe une partie de sa vie auprès d'eux, répondit Athénaïs; tous les jours ce sont de nouvelles excursions, tantôt dans les montagnes, tantôt sur nos lacs ; ils sont partis hier pour Chamouny, et le baron ne rentrera que ce soir ou demain.

— S'il n'y avait que le vieil Américain et ses amis, poursuivit Brigitte, M. le baron serait moins empressé, mais il y a avec eux sa fille.

— Ah ! cet Américain a une fille ?

— Que ton père trouve admirablement belle... Moi, je la trouve affreuse... non pas qu'elle soit laide, mais figure-toi qu'elle a les cheveux rouges.

— A ce point, interrompit la vieille servante, qu'on croirait qu'elle a une flamme autour de la tête.

Rapide comme l'éclair, un souvenir traversa l'esprit du jeune magistrat et son visage s'assombrit.

Mais il garda le silence sur les sinistres pensées qui l'agitaient.

Le lendemain, le père prodigue revenait de Chamouny; il était radieux et il raconta en termes chaleureux les divers incidents de son excursion avec les étrangers.

— Combien je regrette, dit-il à Maurice en terminant, que tu ne sois pas arrivé vingt-quatre heures plus tôt ; tu aurais vu, tu aurais admiré la plus adorable jeune fille qui soit au monde. Mais ce n'est que plaisir remis, demain nous ferons l'ouverture de la chasse dans le Semnoz, je t'ai annoncé et tu seras des nôtres.

— Soit, répondit le jeune magistrat.

Cette partie de chasse n'était guère du goût de Mlle de Lavernay et de la vieille servante, qui auraient voulu confisquer Maurice à leur profit.

— Vous allez me débaucher mon neveu? dit Athénaïs de mauvaise humeur.

— Ce n'est pas une femme que cette étrangère, murmura Brigitte dans son coin, c'est un tison d'enfer, elle met le feu à tout ce qu'elle touche... Pourvu que le eune maître ne se laisse pas roussir à sa flamme.

Maurice, en acceptant l'offre de son père, n'avait fait qu'obéir à un entraînement pour ainsi dire instinctif; un pressentiment lui disait que cette étrangère devait jouer un grand rôle dans sa vie.

VII.

LE SEMNOZ

Il faisait à peine jour lorsque le baron de Lavernay et Maurice, en costume de chasseurs, quittèrent le vieux manoir.

Deux braques avaient été placés dans la voiture qui devait les conduire jusqu'au point de la montagne où cessent les voies carrossables.

Sir John Colfax et Flavia devaient arriver au Semnoz par la route de Saint-Joriaz.

Les deux chasseurs avaient mis pied à terre depuis quelque temps et étaient parvenus aux deux tiers du Semnoz, quand le baron s'arrêta.

— Attention, Maurice, fit-il, il doit y avoir là une compagnie de faisans.

Maurice examina les cartouches de son fusil et arma.

Les deux braques furetaient à droite et à gauche dans une sorte de lande couverte de myrtils.

Tout à coup l'un d'eux se mit en arrêt, l'œil immobile et la queue tendue ; l'autre, de confiance, fit de même.

— Alerte ! dit M. de Lavernay, la compagnie va partir... tire au départ, sans cela les faisans emporteront ton plomb.

En prononçant ces mots, il s'avança d'un pas, et les faisans s'élevèrent en faisant entendre leur chant de départ.

Le jeune magistrat tira au moment où ils passaient sur sa tête.

Aucun de ses coups ne porta.

Le baron, plus adroit, abattit une pièce.

Les faisans s'étaient dirigés vers un petit bois de sapins au-dessus duquel se trouvaient le père et le fils.

Deux coups de feu retentirent alors, et deux victimes tombèrent foudroyées.

— Deux coups de maître ! dit M. de Lavernay ; quel est le chasseur qui nous fait ainsi concurrence ?

— Allons, baron, ne m'en veuillez pas, répondit une voix claire et railleuse.

Et Flavia, sortant du bois où elle était cachée, apparut.

— Bravo ! mademoiselle, bravo ! s'écria l'inflammable gentilhomme ; arrive ici, Maurice, ajouta-t-il..., que je te présente à miss Colfax.

Debout sur un rocher, Flavia, le bras appuyé sur sa carabine, regardait les deux chasseurs placés au-dessous d'elle.

— Chère miss, lui dit le baron, je vous présente mon fils Maurice de Lavernay, jeune magistrat d'avenir, mais détestable chasseur.

— Soyez le bienvenu, monsieur, dit la jeune fille

16

avec un sourire narquois, ramassez mes deux trophées et mettez-les dans votre carnassière.

Maurice, les yeux fixés sur l'étrangère, semblait changé en statue.

— Eh bien!... tu as entendu, Maurice, dit le baron, ramasse les faisans et remercie mademoiselle de la leçon d'adresse qu'elle vient de te donner.

— Vous!... vous!... fit le jeune magistrat tout éperdu en s'adressant à Flavia.

— Qu'a donc M. votre fils, cher baron? reprit celle-ci; me prend-il pour le sphinx de la fable qui dévorait les passants?

— Vous êtes... vous vous nommez miss Colfax? poursuivit Maurice d'une voix haletante.

— Tel est mon nom, monsieur, répondit Flavia en éclatant de rire, et, s'il vous faut un témoignage de ce que j'avance, voici sir John Colfax qui vous affirmera que je suis bien sa fille.

— Qu'y a-t-il donc? demanda le riche Yankee qui venait de rejoindre les chasseurs.

— Il y a, continua la jeune fille en riant de plus belle, que monsieur me prend pour une apparition ou pour un fantôme.

— Pardonnez-moi, mademoiselle, dit le jeune magistrat déconcerté par ces paroles; mais, en vous voyant, je n'ai pu me défendre d'un mouvement de surprise... de stupeur... Vous êtes la vivante image d'une jeune fille que j'ai connue autrefois.

— Où ça? reprit le baron vivement intrigué.

— Allons, monsieur, répliqua Flavia avec une grâce enchanteresse, offrez-moi votre bras, et, tout en cheminant, vous me raconterez cette histoire de ressemblance, qui pique d'autant plus ma curiosité que je ne croyais pas avoir un sosie de par le monde.

Maurice de Lavernay obéit, mais il était si troublé qu'il marchait machinalement sans se préoccuper des inégalités du terrain.

— Prenez garde, lui dit Flavia, nous côtoyons un précipice de deux cents mètres de profondeur... un faux pas serait mortel.

Ce passage dangereux une fois franchi, on se trouva sur une de ces pelouses vertes qui couvrent les pentes alpestres de la Haute-Savoie.

Au milieu de la prairie, il y avait un massif d'arbres centenaires au pied duquel coulaient en gazouillant sur des cailloux les eaux d'une claire fontaine.

John Colfax et le baron avaient pris les devants, et les détonations qu'on entendait assez fréquemment indiquaient qu'ils faisaient bonne chasse.

— Cet endroit est charmant pour raconter un églogue, — car je suppose que votre histoire est une sorte de pastorale dans le genre Florian, — dit Flavia. Si vous le voulez, arrêtons-nous ici, et je suis tout oreilles.

Il y avait tant de franchise, tant de naturel dans la voix de la jeune fille, que Maurice se demanda encore s'il n'était point abusé par l'une de ces ressemblances étranges qu'on rencontre parfois au milieu des hasards de la vie.

Mais, repris bientôt par ses premiers soupçons, il se promit de savoir sur-le-champ à quoi s'en tenir sur la véritable personnalité de sa compagne.

— C'est une triste et lugubre histoire que vous allez entendre, mademoiselle, répondit-il à Flavia en la regardant dans les yeux, comme pour y lire les impressions que son récit allait produire.

Et il raconta, sans omettre un seul détail, le drame judiciaire qui lui avait servi de début, ou à peu près, dans sa carrière de magistrat.

L'ancienne institutrice l'écouta attentivement, et pas un muscle de son visage ne broncha, pas un tressaillement ne lui échappa, pas un éclair de colère ou de haine ne traversa son regard.

— Et cette misérable empoisonneuse est toujours dans une maison de détention ? dit-elle à Maurice lorsqu'il eut terminé.

— Elle a été graciée un an après sa condamnation, répondit-il.

— Avait-on donc reconnu qu'elle était innocente ? demanda Flavia.

Cette question fut faite avec tant de calme et d'un ton si plein de sincérité, que le jeune magistrat sentit tous ses soupçons se dissiper.

En ce moment, reparurent le baron et sir John Colfax. Ils venaient chercher les retardataires.

On chassa jusqu'à trois heures, et Maurice répara sa maladresse première en abattant deux faisans et un coq de bruyère.

A trois heures, les chasseurs prirent le chemin du chalet, où les attendait un dîner plantureux.

Maurice, en entrant dans la salle à manger avec son père, Colfax et Flavia, aperçut, mais sans voir d'abord leurs visages, deux jeunes gens qui causaient près de l'embrasure d'une fenêtre.

Au bruit que les chasseurs firent en entrant, les deux jeunes gens se retournèrent, et Maurice eut comme un éblouissement.

Maurice de Lavernay venait de reconnaître, dans les deux personnages qui causaient près de la fenêtre, maître Maxou, l'ancien défenseur de Flavia Morin, et le docteur Cavarrox, qui avait été chargé de l'expertise légale.

Leur présence en cet endroit fut un trait de lumière pour le jeune magistrat.

Plus de doute maintenant.

La jeune fille qu'il avait devant lui, et qu'on appelait miss Colfax, était bien l'ancienne institutrice des demoiselles de Vallombreuse.

Mais comment se trouvait-elle être présentement la fille de ce riche Américain qui émerveillait Paris avec son luxe de nabab?

Sa femme, il l'eût compris jusqu'à un certain point; sa fille, il avait beau se creuser le cerveau, il ne la comprenait point.

Quoi qu'il en soit, Maurice de Lavernay se trouvait fixé.

Le vague danger qu'il pressentait depuis quelque temps prenait enfin un corps, et il s'expliquait le sens du mystérieux avertissement que lui avait donné le vicomte de Kerlusset.

Lorsqu'il se fut remis de sa surprise, il s'avança résolûment vers l'avocat.

— Maître Maxou? si je ne me trompe, lui dit-il en s'inclinant.

— Moi-même, répondit ce dernier en lui rendant son salut.

— Ne me remettez-vous pas?

— Je me souviens à présent... Nous avons autrefois rompu, vous et moi, quelques lances.

— Devant la cour d'assises de la Nièvre...

16.

— Précisément ; alors vous devez reconnaître également mon ami le docteur Cavarrox?

— Parfaitement.

Cavarrox, à son tour, s'était levé et avait salué.

— Eh bien! puisque nous sommes tous en pays de connaissance, répliqua gaîment le baron de Lavernay, qui venait de s'approcher, mettons-nous à table; dîner froid ne vaut jamais rien.

Le jeune magistrat ne devait pas être au bout de ses surprises.

La porte de la salle à manger s'ouvrit et il vit apparaître Scabieuse suivie de son fidèle terre-neuve.

Il la regarda à plusieurs reprises, comme s'il croyait avoir mal vu.

Puis, quand il fut bien certain de ne pas s'être trompé, il lui dit d'un air stupéfait :

— Vous ici?... vous!...

— L'air de Paris m'était contraire, répondit avec un sang-froid imperturbable la jeune négresse, et je suis entrée au service de sir John Colfax, que j'avais connu autrefois en Amérique.

— A table, messieurs! dit le riche Yankee, qui venait d'entrer.

Et il s'assit pour donner l'exemple.

Flavia invita gracieusement Maurice de Lavernay à se placer à côté d'elle.

Il se dirigea machinalement vers la place indiquée, comme un homme qui n'a plus conscience de ce qu'il voit et de ce qu'il entend.

Puis le dîner commença.

IX

LES SCRUPULES DE MAITRE MAXOU

Nos lecteurs ont dû remarquer que pendant que Martineau, Salavert et le docteur Cavarrox s'associaient avec ardeur aux projets de Flavia, maître Maxou, plus réservé et p'us scrupuleux, semblait s'être borné à être simple spectateur des agissements de ses amis.

Il comprenait et il approuvait jusqu'à un certain point les ressentiments de l'ex-institutrice, mais, lorsqu'il vit qu'elle voulait envelopper les deux filles et le fils de la duchesse dans le désastre de leur mère, sa loyauté s'en était émue.

Octave de Vallombreuse, à vrai dire, lui inspirait un médiocre intérêt; d'ailleurs, ce rejeton abâtardi d'une illustre race aurait dévoré sa fortune plus ou moins rapidement avec une Célestine quelconque; enfin, après tout, il ne s'agissait là que d'une question d'argent.

Il abandonna donc Octave, corps et biens, aux serres de Flavia sans faire entendre la moindre protestation.

Mais, plus tard, quand fut décidé le voyage dans la Haute-Savoie où résidait le baron de Lavernay, le père de l'ancien procureur de la République de Nevers, il ressentit qu'il se tramait quelque chose de sinistre, et ce fut l'un des motifs qui, on le sait, le déterminèrent à accompagner Flavia.

L'autre motif, on l'a deviné sans doute.

Maître Maxou n'avait pu demeurer indifférent à la

beauté de son ancienne cliente, et il l'aimait d'un amour d'autant plus violent que sa raison lui prescrivait de le combattre.

Mais ses belles résolutions avaient fondu, comme neige au soleil, dans son contact presque journalier avec Flavia.

Les hommes, — même les plus forts, — sont ainsi faits, et le jeune avocat, en cette circonstance, avait suivi l'exemple de tous les amoureux passés et présents.

Il acquit bientôt la quasi-certitude de ne pas s'être trompé sur les desseins qu'il prêtait à la fille adoptive de John Colfax, lorsqu'elle proposa au baron de lui acheter deux cent mille francs un manoir délabré qui appartenait à Mlle de Lavernay, sachant, de la façon la plus formelle par Salavert, qu'Athénaïs ne consentirait jamais à le vendre, quelque prix qu'on lui en offrît.

Le but secret de Flavia était, selon toute probabilité de surexciter les convoitises du gentilhomme ruiné à l'aide de cette somme considérable, de le pousser dans une voie criminelle, de se venger ainsi du fils par le père et, en même temps, de frapper au cœur la duchesse de Vallombreuse en rendant impossible le mariage de sa fille Eve avec Maurice de Lavernay.

Toutefois, maître Maxou n'en était encore qu'aux suppositions, quand une circonstance fortuite lui ouvrit tout à fait les yeux.

Il se promenait un jour avec Flavia dans le jardin du chalet, lorsque parut le bonhomme Truaz qui, en sa qualité de propriétaire et de voisin, rendait quelquefois visite à ses locataires.

Il semblait tout préoccupé.

La veille encore, le baron de Lavernay lui avait glissé

quelques mots au sujet de la petite saignée qu'il voulait pratiquer à sa bourse, et il se demandait en ce moment ce qu'il devait faire.

— Que vous est-il arrivé? lui dit Flavia; vous avez
aujourd'hui une figure d'enterrement.

— Il y a bien de quoi, mademoiselle, répondit le
mnrchand de bois; figurez-vous que j'ai fait la plus
grande folie qui puisse entrer dans la cervelle d'un
honnête homme.

— Laquelle? reprit Maxou.

— J'ai prêté, monsieur l'avocat, vingt mille francs à
un homme ruiné.

— Il faut alors en faire votre deuil, répliqua Flavia
en riant.

— Ce n'est pas tout, il me demande encore huit
mille francs.

— Refusez-les, dit vivement l'ex-institutrice.

— C'était bien ma première intention, mais ce diable d'homme a de si drôles de raisonnements... Il m'a
promis le tiers d'une très-grosse somme qu'il doit recevoir à la mort de sa sœur, et il m'a juré ses grands
dieux qu'elle serait trépassée d'ici à l'hiver. Et, en me
disant cela, il avait un air si extraordinaire qu'il m'a
donné la chair de poule.

Un éclair de joie brilla dans les yeux de Flavia.

— Allons, papa Truaz, dit maître Maxou qui avait
surpris le regard étincelant de Flavia, ne jouons pas
plus longtemps à cache-cache; je connais votre débiteur, c'est le baron de Lavernay.

— En effet.

— Le baron de Lavernay, qui a assuré la vie de sa
sœur à une compagnie anglaise... C'est bien cela,
n'est-ce pas?

Le marchand de bois fit un soubresaut.

— Comment savez-vous cela? répondit-il.

— Ne prêtez à aucun prix de l'argent au baron, re prit Flavia d'un ton bref.

— Mais alors mes vingt mille francs... plus les inté rêts, sont flambés, mademoiselle!

— Préférez-vous donc, cher monsieur, en perdr trente mille?

— Jour de Dieu, non, mademoiselle!... Et cepen dant, si sa sœur devait mourir bientôt...

— Sa sœur, interrompit Flavia, est capable de vivr jusqu'à cent ans. Ce sont ceux qui semblent sur le poin de mourir à toute minute qui, souvent, ont la vie l plus dure.

— Ce que vous dites est bien vrai, ma bonne demoi selle; voilà vingt ans, à ma connaissance, que sa sœu Athénaïs se traîne, et elle va toujours. Décidément, j ne me laisserai pas enjôler par un tas de belles pro messes, je suivrai votre conseil et je ne prêterai pas u rouge liard de plus à ce gueux de baron!...

Truaz se retira sur ces mots.

Lorsqu'il fut parti, maître Maxou prit les mains d Flavia.

— Ma chère enfant, lui dit-il, suis-je assez votre am pour vous parler à cœur ouvert?

— Sans doute, répondit-elle, surprise de ce début so lennel.

— Jusqu'à ce jour, continua le jeune avocat, je me suis abstenu de m'expliquer avec vous; si je m'abste nais plus longtemps, je deviendrais coupable, car vous êtes entrée dans une voie mauvaise, et mon devoir est de vous éclairer. Dans quel but êtes-vous venue en c pays?

— La réponse sera aussi franche que la question, repartit Flavia sans manifester le moindre embarras.

— Eh bien ! répondez-moi, je vous écoute, répliqua maître Maxou d'un ton grave.

— Vous souvenez-vous, dit Flavia après s'être recueillie pendant quelques instants, vous souvenez-vous de ce jeune magistrat qui a pris une si large part à ma condamnation ?

— Oui. Eh bien ?

— Vous connaissez son père, ce vieux gentilhomme qui n'a recherché dans la vie que les satisfactions grossières ; depuis plusieurs années il vit ici de la façon la plus misérable, sous la dépendance d'une sœur aussi avare qu'il a été prodigue, et qui lui fait payer amèrement le pain qu'elle lui donne. De révolte en révolte, le baron en est arrivé à perdre tout sens moral.

— Ensuite ? fit Maxou.

— Après s'être ruiné dans des spéculations hasardeuses, M. de Lavernay en a tenté une dernière... celle que nous savons... il a joué la dernière carte qui lui restait, sur la vie de sa sœur. Par malheur, ses calculs se sont trouvés déçus ; la santé chancelante de Mlle de Lavernay s'est fortifiée, et tout fait présumer qu'elle l'enterrera.

— Si bien qu'il s'est pris lui-même dans ses propres filets...

— Ajoutez à cela qu'il en est depuis longtemps aux expédients pour payer ses polices d'assurances.

— Truaz vient de nous en fournir la preuve.

— Donc, cet homme doit arriver fatalement au crime.

— Et c'est vous qui l'y poussez ! dit Maxou impuissant à se contenir plus longtemps. Pourquoi, il y a un mois, lui avez-vous proposé deux cent mille francs du vieux château de sa sœur qui n'en vaut pas cinquante mille ? Pourquoi, tout à l'heure, avez-vous empêché ce marchand de bois millionnaire de lui prêter huit mille francs ? Est-ce que leurs tripotages d'argent vous regardent ? Mais non, vous ouvrez la main d'un côté, et vous la fermez de l'autre. Dans quel but, si ce n'est pour surexciter ses mauvais instincts ?

— Que voulez-vous ? répondit Flavia, en agissant ainsi, je l'amène à me venger de son fils.

— Mais son fils vous croyait coupable, répliqua maître Maxou.

— Il recherchait Eve de Vallombreuse en mariage, et il m'a sacrifiée.

— Un magistrat place son devoir au-dessus de tout le reste, et d'ailleurs, Maurice aurait épousé Eve sans avoir besoin de ce procès.

— Eh bien ! grâce à ce procès, il ne l'épousera pas, car jamais une demoiselle de Vallombreuse ne mettra sa main dans celle d'un homme dont le père se sera souillé d'un crime.

— Ce crime, il faut l'empêcher, fit vivement Maxou.

— Et comment ?

— En prévenant Mlle de Lavernay.

— Ce serait précipiter la crise, car le baron suspecté n'hésiterait plus, il marcherait au meurtre comme les bêtes fauves courent au carnage.

— Mais si l'on avertissait son fils...

— Il vous répondrait que vous calomniez son père. Croyez-moi, mon ami, ne cherchez pas à entraver la justice de Dieu ; quoi qu'on fasse, elle finit toujours par atteindre les coupables.

— Mais le coupable, c'est vous !.. s'écria le jeune

avocat hors de lui : la vengeance que vous poursuivez
est odieuse, elle est exécrable, elle est infâme.

— N'ai-je pas le droit de frapper ceux qui m'ont frappée? dit Flavia en redressant la tête devant cette rude
apostrophe.

— Frappez Mme de Vallombreuse, frappez-la sans pitié,
sans merci, si vous le voulez ; mais votre droit s'arrête
là, et vous commettez une action monstrueuse en vous
attaquant à des têtes innocentes !

— Mais si je ne puis atteindre la duchesse que dans
ses enfants ?

— J'attendais cette réponse, et je ne l'accepte pas!...
non ! Interrogez votre conscience, elle vous dira qu'Ève
et Marcelle ne sont pas et ne doivent pas être respon-
sables du crime de leur mère. Vous les avez aimées
toutes les deux autrefois, vous ne pouvez pas les haïr
aujourd'hui... Allons... voyons... faites un retour sur
vous-même, ne soyez pas implacable !

— Ce n'est pas moi qui romprai le mariage d'Ève,
ce sera le baron de Lavernay, répondit froidement
Flavia.

— Mais Ève, dont vous brisez le bonheur, est aussi
innocente que Marcelle.

— Marcelle, moi vivante, n'épousera jamais le vicomte de Kerlusset.

— Comment, votre vengeance veut s'étendre jusqu'au vicomte, à qui vous devez la vie?... Cela n'est
pas... cela n'est pas... cela ne peut pas être... Vous ne
serez pas ingrate à ce point!

— Quand M. de Kerlusset connaîtra le crime de la
duchesse, repartit l'ex-institutrice, si grand que soit son
amour pour Marcelle, il ne consentira jamais à la nommer sa femme.

17

— Mais personne ne lui dénoncera son crime.

— Qu'en savez-vous?

L'émotion sans cesse croissante de Flavia depuis qu'avait été prononcé le nom du vicomte, le feu sombre qui s'échappait de ses yeux, tout, jusqu'à l'accent de sa voix et au frémissement de ses lèvres, fut pour Maxou une révélation soudaine.

Un moment, il demeura silencieux et comme perdu dans ses pensées.

— Voulez-vous, dit-il ensuite d'une voix calme et en faisant rasseoir Flavia qui s'était levée, voulez-vous que je vous fasse part de l'idée qui me vient?

— J'écoute.

— Vous me promettez de ne pas me démentir, si j'ai deviné la vérité.

— Je vous le promets.

— Eh bien! vous voulez rompre le mariage de Marcelle parce que vous aimez le vicomte de Kerlusset.... et vous l'aimez à ce point que, pour être aimée de lui, vous feriez grâce à la duchesse, grâce à Ève, et que vous arracheriez Octave de Vallombreuse aux serres de cette infâme créature qu'on appelle Célestine Marbeau!

— C'est vrai, répondit Flavia, j'aime M. de Kerlusset, et, pour devenir sa femme, je renoncerais à ma vengeance; mais ce bonheur m'est interdit, et je fermerai la porte au bonheur des autres.

— Si c'est votre dernier mot, reprit le jeune avocat, adieu, nous ne nous reverrons plus.

— Passez dans le camp de mes ennemis, je ne vous retiendrai pas, dit la jeune fille,

— Je me mets du côté de la justice et de la raison, qui défendent que les innocents paient pour les coupables, mais je suis trop loyal pour vous trahir, repartit Maxou avec dignité. Les confidences que vous venez de me faire, je les oublierai en sortant d'ici. Mais, ajouta-t-il, si le hasard ou la Providence m'offre les moyens de prévenir les malheurs que vous préparez, je me placerai entre eux et vos victimes.

A son tour, il s'était levé.

Flavia le retint doucement par la main.

— Si vous avez lu dans mon cœur, lui dit-elle, moi j'ai lu dans le vôtre.

Maxou tressaillit et pâlit.

— Ces grands mots de justice et de pardon que vous avez fait sonner si haut, je sais pourquoi vous les avez prononcés, continua l'ancienne institutrice : vous voulez m'empêcher de rompre le mariage de Marcelle parce que vous m'aimez!

L'avocat fit un geste de dénégation.

— Ne niez pas, poursuivit-elle. Votre amour, je l'ai vu naître pendant les jours sombres où vous accouriez dans mon cachot ; depuis, il n'a fait que grandir et je l'ai suivi pas à pas ; si, jusqu'à ce moment, l'aveu s'est arrêté sur vos lèvres, c'est parce que votre fierté vous empêchait de parler. Si j'eusse été pauvre, vous m'auriez tendu la main ; j'étais riche, et vous avez gardé le silence.

— C'est vrai, répondit le jeune avocat, incapable de dominer plus longtemps son émotion.

— Avec quel bonheur, mon ami, je serais devenue votre femme, dit Flavia dont la voix prit des accents de tendresse, car je sais tout ce que vous valez ; mais mon cœur était rempli de la pensée d'un autre, et l'on ne peut pas aimer de deux côtés à la fois...

— Ah! pourquoi nous sommes-nous rencontrés? répondit Maxou : ou, plutôt, pourquoi, lorsque je vous ai vue, vous innocente, traînée devant un tribunal, suis-je passé peu à peu de la compassion à un sentiment plus tendre?... Car, et vous venez de le dire, c'est votre malheur qui m'a fait vous aimer !...

Pendant que je vous défendais devant cette cour d'assises, si ma voix a eu des accents éloquents, c'était parce que, en même temps que vous, je défendais mon amour !...

Lorsque vous avez été condamnée, il m'a semblé que j'étais condamné moi-même, et j'ai pris mon cœur à deux mains comme pour en arracher votre chère image !...

Je croyais vous avoir bien oubliée, mais la flamme couvait sous la cendre mal éteinte, et, plus tard, lorsque vous êtes revenue à Paris, mon amour qui sommeillait seulement s'est tout à coup réveillé, et jamais je ne vous l'aurais révélé, si vous ne m'en aviez parlé tout à l'heure.

Ah ! oui, je vous ai bien aimée, Flavia, et je vous aimerai toujours... Voilà, voilà pourquoi je vous voulais aussi grande par le cœur que vous êtes parfaite par la beauté du visage ; oui, j'aurais voulu que vous laissiez le soin de votre vengeance aux remords de cette femme... J'aurais voulu encore... Mais à quoi bon le dire? Je me suis trompé doublement, et c'est l'âme deux fois brisée que je vous fais mes adieux !

L'émotion de Maxou était trop violente; il détourna brusquement la tête et quitta le berceau.

Une heure plus tard, il prenait congé de sir John Colfax, de Flavia, de Cavarrox et du baron, qui, selon son habitude, se trouvait au chalet.

— Il règne aujourd'hui une véritable épidémie de départs, dit M. de Lavernay lorsque l'avocat fut parti.

— Comment cela? fit sir John Colfax.

— Sans doute; mon fils, qui était arrivé ici avant-hier, vient de s'en retourner à Paris.

— A Paris? reprit vivement Flavia.

— Une affaire qui l'y rappelle, a-t-il prétendu.

— Il n'a pas été dupe de ma comédie, se dit la jeune fille, il m'a reconnue et il court donner l'éveil à la duchesse. Mais nulle puissance humaine ne saurait défaire ce que j'ai fait.

X

LE CRI D'ALARME

Lorsqu'un imprudent ouvrier est saisi par un engrenage, c'est d'abord un de ses vêtements que la machine mord avec ses dents d'acier; puis c'est un bras qui disparaît, puis un autre.

La roue tourne... tourne toujours, sourde aux cris de sa victime, et bientôt le corps tout entier du malheureux ne présente plus qu'un amas informe de chairs et d'os broyés.

Il en est ainsi du cœur de l'homme quand il s'abandonne aux passions mauvaises.

Le jeune duc de Vallombreuse, dans son fol amour pour Célestine Marbeau, avait commencé par compromettre sa fortune, et plus il s'ingéniait à satisfaire les caprices de cette misérable créature, plus elle devenait âpre à la curée et l'entraînait à la ruine.

Les choses avaient marché grand train depuis l'acquisition de l'hôtel de la rue de Courcelles.

L'hôtel acheté, on dut le meubler à neuf car le mobilier de l'appartement de la rue Murillo n'était plus en harmonie avec la décoration luxueuse de cette nouvelle résidence.

Les cinquante mille francs restés à Octave sur le prix de la vente de ses domaines du Berry avaient été engloutis dans cet ameublement.

Un hôtel à Paris oblige à avoir voiture.

Célestine eut un coupé et une calèche avec trois chevaux dans ses écuries, le tout accompagné d'un cocher et d'un palefrenier.

Puis, il fallut un suisse pour ouvrir la porte de l'hôtel de l'actrice, un valet de pied pour annoncer les visiteurs, un valet de chambre pour servir à table, et un habile cuisinier pour confectionner les fins dîners.

Tout cela était indispensable, et le jeune duc s'exécuta, ou, pour mieux dire, se laissa exécuter.

Il vendit une terre et deux fermes à cet effet.

Salavert se trouvait toujours là pour présenter des acquéreurs, et payer comptant avec l'argent remis par Flavia.

Enfin, on pendit la crémaillère.

Tout le Paris galant fut invité à la fête, qui coûta encore une ferme au pauvre Octave.

Cette fête fut son dernier beau jour.

Célestine Marbeau y étala la toilette la plus ébouriffante, et son entrée fut saluée par d'unanimes acclamations.

L'actrice, qui n'était point spirituelle, eut ce soir-là des mots piquants que Martineau lui avait soufflés, et le jeune duc de Vallombreuse, savoura avec d'ineffables délices le plaisir d'entendre sa maîtresse proclamée l'une des reines du *chic*.

Pendant que Flavia se promenait sur les bords du Fier, les dernières terres d'Octave furent vendues et son riche patrimoine complètement dévoré.

— Tondu comme un œuf, dit un jour Célestine à Martineau ; c'est moi maintenant qui lui fournis son argent de poche.

— Eh bien ! continue, répondit flegmatiquement ce dernier.

— Pour qu'il ne me rembourse jamais, plus souvent !... Je te répète, mon chéri, qu'il est archi-fondu ; il ne trouverait pas cent louis sur la place.

— Je sais un prêteur qui, sur des lettres de change, lui avancerait bien deux cent mille francs...

— Ton Gobseck est un crétin, fit l'actrice en éclatant de rire.

— Erreur, ma petite ; le nom de ton duc est un capital, sa mère sacrifiera jusqu'à son dernier écu pour éviter une souillure faite à ses vieux parchemins, et l'insolvabilité d'Octave en serait une à ses yeux.

— Décidément, Toto, tu es très-fort, répliqua Célestine.

— Parbleu ! fit Martineau en se rengorgeant.

Puis, il ajouta :

— Je t'enverrai demain des feuilles de papier timbré, et tu les lui feras remplir.

— A l'ordre de qui ?

— A l'ordre de sir John Colfax.

— Tiens.... mais c'est le nom de l'individu qui lui a acheté sa terre du Berry.

— Lui-même, ma mignonne.

— Et tu auras, pas vrai, ton petit pot-de-vin dans l'affaire ?

— Sir John Colfax n'est point un usurier ; il lui prêtera au taux de la Banque.

— De plus fort en plus fort ! répliqua l'actrice. Envoie-moi les chiffons de papier tout préparés, et je les ferai signer à mon duc.

— C'est entendu ; à demain.

Lorsque Martineau fut parti, Célestine Marbeau sonna sa femme de chambre.

— Asie, lui dit-elle, je n'y suis aujourd'hui que pour Octave. Quand il viendra, tu le feras entrer dans mon petit salon bouton d'or.

— Oui, madame, répondit la camériste en sortant.

— A présent, fit l'actrice, préparons-nous à le recevoir.

Et elle passa dans son boudoir.

Si Me Maxou, en montant à la station de Rumilly dans un coupé du chemin de fer, avait jeté les yeux sur les compartiments de première classe, il n'aurait pas été médiocrement surpris d'apercevoir dans l'un d'eux Maurice de Lavernay, qu'il croyait au château des Abîmes.

Le jeune magistrat, en reconnaissant l'ancienne condamnée de Nevers dans la prétendue fille de sir John Colfax, avait compris sur-le-champ le sens caché des avertissements du vicomte de Kerlusset.

Le danger qui menaçait la duchesse de Vallombreuse, jusqu'alors inconnu pour lui, il le connaissait à présent.

Ce danger s'appelait Flavia Morin.

Flavia était revenue en France pour prendre sa revanche.

Il fallait donc, sans plus de retard, instruire la duchesse du retour de l'ex-institutrice, et c'est pourquoi il était parti.

Il faisait nuit encore lorsque le train arriva à Paris.

Maurice prit une voiture qui le conduisit chez lui, en attendant l'heure ùo il pourrait se présenter à l'hôtel de Vallombreuse.

Il se rendit, à midi, rue de Varennes, et remit sa carte à un valet de pied, en lui recommandant de dire à la duchesse qu'il désirait lui parler d'une affaire de la plus haute importance.

Il fut aussitôt introduit.

— Je vous croyais dans la Haute-Savoie, près de votre tante, mon cher Maurice, lui dit Mme de Vallombreuse.

— J'en arrive, et c'est un motif bien grave qui m'a fait la quitter aussi brusquement.

— Quel est ce motif si grave?

— Je suis revenu à Paris, parce que j'ai peur.

— Peur, et de quoi? fit la duchesse avec des yeux étonnés.

— Vous partagerez mes terreurs, madame, quand vous saurez qui j'ai rencontré sur le sommet du Semnoz.

— Qui donc avez-vous rencontré sur le sommet de cette montagne?

— L'ancienne institutrice de vos filles.

— Mlle Flavia Morin?

— Oui, mais sous un autre nom. Elle s'appelle aujourd'hui miss Colfax; elle a été adoptée, paraît-il, par un vieil Américain plusieurs fois millionnaire.

17.

La duchesse, quoique vivement émue, domina son son émotion.

— Je m'en réjouis fort pour elle, répondit-elle froidement.

— Ce n'est pas tout, poursuivit le jeune magistrat : j'ai rencontré auprès d'elle maître Maxou, son ancien défenseur devant la cour d'assises de la Nièvre, et le docteur Cavarrox qui, après avoir joué un certain rôle dans l'expertise, est devenu votre médecin.

— Flavia est riche aujourd'hui, ces messieurs se sont rapprochés d'elle, et je ne vois rien de bien extraordinaire dans tout ceci, dit Mme de Vallombreuse toujours impassible en apparence.

— Supposez un instant, madame la duchesse, poursuivit Maurice de Lavernay, que cette jeune fille qui, à présent, possède le double rayonnement de la beauté et de la richesse, ait été, sur de fausses appréciations, injustement condamnée.

— J'admets un instant cette supposition, après ?

— Eh bien ! si Flavia a été victime d'une erreur judiciaire, elle doit avoir à cœur de se venger de tous ceux qui ont contribué à la faire condamner.

— Qu'avez-vous à craindre, vous, magistrat ? vous que la loi protège de si haut ? répondit Mme de Vallombreuse ; vous avez rempli votre devoir comme ministère public, et Mlle Morin, fût-elle innocente, ne peut rien contre vous.

— Si je suis couvert comme magistrat, madame la duchesse, comme homme, je ne suis point à l'abri d'un acte de vengeance... Mais il ne s'agit point ici de moi.

— De qui s'agit-il donc ?

— De vous, madame ; car si cette jeune fille était innocente, et que...

La duchesse, à ces mots, pâlit :

— Ainsi, c'est pour moi que vous avez peur, interrompit-elle ?

— Oui, répondit Maurice.

Mais sur quels indices basez-vous vos craintes ?

— Ah ! les indices ne me manquent pas. Et d'abord, savez-vous ce qu'est devenue cette jeune négresse que vous aviez charitablement recueillie chez vous ?

— Scabieuse... qui a disparu d'une façon si étrange.

— Eh bien ! je l'ai trouvée également installée chez Flavia.

— Peut-être n'est-ce que l'effet du hasard.

— Cet homme qui s'est rendu acquéreur de la terre du Berry, que votre fils a vendue, il y a quelques mois, à votre insu, savez-vous comment il se nomme ?... C'est sir John Colfax, le père adoptif de Flavia Morin.

La duchesse, au nom de John Colfax, se sentit peu à peu envahie par une vague épouvante.

— En effet, dit-elle après un silence, toutes ces coïncidences me semblent graves, et je ne serais pas étonnée que Flavia, pour se venger sur moi de sa condamnation, se soit faite la complice des spoliations dont mon fils est victime.

— Et moi j'en suis certain, répondit Maurice de Lavernay. Mais, pour le moment, il ne s'agit point d'Octave... Il s'agit de vous, madame la duchesse, et de vos chères filles.

— Mais si cette Flavia Morin est réellement l'inspiratrice de la ruine du jeune duc, elle doit être satisfaite, répliqua Mᵐᵉ de Vallombreuse. Que pourrait-elle vouloir encore ?

— Que sais-je ?... mais tous ces gens qui semblent faire cause commune avec elle... cet avocat... ce don-

teur... cette négresse... Malgré moi, j'arrive à penser
que le désastre de votre fils n'est que le prélude de
malheurs plus grands encore.

— Mais quels malheurs pourraient donc nous menacer, mes filles et moi? J'ai beau chercher, je ne vois
rien, je ne soupçonne rien.

— Absolument comme moi, madame, et c'est précisément ce qui m'épouvante, car ce ne sont pas les dangers prévus qui sont le plus à craindre, mais ceux
qu'on ne prévoit pas.

— Je ne suis pas peureuse, reprit la duchesse, mais
involontairement je finis par partager vos terreurs.
Oui, cette Flavia doit avoir quelque sinistre projet. Que
faire, mon Dieu? que résoudre? Emmener mes enfants,
fuir à l'étranger? Mais elle nous y suivrait! Ah! continua-t-elle, je ferais bon marché de mon repos, de ma
vie, mais il s'agit de mes filles, de Marcelle et d'Eve....
d'Eve qui sera bientôt votre femme!... Maurice, conseillez-moi! conseillez-moi!

En ce moment, la porte du salon s'ouvrit.

Mme de Vallombreuse mit vivement un doigt sur sa
bouche, comme pour commander le silence à Maurice
de Lavernay.

C'étaient Eve et Marcelle qui venaient d'entrer.

XI

UNE TRAGI-COMÉDIE

Lorsque le jeune duc de Vallombreuse se présenta
chez Célestine Marbeau, elle était sous les armes.

Il faut lui rendre cette justice : si, sur les planches,

elle n'était qu'une cabotine des plus médiocres, chez elle, dans son boudoir, c'était une artiste incomparable.

Elle résumait dans sa personne deux types célèbres de Balzac.

Près de Martineau, elle rappelait Esther, cette courtisane amoureuse, la petite fille en ligne directe de Manon Lescaut.

Près d'Octave, elle devenait Mme Marneffe avec toutes ses scélératesses.

Ce jour-là, Célestine s'était surpassée, car elle avait résolu d'attaquer sa pauvre dupe en faisant jouer toutes les cordes sensibles.

Mieux que toute autre elle savait pleurer, ce qui est un art plus difficile qu'on ne le suppose.

Les yeux rougis, les larmes qui font grimacer la figure, elle laissait cela aux honnêtes femmes.

Sa douleur à elle était une séduction de plus.

Elle savait donner à ses traits cette expression poétiquement touchante que les grands peintres italiens prêtaient à leurs Madeleines repentantes.

Elle pouvait à volonté imprimer à son corps souple ces affaissements désolés qui dénotent la prostration de l'âme.

Ses longs cheveux noirs, qui étaient un des principaux attraits de cette dangereuse sirène, se répandaient comme des serpents irrités sur le marbre de ses épaules, et quelques anneaux rejetés en avant sur son front lui faisaient comme un voile de deuil.

Elle avait pour vêtement un peignoir en mousseline

— Que vous est-il donc arrivé? s'écria le jeune duc stupéfait.

Elle détourna vivement la tête sans répondre.

— Au nom du ciel, parlez!... Je veux tout savoir!...

continua-t-il en lui prenant les mains pour la forcer à le regarder en face.

Dans les grands yeux noirs de l'habile comédienne brillait, semblable à un diamant dans son écrin, une larme lumineuse, une larme d'autant plus charmante qu'elle était tombée d'une paupière à peine humide.

— Laissez-moi, fit-elle, je suis mal disposée aujourd'hui... je suis dans un de mes mauvais jours.

— Vous me cachez quelque chose que je veux connaître, reprit Octave.

Elle le regarda avec des yeux suppliants, comme pour le conjurer de ne pas insister.

Devenu plus impérieux à mesure qu'il voyait Célestine plus humble, le jeune duc haussa la voix et parla en maître.

Cela lui arrivait si rarement qu'il savoura en ce moment, avec une sorte de volupté sauvage, sa prétendue domination.

— Je vous ordonne de tout m'apprendre, lui dit-il d'un ton bref.

— Pourquoi gâter ce jour, qui sera peut-être le dernier de notre bonheur? murmura-t-elle lentement.

Ces paroles, dont le sens était peu rassurant, ne firent qu'accroître la curiosité anxieuse d'Octave.

— Que veux-tu dire? s'écria-t-il. Notre bonheur serait-il en péril?... Voyons, quel secret renferme cette larme que tu n'as pu parvenir à me cacher?

— Eh bien! oui, tu sauras tout, mon ami, poursuivit-elle en donnant à sa voix une expression navrée; d'ailleurs, tôt ou tard, ne faudra-t-il pas en arriver à nous séparer? Ne suis-je pas un trouble dans ton existence? Ne t'es-tu pas ruiné pour moi et brouillé avec ta famille?... Quitte-moi... abandonne-moi... Avec le nom que tu portes tu pourras facilement épouser une riche héritière et refaire ta vie.

Le jeune duc demeura un moment comme pétrifié.

Puis, revenant à lui :

— Te quitter,... me séparer de toi, dit-il. Jamais !... jamais !... Oh ! mais je comprends, ajouta-t-il : c'est parce que je suis pauvre aujourd'hui que tu me chasses !

— Tu ne penses pas... tu ne crois pas cela, reprit Célestine Marbeau ; tu sais bien que je t'aime, que je n'ai aimé que toi... Mais, avant de prendre conseil de son cœur, il faut écouter la voix de la raison.

— Et que dit la raison ? balbutia Octave.

— Tu m'as entourée de tous les biens de ce monde ; tu m'as donné un hôtel, des chevaux, de riches parures, des diamants, et la carrière que j'ai embrassée me condamne à ne pas déchoir sous peine de voir mon avenir d'artiste compromis, perdu... Est-ce avec les misérables deux cents francs que mon théâtre me donne par mois, que je puis tenir ma maison, payer mes toilettes et mes costumes. Mais c'est à peine s'ils suffiraient à solder les gages de mon cocher et de mon palefrenier.

Octave était en proie à une émotion terrible.

Il comprenait enfin que son rêve de bonheur, qu'il avait cru éternel, n'était qu'une bulle de savon qui allait s'évaporer.

Toutefois, et comme l'homme qui se noie, il essaya de s'accrocher à une branche.

— Pourquoi, dit-il, ne quitterais-tu pas le théâtre et ne vendrais-tu pas ton hôtel ? Nous irions vivre en province.

— Oui... l'éternelle bêtise !... une chaumière et son cœur. Mais, mon chéri, si j'étais assez folle pour t'écouter, je ne te donnerais pas un mois pour me planter-là.

— Jamais!

— Est-ce que je ne te connais pas? continua Célestine en passant ses bras autour du cou du jeune duc. Est-ce que je ne sais pas combien est grand ton orgueil? Cette vie à deux te ferait horreur, elle te ferait honte!

— Honte?

— Sans doute. Voudrais-tu donc qu'on dise de toi par le monde que tu vis aux dépens d'une créature pour laquelle tu t'es ruiné?

Tout le sang d'Octave ne fit qu'un tour.

— Tu as raison, fit-il d'une voix sombre, et j'étais fou!... Eh bien! puisque je ne possède plus rien et qu'il faut que je me sépare de toi, soit!... Je sais ce qu'il me reste à faire.

Il se dirigea vers la porte du boudoir.

— Tu veux mourir... te tuer? s'écria l'actrice en courant à lui. Mais je t'aime et je ne veux pas que tu meures, mon Octave!...

— Rien!... plus rien!... murmura-t-il. Oh! l'argent!... la misérable chose que l'argent!...

Et, frappant comme un fou sur le marbre de la cheminée, il reprit entre ses dents :

— De l'argent! où trouver de l'argent?

— Attends, il me vient une idée, mon pauvre chéri, dit d'un ton caressant Célestine Marbeau, qui l'avait rejoint.

— Tu es bien heureuse, répondit-il, depuis un quart d'heure j'ai le cerveau complétement vide.

— Une personne amie, à laquelle j'ai fait confidence de mes chagrins, m'a affirmé que les jeunes gens de ton monde ne sont jamais ruinés.

— Comment cela ? interrompit Octave avec incrédulité.

— Parce qu'il existe des gens qui, sur un nom comme celui que tu portes, prêteraient volontiers deux cent et même trois cent mille francs.

Le jeune duc devint pourpre et pâlit tour à tour.

— Ces gens-là, répliqua-t-il, car il en existe, sont d'infâmes coquins.

— Le prêteur dont je te parle est un honnête homme... Il ne te prendrait que l'intérêt légal.

— C'est bien assez d'avoir dévoré ma fortune. Jamais, non jamais, je ne serai assez misérable pour dépouiller ma mère et mes sœurs, répondit le jeune duc avec indignation.

— C'est un sentiment que j'approuve et qui ne m'étonne point de ta part, dit Célestine Marbeau ; mais les beaux sentiments ne font pas bouillir la marmite. Adieu donc et pense à moi quelquefois ; moi, je ne t'oublierai jamais.

Pris entre deux feux, Octave demeura pensif pendant quelques minutes.

Un combat violent entre sa folle passion et le devoir se livrait dans son âme.

L'actrice l'observait attentivement et en silence.

Elle suivait froidement toutes les phases de cette lutte épouvantable, bien certaine que la victoire lui resterait.

La victoire lui resta.

Les liaisons comme celle d'Octave avec une Célestine Marbeau ont le triste privilège de ruiner la bourse et de pervertir le cœur.

Le fils de la duchesse de Vallombreuse, le dernier représentant d'une race ancienne, en était arrivé, de chute en chute, à avoir perdu la dignité de ce que lui commandait son nom, et, avec elle, tout sens moral.

— Trouve-moi un de ces gens dont tu viens de me parler, dit-il à l'actrice, et nous verrons.

— Aujourd'hui même, je vais me mettre en campagne, répondit Célestine, et j'espère t'apprendre demain que la chose a réussi.

— Soit, à demain ! répliqua le jeune duc.

Et il sortit à moitié fou de l'hôtel de la rue de Courcelles.

A peine se fut-il éloigné que Célestine partit d'un éclat de rire.

— L'imbécile ! murmura-t-elle : vrai... c'est à rougir de ma victoire, elle a été trop facile !

La scène que nous venons de raconter, et qui n'est que la reproduction affaiblie de ces mille et une comédies qui se jouent tous les jours dans le monde interlope, avait eu un témoin invisible.

Blottie derrière la porte du boudoir de Célestine Marbeau, Asie, sa femme de chambre, avait tout entendu.

Tant qu'il ne s'était agi que de la ruine du jeune duc, Asie s'était contenue ; mais, devant le désastre qui menaçait Mme de Vallombreuse et ses deux filles, son indignation, jusqu'à ce jour comprimée, éclata.

Sous un prétexte quelconque, elle quitta la rue de Courcelles et elle se rendit en toute hâte chez la duchesse.

— Qui dois-je annoncer ? lui dit un valet.

— Mademoiselle Aspasie, répondit-elle.

— Drôle de nom ! mâchonna entre ses dents le domestique pendant qu'il allait prévenir sa maîtresse.

Quelques minutes après, Asie était introduite auprès de Mme de Vallombreuse.

Mme de Vallombreuse était assise dans un grand fauteuil et tenait un livre à la main.

— Vous avez demandé à me parler, mademoiselle ? dit-elle en regardant Asie : mais, d'abord, qui êtes-vous, car votre nom m'est inconnu ?

— Si vous ne connaissez pas mon nom, madame la duchesse, répondit Asie, vous devez connaître celui de ma maîtresse... je suis la femme de chambre de Mlle Célestine Marbeau.

Mme de Vallombreuse, au nom de Célestine Marbeau, se dressa vivement comme si elle avait reçu un coup en pleine poitrine et ses sourcils se contractèrent.

— Que venez-vous faire chez moi ? demanda-t-elle à Asie en la regardant du haut en bas avec un suprême dédain.

— Je viens chez vous, madame, pour vous rendre un service, répliqua la jeune fille sans se laisser intimider par le regard hautain de la grande dame.

— Service à moi, vous ? fit la duchesse avec un sourire dans lequel éclatait tout son orgueil offensé.

— Les petits, quelquefois, peuvent être utiles aux grands, dit Asie en baissant modestement les yeux.

— Voyons... quel est le service ?...

— Un malheur terrible vous menace, madame la duchesse, et c'est pour l'empêcher que je suis ici.

Et elle raconta dans ses moindres détails, et avec une indignation éloquente, l'ignoble comédie que Célestine Marbeau avait jouée auprès d'Octave pour accomplir sa ruine, et la comédie nouvelle qu'elle préparait, afin de la ruiner elle et ses deux filles.

Et, à mesure qu'elle parlait, les défiances qu'avait

conçues d'abord Mme de Vallombreuse s'étaient peu à peu dissipées.

— Votre fils est ruiné, madame la duchesse, dit Asie en terminant, et, si vous n'y prenez garde, votre ruine suivra de près la sienne. Voilà ce que je voulais, ce que je regardais comme un devoir de vous apprendre; maintenant, je me retire.

La duchesse sortit de son portefeuille un billet de mille francs, et, le présentant à la jeune fille:

— Prenez ceci, mademoiselle, lui dit-elle, et c'est moi qui suis encore votre obligée.

— Madame, répondit Asie d'une voix douce, je suis venue chez vous pour vous donner un avertissement utile, et non pour vous le vendre. Gardez cet argent, je n'en veux pas.

Mme de Vallombreuse sentit le rouge lui monter au visage; elle comprit qu'elle avait, sans le vouloir, humilié la généreuse enfant qui, n'écoutant que sa conscience et au risque de perdre sa place, lui avait dénoncé les nouveaux et abominables projets de Célestine Marbeau.

Elle se hâta de réparer sa faute, et tendant la main à Asie :

— Vous êtes une brave fille, lui dit-elle.

Le visage d'Asie se colora à son tour; mais cette rougeur venait de la joie qu'elle ressentait de se voir enfin comprise.

Elle appuya ses lèvres sur la belle main que lui tendait la duchesse, puis elle s'inclina respectueusement et se retira.

Lorsque Mme de Vallombreuse fut seule, elle demeura pensive pendant quelques instants.

Elle alla ensuite à son secrétaire et elle écrivit les deux billets suivants :

« Mon cher Lacarrière,

« Je ne sortirai pas de chez moi, et je vous attends ; il s'agit de choses très-graves et d'un grand parti à prendre sur-le-champ.

« Duchesse de VALLOMBREUSE. »

« Mon cher Amaury,

« Quittez aujourd'hui même l'Amérique et accourez auprès de nous.

« Vous seul pouvez nous sauver, s'il n'est pas trop tard.

« MARIA DE VALLOMBREUSE. »

Elle mit les deux billets sous enveloppe et frappa sur un timbre.

— Portez cette lettre chez M. Lacarrière et cette dépêche au bureau télégraphique, dit-elle au domestique qui venait d'entrer.

XII

LA DEMANDE EN INTERDICTION

Octave de Vallombreuse, en quittant l'hôtel de la rue de Courcelles, ressemblait à un homme ivre.

Il marchait en trébuchant, sans direction arrêtée, et dans sa marche tantôt rapide, tantôt lente, il coudoyait, sans les voir, les passants qui se trouvaient sur son chemin.

Son cerveau était en feu.

Après deux heures de cette course fiévreuse, son sang peu à peu se calma, et il put coordonner ses pensées, jusque-là confuses, et réfléchir.

Deux voies s'offraient à lui, l'une et l'autre également douloureuses, également terribles.

Et comme tous les cœurs qu'une indigne passion a énervés, il demeurait irrésolu.

Il en était là de ses réflexions, de ses luttes, lorsqu'en levant la tête il s'aperçut qu'il se trouvait devant son cercle.

Il monta, se jeta sur un canapé, prit un journal et lut sans comprendre ce qu'il lisait.

Il se leva ensuite, passa dans la salle de billard et fit une demi-douzaine de parties ; il les gagna toutes, bien qu'il n'apportât aucune attention à son jeu.

Six heures sonnèrent.

Un de ses amis lui frappa sur l'épaule.

— Tu ne dînes donc pas aujourd'hui chez la duchesse ? lui demanda cet ami.

— Je dînerai ici, répondit Octave.

— En ce cas, je t'invite.

Lorsque le jeune duc de Vallombreuse quitta son cercle, la pendule marquait une heure du matin.

Il était trop tard pour qu'il songeât à retourner rue de Varennes ; son amphitryon lui offrit l'hospitalité, et il accepta.

Le lendemain, quand il s'éveilla, il était tout courbaturé et il avait la fièvre.

Il demeura couché toute la journée et le lendemain.

Le surlendemain, il prit congé de son ami et monta

dans un remise, après avoir indiqué au cocher l'hôtel de la duchesse.

Malgré tous les dérèglements de sa vie, Octave, lorsqu'il ne devait pas dîner chez sa mère, — ce qui lui arrivait assez fréquemment, — avait soin de l'en prévenir par un mot.

Pour la première fois, il ne l'avait pas informée de son absence, et cette absence datait de trois jours. Il songea alors à l'inquiétude dans laquelle devaient être plongées la duchesse, Ève et Marcelle, et il improvisa, tout en fumant un cigare, un petit roman pour expliquer son école buissonnière.

Sa pensée se reporta ensuite sur Célestine Marbeau, qui, elle aussi, — et, en cela, il ne se trompait point, — devait s'étonner et s'alarmer de ne pas l'avoir revu.

Il tomba de nouveau dans ses irrésolutions.

Quelque aveuglé qu'il pût être par sa passion insensée, il n'envisageait pas sans terreur, et, disons-le, sans une certaine révolte de sa conscience, la voie désastreuse dans laquelle son indigne maîtresse voulait l'engager.

Enfin, un bon mouvement le prit.

— Ruiner ma mère, compromettre l'avenir de mes sœurs, ce serait une infamie ! se dit-il.

Il était arrivé devant l'hôtel, il paya le cocher et sonna.

La porte s'ouvrit.

Au moment où il allait traverser le cour, le suisse courut à lui et lui remit un papier sous enveloppe.

Il l'ouvrit, lut, pâlit ; un éclair de colère jaillit de ses yeux ; il serra le papier dans sa poche, se fit rouvrir la porte, et comme le cocher qui l'avait amené n'était encore qu'à quelques pas, il le héla; puis, s'élançant dans la remise :

— Rue de Courcelles ! dit-il.

Que renfermait donc le papier qui venait de lui être remis et qui avait opéré un si brusque revirement dans ses résolutions premières ?

Ainsi que le jeune duc l'avait supposé, Célestine Marbeau avait été fort surprise le lendemain de ne pas le voir arriver à son heure habituelle.

Martineau, qui était venu dans la soirée afin de prendre, revêtues de la signature d'Octave, les lettres de change en blanc qu'il avait apportées le matin, apprit, non sans effroi, qu'il n'avait point reparu.

Le lendemain, il accourut rue de Courcelles.

Pas plus d'Octave que la veille.

Célestine Marbeau se perdait en conjectures.

Martineau était atterré.

Il eut même à cette occasion un mot assez plaisant :

— Est-ce que cet imbécile-là, dit-il, serait assez spirituel pour nous échapper ?

Pendant qu'ils s'ingéniaient à trouver le moyen de savoir ce qu'Octave de Vallombreuse était devenu, deux coup violents de sonnette retentirent,

Célestine Marbeau et Martineau se regardèrent simultanément.

— Lui !... lui enfin !... dit Célestine.

— Mais que va-t-il supposer en me voyant ici ? reprit le reporter.

— Reste, et j'expliquerai ta présence, répondit l'actrice.

Au même moment la porte s'ouvrit, et le jeune duc se précipita comme un ouragan dans le salon.

Célestine courut à lui, et, lui passant les bras autour du cou :

— Toi!... c'est toi! dit-elle ; depuis trois jours que je ne t'ai vu, je suis comme un corps sans âme ; mais pourquoi ce visage bouleversé, cette pâleur, que t'est-il arrivé, mon chéri ?

Octave, dans son agitation, n'avait point aperçu Martineau.

Il tira le papier timbré de sa poche, et, le tendant à l'actrice :

— Tiens, fit-il, lis cela ; ma mère veut me faire interdire!

Célestine lisait attentivement.

— Ah! elle a été bien mal inspirée, continua-t-il avec exaspération, car il y a une heure j'étais décidé à repousser tes conseils, à me séparer de toi ; mais elle me déclare la guerre, et je n'ai plus de scrupules à avoir ; donne-moi les lettres de change, je vais les signer!

— Tu es un Vallombreuse des pieds à la tête, toi, répondit l'actrice dont les yeux rayonnèrent. Attends... je vais te chercher les billets.

— Un instant... en instant, fit Martineau en s'avançant, je doute que Salavert, en présence de cette demande en interdiction, consente à donner suite à la négociation.

Le jeune duc, qui se croyait seul avec Célestine, se retourna vivement.

— Monsieur, dit sans se déconcerter l'actrice et en désignant Martineau, est l'intermédiaire du prêt des deux cent mille francs.

Martineau s'inclina.

— Et quel est ce M. Salavert? demanda Octave.

— C'est le dépositaire des fonds de miss Colfax, ré-

18

pondit Martineau; et il vous faudra sans doute employer les grands moyens si vous voulez qu'il vous ouvre sa caisse.

— Qu'appelez-vous les grands moyens? dit le jeune duc surpris,

— Ceux auxquels on a recours pour mettre à la raison les grands parents... lorsqu'ils sont par trop récalcitrants.

— En quoi consistent-ils?

— Je ne suis pas ferré en fait de procédure, repartit Martineau, mais j'ai un mien ami... un avocat de savoir et de talent, qui pourra vous renseigner sur la marche à suivre en pareille circonstance.

— Comment s'appelle-t-il? demanda Célestine qui savait parfaitement de quel avocat il s'agissait.

— Il s'appelle Me Maxou, madame, répliqua Martineau, et il demeure rue Jacob, 24.

— Mon pauvre chéri repartit Célestine Marbeau en embrassant Octave, on t'attaque, défends-toi... Va trouver cet avocat sans perdre une minute, et prouve que tu es un homme!

— Dix heures, dit Martineau en consultant sa montre, Me Maxou ne sort jamais de chez lui avant onze heures, vous êtes sûr de le trouver. Moi, je cours informer Salavert de la tuile qui vous tombe sur la tête et de votre résolution bien arrêtée de mettre opposition à la demande de madame votre mère.

Poussé, entraîné de deux côtés à la fois, Octave de Vallombreuse crut faire acte d'énergie en suivant le conseil intéressé qu'on lui donnait, et il sortit de l'hôtel de la rue de Courcelles en compagnie de Martineau.

Parvenus à la place de la Concorde, ils se séparèrent,

Martineau pour aller trouver Salavert à son étude, le
jeune duc pour aller consulter M° Maxou.

— Je sais ce qui t'amène, dit le maître clerc en voyant
Martineau entrer tout effaré dans son cabinet : c'est
cette demande en interdiction que mon patron a lancée
contre Octave, n'est-ce pas ?

— Précisément.

— Notre jeune homme a-t-il signé les lettres de
change ?

— Pas encore.

— Ce n'est que partie remise, alors...

— Tu crois ?

— Parbleu ! si impatiente que soit Mme sa mère de
faire interdire son fils, le jugement ne peut être rendu
que dans deux mois.

— Comment ! il faut autant de temps pour une chose
aussi simple ?

— Tout autant, mon très-cher. D'abord, requête au
président qui renvoie l'affaire au juge de paix, lequel
convoque le conseil de famille ; puis, quand le conseil
de famille a donné son avis, le président délègue un
juge pour interroger celui dont on demande l'interdiction ; ces formalités remplies, la chose est portée devant
le tribunal, qui statue... Suppose maintenant qu'il y ait
appel, et nous sommes en présence de nouveaux délais... Tu vois donc bien qu'il n'y a point péril en la
demeure... et les lettres de change ne nous échapperont
pas.

— Et que faut-il faire pour le moment ? répliqua
Martineau.

— Ne pas laisser refroidir les excellentes dispositions
de ce brave jeune homme, répondit le maître clerc, et
puisqu'il est fermement résolu à former opposition à la

requête introduite par sa maman, lui faire signer la petite procuration que je vais te remettre.

Salavert sortit alors de son tiroir un papier couvert d'une écriture fine et minutée.

Martineau la glissa dans son portefeuille et s'en retourna en toute hâte raconter le tout à Célestine.

— Nos petits bateaux remontent sur l'eau, lui dit-elle; mais es-tu bien sûr de Maxou?

— N'est-il pas des nôtres?

— Tu m'avais dit qu'il était en bisbille avec la fille de l'Américain.

— Au sujet du baron de Lavernay et des pimbêches de filles de la duchesse; quant à Octave, il nous l'abandonne!

— Eh bien ! allons déjeuner, dit Célestine Marbeau.

Et elle emmena Martineau dans sa salle à manger.

———

M⁰ Maxou habitait un modeste entresol au n° 24 de la rue Jacob.

Il se disposait à se rendre au Palais de Justice au moment où le jeune duc se présenta.

— Monsieur, lui dit Octave, je désirerais vous consulter au sujet d'une affaire délicate.

— Je vous écoute, fit Maxou en offrant un siège à son client inconnu.

Octave lui apprit qui il était, et les faits que nous connaissons, ses folies de jeunesse, sa ruine rapide, la demande en interdiction formée par sa mère, et son intention de s'opposer à cette demande.

— Et dans quel but voulez-vous y faire opposition? lui dit maître Maxou.

Le jeune duc hésita un peu, puis il répondit :

— Mais, pour conserver ma liberté d'action...

— Et pour emprunter à nouveau, sans doute ?

— C'est vrai.

— Pour emprunter sur votre nom, monsieur le duc, reprit l'avocat d'un ton grave, et donner, puisque vos biens sont passés dans des mains étrangères, pour gage de l'emprunt que vous voulez contracter, l'honneur de votre famille ? C'est bien cela, n'est-ce pas ?

— L'honneur ?...

— Oui, l'honneur, car, si vous ne remboursez pas à la date fixée les sommes empruntées, vos créanciers auront le droit de vous dire et de crier partout, et bien haut, que vous avez volé leur argent !

— Monsieur, dit Octave en se levant, vous m'insultez !

— Bien ! très-bien !... reprit Maxou ; j'aime cette colère, elle me prouve que tout n'est pas mort en vous et que vous pouvez vous relever de votre chute. Voyons, calmez-vous et apprenez-moi comment vous comptez payer vos nouvelles dettes, puisque vous ne possédez plus un sou vaillant.

— Ne craignez rien, monsieur, dit le jeune duc encore tout pâle de colère, ma mère, plutôt que de voir ces dettes impayées, donnerait son dernier morceau de pain, et mes sœurs n'hésiteraient pas à faire abandon de leurs dots.

— Et en présence de pareils dévoûments, monsieur le duc, vous ne trouvez pas dans votre cœur assez de volonté, assez d'énergie pour triompher d'une indigne passion ?... Comment, c'est à une femme dont vous n'avez pas été le premier amant, et dont vous ne serez pas le dernier, que vous sacrifieriez cette chose sainte

qu'on nomme la famille?... Non... c'est impossible...
vous ne le ferez pas... car vous ne mériteriez pas de
porter voire nom !

Il y avait dans la voix, dans le regard et dans les
gestes du jeune avocat un je ne sais quoi de si per-
suasif, de si entraînant, qu'Octave se sentit remué jusqu'au fond des entrailles, et toute sa colère tomba.

— Vous avez raison, monsieur, répondit-il d'un ton
ému, cent fois je me suis adressé les paroles que vous
venez de me faire entendre, mais toutes mes résolutions se sont évanouies devant un regard ou un sourire
de cette femme, que je voudrais pouvoir haïr.

— Croyez-vous donc être le seul qui ayez à lutter
contre votre cœur? reprit Maxou ; mais tous tant que
nous sommes nous avons passé par là, et dans des conditions avouables et, par conséquent, plus douloureuses
que la vôtre... Allons... dépouillez votre passé... mon-
trez-vous à la hauteur du nom que vous avez l'honneur
de porter, et rompez avec Célestine Marbeau !

— Je la quitterais aujourd'hui, répondit Octave en
baissant les yeux, que demain je me traînerais à ses
pieds en la suppliant de me reprendre.

— En êtes-vous donc arrivé là? dit l'avocat qui, involontairement, se sentait pris de compassion pour le fils
de cette duchesse de Vallombreuse, de cette femme qu'il
savait coupable du crime imputé à Flavia.

Octave courba la tête sans répondre.

— Vous êtes venu chez moi pour me demander un
conseil, poursuivit maître Maxou, voici celui que je vous
donne: allez de ce pas trouver votre mère, obtenez
d'elle qu'elle retire sa demande en interdiction, et
puis engagez-vous, — non pas demain, mais aujour-
d'hui même, — dans un régiment d'Afrique; c'est dans

le rude métier de soldat que vous vous retremperez et que vous recouvrerez un jour, avec le sentiment du devoir, la dignité de vous-même.

— Je tâcherai de faire ce que vous me dites, répondit le jeune duc en se retirant.

— Flavia ne me pardonnera jamais d'avoir apporté des entraves à sa vengeance, pensa Maxou après le départ d'Octave; que m'importe, après tout !... j'ai agi selon ma conscience.

———

Le jeune duc de Vallombreuse, en quittant M⁰ Maxou, était bien décidé à retourner chez sa mère et à implorer son pardon.

Mais, comme toutes les natures faibles, l'action l'effrayait.

Au lieu de s'en aller rue de Varennes, il s'en fut à son cercle dans le louable dessein de songer à l'attitude repentante qu'il prendrait en abordant la duchesse.

Arrivé là, et afin de se donner le courage qui lui manquait, il demanda de l'absinthe.

On lui servit le flacon demandé, et, coup sur coup, il se versa un verre, puis un second, puis un troisième.

Presque aussitôt, il se sentit enveloppé par une torpeur somnolente.

Peu à peu, sa volonté première s'affaiblit, une idée traversa son cerveau, fugitive d'abord, ensuite obsédante et fixe.

Il voulait revoir Célestine Marbeau, la serrer une fois encore dans ses bras, s'agenouiller à ses pieds et lui dire un éternel adieu.

Il se versa un quatrième verre d'absinthe, se leva,

sortit, prit un remise et se fit conduire rue de Courcelles.

Célestine et Martineau l'attendaient avec la plus vive impatience.

— Eh bien! fit l'actrice, que t'a dit ton avocat?

Octave s'avança en titubant, et regardant Célestine Marbeau avec des yeux alourdis par l'ivresse :

— Mon avocat, balbutia-t-il, trouve que ma mère a raison de me faire interdire.

L'actrice lança un coup d'œil courroucé à Martineau, puis s'adressant au jeune duc:

— Ton avocat est un imbécile, répondit-elle. Laisse-moi faire et signe-moi cela, je te te trouverai un homme d'affaires plus spirituel que Maxou.

Elle lui présenta la procuration préparée par Salavert et que Martineau lui avait remise.

— Où faut-il que je signe? demanda Octave, qui avait peine à se tenir sur ses jambes.

— Là, fit Martineau en lui passant une plume.

— Bien... je vois la place.

Il prit la plume dans sa main qui tremblait.

Et il signa.

A peine eut-il apposé son nom au bas de la procuration, qu'il trébucha et tomba comme une masse inerte dans un fauteuil.

Martineau courut à lui.

— Laisse-le cuver son vin, dit Célestine en l'arrêtant.

Puis, serrant la procuration dans son secrétaire:

— Avec ce papier-là, continua-t-elle, je tiens dans ma main la duchesse, et j'aurai les deux cent mille francs!

XIII

FRÈRE ET SŒUR

Lorsque Célestine Marbeau se vit nantie de l'acte d'opposition formée contre la demande en interdiction qu'avait faite la duchesse, elle comprit qu'il fallait, avant tout, soustraire le jeune duc à l'influence de sa famille.

Elle n'eut pas de peine à le décider à s'installer dans sa villa de Ville-d'Avray.

Le soir du même jour, elle prétexta une promenade à pied au parc Monceaux et elle sortit avec Octave, complètement remis du malaise que lui avaient causé ses libations immodérées de la liqueur verte.

Une fois arrivée devant le parc, elle prit une voiture et se fit conduire à la gare Saint-Lazare.

Là, elle monta dans un wagon de première classe avec sa victime, et trois quarts d'heure après, ils arrivaient à Ville-d'Avray.

A onze heures du soir, Célestine était seule de retour rue de Courcelles, et Octave de Vallombreuse s'endormait heureux, bercé par la promesse fallacieuse qu'elle lui avait faite de le visiter deux fois la semaine dans sa solitude.

Le pauvre garçon était escamoté, et l'actrice se trouvait ainsi maîtresse du terrain.

La duchesse n'avait pas vu Octave depuis quatre jours. Tout ce qu'elle savait, c'est qu'il s'était présenté la veille à l'hôtel, et qu'il l'avait quitté brusquement sans prononcer un mot.

Quatre autres jours se passèrent et il n'avait point reparu.

L'inquiétude de la malheureuse mère se changea en désespoir.

Mille suppositions, plus douloureuses les unes que les autres, se succédaient et se heurtaient dans son esprit.

— S'il s'était tué! se disait-elle quelquefois.

Puis elle ajoutait :

— C'est moi qui aurais causé sa mort en voulant le faire interdire.

Et elle fondait en larmes.

Eve et Marcelle n'étaient ni moins alarmées ni moins désespérées que leur mère, mais elles se cachaient d'elle avec le plus grand soin pour se confier leurs alarmes et pleurer en silence.

Les choses en étaient là lorsqu'un matin Maurice de Lavernay accourut à l'hôtel de la rue de Varennes.

— Eh bien ! qu'avez-vous appris depuis hier ! savez-vous enfin ce que mon fils est devenu? lui dit la duchesse en lui tendant la main.

— Hélas ! non, répondit le jeune magistrat ; mais ce que je puis vous affirmer sur l'honneur, madame, c'est qu'il n'a point attenté à ses jours.

La pauvre mère laissa exhaler un soupir de joie.

— Et ce n'est pas le seul renseignement positif que j'ai recueilli, continua Maurice : vous ne vous étiez point trompée, madame la duchesse, cette Célestine Marbeau n'est qu'un instrument au service de Flavia Morin.

— Ah! fit Mme de Vallombreuse en pâlissant.

— Toutefois, l'action de Flavia n'est pas directe; elle a pour intermédiaires des agents dévoués. Ainsi, Célestine Marbeau obéit aux instructions d'un sieur Martineau, son amant, m'a-t-on dit, lequel lui-même n'est

qu'un comparse dans cette sinistre comédie et il se
borne à exécuter les ordres que lui transmet l'ancienne
institutrice de vos filles.

— Mais c'est un véritable complot ! murmura la duchesse avec terreur.

— Un complot des mieux organisés, et d'autant plus
redoutable qu'il est, pour ainsi dire, impalpable.

— Quelle preuve avez-vous que mon fils existe ?

— Une preuve concluante : il vient de faire opposition à votre demande en interdiction.

— Ah ! Octave...

— Et il ne reculera devant aucun scandale pour se
soustraire à votre autorité maternelle ; l'homme d'affaires qu'il a choisi l'indique suffisamment.

— Malheureux enfant ! dit la duchesse en levant les
yeux au ciel. Mais, enfin, que veut donc cette Flavia ?
reprit-elle. Est-ce ma fortune ? Je suis prête à la lui
abandonner, pourvu qu'elle laisse intacts le nom et
l'honneur de ma famille.

— Savez-vous, madame la duchesse, ce que je
ferais, si j'étais à votre place ? lui dit Maurice de
Lavernay.

— Que feriez-vous !

— J'irais droit à Flavia et je lui demanderais la
cause d'une hostilité aussi persistante, aussi implacable.

Mme de Vallombreuse sentit un frisson courir par tout
son corps ; un moment la voix lui manqua pour répondre :

— Moi... aller trouver mon ancienne salariée, dit-
elle ensuite, m'abaisser à traiter avec elle de puissance
à puissance !.. et c'est vous, Maurice, qui me donnez un
semblable conseil ?

— Dans les cas désespérés, madame, répliqua gravement le jeune magistrat, il faut chercher le salut
sans se préoccuper des moyens. Si cette démarche, et
je le comprends jusqu'à un certain point, répugne à
votre légitime orgueil, poursuivit-il, vous n'avez qu'un
mot à dire... je pars sur-le-champ pour le chalet de
Saint-André, et je saurai bien contraindre Mlle Morin à
m'expliquer le mobile de sa conduite.

La duchesse, en entendant ces paroles, pâlit, tout
son sang se glaça et reflua vers son cœur.

— Si vous étiez le mari d'Eve, répliqua Mme de Vallombreuse après un silence, si vous étiez son mari au
lieu de n'être encore que son fiancé, j'accepterais votre
offre ; mais à quel titre vous présenteriez-vous devant
cette Flavia? c'est moi qui irai la trouver! c'est moi qui
l'interrogerai !

— Me permettrez-vous au moins de vous accompagner ?

— Sans doute... Vous avez quitté si brusquement
votre tante et le baron, qu'ils ne doivent savoir que
penser.

— Quel jour vous convient-il de fixer pour notre départ?

La duchesse se recueillit pendant quelques instants.

Puis elle répondit :

— Nous sommes aujourd'hui mercredi ; si vous le
voulez, nous partirons samedi; vous aurez donc tout le
temps nécessaire pour annoncer ma prochaine arrivée
à votre père et à Mlle de Lavernay, que je n'ai pas vus
depuis plusieurs années ; de cette façon, Flavia Morin
ne soupçonnera pas le véritable motif de ma présence
dans la Haute-Savoie ; j'aurai l'air de la rencontrer par
hasard, et les convenances seront ainsi gardées.

—A samedi donc, à moins que je n'apprenne du nouveau, dit M. de Lavernay en portant respectueusement à ses lèvres la main de la duchesse de Vallombreuse.

Pendant que ces évènements se passaient à Paris, le bonhomme Truaz, mettant à profit les conseils de Flavia, avait inflexiblement tenu son coffre-fort fermé au baron de Lavernay.

Et, chose non moins grave, il l'avait menacé de lancer le papier timbré s'il ne rentrait pas très-prochainement dans ce qui lui était dû.

D'un autre côté, Athénaïs, sollicitée à diverses reprises de vendre son vieux manoir, avait si bien rembarré son frère, qu'il n'osait plus revenir à la rescousse.

Enfin, la vieille fille, qui était allée passer un mois aux eaux de Saint-Gervais, en était revenue plus jeune et mieux portante que jamais.

Elle semblait avoir fait un nouveau bail avec l'existence.

Ainsi, tous les plans formés par le baron, afin de relever l'édifice de sa fortune, se trouvaient déjoués, et, dernier coup de massue, l'assurance sur la vie de sa sœur allait être annulée, faute de quelques billets de mille francs pour la renouveler.

A mesure qu'approchaient l'échéance du paiement de la police annuelle et le délai fixé pour la vente du château, le baron devenait plus inquiet, plus sombre.

Ses habitudes d'intempérance s'accentuaient chaque jour avec plus d'énergie.

Le soir, après dîner, il emportait dans sa chambre une bouteille d'eau-de-vie dont il buvait à petites gor-

19

gées, et Brigitte constatait le lendemain matin que la bouteille était aux trois quarts vide.

La scène que nous allons raconter se passait, par une étrange coïncidence, le soir du jour où la duchesse de Vallombreuse avait décidé avec Maurice de Lavernay qu'ils partiraient le surlendemain pour la Haute-Savoie,

La vieille pendule de Boule de la salle à manger marquait neuf heures, et le souper venait de s'achever.

C'était l'instant où, d'ordinaire, Athénaïs se retirait dans son appartement.

Brigitte avait desservi et se disposait à aller prendre son repas à la cuisine.

— Mon frère, dit Athénaïs au baron, l'orage de ce matin, m'a beaucoup fatiguée, j'ai besoin de me reposer, et je vous quitte.

— Faites, ma sœur, répondit M. de Lavernay.

Puis, s'adressant à la vieille servante :

— Brigitte, continua-t-il, vous porterez le café et le cognac dans ma chambre.

Brigitte prit le plateau qui était sur la table, et elle s'éloigna suivie de sa maîtresse.

Lorsque le baron fut seul, il sortit de sa poche un tout petit flacon, le déboucha avec précaution et vida son contenu dans la soupière où était le reste du potage.

Cela fait, il se leva et se rendit dans sa chambre à coucher.

Quelques instants après, Brigitte rentra, emporta la soupière à la cuisine, versa ce qui restait du potage dans une de ces écuelles en terre dont on se sert à la campagne, et elle se mit à table.

— Cette soupe a un singulier goût, dit-elle dès les premières cuillerées.

Et, après une réflexion, elle ajouta :

— Cependant, mademoiselle l'a trouvée bonne...

Elle prit un verre de piquette pour se faire bonne bouche, et continua son repas en l'arrosant de temps à autre de petits coups de vin, mais sans parvenir à enlever le goût désagréable du potage.

Lorsqu'elle eut terminé son souper, elle se sentit comme engourdie, ses paupières étaient pesantes et ses yeux se fermaient malgré tous ses efforts pour les tenir ouverts.

— J'ai trop bu de piquette, pensa-t-elle, et elle m'a porté à la tête; le lit arrangera tout cela, et demain il n'y paraîtra plus.

Elle quitta lentement et non sans peine sa chaise, prit un chandelier, sortit de la cuisine, et, s'appuyant contre la muraille, elle gagna, à moitié endormie, le cabinet dans lequel elle couchait.

Le baron, lui, ne dormait pas.

Le cabinet dans lequel couchait Brigitte servait le jour de communication entre la chambre à coucher de Mlle de Lavernay et le salon.

La nuit venue, et dès que la vieille demoiselle reposait, Brigitte, comme un chien qui veille sur le sommeil de son maître, s'installait sur une couchette devant la porte de cette chambre, de sorte qu'il aurait fallu lui passer sur le corps pour arriver jusqu'à sa maîtresse.

Le lendemain, aussitôt levée, elle enlevait son lit et le petit cabinet était rendu à sa destination primitive.

La sœur de lait d'Athénaïs se trouvait prise d'un besoin si impérieux de sommeil que ce fut après des difficultés sans nombre qu'elle fit, tant bien que mal, son lit.

Elle se déshabilla ensuite, se laissa tomber sur sa couchette et s'endormit bientôt d'un lourd sommeil, sans même avoir pensé à éteindre sa lumière.

Lorsque le baron de Lavernay fut dans sa chambre, il but coup sur coup plusieurs verres d'eau-de-vie, alluma sa pipe, et bien que la pluie, qui n'avait pas discontinué depuis le matin, eût rafraichi le temps, il ouvrit sa fenêtre, car il étouffait et de larges gouttes de sueur coulaient de son front.

— Comme il fait chaud ce soir! murmura-t-il.

Puis, et ainsi qu'il arrive aux gens dominés par une idée fixe et qui se parlent à eux-mêmes, il poursuivit:

— Le plus difficile est fait ; Brigitte dort d'un sommeil de plomb, et le château s'écroulerait qu'elle ne se réveillerait pas.

Il fit une pause, et distrait un moment de sa pensée par le spectacle grandiose qui se déroulait à ses pieds, il sonda du regard les profondeurs du Fier dont les eaux grossies bondissaient mugissantes et illuminées par les éclairs qui sillonnaient le ciel.

— Décidément, reprit-il ensuite, mon plan est admirablement conçu, c'est une inspiration de génie; nul soupçon qui puisse s'élever contre moi, nul indice qui dénonce mon crime, nul œil humain qui le voie s'accomplir. Demain, lorsqu'on entrera dans la chambre de ma sœur, on la croira endormie, puis on s'étonnera de la persistance de son sommeil; on lui parlera, elle ne répondra pas; alors on ira chercher un médecin, et le médecin se trouvera en présence d'un cadavre refroidi depuis plusieurs heures.

Le baron quitta la fenêtre, s'en retourna à la bouteille d'eau-de-vie, remplit son verre à plusieurs reprises, et le vida.

— C'est étrange, fit-il en se secouant : je suis trempé
de sueur comme si j'étais en plein soleil, et je me sens
glacé, et rien ne peut me réchauffer.

L'horloge d'un clocher voisin sonna dix heures.

— Allons, il faut en finir, dit-il d'une voix sourde.

Il fit quelques pas.

Et tout à coup il s'arrêta.

— Si le narcotique n'avait pas agi, poursuivit-il et
toujours se parlant à lui-même ; si Brigitte allait m'entendre... s'éveiller ?... Si, malgré l'obscurité, elle me
reconnaissait, et appelait à son aide... sa voix arriverait jusqu'à Thibaut qui couche au-dessus de l'écurie...
il accourrait... briserait les volets ou enfoncerait la
porte... et je serais perdu !... Assurons-nous d'abord
que Brigitte dort.

Il prit son flambeau, sortit de sa chambre et traversa
le salon d'un pas mal affermi.

Un enfant, en ce moment, l'eût fait tomber.

Lorsqu'il fut arrivé près du cabinet dans lequel était
installé le lit de Brigitte, il posa son flambeau à terre
et entr'ouvrit avec précaution la porte.

Un rayon lumineux vint frapper ses yeux.

Epouvanté, il recula, éteignit sa bougie et regagna
sa chambre à tâtons.

— Damnée fille ! grommela-t-il, elle n'aura pas touché à son potage !

Une fois dans sa chambre, il laissa sa porte toute
grande ouverte, et il prêta l'oreille.

Aucun bruit ne se faisait entendre.

Il en conclut que Brigitte ne s'était point éveillée.

Il continua à écouter.

Toujours le même silence.

Alors, il sortit en rampant comme une bête fauve,

traversa de nouveau le salon et parvint ainsi jusqu'à la porte du cabinet.

Il l'ouvrit.

Le rayon lumineux brillait toujours.

Il avança discrètement la tête et regarda.

Brigitte dormait profondément, et si ce n'eût été le bruit de sa respiration, on aurait pu la croire morte.

— Tout s'explique, pensa le baron de Lavernay ; elle s'est endormie si brusquement qu'elle n'a pas eu le temps d'éteindre sa lumière.

Il entra dans le cabinet.

— Ai-je tout ce qu'il me faut ? dit-il en mettant vivement la main dans la poche de sa veste de chasse.

— Oui, fit-il. A l'œuvre, maintenant !

Il se baissa, souleva à deux mains la couchette de Brigitte et désobstrua la porte de la chambre à coucher d'Athénaïs.

Cela fait, il attendit, regarda autour de lui et écouta.

La vieille servante dormait toujours.

Et le silence de la nuit n'était interrompu que par le bruit de la pluie ruisselant sur les volets des fenêtres.

Alors, et avant de franchir le seuil de la porte, il tira de sa poche un flacon et un mouchoir de fine batiste.

Il imprégna le mouchoir de la liqueur incolore que renfermait le flacon, et aussitôt une odeur âcre, se répandant par toute la pièce, signala la présence de cet agent mystérieux que la science a récemment découvert, le chloroforme.

En même temps, il prit un objet long, noir et aigu qui était fixé au parement de sa veste.

Au moment où il pénétrait dans la chambre de sa sœur, un chien fit entendre un de ces hurlements pro-

longés qui, d'ordinaire, annoncent que la mort va entrer
dans une maison.

Il frissonna et de nouveau s'arrêta.

— Jamais je n'oserai, dit-il.

Puis, après un silence, il murmura :

— J'ai soif ! buvons encore pour me donner du courage.

Il regagna le salon, revint dans sa chambre, prit la
bouteille d'eau-de-vie par le goulot et acheva de la vider
d'un seul trait.

— Ah ! je n'ai plus froid, fit-il en portant une main à
sa poitrine ; j'ai chaud maintenant, trop chaud !

En quelques enjambées, il traversa l'espace qui le
séparait de la chambre à coucher de sa sœur et ferma
la porte derrière lui.

Deux ou trois minutes s'étaient écoulées à peine lorsqu'il la rouvrit.

Rien n'indiquait ce qui s'était passé pendant ce court
laps de temps.

Aucune goutte de sang sur ses vêtement.

Pas un cri poussé dans la chambre de Mlle de Lavernay.

Il referma la porte et replaça devant le lit de Brigitte.

La vieille servante fit un mouvement.

Prompt comme l'éclair, le baron souffla sa bougie, se
déshabilla et se mit au lit.

— A présent, attendons à demain, dit-il.

XIV

MORTE !

Il faisait jour depuis longtemps lorsque Martin Thibaut remarqua, non sans étonnement, que les volets du château étaient encore fermés.

Brigitte, en effet, comme toutes les filles de la campagne, avait l'habitude de se lever de grand matin.

Une demi-heure s'écoula, et la vieille servante ne paraissait pas, et aucun bruit ne se faisait entendre à l'intérieur.

— Il y a quelque chose d'extraordinaire, bien sûr, se dit Martin.

Et il se mit à frapper à coups redoublés à la porte.

Personne ne répondit.

Il frappa de nouveau.

Une fenêtre s'ouvrit, et la tête du baron apparut couverte du madras qui formait sa coiffure du matin.

— Qu'y a-t il ? s'écria le vieux gentilhomme, et que veux-tu ?

— Il y a, monsieur le baron, répondit le cocher, que Brigitte fait la grasse matinée aujourd'hui ; je frappe depuis un quart d'heure, et j'ai beau frapper, elle ne m'ouvre pas.

— Je descends, fit M. de Lavernay.

Il quitta sa fenêtre, descendit et ouvrit à Martin Thibaut.

— Monte à la chambre de Brigitte, lui dit-il, et informe-toi de la cause de sa paresse.

Martin revint quelques instants après.

— Eh bien ! demanda le baron.

— Il m'a fallu la secouer rudement pour l'éveiller, monsieur, répondit le cocher en riant ; figurez-vous qu'elle dormait comme une planche, et tenez.., la voilà qui arrive en marchant tout de travers et en se frottant encore les yeux.

Brigitte, en effet, avait les yeux gonflés comme ceux d'une personne brusquement arrachée à un profond sommeil.

— Que signifie cela ? fit M. de Lavernay avec humeur, comment, il est huit heures, et vous n'êtes pas à l'ouvrage ?

— Ma foi, monsieur, je ne sais pas ce que j'ai eu, répondit la vieille servante, mais hier soir je me suis endormie comme une souche, et je dormirais encore si Martin ne m'avait pas éveillée.

— Allons, réparez le temps perdu, reprit le baron, préparez mon café et le chocolat d'Athénaïs.

Brigitte, s'éloigna en se secouant comme pour se débarrasser de sa torpeur.

— Drôle de sommeil tout de même ! murmura-t-elle en allumant le feu, jamais de ma vie je n'ai dormi autant.

Un quart d'heure après, le vieux gentilhomme, attablé dans la cuisine suivant son habitude de chasseur, se servait son café, le sucrait et le dégustait avec son calme ordinaire.

Rien n'était changé ni dans ses allures ni dans son maintien.

Il sortit ensuite et alla visiter son chenil.

Le chocolat d'Athénaïs était prêt ; mais Brigitte n'entrait chez sa maîtresse que lorsque la sonnette l'appelait.

Neuf heures arrivèrent et rien n'indiquait que Mᴵˡᵉ Athénaïs de Lavernay fût réveillée.

Ce retard surprit la brave fille, mais sans l'inquiéter encore.

A dix heures, aucun coup de sonnette ne s'était fait entendre.

Brigitte s'approcha de la porte d'Athénaïs et écouta.

Un profond silence régnait dans la chambre à coucher.

Agitée par une crainte vague, la vieille servante frappa d'abord tout doucement, puis plus fort, puis à grands coups.

Toujours le même silence.

Alors, et n'y tenant plus, elle ouvrit la porte et se précipita dans la chambre de sa maîtresse.

Les volets étaient fermés, et la chambre dans une obscurité complète.

— Mademoiselle, cria Brigitte, c'est moi! Pour l'amour de Dieu, répondez!

Personne ne répondit.

Brigitte, affolée, courut à la fenêtre, ouvrit les volets, et le jour entra à flots dans la pièce.

Athénaïs, immobile dans son lit, semblait dormir.

Mais, chose étrange, ses yeux, au lieu d'être fermés, étaient tout grands ouverts, et sa face pâle avait une expression d'indicible épouvante.

Brigitte prit une des mains de Mᴵˡᵉ de Lavernay et cette main était rigide et glacée.

Saisie de terreur, elle poussa un cri terrible.

Ce cri était si formidable, que le baron et Martin Thibaut, qui se trouvaient en ce moment dans la cour, l'entendirent.

— Qu'y a-t-il donc, monsieur? dit le cocher en faisant un soubresaut. N'avez-vous pas entendu crier?

— En effet, répondit le vieux gentilhomme. Allons voir sur-le-champ ce qui se passe là bas.

Ils se dirigèrent vers la cuisine et ils entrèrent.

Brigitte n'était point dans la cuisine.

— Montons! fit Martin tout tremblant.

— Montons! répéta le baron impassible.

Et il suivit Martin.

Arrivé devant la porte entr'ouverte de la chambre à coucher d'Athénaïs, le cocher recula.

Il venait d'apercevoir Brigitte étendue sans mouvement auprès du lit de sa maîtresse.

— Monsieur..... monsieur.... dit-il d'une voix étranglée, Brigitte est morte!

— Morte! répliqua M. de Lavernay en s'avançant.

— Et mademoiselle est morte aussi! continua Martin avec effarement.

La vieille servante, succombant à son émotion, était tombée sans connaissance, tenant dans sa main crispée la main glacée d'Athénaïs.

— Vite, prends un cheval, dit le baron, et cours chercher le médecin ; peut-être ma pauvre sœur et Brigitte ne sont-elles qu'évanouies, pendant ce temps je verrai si je puis les faire revenir.

Martin Thibaut s'élança hors de la chambre pour exécuter l'ordre qu'il venait de recevoir.

XV

LES SOUPÇONS

Dans les petites localités la nouvelle d'un événement, si dénué d'intérêt qu'il soit, circule et se colporte avec rapidité ; à plus forte raison lorsqu'il s'agit d'un événement grave.

Une heure après le départ de Martin Thibaut, la mort subite de Mlle de Lavernay était l'objet de toutes les conversations des habitants du village de Saint-André.

Le bruit de cette mort, semé par le cocher du baron en quête du médecin, parvint bientôt jusqu'au châlet de sir John Colfax, où se trouvait en ce moment le bonhomme Truaz.

Flavia échangea un regard significatif avec l'Américain.

Quand au marchand de bois, il dit, en clignant de l'œil, que cette mort ne le surprenait pas et que, depuis longtemps, il avait un secret pressentiment que Mlle de Lavernay passerait inopinément de vie à trépas.

— Ah ! vous aviez prévu cette mort ? lui dit l'ex-institutrice en la regardant fixement.

Le bonhomme parut troublé, balbutia quelques mots vagues, mais rien ne put lui arracher sa pensée intime.

— Après tout, reprit John Colfax, cette mort est une bonne affaire pour vous, le baron vous remboursera ce qu'il vous doit.

— Savoir, mumura Truaz pensif.

Puis il ajouta :

— Pourvu que sa sœur n'ait pas fait de testament !

— Bah ! vous serez toujours remboursé, puisqu'il a assuré la vie de Mlle de Lavernay.

— Faudra voir, repartit l'avare ; les compagnies d'assurances sont si regardantes... Elles vous cherchent toutes sortes de chicanes pour ne pas payer la prime ; enfin, qui vivra verra.

Truaz, il était facile de s'en apercevoir, ne se sentait pas à son aise ; il avait peur de trop parler et de compromettre ainsi son débiteur.

Il prétexta une affaire, et se retira.

A peine fut-il parti, que Flavia traça à la hâte quelques mots sur un papier, puis elle sonna Scabieuse.

La jeune négresse accourut.

— Cette dépêche à la station de Rumilly, lui dit sa maîtresse.

Scabieuse prit aussitôt sa course.

— A qui donc écrivez-vous ? demanda sir John Calfax à Flavia.

— Au docteur Cavarrox ; je lui recommande de quitter Genève sur-le-champ, afin de venir constater, en sa qualité de médecin délégué de la compagnie anglaise qui a assuré la sœur du baron, si la mort de cette vieille fille est naturelle, ou si elle ne serait pas le résultat d'un crime.

— Je comprends, fit l'Américain.

— Le fils m'a fait condamner, moi innocente, comme empoisonneuse, reprit Flavia ; si son père est coupable, Maurice subira la peine du talion dans la personne de son père.

— La mode américaine est plus équitable, elle ne

frappe que les criminels, elle épargne les enfants, dit Colfax.

— Si le baron a tué, et il a tué, il doit être puni, répondit la jeune fille avec une sombre énergie. D'ailleurs, ne m'avez vous pas laissé, mon père, toute liberté dans ma vengeance ?

M. de Lavernay, demeuré dans la chambre à coucher avec sa sœur morte et Brigitte évanouie, les regarda toutes les deux pendant quelques minutes sans prononcer un mot.

Ensuite il prit de l'eau fraîche et humecta les tempes et le visage de la servante, qui, peu à peu, sortit de son évanouissement.

Elle promena autour d'elle des yeux étonnés sans se rendre compte d'abord de ce qui s'était passé.

Puis la mémoire sembla lui revenir.

— Ai-je rêvé? demanda-t-elle avec anxiété au baron.

— Hélas ! non, répondit-il, ma pauvre Athénaïs est morte !

Et il porta hypocritement la main à ses yeux comme pour essuyer une larme qui ne venait pas.

Brigitte se releva, examina longuement la face marmoréenne de sa maîtresse, et se tournant vers M. de Lavernay:

— Voyez donc ses yeux tout grands ouverts et qui semblent épouvantés, murmura-t-elle ; on dirait qu'elle a vu venir la mort !

Le baron suivit la direction des regards de Brigitte et il frissonna.

— Il faut lui fermer les yeux, dit-il en s'approchant du lit.

La vieille servante comme mue par un ressort, se dressa devant lui.

— Vous ne toucherez pas à ma maîtresse avant l'arrivée de la justice, répliqua-t-elle d'une voix menaçante; la justice doit la voir telle que la mort l'a prise.

— La justice? s'écria le vieux gentilhomme devenu pâle tout à coup; et qu'a t-elle à faire en tout ceci ?... Athénaïs a été frappée d'apoplexie ou elle a succombé à la rupture d'un anévrisme.

— C'est le médecin qui se prononcera là-dessus, reprit Brigitte; mais, jusqu'à ce qu'il soit venu, personne, pas même vous, n'approchera de ma pauvre chère maîtresse,

Le baron comprit qu'il serait imprudent d'insister.

— On me préviendra lorsque le médecin sera arrivé, dit-il.

Et il s'éloigna.

Brigitte, après le départ de M. de Lavernay, s'assit au chevet du lit de la morte, et, les yeux fixés sur son pâle visage, elle semblait abîmée dans sa douleur.

De grosses larmes coulaient sur ses joues, et parfois elle se penchait sur la bouche d'Athénaïs dans l'espoir d'y surprendre un souffle d'existence.

Et toujours cet espoir était déçu.

— Hier encore, murmura-t-elle, elle était pleine de santé, et, en quelques heures... non... non... cette mort n'est pas naturelle.

Elle réfléchit de nouveau.

— Mais alors on l'aurait donc assassinée? se dit-elle.

Elle souleva la couverture et regarda longuement et attentivement le cadavre,

— Nulle trace de violence, poursuivit-elle, et un assassinat laisse des traces; c'est incompréhensible !...

Et pourtant ses yeux tout grands ouverts, cette expres-

sion de terreur indiquent la présence d'un assassin !
Mais quel était-il !

Les circonstances qui avaient précédé cette mort foudroyante lui revinrent tout à coup en mémoire.

Elle se rappela et le goût étrange du potage et le
sommeil invincible qui s'était emparé d'elle aussitôt
après l'avoir pris.

Un soupçon traversa son cerveau.

— Lui !... fit-elle, Ah ! non... non... ce serait trop
horrible !... Et, cependant.,.

— Mais si c'était-lui, que faudrait-il faire ?...

Elle fut saisie, en s'adressant cette question terrible,
d'un tremblement nerveux, et son sang se glaça.

XVI

L'ASSURANCE SUR LA VIE

Le baron de Lavernay, après avoir laissé à Brigitte la
garde d'Athénaïs, s'était retiré dans sa chambre.

Une fois seul, lui aussi, il se prit à réfléchir.

La morte dans sa bière, et la bière recouverte de terre
il n'avait plus rien à redouter, car les morts ne parlent
pas et la terre est muette.

Aussi, s'il n'avait dépendu que de lui, il aurait fait
procéder le jour même à la cérémonie funèbre.

Mais il n'y fallait point songer.

D'un autre côté, il ne pouvait se dispenser d'informer
Maurice de la mort de sa tante.

Sa lettre, il est vrai, n'arriverait à Paris que le lendemain dans la journée ; et, lorsque son fils se présente-

rait au château, tout serait fini, mais les convenances du moins seraient observées.

Il n'existait dans la localité, non plus que dans les communes environnantes, aucune de ces imprimeries expéditives qui confectionnent en une heure ou deux des billets de faire part, et le baron dut se résigner à écrire lui-même ces billets.

Déjà il prenait la plume, lorsque le facteur apporta une lettre timbrée de Paris.

Elle était adressée à sa sœur.

M. de Lavernay rompit le cachet.

Maurice annonçait à sa tante qu'il arriverait le surlendemain avec la duchesse de Vallombreuse.

Le vieux gentilhomme fronça les sourcils.

Cette arrivée intempestive le forçait, en effet, à retarder d'un jour les funérailles d'Athénaïs.

Mais, après réflexion, il décida que l'enterrement aurait lieu le lendemain même.

— Si mon fils et la duchesse s'étonnent de ce que je ne les ai point attendus pour rendre les derniers devoirs à ma sœur, se dit-il, je me retrancherai derrière un cas de force majeure.

En ce moment, un coup de cloche retentit.

— Sans doute le médecin, pensa-t-il.

Et il descendit.

Il ne se trompait pas.

Le médecin que Martin Thibaut était allé quérir venait d'entrer.

— Eh bien ! dit-il au baron, comment va la malade ?

— Il n'y a plus de malade, répondit le vieux gentilhomme en prenant une figure de circonstance, il n'y a plus qu'une morte.

— Voyons, reprit le médecin.

On monta dans la chambre à coucher de Mlle de Lavernay.

Brigitte, toujours assise au chevet du lit de sa maîtresse, sanglotait.

A peine remarqua-t-elle la présence du docteur et du baron.

Le docteur, sans prononcer un mot, s'approcha du lit.

Il constata ensuite que tout d'abord la mort remontait à treize heures.

Puis se tournant vers le vieux gentilhomme, il lui demanda si cette mort n'avait point été précédée de certains symptômes avertisseurs.

— Ma sœur, répondit M. de Lavernay, s'est retirée, selon son habitude, dans sa chambre à neuf heures du soir ; elle n'était nullement souffrante et, ce matin, sur les dix heures, lorsque notre servante Brigitte est entrée, elle l'a trouvée morte.

Le médecin examina attentivement le cadavre, l'ausculta à plusieurs reprises et déclara que Mlle de Lavernay avait succombé à une attaque d'apoplexie séreuse.

Brigitte, en ce moment, sortit de son anéantissement.

Elle leva lentement la tête et, regardant le docteur.

— A quoi reconnaissez-vous cela? dit-elle.

— La chose ne saurait être mise en doute, répondit le médecin. La face est d'une pâleur livide, et les yeux encore ouverts indiquent que Mlle de Lavernay s'est éveillée avant de mourir, et que la mort l'a frappée sans qu'elle ait eu le temps d'appeler à son aide.

— Pourriez-vous constater votre déclaration par écrit? lui dit le baron.

Le médecin, à cette étrange question, ne put se défendre d'un mouvement de surprise.

Ce mouvement n'échappa point au vieux gentilhomme; mais, et sans se déconcerter, il ajouta :

— Je tiens à ce que tout se passe régulièrement.

Le médecin demanda du papier, une plume, et libella sa déclaration en termes techniques.

Le baron prit le papier et le serra dans son portefeuille.

Brigitte avait suivi d'un œil attentif les moindres détails de cette scène, et, quand le médecin fut parti, elle murmura entre ses dents :

— Mes soupçons étaient fondés; le malheureux a assassiné sa sœur.

La nuit était venue.

Rien de plus lugubre qu'une maison dans laquelle est entrée la mort.

Tous les bruits qui s'y font ont quelque chose de sinistre.

La bière qu'on apporte, le corps qu'on met dedans, les clous qu'on enfonce, tout cela impressionne et terrifie.

La vieille servante n'avait voulu laisser à personne le soin d'envelopper sa chère morte dans un linceul.

Elle prit le meilleur drap pour cette toilette funèbre, puis elle alla chercher un petit crucifix de cuivre devant lequel Athénaïs s'agenouillait le matin en se levant et le soir avant de se coucher, et elle le lui plaça sur la poitrine.

Ensuite, elle alluma un cierge à chaque angle du lit et elle se mit en prières.

Lorsque le soleil parut, elle priait encore.

Le baron de Lavernay, lui non plus, n'avait pas dormi.

Ses yeux gonflés témoignaient de sa longue et douloureuse insomnie.

Mais ce n'était ni le remords ni le repentir qui avaient creusé ses yeux et jeté un masque pâle sur son visage. C'était la peur !

Cet homme qui avait si froidement, si habilement préparé et accompli son crime abominable; cet homme auquel la déclaration écrite du médecin assurait l'impunité; cet homme suait l'épouvante par tous ses pores.

Lui, si plein de confiance la veille encore, et qui aurait défié en face la justice humaine; lui qui avait regardé sans que son cœur battit plus vite, sans qu'un muscle de sa figure tressaillit, sa sœur morte et qu'il avait tuée, à présent il comptait les heures et les minutes qui le séparaient du moment où elle serait couchée dans son cercueil à trois pieds sous terre.

Vers dix heures du matin, accoudé sur une table et une main sur son front, il suivait la marche trop lente à son gré des aiguilles de la pendule, quand un cliquetis de fouet mêlé à un bruit de grelots se fit entendre.

Il se leva, courut à sa fenêtre et l'ouvrit.

C'étaient Maurice de Lavernay, qu'il n'attendait que le lendemain, et la duchesse de Vallombreuse qui venaient d'entrer dans le vieux manoir.

La nouvelle de la mort de Mlle de Lavernay fut un véritable coup de foudre pour Maurice et pour la duchesse.

Le jeune magistrat qui, on le sait, portait une grande affection à sa tante, en ressentit un chagrin profond.

Cette mort inattendue impressionna vivement Mme de Vallombreuse et lui semble un sinistre avertissement.

Quant au baron, il avait, par un énergique effort de volonté, recouvré tout son sang-froid.

Ils étaient tous les trois dans la chambre mortuaire, avec Brigitte; près d'eux se trouvait le cercueil dans

lequel Athénaïs allait être enfermée, lorsque Martin
Thibaut entra précipitamment et annonça au baron
que le juge de paix venait d'arriver avec une autre personne, le docteur Cavarrox.

La duchesse, en entendant prononcer le nom du docteur tressaillit; toutefois, elle crut devoir, vu les circonstances présentes, s'abstenir de toute question.

Le baron, lui, ne manifesta aucune surprise en
apprenant l'arrivée de Cavarrox; mais la présence du
juge de paix lui causa une certaine émotion.

— Et que vient-il faire ici un jour comme aujour-
d'hui? demanda-t-il à Martin.

— Il désire vous parler en particulier, M. le baron,
répondit celui-ci, et il a ajouté qu'il s'agissait d'une
affaire pressée.

— C'est bien, conduis-le à ma chambre, je vais le
recevoir.

Quelques instants après, M. de Lavernay rejoignait
le juge de paix.

Si l'annonce de la visite de M. Jaurel l'avait surpris,
sa surprise redoubla quand il remarqua qu'il n'était
pas seul.

Lorsque le nom de Cavarrox avait été prononcé, le
vieux gentilhomme, nous l'avons vu, ne s'en était point
ému. En effet, il supposait que le docteur, en sa double
qualité de voisin et de connaissance, était venu pour
assister aux funérailles d'Athénaïs.

Mais, en le trouvant dans sa chambre s'entretenant
à voix basse, avec le juge de paix Jaurel, il se demanda
ce que pouvaient avoir à se communiquer d'une façon
aussi mystérieuse deux hommes qui étaient complètement étrangers l'un à l'autre.

— Monsieur le baron, dit le juge de paix avec une

déférence pleine de courtoisie, je vous prie de m'ex-
cuser, mais les devoirs de mon ministère ne m'ont pas
permis de refuser à monsieur le concours qu'il était en
droit d'exiger de moi.

Et il désigna le docteur.

M. de Lavernay regarda tour à tour Cavarrox et
M. Jaurel, sans comprendre.

— Expliquez-vous messieurs, répondit-il froidement.

— Voici la chose, mon cher baron, repartit Cavarrox
en souriant, vous avez assuré pour une somme considérable... deux cent mille francs, je crois, Mlle votre
sœur à une Compagnie anglaise...

— C'est vrai, répliqua le vieux gentilhomme en
reprenant tout son aplomb, mais en quoi cela peut-il
vous intéresser ?

— Cela m'intéresse beaucoup... Ne savez-vous pas
que je suis le médecin délégué de cette Compagnie?

— Je l'ignorais, fit le baron sans manifester aucun
embarras.

Le docteur mentait effrontément.

Il s'était bien gardé, comme on le pense, de faire connaître à M. de Lavernay, sa qualité de médecin de la
Compagnie anglaise d'assurances sur la vie. La moindre
indiscrétion à cet égard eut, en effet, donné fort à réfléchir au frère d'Athénaïs et l'aurait certainement
arrêté dans ses projets criminels.

— Donc, continua Cavarrox, avec le même ton dégagé, vous devez trouver tout naturel que cette Compagnie m'ait chargé du soin de m'enquérir des causes
de la mort de Mlle de Lavernay.

— Parfaitement naturel, mon cher docteur, répondit
le baron sur le même ton, et je puis fournir à cet égard

les renseignements les plus positifs et les plus authentiques.

Il sortit alors de son portefeuille la déclaration du médecin de Rumilly et la remit à Cavarrox.

Celui-ci prit le papier, essuya les verres bleus de ses lunettes et lut attentivement.

— Mon confrère, dit-il après avoir lu, attribue la mort à un épanchement séreux. Je ne doute nullement de sa science, mais la Compagnie que je représente, — consultez votre police d'assurances, — exige que je constate moi-même les décès de ses assurés.

— Je vais vous conduire auprès de ma sœur, reprit le baron sans se départir de son sangfroid.

— Je puis alors me retirer? dit le juge de paix.

— Je vous serai reconnaissant de vouloir bien assister à la constatation, répliqua Cavarrox, votre présence ne donnera que plus de poids à mon rapport.

— Veuillez me suivre, messieurs, fit le vieux gentilhomme en prenant les devants.

Lorsque le baron, le juge de paix et Cavarrox entrèrent dans la chambre mortuaire, elle était déserte ; Maurice de Lavernay et la duchesse venaient de la quitter, emmenant presque de force avec eux Brigitte à demi-folle de douleur.

Le docteur Cavarrox ouvrit sa trousse, prit une paire de ciseaux, décousit en un clin d'œil le linceul dans lequel était enveloppée Mlle de Lavernay, et il examina le cadavre avec le soin le plus minutieux.

Le baron le regarda faire sans sourciller.

Cavarrox, d'abord, ne découvrit rien de suspect.

Il continua son examen; puis il le suspendit un instant, et, se tournant vers M. de Lavernay :

— Votre sœur aurait-elle respiré du chloroforme ? lui demanda-t-il.

— Ma sœur, à ma connaissance du moins, ne s'en est jamais servie, répondit le vieux gentilhomme.

Le docteur reprit son examen.

Cinq ou six minutes s'écoulèrent.

— Mon confrère, dit-il lorsqu'il eut terminé, attribue la mort à une apoplexie séreuse ; je ne partage pas son avis : d'après l'inspection générale du corps, la mort a dû provenir d'une lésion au cervelet produite par un instrument contondant dont je ne puis encore définir la forme.

M. de Lavernay pâlit.

Cavarrox dénoua alors la chevelure de la morte, glissa sa main sous la nuque, la palpa et laissa échapper une exclamation.

— Qu'avez vous ? dit M. Jaurel.

— Qu'est-ce ? fit le baron devenu livide.

— Je crois avoir découvert la véritable cause de la mort, répondit le docteur en prenant de nouveau ses ciseaux.

En quelques secondes, il fit tomber la chevelure qui garnissait la partie postérieure de la tête de la défunte.

Alors on put voir un point noir sur cette partie complètement dénudée.

— Monsieur le baron, dit Cavarrox d'une voix brève, votre sœur a été assassinée.

Et, saisissant une pince dans sa trousse, il retira du cervelet une longue épingle noire en acier.

L'affirmation du docteur était précise, et le corps du délit si apparent, que le juge de paix, qui, jusque-là, n'avait joué qu'un rôle passif, changea immédiatement d'attitude.

— Puisqu'il y a crime, dit-il, je dois procéder à une information sommaire, que le juge d'instruction complètera.

M. de Lavernay, quoique effrayé de la tournure que prenaient les choses, fit cependant bonne contenance.

— J'allais vous le demander, monsieur le juge de paix, reprit-il, car plus que tout autre je suis intéressé à ce que le coupable soit découvert, si, en effet, il y a un coupable.

— Quelles sont les personnes qui se trouvaient au château lors de l'événement? continua M. Jaurel.

— Quatre personnes, répondit le baron : ma sœur, moi, Martin Thibaut notre cocher, et notre vieille servante Brigitte.

— Où couche Thibaut?

— Au-dessus de l'écurie, dans un grenier.

— Et Brigitte?

— Dans cette petite pièce, dit M. de Lavernay en ouvrant la porte et en désignant le cabinet.

— Où communique cette petite pièce?

— Au salon.

— Et la fenêtre que voici?

— Elle donne sur le torrent du Fier.

— De sorte, poursuivit le juge de paix après une pause, qu'il faut, pour arriver à la chambre de Mlle de Lavernay, traverser le salon et ce petit cabinet?

— Oui, répondit le baron.

— Où se trouve ordinairement placé le lit de votre servante?

— En travers de la porte de la chambre à coucher de ma sœur.

— Mais alors, et à moins de passer sur le corps de

20

de cette fille, il est matériellement impossible d'entrer dans la chambre où nous sommes.

— Cela est de toute évidence.

M. Jaurel fit une nouvelle pause.

— Je vais interroger votre servante, dit-il au baron, peut-être nous donnera-t-elle la clé de tout ceci.

— Mais, objecta le vieux gentilhomme, Brigitte est une brave et honnête fille, elle portait à ma pauvre sœur une affection sans bornes...

— Veuillez la faire venir, dit le juge de paix d'un ton péremptoire.

M. de Lavernay sortit et revint au bout de quelques minutes avec Brigitte.

Brigitte avait toujours cet air farouche qui s'était, en quelque sorte, imprimé sur sa figure depuis la mort de sa maîtresse.

Ses yeux, qu'entourait un cercle bistré, ses regards atones et son maintien effaré dénotaient le trouble de son âme.

Le juge de paix la fit approcher et, sans la moindre circonlocution, lui dit :

— Mlle de Lavernay a été assassinée.

— Mademoiselle a été assassinée, répéta la vieille servante sans témoigner aucune surprise.

— La preuve du crime, la voici, continua M. Jaurel.

Et il lui montra la longue épingle noire.

Brigitte tressaillit et jeta un regard sombre sur le baron.

— De plus, le meurtrier avait à la main, en pénétrant dans cette chambre, un mouchoir imprégné de chloroforme ou un flacon qui en contenait, et il l'a appliqué sur la bouche de sa victime.

Brigitte écoutait avec une curiosité fiévreuse.

— A quoi sert la substance que vous venez de nommer ? demanda-t-elle au juge de paix.

— Ainsi administrée, elle exerce une action stupéfiante, répondit le docteur Cavarrox ; la personne qui la respire perd connaissance et la douleur n'existe plus pour elle. D'où il résulte qu'un assassin peut accomplir son crime sans que sa victime oppose la moindre résistance.

— Je comprends, fit la vieille servante.

M. de Lavernay écoutait, impassible, comme si l'orage qui grondait sourdement devait passer par-dessus sa tête.

— Lorsque votre maîtresse a été privée de sentiment, poursuivit le docteur, l'assassin a pris cette épingle que vous voyez, et que vous voyez également, monsieur le baron, puis il l'a enfoncée en cet endroit.

Et joignant la démonstration à la parole, Cavarrox souleva la tête de la morte et désigna un petit point violacé.

— Je comprends encore, murmura Brigitte, en regardant de nouveau son maître à la dérobée.

Le juge de paix prit alors la parole.

— Où avez-vous couché pendant la nuit du meurtre ? demanda-t-il à la servante.

— Là où je couche toujours depuis tantôt cinquante ans, répondit-elle sans hésitation.

— Quelqu'un pouvait-il entrer dans la chambre de Mlle de Lavernay sans vous éveiller ?

— C'est impossible ; mon lit barrait la porte.

— Et vous n'avez rien entendu ?

— Rien. Je me suis couchée le soir à neuf heures et demie, et je n'ai fait qu'un somme jusqu'au lendemain.

— Vous ne dites pas la vérité, car vous venez à l'instant même de déclarer qu'il était impossible d'arriver jusqu'à votre maîtresse sans vous éveiller.

— Je ne puis répondre que ce qui est; je n'ai rien vu, rien entendu.

— Mais alors c'est vous qui l'avez assassinée! répliqua vivement le juge de paix.

La vieille servante regarda en face M. Jaurel et leva les épaules.

— Moi!... moi qui l'aimais tant!... dit-elle; moi qui aurais donné ma vie pour elle... vous savez bien que ça n'est pas vrai, et que je ne l'ai pas assassinée.

— En ce cas, désignez le coupable.

— Je dormais.

— Votre négation tombe devant l'évidence, et, si vous persistez dans votre refus de faire connaître l'assassin, c'est vous qui serez accusée.

— Je vous le répète, je ne sais rien.

M. Jaurel se plaça devant une table, prit une plume, du papier, de l'encre, et il écrivit.

— Monsieur le baron, dit-il lorsqu'il eut achevé d'écrire, veuillez faire porter sur-le-champ cette lettre à la gendarmerie de Rumilly, afin qu'elle procède à l'arrestation de cette femme; jusque-là, elle demeurera prisonnière dans cette chambre, sous la surveillance d'un gardien provisoire.

Ce fut en vain que M. de Lavernay réclama contre ces mesures, tout s'accomplit ainsi que le juge de paix l'avait prescrit.

La porte de la chambre mortuaire fut fermée, M. Jaurel mit la clef dans sa poche, et un robuste paysan reçut l'ordre de veiller sur la prisonnière.

Brigitte, de nouveau, se trouvait seule avec le cadavre.

Elle tomba à genoux devant le lit, et, regardant la face décolorée de la morte :

— Conseillez-moi, ma chère maîtresse, murmura-t-elle ; dois-je me taire ou parler ? Si je parle, votre frère montera sur l'échafaud, et une souillure ineffaçable couvrira le nom de votre famille. Si je me tais, c'est moi que l'échafaud réclamera ; mon nom deviendra un objet d'exécration, et, dans cent ans encore, les enfants de ce pays raconteront à la veillée le crime dont cependant je suis innocente !

Il se livrait dans l'âme simple et forte de la vieille servante un de ces combats terribles, épouvantables, devant lesquels faiblissent les cœurs les mieux trempés.

Le dévouement enfin l'emporta.

— Oui, dit-elle, je garderai le silence, et l'honneur des Lavernay restera sans tache.

XVII

LA PHOTOGRAPHIE ACCUSATRICE

La duchesse et Maurice de Lavernay se trouvaient, on s'en souvient, dans la chambre mortuaire au moment où Martin Thibaut était venu prévenir le baron que le juge de paix du canton demandait à l'entretenir d'une affaire urgente.

Le lugubre spectacle d'Athénaïs étendue sur son lit dans un linceul avait fini par impressionner si vivement Mᵐᵉ de Vallombreuse, que Maurice jugea prudent

de l'emmener au salon, et contraignit Brigitte à les a
compagner.

Un quart d'heure après, la vieille servante, mandé
par le juge de paix, les avait quittés.

L'interrogatoire qu'elle devait subir avait été long.

Maurice et la duchesse, bien qu'ils ne soupçonnas
sent nullement le motif du départ de Brigitte et d
l'absence prolongée du baron, commençaient à s'éto
ner de ne les voir revenir ni l'un ni l'autre, lorsque l
porte du salon s'ouvrit.

M. de Lavernay entra.

Son visage, d'ordinaire fortement coloré par la vi
au grand air et les repas largement arrosés, était en c
moment d'une pâleur presque livide.

— Qu'y a-t-il? lui demanda le jeune magistrat
frappé du brusque changement qui s'était opéré dan
la physionomie de son père.

— Il y a, répondit celui-ci en se laissant tomber su
un siége, qu'il se passe la chose la plus inouïe, la plu
épouvantable : ta tante est morte assassinée !

— Assassinée ! firent Maurice et Mᵐᵉ de Vallom
breuse avec stupéfaction.

— C'est du moins ce qu'a affirmé le médecin.

— Mais comment et par qui ? reprit son fils.

— Les soupçons se portent sur notre vieille Bri
gitte.

— Sur Brigitte? dit la duchesse.

— C'est impossible ! s'écria le jeune magistrat. Bri
gitte est la plus digne fille qui soit au monde, et ell
avait un véritable culte pour ma tante.

— C'est ce que j'ai répondu au juge de paix; mai
il n'a rien voulu entendre, et il a envoyé prévenir la
gendarmerie.

— Brigitte arrêtée ! reprit vivement Mme de Vallombreuse.

— Ah ! je veux la voir, l'interroger, interrompit Maurice.

Et il s'élança vers la porte.

Le baron courut à lui et, lui prenant le bras :

— Tu n'arriveras pas jusqu'à elle, dit-il : elle est enfermée dans la chambre mortuaire et défense a été faite de communiquer avec elle.

Il raconta alors tous les détails de la scène qui venait d'avoir lieu, avec ce flux de paroles particulier aux gens qui ont peur et qui cherchent à imposer par leur loquacité.

— Mais quel est ce médecin étranger au pays qui, dites-vous, s'est présenté ici ?... Qu'y vient-il faire ? demanda le jeune magistrat.

— Il est délégué par la Compagnie qui a assuré la vie de ma sœur...

— Ma tante s'était fait assurer ?

— C'est moi qui l'ai fait assurer, balbutia M. de Lavernay.

— Vous, mon père !

Maurice, en prononçant ces mots, regarda fixement le baron.

La duchesse, elle, n'avait attaché aucune importance à la déclaration du vieux gentilhomme.

— Qu'y a-t-il d'extraordinaire à cela ? répondit ce dernier : cela se fait tous les jours ; les gens prévoyants conjurent ainsi les chances de la mort, et beaucoup de mères de famille constituent de cette manière des dots à leurs filles.

Le jeune magistrat garda le silence, mais son visage assombri témoignait du trouble de ses pensées.

M. de Lavernay, qui se sentait mal à l'aise sous les regards obstinés de son fils, chercha un prétexte pour se retirer.

— L'enterrement, dit-il en gagnant la porte du salon, ne peut avoir lieu avant l'arrivée du juge d'instruction... peut-être faudra-t-il procéder à une autopsie... et je vais modifier les dispositions que j'avais prises.

Il sortit sur ces paroles.

Lorsqu'il se fut éloigné, Mme de Vallombreuse s'approcha de Maurice.

— Je commence à croire, lui dit-elle, que les craintes que vous m'aviez manifestées avant notre départ étaient fondées ; je tremble que la main de cette femme ne pèse sur votre famille.

— Quoi !... répondit le jeune magistrat, vous soupçonneriez Flavia d'être pour quelque chose dans la mort de ma tante ?

— N'a-t-elle pas à se venger de vous comme de moi ?

Maurice fit un mouvement.

— Oh ! elle n'a pas commandé le meurtre, si meurtre il y a, continua la duchesse ; elle est trop habile pour se compromettre, mais elle a pu le préparer... Dans quel but ?... je ne le sais pas... mais, si c'est elle, en effet, qui l'a inspiré, elle doit avoir eu ses raisons pour cela.

— Je vais la trouver sur-le-champ, dit Maurice, et je la forcerai bien à s'expliquer...

— Non, mon ami, c'est moi qui la verrai... qui l'interrogerai... en ce moment, vous êtes trop agité... trop ému... D'ailleurs, c'est ce Colfax qui s'est rendu acquéreur des biens de mon fils, et, comme mère, mon intervention auprès d'elle est toute naturelle ; de ce pas, je vais au chalet ; seulement trouvez-moi un guide, car je ne connais pas les environs de ce pays.

Pendant que cet entretien avait lieu entre la duchesse de Vallombreuse et Maurice de Lavernay, le juge de paix et le docteur Cavarrox étaient en grande conférence en attendant l'arrivée de la gendarmerie.

— Vous avez fait fausse route en ordonnant l'arrestation de cette vieille servante, disait le docteur à M. Jaurel. Je suis physionomiste plus encore par goût que par métier, et cette fille, j'en ai la conviction, est innocente.

— Alors, quel serait le coupable, selon vous ? répondit le juge de paix.

— Je n'accuse personne.

— Cependant, c'est quelqu'un.

— Sans aucun doute.

— Ma foi, je viens d'informer le juge d'instruction de ce qui se passe, il débrouillera lui-même l'affaire. -

— Peut-être y aurait-il moyen de connaître le meurtrier, insinua Cavarrox.

— Quel est ce moyen ? repartit M. Jaurel.

— C'est l'emploi d'un procédé récemment découvert par la science.

— En quoi consiste ce procédé ?

— Vous savez comment agit la lumière sur une plaque photographique ?

— Parfaitement, car je suis quelque peu photographe moi-même... à mes heures de loisir, bien entendu, et pour mon compte personnel.

— Dans ce cas, vous allez me comprendre, poursuivit le docteur.

— J'écoute, dit le juge de paix en se rapprochant.

— L'œil peut, dans certaines circonstances, et même

lorsque la mort a été presque foudroyante, conserver l'empreinte du dernier objet qui l'a frappé...

— J'ai entendu parler de cela, mais j'y ai ajouté peu de foi...

— Parce que vous n'avez pas vu... Si vous aviez vu comme moi, non pas une fois, mais plusieurs fois..., vous seriez moins incrédule.

— Qu'avez-vous vu ?

— Il s'agissait de grands crimes dont les auteurs, malgré toutes les recherches, étaient demeurés inconnus...

— Eh bien ?

— Ce sont les yeux des victimes qui les ont dénoncés... — leurs yeux morts, comprenez-vous ?

— Parfaitement ; et c'est une expérience de ce genre...

— Que je voudrais faire, mais il me manque une chose.

— Et cette chose ?

— C'est un appareil photographique.

— Qu'a cela ne tienne ; le mien est excellent, et je l'enverrai chercher, reprit M. Jaurel.

— Fort bien, dit Cavarrox ; mais je suis peu expert en la matière, tandis que vous...

— Soit, j'opérerai.

— Maintenant, et comme je n'ai aucune mission judiciaire, il est bien entendu, n'est-ce pas, que l'expérience aura un caractère purement scientifique ?

— Nous agirons en simples amateurs et complètement en dehors de l'action de la justice, je m'y engage à l'avance.

— Voilà qui est bien convenu ; mais la chambre

mortuaire est occupée par Brigitte, et il importe que nous soyons seuls.

— Je vais la faire transférer ailleurs, dit le juge de paix.

— Parfait, répliqua le docteur Cavarrox, vous pouvez maintenant envoyer chercher votre appareil, et nous nous mettrons à l'œuvre.

Le juge de paix fit, sans plus tarder, conduire la vieille servante dans une pièce du château, et, une heure plus tard, un paysan, auquel il avait donné des instructions précises, revenait avec l'appareil photographique et ses accessoires.

Le transfèrement de Brigitte dans une salle basse du château et le départ ainsi que le retour du paysan n'avaient point échappé aux regards inquiets du baron de Lavernay.

— Que portes-tu là ? demanda-t-il au jeune gars au moment où il rentrait dans le vieux manoir.

— C'est la mécanique à portraits de M. le juge de paix, répondit celui-ci en continuant son chemin.

— Il va photographier le cadavre, pensa M. de Lavernay. Dans quel but ?

Il voulut pénétrer dans la chambre mortuaire, mais elle était fermée.

Il frappa.

— Qui est là ? dit M. Jaurel.

— Vous avez sans doute l'intention de reproduire les traits de ma pauvre sœur, répliqua le vieux gentilhomme, et je venais vous dire que c'était inutile ; je possède une très-bonne épreuve que je vous remettrai si vous en avez besoin.

— Ce n'est pas l'image de la femme vivante que je

veux avoir, répondit le juge de paix, mais celle de la morte.

— Ne pourrais-je pas assister à l'opération ? continua le baron.

— Impossible ! fit laconiquement le docteur Cavarrox ; elle est commencée et nous ne pouvons pas l'interrompre.

Ce court colloque à travers la porte avait vivement impressionné M. de Lavernay.

Il sentait la terreur le gagner et il se retira tout pensif.

M. Jaurel ne s'était nullement vanté en disant qu'il avait une certaine pratique de la photographie.

C'était un maître des plus experts dans cet art.

Il eut soin d'approcher l'appareil photographique le plus près possible, en sorte que l'œil de la défunte pût remplir une partie de l'objectif (1).

Il prit ensuite la petite glace qui surmontait la toilette de Mlle de Lavernay, et il la posa devant la fenêtre afin de diriger sur l'œil un rayon lumineux.

L'œil ouvert de la morte reçut instantanément les réflexions de la lumière tandis que le reste du visage demeurait dans l'obscurité.

— Très-bien ! fit le docteur.

Le juge de paix plaça bientôt une feuille de papier enduite d'iodure d'argent mélangé d'un peu d'acide acétique dans le foyer de la chambre noire, et, en moins d'une minute, l'action chimique fut produite.

Retirée de la chambre noire, cette feuille de papier, recouverte d'iodure d'argent décomposé par la lumière, ne présenta d'abord aucune trace visible d'image.

(1) Ceci n'est point un détail fantaisiste de l'auteur. Ce procédé est connu depuis trois ans.

Alors, et pour la faire apparaître, M. Jaurel la plongea dans une dissolution d'acide gallique, qui a la propriété de faire ressortir en noir toutes les parties que la lumière a frappées.

Cela fait, et cette feuille lavée dans un bain d'hyposulfite de soude, l'épreuve *négative* était obtenue, c'est-à-dire celle dans laquelle les parties claires apparaissaient en noir et les ombres en blanc.

Il la mit sur une feuille de papier imprégné de chlorure d'argent, l'exposa au soleil pendant environ un quart d'heure, et il obtint l'épreuve dite *positive*, qu'il lava comme l'autre avec de l'hyposulfite de soude.

L'opération avait complètement réussi.

L'œil de la morte se montra sur le papier dans sa grandeur naturelle.

— Maintenant, dit Cavarrox, il faudrait une loupe pour examiner l'intérieur de l'œil.

— J'en ai fait apporter une d'une très-grande puissance, répondit le juge de paix.

— Veuillez me la passer, reprit le docteur.

— Voilà.

Cavarrox inspecta alors le cristallin de l'œil de la morte avec le verre grossissant.

Une seconde image, confuse d'abord, se dessina sur l'œil, qui était devenu à son tour une véritable plaque photographique.

— Nous avons la preuve du crime, s'écria Cavarrox. Regardez à travers cette loupe, et vous y verrez l'image du meurtrier.

M. Jaurel prit la loupe et regarda.

Tout à coup ses traits se contractèrent, et une stupeur indicible se peignit sur son visage.

21

— Eh bien ! qu'avez-vous ? demanda le docteur, qui avait repris tout son sang-froid.

— C'est horrible ! murmura le juge de paix ; c'est l'image du baron que reproduit l'œil de la morte.

— Je soupçonnais le criminel... J'étais même convaincu de son crime, répondit le docteur Cavarrox, mais je voulais en avoir la preuve.

— Cette preuve est indiscutable, poursuivit M. Jaurel, et je vais agir en conséquence...

— Oubliez-vous que le résultat de cette expérience doit demeurer secret ? reprit le docteur.

— Mais Brigitte est accusée..... elle va être jetée en prison... et condamnée, si je me tais.

— Brigitte, je vous l'affirme, ne sera point condamnée, et le coupable expiera son crime.

— Cependant, docteur...

— M'avez-vous, oui ou non, donné votre parole de garder le silence le plus absolu ?

— Sans doute, mais ma conscience...

— Qu'elle se tranquillise ; avant trois jours Brigitte sera libre, je vous en fais le serment.

Le juge de paix, combattu d'un côté par son devoir et de l'autre par sa parole donnée, allait sans aucun doute faire primer la question du devoir, mais l'affirmation de Cavarrox lui parut de nature à concilier les deux choses.

— Soit, répondit-il, je serai muet pendant trois jours, mais ce terme passé, si cette pauvre fille n'est pas rendue à la liberté...

— Vous éclairerez la justice.

— C'est bien ; mais si j'en arrive là, je veux me présenter tout armé...

— Je comprends, dit le docteur, vous voulez avoir une épreuve de cette photographie ?

— Oui.

— Qu'à cela ne tienne ; tirez une seconde épreuve que vous garderez, comme je garde celle-ci.

Une demi-heure plus tard, au moment où le docteur Cavarrox se disposait à quitter le château, le baron, qui l'épiait, courut à lui.

— Eh bien ! lui demanda-t-il, votre opération a-t-elle réussi ?

— Nous avons dépensé, le juge de paix et moi, une heure en pure perte, répondit Cavarrox ; que voulez-vous... à chacun son métier.

Ces paroles produisirent l'effet d'un baume sur le cœur du vieux gentilhomme, et son visage se rasséréna comme par enchantement.

— A propos, continua le docteur, quand comptez-vous réclamer la prime d'assurances que vous avez à toucher ?...

— Aussitôt après l'enterrement de ma sœur, repartit M. de Lavernay, j'irai à Paris régler cette affaire.

— Je ne pense pas que les choses puissent marcher aussi vite, dit Cavarrox.

— Et pourquoi ?

— La mort de votre sœur est le résultat d'un crime et, dès lors, il faudra attendre le verdict de la justice.

— Mais je n'ai rien à voir dans l'événement qui a eu lieu !

— Je n'en doute pas. Toutefois, la Compagnie ne peut et ne doit rembourser que lorsque la justice aura prononcé.

Le docteur s'éloigna sur ces mots, laissant le baron de Lavernay tout désappointé et fort anxieux.

XVIII

L'ULTIMATUM

Mme de Vallombreuse, après avoir annoncé à Maurice de Lavernay sa ferme résolution d'aller trouver Flavia Morin, était partie presque aussitôt, accompagnée d'un guide.

Le cœur lui battit bien fort pendant toute la route, et, par moments, elle se demanda comment elle aborderait l'ancienne institutrice qu'elle avait fait condamner autrefois.

Sans la pensée du salut de ses enfants, elle serait revenue sur ses pas.

La jeune négresse était assise devant la porte du chalet, ayant son fidèle terre-neuve couché à ses pieds, lorsque la duchesse se présenta.

Scabieuse, en la voyant, quitta son banc sans manifester ni surprise ni embarras.

— Mlle Flavia est-elle chez elle? demanda la grande dame sans paraître reconnaître Scabieuse qui, vu son teint basané, était des plus reconnaissables.

— Miss Colfax rentre à l'instant, madame, répondit la négresse.

— Veuillez lui annoncer que la duchesse de Vallombreuse désire lui parler.

Scabieuse entra dans le chalet, puis ressortit bientôt.

— Vous pouvez venir, madame, dit-elle. Miss Colfax consent à vous recevoir.

Mme de Vallombreuse, en entendant ces paroles insolentes prononcées d'un ton insolent, pâlit de colère.

Elle se trouvait donc réduite à cette humiliation qu'une entrevue lui fût accordée par son ancienne sala riée à titre de faveur.

— Veuillez me suivre, madame, continua la jeune négresse.

Elle conduisit la duchesse dans le petit salon du chalet, où l'attendait Flavia Morin, où plutôt miss Colfax.

Flavia se leva droite et froide lorsque Mme de Vallombreuse entra ; et sans prononcer un mot, sans faire un pas à sa rencontre, elle se borna à lui indiquer un siége.

Bien que Flavia eût appris depuis longtemps à rester maîtresse d'elle-même, bien que depuis longtemps elle attendit avec impatience cette heure tant souhaitée de la revanche, elle n'avait pu cependant s'empêcher de tressaillir en voyant entrer la duchesse.

La duchesse, de son côté, n'était pas moins vivement impressionnée.

Les femmes possèdent un coup d'œil merveilleux pour se deviner et se juger.

Un seul regard suffit à Mme de Vallombreuse pour constater le changement qui s'était opéré chez l'ancienne institutrice d'Ève et de Marcelle.

Flavia n'avait plus cette timidité de jeune fille qui la faisait rougir à la moindre émotion.

C'était une femme dans toute l'acception du mot.

Une femme adorablement belle, sur le visage de laquelle se lisaient une fierté virile et une volonté indomptable.

De son côté Flavia avait saisi au passage, sur les

traits pâlis et fatigués de la duchesse, la trace de larmes mal séchées et d'incurables douleurs.

Elle avait toujours cette beauté imposante des grandes dames espagnoles ; mais sa beauté, si éclatante autrefois, avait revêtu un caractère funèbre.

Debout, le visage d'une blancheur d'albâtre, drapée dans un châle de dentelle noire, Mme de Vallombreuse ressemblait à une statue placée sur le socle d'un tombeau.

Pendant quelques instants, le silence régna dans le petit salon.

Les deux ennemies se regardaient ; chacune attendant que l'autre parlât la première.

Ce silence menaçait de se prolonger indéfiniment.

Flavia se décida à le rompre :

— Vous avez demandé à me voir, madame la duchesse, dit-elle, j'y ai consenti, bien que votre présence dût raviver en moi de cruels souvenirs. Parlez, que me voulez-vous?

Les paroles de Flavia Morin résonnèrent comme un coup de fouet aux oreilles de Mme de Vallombreuse.

Elle releva vivement la tête, et, regardant en face son ancienne salariée, elle répondit d'une voix sourde mais nettement accentuée :

— Je viens savoir pourquoi vous me poursuivez, moi et mes enfants, d'une haine implacable.

La question était posée d'une façon si précise et si directe, qu'elle écartait tout biais préparatoire.

— Vous me demandez, madame, le motif de la haine qu'en effet je vous porte? reprit la jeune fille.

La duchesse fit un geste affirmatif.

— A quoi bon m'interroger, madame, continua Flavia en arrêtant son regard incisif sur son interlocutrice ;

descendez au fond de votre conscience, elle vous répondra mieux que je ne saurais le faire.

— Je ne trouve dans ma conscience que le souvenir du bien que je vous ai fait autrefois, répondit Mme de Vallombreuse.

A cette réponse, Flavia se leva toute frémissante, et d'une voix que la colère rendait tremblante :

— Vous osez me parler du bien que vous m'avez fait, dit-elle, et m'en parler à moi, vous !

— A vous entendre, mademoiselle, on croirait, en vérité, que je suis cause du malheur qui vous a frappée.

— Vous n'avez jamais dit si vrai, madame.

— Si vrai... et en quoi ?

— En quoi ? s'écria Flavia hors d'elle-même ; puisque vous feignez de l'ignorer, je vais vous le dire. C'est vous, madame, c'est votre main criminelle qui a versé le poison dans le breuvage que je vous avais apporté ! Oui, c'est par jalousie que vous m'avez lâchement..., misérablement accusée d'un crime que je n'avais point commis ! .. Et cela afin de vous délivrer à tout jamais de moi, que vous supposiez être votre rivale !

— Mensonge !... calomnie !... protesta la duchesse tout en s'efforçant de conserver le sang-froid qui, peu à peu, l'abandonnait.

— Ainsi, j'ai menti ?...

— Oui.

— Je suis curieuse de connaître, madame, si vous nierez aussi les preuves que j'ai de votre crime, répondit Flavia Morin d'un ton railleur.

— Des preuves ? fit Mme de Vallombreuse avec un geste d'incrédulité.

— Commençons par les preuves morales, continua l'ancienne institutrice sur le même ton ironique : tout à l'heure j'ai dit que c'était la jalousie qui vous avait poussée à me perdre, je vais vous en convaincre.

Flavia ouvrit un secrétaire, elle en retira une lettre jaunie par le temps.

Puis, plaçant cette lettre sous les yeux de la grande dame :

— Reconnaissez-vous cette écriture? dit-elle.

— Cette lettre du duc qu'on m'a volée! fit la duchesse stupéfaite. Mais comment se trouve t-elle entre vos mains? ajouta-t-elle en essayant de se remettre. Voyons... dites... je veux le savoir!

— Je pourrais vous renvoyer la question, madame, répondit Flavia en souriant dédaigneusement, et vous demander à mon tour comment il s'est fait qu'une lettre, à moi adressée, soit tombée dans vos mains...

— Du droit qu'une femme a de se défendre contre celle qui veut lui prendre le cœur de son mari, mademoiselle!

La jeune fille haussa les épaules.

— Si vous aviez pris la peine de lire attentivement cette lettre qui vous a inspiré votre crime, au lieu de me redouter et de me perdre, répliqua-t-elle, vous ne m'auriez qu'estimée davantage, car cette lettre est la preuve manifeste de mon innocence.

— Selon vous, j'aurais dû vous remercier d'avoir jeté dans l'âme du duc de Vallombreuse et encouragé une passion assez insensée, assez coupable pour lui faire désirer ma mort?...

— Puisque vous persistez dans votre injurieuse accusation, dit Flavia d'une voix impérieuse, c'est votre mari qui va sortir de sa tombe pour me défendre. Relisez cette lettre, madame.

La situation était tellement tendue, que la duchesse

se laissait aller peu à peu, et sans s'en rendre compte, au courant qui l'emportait.

Aussi, lorsque la jeune fille eut placé sous ses yeux la lettre du duc, elle obéit machinalement et relut les pages passionnées et folles qu'elle avait depuis long-temps désapprises.

— Eh bien! dit Flavia, quand Mme de Vallombreuse eut achevé de lire, si j'avais répondu à l'amour de votre mari, ou seulement si je lui avais laissé la plus légère espérance, croyez-vous qu'il m'eut offert, en prévision de votre mort, le titre de duchesse?

Mme de Vallombreuse, vaincue par l'évidence, courba la tête.

Au soulèvement de sa poitrine, à l'altération de ses traits, il était facile de voir qu'une lutte violente, ter-rible, désespérée se livrait dans son âme.

Par moments, elle voulait tomber aux genoux de Flavia, tout lui avouer et implorer sa pitié, son par-don.

Puis, bientôt son orgueil prenait le dessus, se ré voltait et reculait devant cette humiliation, devant cette expiation, qui, peut-être, eût désarmé sen enne-mie.

La jeune fille poursuivit :

— Je vous ai montré la preuve morale de votre crime, madame; il me reste à présent à produire sa preuve matérielle.

La duchesse, en entendant ces paroles, se demanda avec un sentiment de regret profond, si l'ancienne in-stitutrice de ses filles, cruellement éprouvée par le malheur sans nom qui l'avait frappée, ne devenait pas folle.

— Et quelle est cette preuve? dit-elle.

21.

Flavia Morin alla chercher dans le secrétaire le pro-cès-verbal dressé au château de Faubouloy pendant la nuit que nous connaissons, et le lui remettant :

— Voyez, madame ! fit-elle.

La duchesse prit le papier, et, à mesure qu'elle lisait, elle se sentait saisie de vertige.

Tous les faits, et jusqu'aux moindres détails consi-gnés sur le papier qu'elle tenait à la main, étaient d'une exactitude écrasante, formidable.

Rien n'y était oublié, pas même ses plus secrètes pensées au moment de l'accomplissement du crime.

Debout et immobile, Flavia suivait et savourait avec une joie cruelle les émotions terribles qui se succédaient dans l'âme de la grande dame.

Lorsque la duchesse fut arrivée à la fin de sa lec-ture, et qu'elle vit son nom inscrit en toutes lettres :

— C'est un faux ! s'écria-t-elle.

— Madame, répondit l'ancienne institutrice, ceux qui étaient avec moi lorsque vous avez signé, et dont vous pouvez lire les noms au-dessous du vôtre, rendront té-moignage, quand je le voudrai, de l'authenticité de votre confession.

— Mais comment aurais-je pu apposer ma signature sur ce papier ? reprit Mme de Vallombreuse avec effare-ment. Dans quelles circonstances ?... J'interroge ma mémoire, elle ne me rappelle rien... absolument rien.

— En effet, vous ne pouvez pas vous souvenir, répli-qua Flavia ; vous vous trouviez, lorsque vous avez ap-prouvé et signé cet écrit, sous l'influence d'un breuvage inconnu dans nos pays.

— Mais c'est à me faire douter que j'existe, dit la duchesse en portant la main à son front : expliquez-moi... apprenez-moi...

— Vous vous étiez servie d'un breuvage pour me perdre, interrompit la jeune fille, j'ai eu recours à un breuvage pour rejeter le crime sur vous qui l'aviez commis... C'était de bonne guerre, n'est-il pas vrai, madame?... Le breuvage que Scabieuse vous a versé au château de Faubouloy a une propriété étrange et infaillible ; les Indiens qui seuls possèdent le secret de sa composition, l'appellent la *liqueur qui fait parler*. Vous l'avez prise et vous avez parlé, madame, puisque vous avez signé votre déclaration. Comprenez-vous, à présent ?

Lorsque Mme de Vallombreuse se fut remise de la stupeur dans laquelle l'avaient jetée ses paroles, elle se tourna vers Flavia :

— J'admets tout ceci, mademoiselle, dit-elle ; mais cet écrit est sans valeur ; quel tribunal l'admettrait comme une preuve contre moi ?

— Mon intention n'est pas de le produire en justice, répondit l'ancienne institutrice ; j'ai été condamnée, et je sais que la justice revient rarement sur ses arrêts.

— Alors à quoi bon m'avoir arraché ce prétendu aveu ?

— Je vais vous l'apprendre, madame.

L'accent de cruauté froide avec lequel Flavia Morin proféra ces paroles glaça d'épouvante la duchesse de Vallombreuse.

— J'écoute, dit-elle, d'une voix qu'elle s'efforçait, mais en vain, de rendre calme.

Flavia la regarda bien en face, et elle poursuivit en ces termes :

— Ce papier que vous avez vu, madame la duchesse, dit Flavia, et qui fait de vous mon esclave, me vengera de vous. Je ne puis vous atteindre dans votre personne ;

mais, armée de cette pièce, qui sera une épée de Damoclès suspendue sur votre tête, je vous atteindrai dans votre tendresse maternelle. Oui, je vous frapperai dans vos enfants, et si vous tentez d'opposer la moindre résistance aux ordres que je vais vous donner, j'irai trouver vos filles, ce papier accusateur en main, et quand elles connaîtront qui vous êtes et le crime abominable que vous avez commis, elles se détourneront de vous avec horreur et vous renieront pour mère.

La duchesse sentit tout son sang lui affluer au cœur, puis du cœur à la tête, comme si elle allait être frappée d'apoplexie.

Longtemps elle fut à se remettre, et quand cet ébranlement nerveux eut cessé :

— Vous ne ferez pas cela, non, vous ne le ferez pas ! dit-elle.

— Regardez-moi en face, madame, et lisez ma réponse dans mes yeux, repartit Flavia d'une voix inflexible.

— Parlez... ordonnez... tout ce que vous exigerez, je m'y soumets à l'avance, pourvu que mes enfants ne me maudissent pas !

— Mon œuvre a commencé par la ruine de votre fils, madame, et mon œuvre s'accomplira tout entière.

— Est-ce, après la fortune d'Octave, la mienne qu'il vous faut ?... Elle est à vous !

— Votre fortune ! et qu'en ferais-je ?... Je suis plus riche que vous .. Cependant votre ruine et celle de vos filles suivront de près celle de votre fils, car je vous veux tous aussi pauvres que je l'étais moi-même, lorsqu'il y a quatre ans je suis entrée chez vous comme institutrice ; mais je ne m'abaisserai pas jusqu'à ramasser vos dépouilles, je laisserai ce soin à Célestine Marbeau !

— Si ma ruine et celle de mes enfants ne vous semblent point un châtiment suffisant, murmura la duchesse au comble de la terreur, que voulez-vous donc ?...

— Je veux deux choses, madame : la première, c'est que vous retiriez votre demande en interdiction contre votre fils.

— Ce sera fait.

— La seconde, c'est que votre fille Marcelle n'épouse point le vicomte de Kerlusset.

Une sueur froide inonda le corps de Mme de Vallombreuse, et il lui sembla que son cœur cesssait de battre.

— Mais Marcelle est innocente, murmura-t-elle.

— J'ai dit, madame; refusez, et Marcelle connaîtra ce que renferme ce papier signé de vous.

— Vous êtes bien cruelle, bien impitoyable, mademoiselle; mais je suis en votre pouvoir, et j'aurai la lâcheté de vous sacrifier cette pauvre enfant. Toutefois, ajouta-t-elle, vous ferez grâce à l'autre; vous épargnerez ma chève Ève, n'est-ce pas ?... C'est bien le moins que le bonheur de l'un de mes enfants me dédommage et me console du malheur des deux autres !...

— Le mariage d'Ève avec M. Maurice de Lavernay se rompra de lui-même, répondit froidement Flavia.

— De lui-même... et pourquoi ? reprit la duchesse avec étonnement.

— Parce que vous ne consentirez jamais et qu'Ève, elle-même, ne consentira point à épouser le fils d'un homme dont la tête est promise à l'échafaud.

— Le baron de Lavernay ?...

— Est l'assassin de sa sœur, madame !

Flavia prit alors dans un album l'épreuve photographique que lui avait remise le docteur Cavarrox à son retour du château et la présenta à Mᵐᵉ de Vallombreuse.

— Regardez avec ce verre grossissant, lui dit-elle, et vous verrez si ma prophétie est mensongère

La duchesse prit le dessin et la loupe.

Presque aussitôt elle recula terrifiée.

— Ce n'est pas tout, continua Flavia ; il existe une seconde épreuve de cette photographie, c'est le juge de paix qui la possède et qui doit la produire en justice sous trois jours, si le baron ne dénonce pas lui-même son crime.

Un silence succéda à ces paroles.

— Mademoiselle, dit bientôt la duchesse, dont les traits étaient douloureusement contractés, le malheur de mes enfants me tuera, sans doute.

— Est-ce que je suis morte, moi qui ai souffert plus que vous, madame ?

— Enfin, je puis mourir ; moi disparue, votre haine se trouverait désarmée. Lors même que vous voudriez poursuivre la mère au tombeau dans ses enfants innocents, vous seriez impuissante contre eux.

Flavia, réfléchit un moment.

— C'est vrai, répondit-elle ; votre mort, et j'ai intérêt à ce que vous viviez, votre mort serait l'écroulement de ma vengeance.

Un éclair presque imperceptible de joie brilla dans les yeux de Mᵐᵉ de Vallombreuse.

— Adieu, mademoiselle, dit-elle à Flavia ; je souhaite du plus profond de mon cœur que votre vengeance soit moins lourde un jour sur votre conscience que ne l'a été sur la mienne le crime dont je me suis rendue coupable dans une heure d'égarement.

La duchesse se retira après avoir prononcé ces mots.

XIX

ÈVE ET MARCELLE

La duchesse de Vallombreuse avait quitté Paris sans apprendre à Ève et à Marcelle les motifs de son brusque départ pour la Haute-Savoie.

Isolées dans le grand hôtel de la rue de Varennes, les deux jeunes filles voyaient les jours se succéder, et leur mère n'écrivait point.

Ce voyage mystérieux et ce silence inexplicable les jetaient dans une vive inquiétude.

D'un autre côté, la disparition d'Octave était pour elles une nouvelle cause de chagrin.

Un soir, un valet leur apporta une carte de visite.

En lisant le nom écrit sur cette carte, Ève poussa un cri de surprise, et Marcelle un cri de joie.

— Faites entrer M. de Kerlusset, dit-elle au domestique.

— Est-ce bien convenable de le recevoir en l'absence de notre mère? dit Ève après la sortie du domestique.

Sa sœur, toute rougissante, allait répondre, quand la porte s'ouvrit de nouveau et M. de Kerlusset parut.

A l'exception de son visage, fortement hâlé par la vie au soleil et au grand air, aucun changement ne s'était produit dans sa personne.

Tel il était parti, tel il revenait.

— Ma chère Marcelle! fit-il en pressant la main tremblante de sa fiancée : ma sœur, dit-il en tendant la main à Ève.

Les deux jeunes filles étaient si émues, qu'elles demeurèrent un instant sans voix.

— Que vient-on de m'apprendre? reprit bientôt Amaury. Mme la duchesse est partie?...

— Depuis cinq jours, dit Marcelle.

— Partie au moment où elle m'appelle... où elle m'attend.., où elle doit avoir besoin de moi?...

— Notre mère vous a appelé? dirent les deux sœurs surprises.

— Oui, et je suis accouru... mais pourquoi son départ précipité?

— Marcelle et moi nous l'ignorons, répondit Ève.

— Quand doit-elle revenir?

— Nous l'ignorons également, repartit Marcelle.

— Mais où est-elle allée?

— Auprès de la sœur du baron de Lavernay, continua Ève.

— Chez la tante de Maurice? reprit Amaury.

— Et M. Maurice, qui revenait de chez sa tante, a accompagné notre mère, dit Marcelle.

M. de Kerlusset était devenu pensif.

Et plus il réfléchissait, moins il comprenait.

Comment, en effet, expliquer le départ de la duchesse après le télégramme alarmant qu'elle lui avait envoyé?...

D'un autre côté, pourquoi le jeune magistrat, à peine de retour de la Haute-Savoie, y était-il retourné, et avait-il emmené Mme de Vallombreuse?

— Mais il s'est donc passé quelque chose d'extraor-

dinaire dans ces derniers temps ? demanda le vicomte
de Kerlusset aux deux sœurs.

— Rien, répondirent-elles.

— Ainsi, aucun événement, aucun malheur n'est survenu ?

— Aucun, dit Marcelle, si ce n'est qu'Octave s'est
ruiné pour une femme de théâtre, que notre mère veut
le faire interdire, et qu'il n'a point paru à l'hôtel depuis
deux grandes semaines.

M. de Kerlusset tressaillit.

— Ah ! fit-il. Et c'est dans un pareil moment que la
duchesse est partie ? Tout cela est bien étrange !... Mais
savez-vous ce qu'est devenu votre frère ?

— Maurice l'a cherché partout, et en vain, répondit
Ève.

— Comment se nomme cette femme pour laquelle il
s'est ruiné ? reprit Amaury après quelques instants de
réflexion.

— Célestine Marbeau, dit Marcelle.

— Et elle demeure rue de Courcelles, dans un bel
hôtel qu'Octave lui a acheté, poursuivit Ève.

— Oui, et c'est la femme de chambre de cette actrice,
ajouta Marcelle, — une honnête fille, nommée Asie, —
qui est venue, il y a quelque temps, apprendre à maman la nouvelle folie d'Octave.

M. de Kerlusset, muni de ces renseignements, se leva,
et prenant la main des deux jeunes filles :

— Si bien caché que soit votre frère, leur dit-il, je le
trouverai et je vous le ramènerai.

Il sortit sur ces paroles, courut rue de Bellechasse,
monta dans un remise et dit au cocher :

— Rue de Courcelles.

— Quel numéro ?

— Je vous dirai quand il faudra m'arrêter, je vous prends à l'heure.

Le cocher fouetta son cheval, qui partit comme un trait, et vingt minutes après, le vicomte de Kerlusset se trouvait dans la rue de Courcelles.

XX

UN COUP DE THÉATRE

M. de Kerlusset, une fois arrivé dans la rue de Cour-celles, examina très-attentivement toutes les maisons; parvenu aux deux tiers de la rue, un hôtel attira ses regards.

Ni grand ni petit et de construction récente, cet hôtel, dont l'architecture affectait plus de coquetterie que de bon goût, devait, selon toute apparence, servir de nid à l'une de ces hirondelles passagères du demi-monde.

Amaury devina tout cela d'un coup d'œil.

Sans hésiter, il mit pied à terre et sonna à la porte de l'hôtel.

— Mlle Célestine Marbeau? demanda-t-il au suisse galonné qui avait ouvert.

— Madame est à son théâtre, répondit d'un ton superbe l'hercule préposé au cordon. Elle ne rentrera qu'à onze heures.

— Ne pourrais-je point, en l'absence de votre maî-tresse, parler à Mlle Asie? reprit le vicomte. Il s'agit d'une communication importante et très-pressée.

— Montez au second, première porte à droite, et vous

trouverez la femme de chambre de madame, dit le suisse en reprenant majestueusement place dans son fauteuil.

Arrivé au second étage, M. de Kerlusset frappa à la porte indiquée.

La porte s'ouvrit et Asie se montra.

— Qui êtes-vous, monsieur, et que me voulez-vous? dit-elle, toute surprise en apercevant un visage inconnu.

— Je me nomme le vicomte de Kerlusset et je suis le fiancé de Mlle Marcelle de Vallombreuse, répondit Amaury.

— Ah! je devine alors le motif de votre visite, reprit Asie; vous êtes à la recherche de M. Octave?...

— Précisément.

— Il est parti, il y a quinze jours, dans la soirée, avec ma maîtresse, et on ne l'a plus revu ici.

— Ainsi vous ignorez ce qu'il est devenu.

— Complètement.

Amaury, tout désappointé, allait se retirer, lorsqu'un commissionnaire entra dans la chambre, remit une lettre à la jeune camériste, puis se retira.

Asie regarda alors la suscription et reconnut l'écriture.

— Celui qui a écrit cette lettre, dit-elle au vicomte, sait où se cache ce pauvre jeune homme, mais il s'est bien gardé d'en parler devant moi.

M. de Kerlusset, en entendant ces mots, jeta un regard singulier sur la lettre qu'Asie tenait à la main et une pensée traversa son cerveau.

Toutefois, il hésita un moment.

En effet, l'acte qu'il méditait était peu compatible avec la sévérité de ses principes.

Mais il se dit bientôt qu'il avait affaire à une drôlesse de la pire espèce et que, dès lors, il lui était bien permis de donner une entorse à sa loyauté habituelle.

Il enleva lestement la lettre avant qu'Asie songeât même à la lui reprendre, et voici ce qu'il lut à haute voix :

« Ma chère Titine,

« Un télégramme m'annonce que la maman va reti-
« rer sa demande en interdiction contre le jeune
« homme, tu peux donc lui ouvrir sa cage de Ville-
« d'Avray et lui faire signer les deux cent mille francs
« de lettres de change ; Salavert remettra aussitôt les
« espèces sonnantes.

« Je m'ennuie démesurément ce soir ; fais préparer
« à ton retour du théâtre un bon petit souper pour me
« désattrister ; je serai chez toi à onze heures et nous
« tâcherons de rire un tantinet.

« Toto. »

— Toto !... fit le vicomte de Kerlusset avec étonnement.

— C'est le surnom de Martineau, l'ami de cœur de Célestine, répondit Asie.

— Fort bien... mais où se cache Octave, Ville-d'Avray c'est bien vague...

— Au contraire, c'est fort clair : il est caché dans sa villa...

— La villa... de qui ?

— De ma maîtresse.

— Où est-elle située ?

— En face l'église, troisième maison à gauche.

Amaury, sans en entendre davantage, s'élança vers la porte.

— Mais vous ne pourrez pas entrer... Célestine sans doute a la clé...

— Soyez sans crainte, j'entrerai... A bientôt !

— A bientôt !... Comment ça?...

Le vicomte de Kerlusset descendit rapidement l'escalier et disparut.

Asie recacheta la lettre et la porta dans le boudoir de sa maîtresse.

— Gare Saint-Lazare, ventre à terre! dit Amaury en remontant dans le remise.

Arrivé à la gare, il donna vingt francs au cocher et courut prendre un billet pour Ville-d'Avray.

Pendant qu'il franchissait la distance qui le séparait du jeune duc de Vallombreuse, celui-ci, assis près d'une table sur laquelle était placé un flacon d'absinthe, songeait à Célestine Marbeau, qu'il n'avait point vue depuis trois jours.

— Qui a pu l'empêcher de venir? se demandait-il. La chère petite... comme elle doit souffrir de ne pas me voir!... Que le temps doit lui sembler long!... Elle m'aime tant!...

Il prit le flacon et se versa un verre d'absinthe qu'il but d'un seul trait, puis il s'étendit dans un fauteuil comme un homme dont la pensée s'endort.

Après être demeuré quelques minutes plongé dans une sorte d'engourdissement physique et moral, il se dressa tout à coup, et, frappant sur la table :

— Si, demain, Célestine ne vient pas, murmura-t-il, demain soir j'irai la trouver, malgré sa défense, et nous verrons bien!...

Il prit de nouveau le flacon et de nouveau remplit son verre.

Déjà il l'approchait de ses lèvres, lorsqu'un bruit parti du dehors arriva jusqu'à son oreille.

— Qu'est-cela? fit-il, il m'a semblé qu'on ouvrait une porte... Est-ce que Célestine?... Mais non... elle est à son théâtre..., je me serai trompé sans doute.

Octave ne s'était pas trompé, car des pas se firent entendre dans la pièce qui précédait celle où il se trouvait.

Il se leva, courut à la porte et l'ouvrit.

Le vicomte de Kerlusset était devant lui.

Amaury, après être arrivé devant la villa de Célestine Marbeau, avait fait le tour du mur d'enceinte, était monté sur une borne, de cette borne sur le mur, et du mur il s'était élancé dans le jardin.

Octave, dans le premier moment, n'avait point reconnu M. de Kerlusset.

— C'est moi, Amaury, dit le vicomte.

— Amaury! fit le duc stupéfait; je vous croyais encore là-bas; mais vous me saviez donc ici?

— Oui.

— C'est ma mère qui vous envoie?

— Non.

— Alors, que venez-vous faire?

— Venez!

— Où voulez vous m'emmener?

— Suivez-moi, vous dis-je !

— Mais j'ai promis à Célestine de ne pas quitter ma cachette sans qu'elle me l'ait dit.

— C'est chez elle que je vous conduis.

— Chez elle... vrai?

— Je ne mens jamais.

— Est-ce qu'elle m'attend ?

— Je vous apprendrai tout cela en route.

— Mais je n'ai pas la clé de cette villa.

— Nous sortirons comme je suis entré, en passant par-dessus le mur... mais ne perdons pas une minute... partons !

Et Amaury entraîna Octave sans lui laisser le temps de recueillir ses idées.

Célestine Marbeau profitait largement de la liberté que lui laissait la retraite forcée du jeune duc de Vallombreuse ; deux ou trois fois la semaine, elle se rendait à la sortie de son théâtre au journal de Martineau, et elle emmenait le journaliste dans son coupé, souper chez elle.

On peut juger si la lettre de son cher Toto fut accueillie avec joie par Célestine lorsqu'elle rentra à onze heures moins le quart à son hôtel.

En moins de vingt minutes, un souper fin fut improvisé.

Volaille froide, jambon d'York, pâté de foie gras truffé, rien n'y manquait.

Les vins étaient à l'avenant.

Martineau arriva à onze heures, et l'on se mit à table.

On était au champagne frappé, lorsqu'un coup de sonnette, suivi bientôt de deux autres, retentit.

Célestine Marbeau dressa l'oreille.

— Mon rédacteur en chef me ferait-il relancer ? dit Martineau ; que le diable l'emporte !

Des pas précipités, éloignés d'abord, puis rapprochés, s'entendirent, et la porte de la salle à manger s'ouvrit avec fracas.

Deux hommes entrèrent.

Célestine Marbeau, en reconnaissant l'un de ces deux hommes, poussa un cri.

Martineau semblait pétrifié.

— Eh bien! ai-je menti? dit le vicomte de Kerlusset au jeune duc de Vallombreuse.

Octave, pâle et frissonnant, s'avança lentement vers Martineau et Célestine.

— Infâmes! murmura-t-il d'une voix étranglée.

Célestine, certes, ne manquait pas d'audace.

De son côté, Martineau n'était point un lâche.

Il avait plusieurs fois fait ses preuves.

Mais il est des circonstances où la présence d'esprit et le courage même font défaut.

Célestine Marbeau et Martineau, dans leur stupéfaction, ne trouvèrent que des phrases banales à répondre à l'épithète outrageante dont le jeune duc de Vallombreuse les avait gratifiés.

— Je suis ici chez moi, bulbutia l'actrice.

— On n'entre pas de la sorte chez une femme, ajouta Martineau, serait-ce chez sa maîtresse.

— Taisez-vous!... taisez-vous tous les deux! interrompit Octave en levant la cravache qu'il tenait à la main.

Martineau se jeta devant Célestine pour la protéger.

— Arrière! lui ordonna le jeune duc en continuant à s'avancer.

Le vicomte de Kerlusset lui arrêta le bras.

— Vous m'avez promis d'être calme, dit-il.

L'actrice, épouvantée, s'était précipitée vers un cordon de sonnette, et elle l'agita violemment.

La porte de la salle à manger s'ouvrit de nouveau, et le nombreux personnel domestique de l'hôtel fit brusquement invasion, y compris le suisse herculéen.

Octave les cloua sur place par un regard.

Puis, s'adressant à Célestine Marbeau :

— Misérable créature ! lui dit-il, et j'ai été assez crédule pour ajouter foi à vos semblants d'amour... assez
stupide pour me laisser dépouiller par vous... assez
lâche pour avoir failli entraîner ma mère et mes sœurs
dans ma ruine ! Mais le bandeau qui me couvrait les
yeux est tombé... la lumière s'est faite devant moi...
mon indigne passion ne m'inspire plus que des regrets,
de la honte, et le seul sentiment que je vous porte, à
cette heure, c'est du mépris !...

Allons, remettez-vous à table tous les deux... achevez votre festin que mon or a payé... dans cet hôtel
qu'il a payé aussi !... buvez, buvez à ma santé le vin
de mes caves..... gorgez vous-en ! J'ai reconquis ma
raison, ma liberté, la dignité de moi-même, et je vous
abandonne à votre infamie !

Le jeune duc de Vallombreuse, après avoir proféré
ces paroles, jeta sa cravache au visage de Célestine
Marbeau et de Martineau, puis il s'éloigna, tête haute,
avec le vicomte de Kerlusset.

Les valets étaient stupéfaits.

Martineau et l'actrice semblaient écrasés.

— Bien, Octave, bien, dit Amaury ; vous voilà redevenu un homme !

XXI

LES VISITES

La trahison de Célestine Marbeau avait été pour
Octave de Vallombreuse un véritable chemin de Damas.

Semblable à un panorama mobile, sa vie antérieure était passée devant ses yeux.

Quelques minutes avaient suffi pour lui faire comprendre le rôle ridicule, honteux, qu'il avait joué auprès de cette fille sans cœur, et une métamorphose instantanée, complète, s'était produite chez lui.

— Vous avez fait la lumière devant moi, mon cher Amaury, disait-il au vicomte tout en s'éloignant à grands pas de la rue de Courcelles, et je vous dois plus que la vie, je vous dois l'honneur.

— Oui, je crois que les événements de cette soirée vous seront profitables, répondit M. de Kerlusset ; mais à présent que vous avez rompu avec votre passé, comment comptez-vous arranger votre avenir, mon cher Octave ?

— Mon parti est pris, je me ferai soldat.

— Bravo ! Si vous m'aviez demandé un conseil, c'est celui-là que je vous aurais donné. La rude vie des camps vous fera perdre les habitudes malsaines de l'oisiveté, et avant peu, je vous en réponds, vous ne vous reconnaîtrez plus vous-même.

Le vicomte, tout en prononçant ces paroles, se trouvait devant l'hôtel du *Bon Lafontaine* où il avait loué un modeste appartement.

Il sonna, et la porte s'ouvrit.

— A demain, lui dit le jeune duc, en se disposant à le quitter.

— Où diable voulez-vous aller à pareille heure ? lui demanda Amaury.

— J'ai la clé d'entrée du jardin de ma mère, reprit Octave.

— Cher ami, je vous ai et je vous garde, répliqua

Kerlusset : je possède deux chambres, et l'une d'elles vous attend, venez donc.

Et, sans attendre la réponse de son compagnon de route, il le fit passer devant lui et referma la porte de l'hôtel.

La soirée qui venait de s'écouler avait été grosse d'émotions de toute sorte pour Amaury et surtout pour Octave de Vallombreuse.

Leurs cerveaux aussi bien que leurs corps avaient besoin d'un repos réparateur.

Aussi ne tardèrent-ils pas à s'endormir profondément.

Le lendemain, sur les neuf heures du matin, Kerlusset frappa à la porte de la chambre du jeune duc, puis il entra.

Octave, réveillé en sursaut, regarda autour de lui d'un air étonné et comme s'il se demandait où il était et chez qui il était.

— Oui... oui... je me rappelle, dit-il bientôt.

— Debout, paresseux, répondit Amaury en souriant, vous avez un quart d'heure pour vous habiller.

Puis il sortit de la chambre.

Un quart d'heure plus tard, Octave faisait son entrée chez Kerlusset, qui venait d'achever sa toilette.

— Partons ! lui dit ce dernier.

— Où m'emmenez-vous ?

— Je vous le dirai en chemin.

Amaury avait promis à Ève et à Marcelle de retrouver Octave et de le leur ramener.

Il l'avait retrouvé, et il le leur ramenait.

Les deux sœurs accueillirent avec un double cri de joie leur frère prodigue conduit par le vicomte.

— Combien nous avons été inquiètes de ta disparition, méchant frère, dit Marcelle en se jetant au cou d'Octave et en l'embrassant à plusieurs reprises.

— Enfin, te voilà revenu, dit Ève en l'embrassant à son tour, et, cette fois, tu ne nous quitteras plus, n'est-ce pas, mon cher Octave ?

— Non, non, chères sœurs, murmura le jeune duc avec attendrissement.

— Pourquoi notre mère n'est-elle pas ici afin de partager notre joie ? reprit Marcelle d'un ton de regret.

— Cette joie, elle la connaîtra bientôt, répondit Kerlusset : Octave part aujourd'hui pour la Haute-Savoie, et c'est moi qui présenterai à votre mère bien-aimée son fils rentré dans le droit chemin pour n'en plus sortir.

Nous ne reproduirons point ici les milles petits détails de cette scène de famille.

Tendres épanchements de cœur, rêves de bonheur formés pour un prochain avenir, tout cela fut discrètement exprimé par des regards qui se rencontraient sans avoir l'air de se chercher, ou par certaines phrases qui le plus souvent demeuraient inachevées, mais dont le sens suspendu était compris de tous.

Enfin, le moment des adieux arriva.

— Reviens-nous bientôt avec notre chère mère, dit Ève à Octave, dont elle pressait les mains.

Puis, se tournant vers Amaury :

— Et vous aussi, ajouta-t-elle avec un sourire significatif, revenez-nous avec eux.

— Et surtout ramenez-nous M. Maurice de Lavernay, dit vivement Marcelle en tendant sa petite main aristocratique au vicomte de Kerlusset.

Kerlusset, en sortant de l'hôtel de la rue de Varennes,

au lieu de s'en retourner chez lui, se dirigea vers la rue de Bourgogne.

— Où donc allez-vous? lui demanda Octave.

— Je vais entrer, cher ami, dans un cabinet de lecture, répondit Amaury.

— Vous voulez lire les journaux?

— Non pas... j'ai à chercher dans l'almanach Bottin l'adresse d'un avocat auquel je désire parler avant notre départ.

— Un avocat!... Auriez-vous un procès?

— Dieu m'en garde!

— Alors, qu'allez-vous faire chez cet avocat?

— Un renseignement que j'ai à lui demander.

— Savez-vous au moins son nom? dit Octave en riant.

— Il s'appelle Me Maxou.

— Me Maxou?

— Oui.

— Mais je sais où il demeure.

— Vous le connaissez? dit Kerlusset surpris.

— Je suis allé le consulter lors de ma mise en interdiction, et c'est lui, avant vous, mon cher Amaury, qui m'a fait entendre la voix de la raison et du devoir. Par malheur, je n'en ai pas tenu compte alors, et sans vous j'étais perdu.

— Puisque vous le connaissez, répondit le vicomte, conduisez-moi vite chez lui, puis vous irez m'attendre à mon hôtel.

Me Maxou compulsait le dossier d'une affaire assez importante, lorsque le vicomte de Kerlusset fut introduit dans son cabinet de travail.

Le jeune avocat se leva, fit quelques pas au-devant

de son visiteur, et s'arrêta tout à coup après l'avoir regardé.

Il lui semblait que ce n'était point la première fois qu'il le voyait.

Mais dans quels lieux et dans quelles circonstances s'étaient-ils rencontrés?

Il ne se le rappelait point.

— Vous ne me reconnaissez pas? lui dit Amaury.

— Oui... et non, répondit Maxou en l'examinant attentivement.

— Uriage-les-Bains.

— Oui... oui... La mémoire revient... Uriage... où ce pauvre duc de Vallombreuse... J'y suis maintenant... vous êtes le vicomte de Kerlusset.

— En effet.

— De quoi s'agit-il? poursuivit l'avocat après avoir offert un siége à Amaury.

— Voici, répondit ce dernier : vous avez été autrefois le défenseur d'une demoiselle Flavia Morin, accusée de tentative d'empoisonnement sur Mme la duchesse de Vallombreuse.

— Et je n'ai pu obtenir son acquittement, reprit Maxou avec un accent de regret.

— Cette demoiselle a été graciée peu de temps après sa condamnation.

— Je le sais.

— Elle est partie alors pour l'Amérique...

— Où les hasards de la vie l'ont fait se rencontrer avec vous...

— Chez sir John Colfax, dont je suis devenu l'associé pour l'exploitation d'un lac de pétrole...

— Et Mlle Flavia Morin s'appelle aujourd'hui miss Colfax.

— D'où savez-vous tout cela? dit Kerlusset étonné.

— J'ai revu Flavia depuis son retour en France répondit Maxou.

— Cette circonstance, reprit Amaury, rendra plus facile le service que je viens vous demander.

— Ce service, quel est-il ?

— Mlle Morin, autrefois pauvre et aujourd'hui immensément riche, se dit, — à tort ou à raison, — innocente du crime pour lequel elle a été condamnée.

— Après?

— Ce n'est pas tout; elle fait remonter à Mme de Vallombreuse la responsabilité de sa condamnation, et elle est devenue le mauvais génie de la famille de la duchesse. C'est sous son inspiration qu'une certaine Célestine Marbeau, après avoir ruiné le jeune duc de Vallombreuse, a tenté plus tard de lui faire hypothéquer son honneur.

— Je connais la chose, dit Maxou, le pauvre garçon est venu me consulter. Au sujet...

— Et, interrompit Kerlusset, je vous remercie tant en mon nom qu'au nom de Mme de Vallombreuse, des utiles conseils que vous avez donnés à son fils : Octave a rompu avec Célestine Marbeau.

— Bravo ! fit l'avocat avec cette rondeur qui était un des côtés saillants de son caractère.

— Si la vengeance de Mlle Morin se fût satisfaite de la ruine du jeune duc, poursuivit Amaury, je ne recourrais point à vous; mais il n'en est point ainsi. Sa haine implacable menace la duchesse de nouveaux désastres plus grands que le premier. La pauvre mère, tremblante pour ses filles, m'a, dans un cri de douleur, appelé à son aide, et c'est pour cela que j'ai quitté l'Amérique.

Maxou avait, à plusieurs reprises, tressailli en entendant les paroles accusatrices de Kerlusset, et son cœur s'était serré.

Mais, se dominant bientôt, il répondit d'une voix calme au vicomte :

— Que voulez-vous que je fasse en tout ceci?

— Vous avez été l'avocat de Mlle Morin, repri Amaury, et il n'a pas dépendu de vous qu'elle fût sauvée; elle doit vous garder une grande reconnaissance pour les efforts que vous avez tentés, et j'ai la conviction que si vous vouliez vous servir de l'influence et de l'autorité que vous devez avoir sur elle, vous obtiendriez qu'elle mît fin à la guerre criminelle qu'elle fait à la duchesse.

Maxou redressa vivement la tête, et un éclair traversa ses yeux.

— Ce que vous appelez guerre criminelle, monsieur le vicomte, répondit-il, n'est peut-être après tout que de légitimes représailles.

Kerlusset comprit l'allusion.

A son tour, il tressaillit; à son tour, son cœur se serra douloureusement, et il se leva.

— Que faites-vous? lui demanda le jeune avocat.

— J'espérais, en venant chez vous, monsieur, trouver un médiateur entre Mme de Vallombreuse et Mlle Morin, répondit Amaury; je m'étais trompé, et je m'en vais.

Ce reproche, formulé d'une voix ferme, quoique san colère, avait été droit au cœur de Maxou et l'avait atteint dans ses sentiments de loyauté.

— Mais je n'approuve point la vengeance de Flavia, s'écria-t-il, et j'ai essayé de l'en détourner.

— Enfin, que veut-elle? que médite-t-elle? reprit Kerlusset. Ah! si vous le savez, au nom du ciel apprenez-le-moi et je parviendrai peut-être à soustraire la duchesse à sa vengeance.

Maxou ne répondit pas.

Il réfléchissait.

Que devait-il faire?

Dénoncer les projets de Flavia?

C'eût été une trahison.

Les laisser accomplir?

Mais n'était-ce point se rendre en quelque sorte le complice de celle qu'il aimait?

— Je ne puis révéler un secret qui ne m'appartient pas, dit-il enfin à M. de Kerlusset; mais, si vous suivez le conseil que je vais vous donner, vous conjurerez de grands malheurs.

— Que faut-il faire pour cela?

— Ne pas perdre une minute; vous rendre sur-le-champ dans la Haute-Savoie, au village de Saint-André. C'est là que vous verrez Flavia Morin, ou plutôt miss Colfax; faites appel à ses bons sentiments, à la générosité de son cœur, vos paroles trouveront en elle un écho, et là où j'ai échoué le succès vous attend.

— Mais si vous avez échoué, vous, son ancien défenseur, elle ne m'écoutera pas, moi, répondit Amaury.

— Elle vous écoutera, reprit le jeune avocat d'un ton convaincu.

— Et pourquoi moi plutôt que vous? répliqua vivement le vicomte.

— C'est encore un secret qu'il m'est défendu de divulguer.

Amaury, dont l'étonnement grandissait à chacune des paroles de Maxou, voulut parler.

Maxou ne lui en laissa pas le temps.

— Croyez-moi, faites ce que je vous dis, continua-t-il:

autant que vous, plus que vous, monsieur de Kerlusset, je désire que vous réussissiez, et je le désire à ce point, que je partirai demain et que j'irai vous rejoindre au village de Saint-André, afin d'agir de concert avec vous, si les circonstances l'exigent.

Puis, tendant cordialement la main à Amaury :

— A bientôt ! lui dit-il.

Le soir du même jour, le vicomte de Kerlusset et le jeune duc Octave de Vallombreuse partaient par le train express de Paris-Genève.

XXII

UNE TENTATIVE

Le vicomte de Kerlusset et le jeune duc de Vallombreuse arrivèrent, par un concours naturel de circonstances, au village Saint-André peu de temps après l'entrevue de Flavia Morin et de Mme de Vallombreuse.

Flavia, encore sous le coup de cette lutte terrible, savourait son triomphe avec une ivresse sauvage.

Comme elle avait humilié cette fière duchesse !

Comme elle l'avait contrainte à subir ses conditions et à lui faire le sacrifice du bonheur de ses deux filles !

Cependant, au souvenir d'Ève et de Marcelle, un remords venait se glisser dans son cœur et assombrir sa joie.

Elle les avait aimées toutes deux, et elle les enveloppait impitoyablement dans sa vengeance !

Maxou avait bien lu dans son âme lorsqu'il avait

condamné, avec sa rude franchise, le mobile égoïste auquel elle obéissait.

Sans l'amour qu'elle portait à Amaury, dont le seul nom prononcé faisait bouillonner son sang, elle aurait reculé sans doute devant l'accomplissement de son œuvre ; mais alors Marcelle serait devenue la femme du vicomte de Kerlusset, et c'est ce qu'elle ne voulait point.

Cet amour était tout à la fois l'âme de sa vie et son châtiment.

Pourtant, elle ne désespérait pas encore.

Le cœur humain a de si étranges retours.

Amaury, séparé à tout jamais de Marcelle de Vallombreuse, chercherait peut-être un jour l'oubli dans un nouvel amour, et, la trouvant, elle, Flavia, près de lui, aimante et dévouée, qui sait s'il ne lui tendrait pas la main ?

Aussi se proposait-elle, une fois son œuvre vengeresse accomplie, de s'en retourner en Amérique rejoindre Kerlusset, dont elle ignorait l'arrivée en France.

Qu'on juge donc de sa stupeur, lorsque Scabieuse vint lui annoncer que le vicomte demandait à lui parler.

— Lui!... lui ici!... fit-elle en pâlissant.

Puis, portant la main à son cœur pour en comprimer les battements :

— Qu'il entre, ajouta-t-elle.

La jeune négresse sortit.

Quelques secondes plus tard, la porte s'ouvrit de nouveau.

Et Kerlusset parut.

Flavia Morin, toute pâle encore et frissonnante d'émotion, s'avança vers lui et lui tendit sa belle main dont eût été fière une princesse de sang royal.

— Soyez le bienvenu dans nos montagnes, lui dit-elle. Si je m'attendais à une visite, certes, ce n'était point à la vôtre, monsieur de Kerlusset; mais c'est peut-être à mon père que vous désirez parler; dans ce cas, vous l'attendrez, car il est absent.

— C'est vous, mademoiselle, que je désirais voir d'abord, répondit le vicomte en serrant la main qui lui était tendue.

— Moi d'abord! reprit Flavia en souriant; mais savez-vous que toute autre femme, à ma place, serait orgueilleuse de ce que vous dites là... Comment, c'est en partie pour moi que vous êtes venu du fond de l'Amérique?

— Oui, mademoiselle.

— S'il en est ainsi, le motif qui vous amène doit être bien grave,

— Fort grave, en effet : il s'agit de mon existence et de mon bonheur.

— Mais en quoi votre bonheur et votre existence peuvent-ils dépendre de moi? dit Flavia dont le cœur battait à rompre.

— Avant de vous répondre, mademoiselle, permettez-moi de revenir un moment sur le passé.

— Sur le passé?... Et pourquoi?... Je ne comprends pas.

— Vous souvenez-vous de notre rencontre, il y a deux ans, sur le paquebot qui nous emmenait tous les deux aux États-Unis?

— Je ne l'ai point oubliée et je ne l'oublierai jamais.

— A peine arrivés à New-York, nous nous séparâmes, bien certains de ne plus nous revoir, et cependant le hasard ou la Providence, deux jours plus tard, nous réunissait de nouveau.

— C'est vrai, murmura Flavia en regardant Amaury avec des yeux étonnés.

— Cette fois, poursuivit M. de Kerlusset, notre rapprochement devait être de plus longue durée : nous avons passé près de deux ans l'un près de l'autre.

— Et vous m'avez sauvé la vie, interrompit l'ancienne institutrice..... Non..... non..... je n'ai rien oublié !... N'est-ce pas vous qui, dans cette nuit de deuil et de crime, m'avez emportée sanglante, à demi-morte, dans vos bras?... N'est-ce pas vous qui avez veillé à mon chevet pendant de longues heures avec le dévoûment d'une sœur de charité?.. Ces choses-là, monsieur, ne s'oublient pas !...

— Je n'aurais point évoqué ce souvenir, reprit Kerlusset, mais je suis heureux que vous l'ayez conservé. Il plaidera sans doute en faveur de la demande que j'ai à vous adresser.

Les paroles du vicomte avaient été jusqu'ici enveloppées comme d'un voile d'où ne se dégageait point le sens exact de sa pensée.

Il en était résulté que Flavia avait passé tour à tour par des alternatives tantôt de doute, tantôt d'espoir.

Par moments, elle se demandait, toute frémissante, si son sauveur du puits noir ne l'aimait point.

L'instant d'après elle repoussait cette supposition, qu'elle taxait de folie.

Les dernières paroles d'Amaury lui firent comprendre que le voile qui lui cachait la lumière allait se soulever.

Et cependant, elle n'osait point interroger Kerlusset, dans la crainte de voir son illusion d'un moment s'évanouir pour toujours.

Amaury, debout devant elle, attendait.

Elle s'arma de tout son courage et elle répondit :

— Quelle est cette demande, monsieur de Kerlusset?

— Je vous ai appris autrefois, dit-il, les motifs qui m'avaient conduit en Amérique, à la recherche de la fortune. Cet exil temporaire m'était, si vous vous en souvenez, conseillé par un amour que je portais au fond de mon cœur.

— En effet, murmura Flavia, qui respirait à peine, vous aimiez à cette époque une des filles de la duchesse de Vallombreuse.

— Marcelle...

— Oui, je me rappelle son nom.

— Cette jeune fille, je l'aime toujours, je l'aime plus que jamais.

Flavia Morin fit un mouvement dont la signification échappa au vicomte.

— Oh! je sais bien, continua-t-il, toute la haine que vous portez à sa mère.

— N'ai-je pas le droit, interrompit l'ancienne institutrice, de haïr ma plus mortelle ennemie?

— Mais si, en souvenir de la mort à laquelle je vous ai arrachée, je vous priais, je vous suppliais, moi que vous ne pouvez pas haïr, de ne point briser le bonheur de ma vie et de renoncer à votre vengeance, est-ce que vous repousseriez ma prière?

Flavia, remuée jusqu'au fond des entrailles par cette voix dont la douceur l'enivrait, passa une main sur ses yeux comme pour ne pas voir celui qui faisait appel à sa générosité et à sa reconnaissance.

— Eh bien! reprit Amaury de la même voix suppliante.

Elle abaissa brusquement sa main, et, s'approchant de Kerlusset :

— Vous ne pouvez pas, vous ne devez pas, vous, loyal gentilhomme, répondit-elle, donner votre main à une jeune fille dont la mère serait condamnée à une honte perpétuelle si je parlais... si je voulais parler!

Amaury pâlit.

— Mais pour proférer de telles paroles, dit-il à Flavia, vous avez donc une preuve du crime que vous imputez à la duchesse?...

— J'ai son aveu écrit de sa main... de sa main, entendez-vous? répliqua Mlle Morin, dont l'animation s'accroissait à chaque mot qui sortait de sa bouche; tout à l'heure, cette orgueilleuse duchesse était ici m'implorant, lorsque j'ai placé sous ses yeux cette preuve indéniable...

— Quoi!... elle vous a implorée et vous êtes restée inexorable...

— Ne l'a-t-elle pas été autrefois, elle qui a jeté le déshonneur sur mon nom?...

— Votre nom... mais vous ne le portez plus!... Qui donc, aujourd'hui, pourrait reconnaître dans miss Colfax, la fille de sir John Colfax, l'un des plus riches industriels des Etats-Unis, l'ancienne institutrice Flavia Morin?

— Le nom de Morin est celui de mon père... un brave officier mort sur le champ de bataille, et cette femme, cette grande dame, cette duchesse a flétri, avili, déshonoré le nom sans tache qu'il m'avait légué

— Mais la grandeur du pardon ne vous relèverait-elle pas aux yeux de tous, si, connaissant votre innocence, on connaissait en même temps votre générosité?

— Paradoxes que tout cela!... voyons, monsieur de

Kerlusset, sur votre âme et conscience, si vous aimiez la fille adoptive de John Colfax, l'épouseriez-vous, sachant que, derrière le nom qu'elle porte aujourd'hui, se cache celui de Flavia Morin?

— Sur mon âme et conscience, répondit le vicomte, si j'étais convaincu de son innocence, oui, je l'épouserais! Et cela est tellement vrai que si, contrairement à ce que j'attendais de vous, mademoiselle, vous vouliez jeter la honte sur le nom de la duchesse de Vallombreuse, je n'hésiterais pas un seul instant à épouser ma chère Marcelle.

Cette déclaration qui, plus que tous les raisonnements du monde, témoignait de l'étendue de l'amour qu'Amaury portait à sa fiancée, pénétra comme un coup de couteau jusqu'au fond du cœur de Flavia Morin.

— Libre à vous, monsieur, de conserver quand même votre amour, répondit-elle à Kerlusset; moi, je garde ma haine!

Amaury comprit, devant une réponse aussi hautaine, que toute nouvelle insistance de sa part serait inutile.

Il se leva, salua Flavia sans prononcer un mot et sortit du salon.

Au moment où il sortait, il se croisa avec sir John Colfax, de retour d'une excursion au lac d'Annecy.

L'Américain, en voyant le vicomte, fit trois pas en arrière, et la stupéfaction lui retira pendant quelques secondes l'usage de la parole.

— Vous?... vous?... dit-il enfin.

Puis, prenant Amaury par le bras, il l'entraîna plutôt qu'il ne le conduisit à son cabinet de travail.

Une fois là, il s'assit, fit signe à M. de Kerlusset de s'asseoir, et lui dit brusquement:

— Pourquoi avez-vous quitté mon puits?

— J'ai quitté l'Amérique, répondit le vicomte, parce que je ne pouvais pas continuer à être plus longtemps votre associé.

— Avez-vous donc à vous plaindre de moi ? repartit Colfax, ai-je manqué en quoi que ce soit à mes engagements pris avec vous ?

— En aucune sorte, monsieur Colfax, je suis arrivé pauvre aux Etats-Unis, j'en reviens riche, et je n'oublierai jamais que je vous suis redevable de ma fortune.

— Vous avez triplé, quadruplé la mienne ; nous sommes donc quittes, et vous ne me devez aucune reconnaissance. — Mais vous ne me dites pas quels sont les motifs qui vous ont déterminé à rompre notre association.

— Je vais vous les faire connaître, et, lorsque vous m'aurez entendu, vous comprendrez, j'en suis convaincu, que je ne pouvais pas... que je ne devais pas faire autrement.

— Voyons cela...

— Vous connaissez, du nom du moins, Mme de Vallombreuse ! demanda Amaury.

— Oui.

— Eh bien, depuis trois ans je suis fiancé à l'une de ses filles que j'aime... dont je suis aimé, et que je dois prochainement épouser. Or, votre fille adoptive poursuit, vous ne l'ignorez pas, la duchesse d'une haine incessante, implacable... Et mon devoir me commande de cesser toutes relations avec les ennemis de la famille dans laquelle je vais entrer.

— Je comprends, dit l'Américain après un silence, et, quoiqu'il m'en coûte de me séparer de vous, je ne puis que vous approuver ; à votre place j'agirais comme vous le faites.

— J'étais certain que vous me répondriez ainsi, monsieur Colfax, reprit Amaury ; et, maintenant que nous sommes d'accord sur ce point, je me hâte de vous apprendre que vos intérêts ne souffriront en aucune façon de notre rupture.

Avant de quitter la Pensylvanie, j'ai pourvu à tout, et celui auquel j'ai remis la direction de votre exploitation remplit toutes les conditions désirables de savoir et de probité. C'est un second moi-même que vous aurez en lui.

— Vous me l'affirmez, et votre parole me suffit, répondit l'Américain.

M. de Kerlusset tira alors de son portefeuille plusieurs papiers couverts de chiffres, et, les présentant à son ex-associé :

— Voici, dit-il, un relevé au jour le jour des produits expédiés depuis votre départ. Veuillez en prendre connaissance.

Colfax, qui, avant tout et malgré tout, était un homme positif en affaires, se leva, ouvrit son secrétaire, prit un registre, le compulsa et compara les totaux.

— Exact, parfaitement exact, fit-il en refermant son registre.

Puis, regardant Amaury :

— Ainsi, lui dit-il, nous nous voyons pour la dernière fois ?

— C'est probable, répondit Kerlusset.

Colfax se leva, fit quelques pas en long et en large dans son cabinet, murmura plusieurs paroles comme en se parlant à lui-même, et, tout à coup, s'arrêtant devant le vicomte :

— J'avais espéré autrefois, lui dit-il, que nous ne nous séparerions jamais.

— Cependant vous n'ignoriez pas qu'une fois ma fortune faite...

— Oui, oui, je sais cela, interrompit l'Américain, mais si vous aviez vos idées, moi, j'avais les miennes... — Qui n'a pas fait de rêves dans sa vie?... Et j'en avais fait un... — Dieu n'a point permis qu'il se réalisât !... Pauvre Mary! Chère enfant!... Lorsque je vous voyais l'un à côté de l'autre..., jeunes tous les deux..., tous les deux me souriant..., parfois je me disais... Et c'est la mort qui devait me répondre!... la mort inexorable qui me l'a prise!... Ah! tenez, ne parlons plus de cela...

Colfax essuya les larmes qui coulaient de ses yeux; puis, tendant la main à Amaury :

— Adieu, monsieur de Kerlusset, dit-il, adieu!

Amaury prit dans sa main celle de l'Américain et la pressa longuement.

— Adieu, cher monsieur Colfax, lui répondit-il d'une voix émue, adieu, et merci, merci à vous à qui je devrai le bonheur de ma vie !

Il quitta alors le chalet et s'en retourna à l'auberge où il était descendu deux heures auparavant avec Octave de Vallombreuse.

Le jeune duc, assis devant une table, un pot de bière vide à côté de lui, fumait un londrés en l'attendant.

— Je croyais que vous ne reviendriez jamais, lui dit-il. Est ce que l'entrevue avec cet Américain a été orageuse?

— Pas le moins du moins du monde, répondit le vicomte; j'ai expliqué à M. Colfax les raisons qui m'obligeaient à rompre notre association, et il les a parfaitement comprises.

— Eh bien! ce brave homme est plus heureux que

moi, mon cher Amaury, moi je ne les comprends pas...

— La chose est fort claire, cependant.

— Comment, en demeurant une année de plus dans cette région de sauvages, vous récoltiez une nouvelle moisson de dollars, et cela ne vous a point tenté?

— J'avais le mal du pays.

— Cette infirmité vous a pris alors tout à coup, car vous n'en aviez jamais soufflé mot dans vos lettres à ma mère.

— Il me tardait ensuite de revoir ma chère Marcelle.

— Ça, je le comprends..., mais, lorsqu'on revient de l'autre monde, on annonce ordinairement son retour... Et vous tombez à Paris comme un coup de foudre, sans prévenir personne.

— Par une raison bien simple... La veille du jour de mon départ, j'ignorais encore que je partirais.

— Mon cher Amaury, dit Octave après un instant de réflexion, vous me cachez quelque chose.

— Eh bien, oui, répondit M. de Kerlusset poussé dans ses derniers retranchements.

— Je m'en doutais bien.

— Je suis revenu aussi brusquement en France parce qu'un ennemi menaçait dans l'ombre votre chère famille.

— Un ennemi?

— Oui, et c'est à vous qu'il a porté ses premiers coups.

— A moi?

— Votre ruine, mais elle a été méditée, calculée, commandée!... Cette Célestine Marbeau n'était qu'un instrument dans les mains de Martineau, et Martineau lui-même n'obéissait qu'à un mot d'ordre occulte.

— Serait-ce possible? dit Octave stupéfait.

— Votre ruine accomplie, l'ennemi dont je vous parle dirige maintenant ses coups contre votre mère..., contre vos sœurs..., contre tous ceux qui approchent votre famille, et c'est pour cela que j'ai rompu avec John Colfax.

— En ce cas, cet ennemi qui nous poursuit, c'est donc lui? s'écria le jeune duc de Vallombreuse.

— Non. C'est miss Colfax, sa fille adoptive.

— Mais pourquoi nous poursuit-elle?... Nous ne la connaissons pas... Quel mal lui avons-nous fait pour nous être attiré son ressentiment?

— Prêtez-moi toute votre attention, Octave. Vous n'avez point oublié sans doute le tragique événement qni s'est passé, il y a quatre ans, au château de Faubouloy.

— Vous voulez parler de cette tentative d'empoisonnement dont ma mère a failli être victime?

— Eh bien! miss Colfax n'est autre que l'ancienne institutrice de vos sœurs.

— Flavia Morin?

— Oui, Flavia Morin, qui se dit innocente et qui veut se venger sur votre mère et sur vos sœurs de la condamnation qui l'a frappée.

— Que m'apprenez-vous là?

— Je l'ai vue tout à l'heure... je l'ai conjurée, suppliée de renoncer à sa vengeance. Elle a été inflexible.

— Eh bien! dit Octave en se levant, je vais de ce pas trouver M. Colfax, et il faudra bien que j'obtienne de lui ce qu'a refusé sa fille adoptive.

— Octave, mon cher Octave, reprit Kerlusset, en voulant l'arrêter.

— Je suis le chef, et le seul chef de la famille Vallombreuse, répondit le jeune duc avec dignité ; comme tel, c'est à moi qu'il appartient de veiller à la défense et au maintien de son honneur ! Vous ne trouverez donc pas mauvais, mon cher Amaury, que, dans les circonstances présentes, je ne prenne conseil que de moi-même.

— Un mot... un seul mot, mon ami, je comprends, et j'approuve votre détermination ; mais, — ne l'oubliez pas, — la colère est souvent une mauvaise conseillère. Attendez jusqu'à demain... vous aurez toute la nuit pour réfléchir... Demain vous serez plus calme, et alors vous pourrez aller trouver M. Colfax.

Octave demeura pensif pendant quelques instants.

Puis, il répondit à M. de Kerlusset :

— Soit !... je ferai ce que vous me dites ; j'attendrai jusqu'à demain.

Le lendemain, à dix heures du matin, Octave de Vallombreuse se présentait chez sir John Colfax, auquel il faisait passer sa carte.

L'Américain, en voyant le nom qui s'y trouvait inscrit, ne put se défendre d'un vif mouvement d'étonnement.

— Que me veut ce jeune homme ? pensait-il.

— Faites entrer au salon, dit-il à Scabieuse.

Quelques instants après, Octave et Colfax se trouvaient en présence l'un de l'autre.

— Quel motif me procure l'honneur de votre visite, monsieur ? demanda l'Américain au jeune duc.

— Mon nom, que vous avez lu sur ma carte, doit vous indiquer pourquoi je viens, répondit Octave.

— Ma foi, non, répliqua assez brusquement Colfax.

— S'il en est ainsi, je vais vous l'apprendre.

— Parlez !...

— Votre fille adoptive, monsieur, a acquis, l'un après l'autre, par l'intermédiaire d'un sieur Salavert, toutes les propriétés que je possédais...

— Avez-vous été payé? interrompit l'Américain.

— Sans doute.

— Alors, je ne comprends pas.

— Patience, vous allez comprendre.

L'entretien, on le voit, s'engageait, de part et d'autre, avec une certaine acerbité.

Le jeune duc poursuivit :

— Lorsque je fus ruiné, et si bien ruiné que je n'aurais point trouvé un pauvre petit sou de crédit chez mes fournisseurs, un individu est venu m'offrir, de la part d'un prêteur anonyme, une somme de deux cent mille francs, sur ma simple signature.

— A quel taux?

— Au taux légal.

— Cela prouve qu'on avait une grande confiance en vous, répondit froidement sir John Colfax.

— Cela prouve, répliqua Octave, qu'après m'avoir dépouillé, on voulait dépouiller ma mère qui, certes, n'eût point laissé protester ma signature.

— Un prêt n'est pas un cadeau, dit l'Américain avec le même sang-froid.

— Savez-vous, monsieur, quel était ce prêteur complaisant, ou plutôt cette prêteuse, dont je n'ai su le nom que plus tard?

— Mais qu'est-ce que tout cela me fait à moi? reprit Colfax en tapotant sur la table, ce qui était chez lui l'indice d'une très-vive impatience.

— Cette prêteuse, continua le jeune duc, était miss Colfax, ou, pour mieux dire, Mlle Flavia Morin, l'ancienne institutrice de mes sœurs, qui, après avoir, pour je ne

sais quel motif, comploté autrefois ma ruine, ose aujourd'hui s'attaquer à ma mère, et je viens vous demander de faire cesser la guerre que votre fille adoptive a déclarée à notre famille.

— Ceci n'est pas en mon pouvoir, répondit sèchement l'Américain.

— Et pourquoi?

— Parce qu'en devenant le père de Flavia, je me
suis engagé, vis-à-vis d'elle, à la laisser complètement
maîtresse de ses actes.

— Mais si ses actes sont répréhensibles et injustes?

— Oh! oh! fit Colfax en hochant la tête: là est toute
la question.

— Qu'entendez-vous par ces paroles? reprit vivement le jeune duc. Expliquez-vous.

— A quoi bon? répondit l'Américain, qui, par un
sentiment de générosité, ne voulait pas dénoncer au
fils le crime de sa mère.

— Ainsi, vous me refusez l'explication que je vous
demande? dit Octave.

— Oui.

— Et vous ne voulez pas intervenir auprès de miss
Colfax pour qu'elle ait à cesser ses hostilités?

— Non.

La colère qui peu à peu avait envahi Octave, et que,
jusqu'à présent, il s'était efforcé de comprimer, éclata
à ce dernier mot de Colfax.

— Monsieur, lui dit-il, en France, lorsqu'une femme
nous offense ou nous menace, si elle est seule, on
hausse les épaules et tout se borne là. Mais si derrière
cette femme il y a un mari, un frère ou un père, c'est
lui qui devient responsable.

L'Américain ne sourcilla point.

— Donc, continua le jeune duc, si Mlle Flavia Morin persiste à nous poursuivre de sa haine, que, je vous le répète, je ne m'explique point, c'est à vous, monsieur, que je m'en prendrai.

Octave avait à peine prononcé ces mots, que la porte s'ouvrit avec fracas, et, sur le seuil, apparut, semblable à la statue de la Vengeance, Flavia Morin, les regards étincelants.

— Ah! vous venez provoquer mon père! dit-elle. Eh bien! c'est moi qui vais vous répondre. Et d'abord, mon père et moi, nous ne vous devons aucune réparation, car votre mère est ma débitrice.

— Aurait-elle oublié de vous solder vos gages, à vous sa salariée? répondit le jeune duc avec un souverain mépris.

— La duchesse votre mère me doit quelque chose de plus : le paiement de mon honneur, repartit Flavia.

— De votre honneur?... Et comment cela ?

— Votre mère m'a fait condamner comme empoisonneuse, lorsqu'elle me savait innocente.

— Je ne vous crois pas! s'écria Octave.

— Lisez ceci et vous me croirez, répondit l'ancienne institutrice en lui tendant la déclaration signée de la duchesse.

— Je ne veux pas lire, et je ne vous crois pas! reprit le jeune duc en repoussant la main de Flavia Morin.

— Mais regardez... c'est la confession de son crime!

— Je ne vous crois pas, et l'univers entier m'affirmerait que ma mère est coupable que je répondrais que ça n'est pas vrai.

Puis, se tournant vers sir John Colfax :

— Monsieur, lui dit-il, si vous me refusez la réparation que j'attends de vous, je vous ferai un de ces outrages qui vous contraindront à vous battre avec moi.

En prononçant ces paroles, il retira l'un de ses gants.

— Je tiens votre outrage comme reçu, répondit l'Américain d'un ton calme.

— Mon père ! mon père !... s'écria Flavia.

— Taisez-vous, ma fille, dit Colfax.

— Vos armes ? reprit le jeune duc.

— Le pistolet.

— L'endroit ?

— Le Semnoz.

— L'heure ?

— Demain, huit heures du matin.

— C'est bien, fit Octave en se dirigeant vers la porte du salon.

— Un mot, dit Colfax en l'arrêtant ; vous m'avez provoqué et laissé le choix des armes. Fort bien, mais nous autres Yankees, nous sommes gens essentiellement pratiques, et nous avons horreur des choses inutiles.

Or, vos duels à la française exigent des témoins auxquels on est obligé de raconter la cause du litige, puis il faut régler les conditions du combat.

Quatre-vingt-dix fois sur cent on est blessé, on s'estropie, ou, si l'on est atteint mortellement, le plus souvent on ne s'en va dans l'autre monde qu'après d'atroces souffrances.

Moi, je veux supprimer toutes ces mauvaises chances.

— Après ? dit le jeune duc qui ne pressentait pas la conclusion d'un si singulier débat.

— Voici la chose.

Nous placerons deux pistolets, dont un seul chargé sous un mouchoir, puis nous les tirerons au sort, et chacun de nous, après avoir fait une déclaration écrite annonçant son suicide, appuiera sur son front à un signal convenu, l'arme qui lui sera échue... le ciel fera le reste. Ma proposition vous convient-elle?

—Mon père, vous ne vous battrez pas ; je ne veux pas que vous mouriez! s'écria Flavia en se jetant tout éperdue au cou de Colfax.

—Demain matin, à huit heures, monsieur, je serai au Semnoz, répondit Octave en se retirant.

XXIII

L'EXAMEN DE CONSCIENCE

Pendant qu'avait lieu au chalet la scène que nous venons de raconter, d'autres évènements s'accomplissaient au château des Abîmes.

Le juge de paix, on s'en souvient, avait prévenu la gendarmerie et envoyé un express au parquet du chef-lieu pour l'informer qu'un assassinat avait été commis sur la personne de Mlle de Lavernay.

Le juge d'instruction, accompagné d'un greffier et d'un médecin chargé des constatations légales, s'était immédiatement rendu par le chemin de fer à Rumilly, où une sorte d'omnibus devait les conduire sur le lieu du crime.

A Rumilly, un officier de gendarmerie avait fait atteler un char à bancs destiné à transporter Brigitte, et donnait l'ordre à deux de ses hommes de s'y installer.

Les deux voitures se mirent en route, escortées par l'officier à cheval.

Lorsqu'elles traversèrent le village de Saint-André, les habitants se mirent aux fenêtres ou sur le pas de leurs portes, regardant avec terreur ce cortége imposant.

A la sortie du village, les deux voitures prirent le chemin rocailleux qui menait au château.

Ce fut Maurice de Lavernay qui vint recevoir le magistrat chargé de diriger l'instruction.

Ce dernier lui exprima tout son regret d'avoir à accomplir sa rigoureuse mission sous le toit paternel.

— Faites votre devoir, monsieur, lui répondit Maurice en le conduisant dans la chambre mortuaire.

Cette chambre était telle que nous l'avons laissée, et la morte étendue sur son lit.

Le greffier plaça sur la table tout ce qu'il fallait pour écrire et reproduire textuellement le nouvel interrogatoire que Brigitte allait subir.

Le juge d'instruction s'assit et donna ordre qu'on amenât la vieille servante.

Elle parut bientôt conduite par les deux gendarmes.

Elle conservait le calme farouche qu'elle avait montré devant le juge de paix.

Cependant, un observateur aurait pu remarquer sur son visage une résolution plus arrêtée.

Nous ne reproduirons pas ce second interrogatoire, qui ne fut que la répétition du premier.

Le magistrat eut recours, mais inutilement, à toutes les ressources et à toutes les finesses de sa longue expérience, pour l'amener à se contredire.

A toutes les questions, elle répondit invariablement qu'elle était innocente et qu'elle ignorait comment avait été commis le crime, et qui avait pu le commettre.

— Nous n'obtiendrons rien de cette malheureuse, dit

le juge d'instruction au baron de Lavernay et au juge de paix, qui assistaient à l'interrogatoire, elle ne parlera point.

M. Jaurel tressaillit, mais il ne répondit pas.

Le coupable était devant lui, mais la promesse qu'il avait faite au docteur Cavarrox le condamnait pour le moment au silence.

Les yeux tournés vers le baron, il semblait attendre de lui un aveu qui n'arriva point.

Quant au vieux gentilhomme, il se borna à dire, — et cela sans qu'aucune émotion ne vînt trahir le trouble de son âme, — qu'il ne s'expliquait point les motifs qui auraient pu déterminer Brigitte à assassiner sa maîtresse.

L'interrogatoire achevé, le juge d'instruction le fit lire à voix haute par le greffier; puis, cette formalité remplie, il dit à Brigitte de mettre sa signature au bas du procès-verbal.

— Je ne sais ni lire ni écrire, répondit la vieille servante.

— Mention sera faite de cette déclaration, reprit le magistrat.

Il donna alors l'ordre d'emmener la prévenue.

Brigitte, qui, jusqu'à ce moment, était demeurée impassible, fut tout à coup prise d'une violente émotion.

— Monsieur le juge, dit-elle en fondant en larmes, j'ai une prière à vous adresser... une prière que je vous supplie d'exaucer.

— Quelle est cette prière? répondit le magistrat.

— Voyez-vous, monsieur le juge, continua-t-elle, Mlle Athénaïs ne me traitait pas en servante... j'étais pour elle une amie... presque une sœur, et pour elle j'aurais donné jusqu'à la dernière goutte de mon sang...

— Où voulez-vous en venir ?

— Je vous demande en grâce de me permettre de suivre son cercueil et de pouvoir m'agenouiller sur sa tombe... Oh ! ne craignez pas que je cherche à m'enfuir... Vous me ferez entourer de gendarmes, et je marcherai, si vous l'ordonnez, les mains enchaînées.

M. Jaurel, en entendant ces mots, détourna la tête et essuya furtivement une larme.

— Je ne puis vous accorder cette permission, dit le juge d'instruction.

Brigitte, repoussée par le magistrat, s'adressa alors au baron :

— Monsieur le baron, lui dit-elle, vous savez bien, vous, que je ne puis pas être coupable et que j'ai le droit de marcher derrière le cercueil de votre sœur; intercédez donc pour moi auprès de M. le juge, il vous accordera peut-être ce qu'il m'a refusé.

— Mais, malheureuse femme, reprit le magistrat, si j'avais la faiblesse de consentir à ce que vous me demandez, tous les gens de ce pays, qui adoraient votre maîtresse, n'auraient point assez de malédictions à vous jeter au visage, et, dans leur indignation, ils vous mettraient en pièces.

— Mourir pour mourir, que m'importe ? murmura Brigitte d'un air sombre.

— Mais une telle mort ne serait point l'expiation que veut la justice... c'est l'échafaud qui vous réclame... l'échafaud avec l'infamie !...

Brigitte, à ce dernier mot, se dressa de toute sa hauteur et promena autour d'elle ses regards pleins d'éclairs.

Puis elle entr'ouvrit la bouche, comme si elle voulait parler.

Le juge d'instruction avança la tête, afin de bien entendre ce qu'elle allait dire.

Le juge de paix, pensant qu'elle allait enfin dénoncer le coupable, sentit sa poitrine se dégager du poids qui l'écrasait depuis le commencement de l'interrogatoire.

M. de Lavernay frissonna.

Cependant la vieille servante gardait le silence.

— Parlez donc, lui dit le juge d'instruction, vous vouliez dire quelque chose.

Brigitte fit un pas vers le baron, le regarda pendant sept à huit secondes, puis s'arrêtant devant lui :

— Monsieur le baron, dit-elle d'une voix entrecoupée de sanglots, vous jetterez pour moi, n'est-ce pas ? de l'eau bénite sur la tombe de ma chère maîtresse ; moi, pendant ce temps, je prierai le bon Dieu pour le repos de son âme.

Lorsque la duchesse de Vallombreuse revint au château, après son entrevue avec Flavia, le juge d'instruction autorisait le baron à faire procéder à l'inhumation de sa sœur.

La cérémonie mortuaire, vu l'heure avancée, avait été remise au lendemain.

Le lendemain matin, à huit heures, le cortège était en route, et les cloches de Saint-André envoyaient aux échos des gorges du Fier les notes du glas funèbre.

Mlle de Lavernay était adorée par le pays.

En effet, si elle était avare pour son frère et pour elle-même, les pauvres et les malades trouvaient toujours sa main ouverte.

Aussi, était-on accouru de toutes parts pour assister à ses funérailles.

Derrière le corps, porté par quatre robustes montagnards, se déroulait comme un interminable serpent, la longue file des paysans des communes de Saint-André, Sion et Rumilly.

Les curés des trois paroisses marchaient en tête du cortége et, de distance en distance, étincelait au soleil l'or des bannières paroissiales agitées par le vent.

Le deuil était conduit par le baron de Lavernay, par son fils et par la duchesse de Vallombreuse, vêtue de noir.

Les enterrements à la campagne sont ordinairement, suivant l'heure à laquelle ils ont lieu, suivis ou précédés d'un copieux repas présidé par les plus proches parents du mort.

Cet usage à sa raison d'être.

Les habitations, pour la plupart du temps, sont très-distantes les unes des autres, et il devient indispensable de pourvoir aux besoins matériels des gens qui font souvent cinq ou six lieues pour rendre au défunt les derniers devoirs.

Mais rien de semblable n'eut lieu aux funérailles de Mlle de Lavernay.

Cette dérogation aux habitudes traditionnelles trouve son explication dans les circonstances particulières qui avaient accompagné sa mort.

Nous n'entrerons pas dans les divers détails qui précèdent la descente du cercueil dans la fosse, et nous laisserons la foule se disperser par petits groupes lorsque tout fut achevé.

Le baron, Maurice de Lavernay et la duchesse de Vallombreuse sortirent les derniers du cimetière.

Maurice offrit son bras à la duchesse pour rejoindre la grande route où attendait la voiture de son père.

Le retour fut silencieux et morne, et lorsqu'ils furent arrivés au vieux manoir, tous les trois, par un consentement tacite, et comme s'ils craignaient de se communiquer leurs douloureuses impressions, regagnèrent chacun sa chambre.

Au moment où le baron allait prendre congé de Mme de Vallombreuse, elle le retint.

— J'ai à vous parler, lui dit-elle à voix basse ; venez me trouver dès que vous aurez quitté Maurice.

Elle entra dans sa chambre, où le vieux gentilhomme la rejoignit presque aussitôt.

Le baron de Lavernay fut frappé de l'air solennel avec lequel elle le reçut.

— Il s'agit donc de choses bien graves? dit-il en voyant la duchesse fermer la porte au verrou.

— De choses très-graves, répondit-elle ; nous allons agiter ensemble la question de notre mort.

— De notre mort ? fit M. de Lavernay en reculant.

— Soyez calme, baron, et traitons ce sujet avec toute la gravité qu'il comporte.

Dominé par l'accent impérieux de son interlocutrice, le vieux gentilhomme se laissa tomber sur un siége en la regardant avec effarement.

Le visage de la duchesse était impassible, et dans ses grands yeux noirs se lisait une inébranlable résolution.

— Parlez, madame, fit le baron.

— Vous avez assassiné votre sœur, lui dit-elle brusquement.

Il voulut protester.

D'un geste imposant elle lui ferma la bouche.

— Puisque vous m'y forcez, reprit-elle, je vous raconterai toutes les circonstances du crime.

M. de Lavernay devint livide.

— Vous étiez ruiné, poursuivit Mme de Vallombreuse, et pour rétablir en partie votre fortune, vous avez assuré la vie de votre sœur, c'est vous-même qui l'avez dit devant moi à votre fils; mais ce que vous vous êtes bien gardé de dire, c'est que vous espériez que Mlle de Lavernay mourrait bientôt. Elle s'est obstinée à vivre, et vos ressources personnelles s'épuisaient à mesure que sa santé se raffermissait... Est-ce vrai?

— Tout cela ne prouve point que je me sois rendu coupable du crime abominable dont vous m'accusez, balbutia le baron.

— Laissez-moi achever, répondit froidement la duchesse : en assassinant votre sœur, vous n'aviez point seulement pour but de recevoir la grosse prime que devait vous compter la compagnie d'assurances, vous pensiez encore réaliser un bénéfice énorme en vendant votre château au riche Américain qui s'est fixé depuis peu dans ce pays.

— Comment savez-vous cela? murmura le vieux gentilhomme atterré.

— Cet Américain, continua Mme de Vallombreuse, vous a offert deux cent mille francs du château, mais avec cette condition que le marché, sous peine de nullité, serait conclu dans le délai de deux mois; or, ces deux mois expirent demain.

— Sir John Colfax vous aurait dit...

— C'est Maurice qui le tient de Brigitte. Sir John Colfax et sa prétendue fille sont mes ennemis mortels... et les vôtres.

— Les miens? s'écria M. de Lavernay stupéfait.

— Maintenant faut-il vous raconter comment s'est accompli le meurtre, comment vous avez endormi Bri-

gitte, et comment, Brigitte une fois endormie, vous
avez donné la mort à votre pauvre sœur?

— Mensonges que tout cela! interrompit le baron,
qui respirait à peine.

— Démentirez-vous la mort qui a imprimé votre
image sur les yeux de votre victime? répliqua la duchesse.

— Mon image?

— Oui... je l'ai vue.

— C'est donc pour cela que le docteur Cavarrox a fait
photographier le cadavre? murmura le vieux gentilhomme comme en se parlant à lui-même.

— C'est pour cela, dit Mme de Vallombreuse, et sans
aucun doute il la produira en justice afin que la compagnie d'assurances...

— Je renoncerai à la prime, reprit M. de Lavernay
d'une voix presque éteinte.

— Cela ne suffira point, répondit la duchesse. Il
existe une seconde épreuve de cette photographie, le
juge de paix l'a entre les mains, et il est bien résolu à
ne pas laisser condamner Brigitte.

— Mais je suis perdu!

— La mort seule peut vous sauver de l'échafaud; mais
il faut avant tout songer à votre fils, et le préserver de
l'infamie.

— Oui... oui... murmura le baron.

— Vous allez sur-le-champ formuler par écrit votre
renonciation à la prime d'assurance; la compagnie, une
fois dégagée de tout remboursement, n'aura aucun intérêt à vous dénoncer.

— C'est vrai, reprit le vieux gentilhomme; mais le
juge de paix...

— Votre crime expié, la justice satisfaite se bornera à mettre Brigitte en liberté...

M. de Lavernay écrivit sa renonciation à la prime.

La duchesse prit la lettre et se chargea de la faire parvenir à destination.

— Maintenant, baron, dit-elle, il nous reste à arrêter le genre de mort que nous choisirons.

Lorsque le baron se fut un peu remis de l'épouvante que lui avaient causée les paroles de Mme de Vallombreuse, il leva la tête, et oubliant un moment l'horreur de sa situation :

— Pourquoi donc voulez-vous mourir, madame ? lui demanda-t-il.

— Parce que, moi aussi, j'ai tué, répondit-elle d'une voix sombre.

— Tué ! vous... madame la duchesse ?

— Non pas le corps, comme vous, mais l'honneur. Il y a quatre ans, dans un transport de jalousie, j'ai fait condamner, comme empoisonneuse, une jeune fille innocente.

— L'institutrice d'Ève et de Marcelle ?

— Flavia Morin... aujourd'hui miss Colfax.

— Miss Colfax ?

— Qui a juré de se venger, et qui, ne pouvant m'atteindre, veut me frapper dans le bonheur de mes enfants ; et c'est pour les arracher à sa furie vengeresse que je vais mourir.

— Mais c'est elle aussi qui m'a poussé au crime en m'offrant quatre fois plus que sa valeur de notre vieux château, s'écria le baron.

— Maurice, qui la croyait coupable, a demandé et obtenu sa condamnation, et elle s'est vengée sur vous de votre fils ; vous le voyez, nous n'avons plus d'autre refuge que la mort.

— La mort ! répéta M. de Lavernay en frissonnant.

— Une mort dont la cause ne pourra être suspectée, reprit la duchesse, et qui préviendra les malheurs et la flétrissure qui attendent nos enfants, si nous avions la lâcheté de vouloir vivre quelques jours de plus.

— Oui, fit le baron ; un double suicide qui ait toutes les apparences d'un accident... mais quel genre de suicide ?

La duchesse se recueillit pendant quelques instants, puis elle répondit :

— Parmi les curiosités naturelles de la Haute-Savoie, il en est une dont vous m'avez parlé autrefois : les Gorges-du-Fier.

— En effet, madame.

— Il existe, si mes souvenirs ne me trompent pas, une galerie du haut de laquelle les touristes peuvent apercevoir les eaux mugissantes du torrent.

— Oui, cette galerie, élevée de quatre-vingts mètres au-dessus du lit du Fier, est soutenue par des barres de fer scellées au rocher.

— De sorte que, si l'on tombait de cette galerie, la mort serait certaine ?

— Elle serait foudroyante.

— Eh bien ! ce genre de mort que nous cherchons, le voilà tout trouvé, dit froidement Mme de Vallombreuse au baron.

— Il est impossible, répondit ce dernier, car personne ne croirait à un accident.

— Comment cela ?

— Les barres de fer qui entourent la galerie sont d'une solidité à toute épreuve, et si l'on se sentait pris

24

de vertige, la balustrade préserverait de toute chute.

— Mais en sciant deux des barreaux sur lesquels s'appuie le plancher de cette galerie?...

— Certainement; mais comment les scier puisque les deux extrémités de la galerie sont fermées par des portes de fer et qu'on ne peut pénétrer dans l'intérieur qu'avec des billets et accompagné d'un gardien?

— C'est une difficulté, en effet. Cependant ne pourrait-on pas arriver à la galerie par l'orifice extérieur de la fissure?

— Oui. En attachant une corde à l'un des arbres qui ont poussé au-dessus de l'abîme, on descendrait sur la galerie; c'est ainsi, du reste, que les ouvriers qui l'ont construite ont pu exécuter ce travail vertigineux.

— Seriez-vous homme à opérer cette descente?

— Je suis un chasseur, madame, et cette descente sera pour moi un jeu d'enfant.

— Il ne resterait plus alors qu'à scier deux barreaux, dit la duchesse; mais avec de bons instruments la chose sera facile.

Le baron hésita d'abord à répondre, mais en voyant la duchesse calme et résolue, il s'indigna bientôt contre lui-même et il eut honte d'être dépassé en courage par une femme.

— Ce que vous demandez, dit-il, madame, sera fait cette nuit même.

— Très-bien! dit Mme de Vallombreuse, et pendant que vous irez là-bas faire les préparatifs de notre mort, moi, je prendrai mes dispositions dernières. A demain donc, baron.

— A demain, madame la duchesse, répondit d'une voix ferme M. de Lavernay.

XXIV

LES PRÉPARATIFS

Le baron de Lavernay, après le départ de la duchesse de Vallombreuse, s'assit tout pensif.

— Quel homme que cette femme là ! se dit-il : elle n'est point faite de chair et d'os, mais de fer ou d'airain. Ce n'est point dans notre siècle abâtardi qu'elle aurait dû naître, mais dans les temps antiques. Sous les Tarquins, elle eût été, à l'occasion, la digne émule de Lucrèce ; sous la république romaine, les Gracques ne l'auraient point désavouée pour leur mère Cornélie ; sous l'empereur Vespasien, elle eût été Eponine ; à des époques plus rapprochées...

Il s'arrêta au beau milieu de ses évocations historiques rétrospectives, rappelé à sa situation par le souvenir de la promesse qu'il avait faite à Mme de Vallombreuse.

Il se leva, sortit de sa chambre et monta à pas de loup dans les combles du château.

C'était là, en effet, qu'il pouvait se procurer les objets nécessaires à l'accomplissement de son œuvre d'expiation.

Il lui fallait d'abord une corde assez longue et assez forte pour opérer sa descente sur la galerie suspendue au-dessus de l'abîme, puis des limes afin de scier deux des consoles de fer qui soutenaient le plancher de cette galerie, et une lanterne sourde pour l'éclairer dans sa sinistre besogne.

Il trouva sans peine la lanterne, des limes de fabrique anglaise et plusieurs cordes qui remplissaient les conditions exigées de solidité.

Ces cordes, d'un tissu serré, avaient un centimè. le diamètre.

Mais, si longues qu'elles fussent, chacune d'elles éti. trop courte pour atteindre du sommet des rochers à la galerie du Fier.

Il les noua les unes aux autres, puis, d'espace en espace, il fit de nouveaux nœuds afin de rendre plus facile et moins périlleuse sa descente vertigineuse.

— Est-ce bien tout? se dit-il ; il me semble que j'oublie quelque chose... Oui... oui... je sais...

Et il se fabriqua, avec une sangle et deux crochets de fer, une ceinture à peu près semblable à celles dont se servent les couvreurs dans leurs travaux aériens.

Cela fait, il rentra dans sa chambre et mit la corde, les limes, la ceinture et la lanterne sourde dans une vaste gibecière qui lui tenait lieu de valise, lorsqu'il devait passer plusieurs jours à la chasse.

En ce moment, Martin Thibaut vint lui annoncer que le repas du soir était servi.

— Qu'on se mette à table sans moi, répondit-il, je ne souperai pas.

— M. le baron ne soupe pas, M. Maurice n'a pas faim, Mme la duchesse s'est claquemurée chez elle, reprit mélancoliquement Martin, alors je souperai donc seul ?

Puis, apercevant la gibecière sur un fauteuil :

— M. le baron va sortir? demanda-t-il.

— J'ai affaire à Annecy, dit M. de Lavernay.

— Faut-il atteler la carriole de M. le baron?

— Non.

— M. le baron compte-t-il rentrer tard ?

— Je ne sais pas.

— Dois-je attendre le retour de M. le baron ?

— Inutile.

Lorsque Martin Thibaut fut parti, le vieux gentilhomme descendit à l'écurie, prit un cheval, l'enfourcha après avoir attaché sa gibecière à la selle de sa monture et sortit du château.

— Bon voyage, monsieur le baron ! lui cria Martin en refermant la porte.

— Triple animal ! grommela son maître en s'éloignant, je vais préparer les voies qui m'ouvriront demain les portes de l'éternité, et il me hurle aux oreilles : « Bon voyage ! »

Magnifique était la soirée.

La lune montait comme un globe de feu dans le ciel et éclairait le paysage accidenté qui, à droite et à gauche, se déroulait à perte de vue.

Les hautes montagnes profilaient leurs grandes ombres noirâtres sur les campagnes désertes.

De temps à autre partait du creux d'un arbre, comme un lugubre présage, le cri plaintif du hibou.

— Maudit oiseau ! pensait le baron, on dirait qu'il chante un *De Profundis* sur mon passage !

Et il poursuivit sa route, semblable à un fantôme.

Le dernier coup de neuf heures sonnait à l'horloge de la vieille église de Rumilly, lorsqu'il traversa ce chef-lieu de canton.

Quoi que l'air fût tiède, M. de Lavernay grelottait comme s'il voyageait par une de ces rudes soirées d'hivers alpestres.

Il éprouvait le besoin de se réchauffer.

Quelques cafés étaient encore ouverts.

24.

Il entra dans l'un d'eux, demanda une bouteille de vieux cognac, du sucre et les ingrédients nécessaires à la confection d'un de ces punchs dont les vrais chasseurs seuls possèdent le secret.

Il versa dans un grand bol de porcelaine la moitié du contenu de la bouteille, et, pendant que l'alcool mêlé au sucre brûlait, il tira de sa poche une pipe en racine de bruyère, la bourra et l'alluma.

Quelques habitués de l'endroit faisaient leur partie de bséigue.

Ils saluèrent le vieux gentilhomme à son entrée, mais sa physionomie ordinairement si ouverte avait, ce soir-là, une expression si sombre que pas un d'eux n'osa lui adresser la parole.

— Le baron est triste aujourd'hui comme un jour de pluie, dit tout bas le secrétaire de la mairie au maître d'école avec lequel il jouait.

— Il y a bien de quoi, répondit ce dernier également à voix basse; il a enterré sa sœur ce matin.

— Une drôle de mort tout de même, repartit le secrétaire.

— Moi, je parierais cent sous contre cinquante centimes que cette pauvre Brigitte est innocente comme l'agneau qui vient de naître.

— Mais alors quel serait le coupable?...

— Cela, voyez-vous, c'est la bouteille à l'encre, et l'on ne verra jamais bien clair dans cette affaire-là.

Ce court entretien, que le baron ne pouvait entendre, résumait d'une manière exacte le courant de l'opinion publique.

Dans le premier moment, la culpabilité de la vieille servante n'avait pas été mise en doute.

Mais la réflexion était venue, les premières impressions s'étaient modifiées, et Brigitte comptait présentement plus de défenseurs que d'accusateurs.

Lorsque M. Lavernay eut vidé jusqu'à la dernière goutte son bol de punch et qu'il se sentit complétement réchauffé, il se remit en route.

Le chemin qu'il avait pris longeait les gorges du Fier.

Les eaux du torrent avaient, à ce moment de la nuit, un double aspect également saisissant.

En certains endroits elles étincelaient, à la clarté des étoiles, comme de l'argent en fusion. Plus loin, elles roulaient toutes noires, comme pour cacher aux regards les profondeurs de leurs abîmes.

Mais ce qui surtout impressionnait, c'était le bruit tantôt sourd, tantôt éclatant de ces eaux éternellement agitées.

Le vieux gentilhomme tressaillit en songeant que, le lendemain, elles lui serviraient de tombeau.

Il arriva à dix heures à cette partie des gorges qu'on nomme le *Dôme*.

Là, le torrent est traversé par un pont suspendu, très-étroit.

M. de Lavernay passa le pont, attacha son cheval à un arbre, prit sa gibecière, en tira sa corde à nœuds, la lia solidement à l'un des vieux chênes qui avaient poussé au-dessus du gouffre, dans les fissures des rochers, puis, la prenant à deux mains, il se laissa glisser dans le vide.

Quelques minutes plus tard, il atteignait la galerie construite sur les parois de la roche à pic.

Il avait bien pris toutes ses mesures ; la corde dépassait d'un mètre la galerie sur laquelle il venait de descendre.

Il s'arrêta un moment pour reprendre haleine.

Ensuite, il prit la lanterne sourde, les limes, boucla sa ceinture autour de ses reins, attacha les crochets à une console, alluma sa lanterne, et il se suspendit de nouveau, à l'aide de sa corde à nœuds, au-dessus de l'abîme.

Il ne lui restait plus qu'à se mettre à l'œuvre.

Il attaqua successivement les deux consoles qui soutenaient la partie de la galerie qu'il avait choisie pour se lancer dans la mort avec la duchesse de Vallombreuse.

Malgré le froid qui montait des profondeurs du torrent, il était tout trempé de sueur.

Il avait la fièvre.

Sa sinistre besogne dura deux grandes heures.

Lorsqu'il eut scié les deux supports, il regagna la galerie, posa un pied sur les planchettes qui n'étaient plus soutenues par leur armature de fer, et elles fléchirent sous la pression.

— La duchesse sera contente, se dit-il avec un sourire amer ; les portes qu'elle a choisies pour aller à la mort sont ouvertes.

Il remonta, toujours à l'aide de sa corde, sur le sommet de la roche à pic, détacha son cheval, et le mit au pas jusqu'au bas de la montagne.

Parvenu là, il lui enfonça ses éperons dans les flancs et le lança au grand galop, comme s'il voulait, par la rapidité de sa course, s'étourdir sur l'horreur de sa situation.

Il était deux heures du matin lorsqu'il rentra au château.

Une fenêtre était encore ouverte.

C'était celle de Mme de Vallombreuse.

— Elle fait, pensa-t-il, sa veillée mortuaire.

Un moment il eut l'intention d'aller lui annoncer qu'il avait fidèlement suivi ses instructiens.

Mais il renonça bientôt à cette idée.

— Nous aurons le temps de parler de cela demain matin, se dit-il.

Et il entra chez lui.

Là, il se prit à réfléchir à sa mort terrible du lendemain.

Il revit en imagination le gouffre au fond duquel il disparaîtrait dans quelques heures.

Alors, il fut pris d'une de ces terreurs sans nom qui rendent fou et poussent aux résolutions fatales.

— Pourquoi, murmura-t-il, attendre jusqu'à demain?... Pourquoi ne pas en finir tout de suite?... Une balle dans la tête, c'est si vite fait !

Machinalement, il alla prendre une boîte à pistolets, l'ouvrit, chargea un pistolet et l'amorça.

Une énergique résolution se lisait dans ses regards.

Il arma le pistolet et le plaça à la hauteur de sa tempe.

Il allait presser la détente, lorsque la porte de sa chambre s'ouvrit.

La duchesse était devant lui.

D'un coup d'œil, elle comprit.

— Lâche ! lâche ! dit-elle en le rejoignant.

— Vous avez décidé que je devais mourir, répondit-il ; tous les chemins qui conduisent au néant ne sont-ils pas également bons?...

— Malheureux!... mais encore une fois, si l'on supposait... si l'on pouvait supposer que vous vous êtes donné volontairement la mort, il n'y aurait qu'une voix pour vous jeter à la face le meurtre de votre sœur, et votre infamie retomberait sur la tête de votre fils !

— Je l'avais oublié, répondit M. de Lavernay.

Puis, replaçant dans la boîte le pistolet qu'il tenait à la main, et tendant la boîte à la duchesse de Vallombreuse :

— Prenez ces armes, madame, ajouta-t-il, car peut-être me laisserais-je tenter de nouveau, si je les gardais.

— A la bonne heure ! dit Mme de Vallombreuse ; voici qui rachète un moment de défaillance.

Elle prit la boîte à pistolets, et sortit de la chambre du baron.

———

Nous allons quitter de nouveau le château des Abîmes pour retourner au village de Saint-André.

Flavia Morin, depuis le duel proposé par John Colfax et accepté par le jeune duc de Vallombreuse, était en proie à une épouvante sans nom.

Elle portait une affection sans bornes à cet énergique industriel, enfant de ses œuvres, qui, un jour lui avait tendu la main et, plus tard, l'avait appelée sa fille.

La pensée qu'il pouvait mourir, et mourir à cause d'elle, la rendait presque folle.

Le matin du jour où devait avoir lieu la rencontre, elle l'avait supplié, les mains jointes et à genoux, de renoncer à ce duel.

Mais son père adoptif, pour la première fois, s'était montré inébranlable.

Sir John appartenait à cette race héroïque de commerçants qui se font sauter la cervelle plutôt que de laisser protester leur signature.

Et pour lui, une parole donnée équivalait à une signature.

Il avait répondu à Flavia qu'ayant donné sa parole, dût-il mourir, il ne manquerait pas à cet engagement d'honneur.

Cela dit, il rentra dans sa chambre et ferma la porte à double tour afin de n'être point dérangé pendant qu'il ferait ses dispositions dernières.

Ce fut en ce moment que Maxou, fidèle à la promesse qu'il avait faite au vicomte de Kerlusset, arriva au chalet.

Il trouva Flavia abîmée dans une de ces douleurs qui peuvent faire craindre pour la raison.

— Ah ! c'est le ciel qui vous envoie, et vous serez notre sauveur à tous ! s'écria-t-elle en courant vers le jeune avocat.

Elle lui raconta alors ce qui s'était passé la veille entre Colfax et Octave de Vallombreuse.

— A tout prix, il faut empêcher cet horrible duel, dit-elle en terminant ; mon ami, voyez ce jeune homme, dites-lui que s'il renonce à se battre avec mon père, je renoncerai à ma vengeance !

Attendez... attendez... continua-t-elle, il ne me connaît que par la haine que j'ai vouée à sa famille, et peut-être supposerait-il qu'en voulant empêcher ce duel je ne cherche qu'à gagner du temps pour le frapper plus sûrement lui et les siens... attendez, je vais vous remettre quelque chose qui le forcera à me croire.

Elle traça à la hâte quelques lignes d'une main fiévreuse.

— Portez-lui cette lettre, dit-elle en tendant le papier à maître Maxou : j'ignore en quel endroit du village il s'est arrêté avec M. de Kerlusset, mais il vous sera facile de le savoir... allez... courez, et revenez vite, car jusqu'à votre retour j'endurerai mille morts !

Maxou prit la lettre et s'élança hors du chalet.

Le même jour, à la même heure,, — il était six heures du matin, — M. de Kerlusset fut réveillé en sursaut par le bruit d'une fenêtre qu'on fermait dans la chambre d'auberge contiguë à la sienne.

Cette chambre était celle du jeune duc de Vallombreuse, et la première pensée d'Amaury fut qu'Octave se trouvait peut-être indisposé.

Il s'habilla en toute hâte, et il entra chez Octave.

Celui-ci, assis devant une table, écrivait.

En voyant entrer Kerlusset, il repoussa vivement le papier sur lequel il avait, au bas de quelques mots, apposé sa signature.

— Tiens... vous écriviez ? lui demanda le vicomte surpris.

— Une lettre à un ami, dit le jeune duc avec un visible embarras qui n'échappa point à M. de Kerlusset.

— Vous l'acheverez là-bas... au château de Lavernay, reprit Amaury, car je viens vous chercher, nous allons partir.

— Déjà !

— Sans doute ; rien ne nous retient plus ici, puisque Mlle Morin cédant, m'avez-vous dit, hier, aux sages conseils de sir Colfax, renonce à ses projets de vengeance ; dès lors, et plus que moi, il doit vous tarder d'annoncer cette nouvelle inespérée à la duchesse.

— Assurément ! mais...

— Mais quoi ?...

— Une excursion que je voulais faire au Semnoz...

— Vous la ferez une autre fois.

— C'est que... je ne devais pas y aller seul... J'avais promis...

Le vicomte venait d'apercevoir deux revolvers sur la commode d'Octave.

Il eut comme une divination instantanée.

— Vous avez promis à Colfax de vous battre ce matin avec lui, interrompit-il ; c'est bien cela, n'est pas ?

Le jeune duc essaya de nier.

Mais toutes ses dénégations tombèrent d'elles-mêmes, lorsque Kerlusset, qui s'était approché de la table, eût lu sur le papier, ce qui suit :

« J'étais ruiné, las de la vie, et je me suis tué.

« Octave de Vallombreuse. »

— Eh bien ! fit Kerlusset, devenu tout pâle.

— Eh bien ! oui, répondit Octave, oui, je vais me battre avec Colfax... Un duel à mort... deux pistolets et une balle dans un seul.

— Mais ce n'est plus un duel, s'écria Amaury, c'est un assassinat.

— Ce n'est pas moi qui l'ai choisi, c'est Colfax.

— Ah ! je les reconnais bien là, ces enragés Américains, dit Kerlusset en frappant sur la table ; ici, chez nous, il leur est interdit de se battre à la carabine et ils prennent un équivalent. Et vous avez accepté ?

— A moins de passer pour un lâche, pouvais-je refuser ?.

— Non... non... Cet épouvantable duel n'aura pas lieu... de ce pas, je vais trouver Colfax, et s'il ne veut pas se rendre à mes raisons, eh bien !...

— Allez... libre à vous, interrompit le jeune duc, et, lorsque vous reviendrez ici, je me serai fait sauter la

25

cervelle pour me soustraire à la honte dont vous voulez me couvrir.

Le vicomte, atterré, recula.

— Enfin, je puis mettre la main sur vous, dit maître Maxou en faisant irruption dans la chambre.

Puis, tendant la main à Kerlusset :

— Ma présence en ce pays, ajouta-t-il, aura été plus utile que je ne l'avais supposé tout d'abord.

— Comment cela ? reprit Amaury.

— Oui... tout est arrangé : Flavia retourne en Amérique, et elle m'envoie auprès de vous, monsieur le duc, avec une branche d'olivier à la main. Par conséquent, plus de duel, plus de vengeance, la paix est signée.

— Fort bien, répondit Octave; mais qui me prouve la sincérité des promesses de Mlle Morin?

— Lisez ceci, repartit l'avocat en souriant, et, fussiez-vous saint Thomas en personne, qu'il ne vous serait plus permis de douter d'elle.

Il remit la lettre de Flavia au jeune duc.

Voici ce que contenait cette lettre :

« Monsieur le duc,

« Devant Dieu, je fais le serment d'oublier mes pro-
« jets de vengeance, à la condition formelle que vous
« ne vous battrez point avec sir John Colfax.

« Votre honneur ne saurait être atteint en renonçant
« à ce duel, puisque la satisfaction que vous exigiez et
« que je vous donne, le rend désormais inutile.

« Demain j'aurai quitté ce pays, et, sous huit jours,
« j'aurai dit un adieu éternel à la France.

« FLAVIA MORIN. »

— Oh! merci!... merci!... dit Kerlusset en serrant
avec effusion la main de Me Maxou.

— Je puis donc, monsieur le duc, aller annoncer à
miss Colfax que ce duel n'aura pas lieu? reprit l'avocat.

— Oui, monsieur, répondit Octave, et permettez-moi,
à mon tour, de vous serrer la main pour ma mère et
pour moi.

— De grand cœur! fit Maxou en tendant la main au
jeune duc.

Puis il prit congé des deux amis.

— Tout est bien qui finit bien, comme dit le vieux
Shakespeare, dit M. de Kerlusset à Octave ; maintenant,
commandons notre déjeuner, et ensuite nous nous mettrons en route.

XXVI

LA CATASTROPHE

Le lendemain matin, à cinq heures, le baron attelait
lui-même sa voiture et quittait furtivement le château
des Abîmes avec Mme de Vallombreuse.

Assis côte à côte, ils étaient silencieux.

La route qui conduit à Lovagny, où sont les gorges
du Fier, est des plus pittoresques.

A la gare de Lovagny, ils prirent un petit sentier,
côtoyèrent pendant cinq cents mètres environ la voie
ferrée, et arrivèrent à l'allée ombreuse au-dessous de
laquelle le Fier bondit et mugit au milieu d'énormes
blocs de rochers qu'entourent, à droite et à gauche, des

arbres centenaires et des prairies verdoyantes, enfin, tout un paysage alpestre.

A quelques pas de là, son lit se rétrécit tout à coup et ses eaux bouillonnantes se précipitent par une sorte de goulot qu'elles ont creusé dans le roc.

Un peu plus loin, les rochers se resserrent encore, et l'on aperçoit une fissure étroite et sombre coupant dans toute sa hauteur cette muraille rocheuse qui semble fermer toute issue au torrent.

En cet endroit, on a construit sur des poutres de sapin un chalet élégant où viennent déjeuner ou dîner les touristes.

Ce chalet est, pour ainsi dire, suspendu dans l'air, au-dessus de l'abîme, et lorsques les poutrelles qui lui servent de base sont battues par les eaux grossies du Fier, il vacille, chancelle, et l'on croirait à chaque secousse reçue qu'il va être emporté comme un brin de paille.

Mais sa construction, malgré sa légèreté apparente, est solide, et, jusqu'à ce jour, il a tenu bravement tête aux crûes les plus fortes.

Ce fut à ce chalet qu'arrivèrent à six heures du matin, la duchesse de Vallombreuse et M. de Lavernay.

Sur la demande du baron, le maître du chalet lui remit deux billets, le gardien ouvrit la porte de fer de la galerie suspendue sur l'abîme et se disposa à les accompagner.

Le vieux gentilhomme avait prévu cette circonstance.

A tout prix, il lui fallait se débarrasser de ce cicérone incommode, et ce fut chose facile.

— Inutile de venir avec nous, mon brave, dit-il au gardien en lui glissant une pièce de 20 francs dans la main, madame veut faire un croquis des gorges du Fier et elle désire être seule.

— Qu'à cela ne tienne, répondit le bonhomme en serrant la pièce d'or dans son gousset; voici la porte ouverte, entrez, et personne ne dérangera madame, car le train qui amène les voyageurs n'arrivera pas avant une demi-heure.

Cela dit, le gardien referma la porte.

Mme de Vallombreuse et M. de Lavernay étaient les maîtres du terrain.

La galerie qui tourne et contourne les gorges est peut-être le travail le plus hardi qu'ait exécuté la main de l'homme, et lorsqu'on se trouve sur le balcon jeté au-dessus du vide à une hauteur qui donne le vertige, on se demande en frissonnant quels ouvriers ont été assez audacieux pour la construire.

Quand on a laissé derrière soi la partie de la galerie qui regarde le chalet et qu'on atteint la gorge souterraine qu'éclaire faiblement la lumière verdâtre tamisée par la végétation des arbres qui ont poussé dans les fissures des rochers, alors, de chaque côté, la roche se dresse, et des blocs énormes de granit se penchent sur le gouffre au fond duquel le torrent furieux se tord et écume.

C'est horriblement beau.

Le point le plus remarquable de ce souterrain est celui qu'on nomme le *Dôme*.

Les rocs, en cet endroit, s'écartent légèrement et s'arrondissent par le haut, en forme de voûte, et lorsqu'on lève les yeux, on aperçoit le petit pont qui réunit les deux rives du Fier.

C'était sur ce pont que M. de Lavernay était passé

pendant la nuit pour aller scier deux des consoles de la galerie suspendue.

La duchesse, froide et résolue, s'avançait en s'appuyant sur le bras du baron.

— Avez-vous bien pris toutes vos mesures? lui dit elle.

— Dès que nous aurons posé le pied sur la partie de la galerie que j'ai choisie pour l'accomplissement de notre projet, répondit le vieux gentilhomme, les barreaux tomberont, les planches qu'ils soutenaient, n'ayant plus d'appui, s'effondreront et nous serons précipités dans l'abîme.

— En sommes-nous encore loin? reprit Mᵐᵉ de Vallombreuse.

— Nous serons arrivés quand nous aurons tourné ce rocher que vous voyez.

— Le moment est venu alors, baron, de faire notre acte de contrition, et de demander ensuite à Dieu qu'il nous pardonne nos crimes.

La duchesse, après avoir dit ces mots, s'agenouilla.

Pâle comme la mort, mais fortifié par l'exemple, M. de Lavernay s'agenouilla à côté de la grande dame repentante.

— Je ne me rappelle plus bien mes prières, lui dit-il.

— Répétez ce que je vais dire, repartit la duchesse.

Elle joignit les mains et adressa à voix haute à Dieu une prière fervente que, par moments, venait couvrir la voix mugissante du torrent.

A genoux près d'elle et, comme elle, les mains jointes, le baron répéta avec un profond sentiment de repentir les paroles qu'elle prononçait :

— Dieu de bonté, Dieu de miséricorde, dit Mᵐᵉ de Vallombreuse en terminant, pardonnez-nous nos crimes à moitié expiés en ce monde par nos remords, et pardonnez-nous de devancer, dans l'intérêt de nos chers enfants, par une mort volontaire, la justice des hommes.

Ensuite elle se leva et, étreignant la main de M. de Lavernay :

— Venez ! lui dit-elle d'une voix énergique.

— Allons ! répondit le baron.

Et ils se remirent en marche.

En ce moment, des touristes, précédés du gardien, parurent à l'entrée du souterrain.

Déjà, ils ne se trouvaient plus qu'à une trentaine de pas de Mme de Vallombreuse et de M. de Lavernay lorsque, tout à coup, un bruit terrible domina les mugissements du Fier.

La partie de la galerie sur laquelle la duchesse et le baron avaient posé les pieds venait de s'effondrer sous eux et de disparaître dans l'abîme.

De toutes les poitrines s'échappa un cri d'horreur

Le gardien accourut.

Il était trop tard.

Le baron et la duchesse avaient été engloutis.

L'alarme fut aussitôt donnée.

Des barques furent mises à l'eau et, après de longs efforts, on parvint à arracher aux flots grondants du Fier le cadavre de Mme de Vallombreuse.

Le torrent avait emporté au loin le corps de M. de Lavernay.

XXVII

Le jeune duc de Vallombreuse et le vicomte de Kerlusset venaient de quitter l'auberge et se mettaient en route pour le vieux manoir que le baron de Lavernay appelait en riant sa taupinière, à la grande indignation de sa sœur Athénaïs et de Brigitte.

Pendant qu'ils traversaient le village de Saint-André, ils virent des hommes et des femmes qui couraient, s'interrogeaient et se quittaient avec des signes d'étonnement et de consternation.

— Que signifie ceci? dit Octave à Kerlusset; à voir tous ces gens effarés, on croirait qu'un malheur est arrivé.

Une femme passa auprès d'eux en ce moment.

Amaury l'arrêta.

— Ma brave femme, lui demanda-t-il, pourriez-vous m'apprendre la cause de toute cette agitation?

— Quoi, monsieur, répondit-elle, vous ne savez pas la nouvelle?

— Quelle nouvelle? dit le jeune duc.

— Deux barreaux de la galerie du Fier se sont rompus on ne sait comment, les planches posées dessus sont tombées, et deux personnes qui s'y trouvaient en ce moment ont été précipitées dans le torrent. On n'a pu en repêcher qu'une, elle était morte. Quant à l'autre, le courant l'a emportée.

— Mais c'est horrible, cela! dit M. de Kerlusset.

— Et sait-on quelles sont ces personnes? reprit Octave.

— L'une d'elles, c'est M. le baron de Lavernay, que nous connaissions tous ici.

— Le baron ! exclamèrent Octave et Amaury.

— Et l'autre ?... l'autre ? demandèrent-ils en même temps.

— Celle qu'on a repêchée est, à ce qu'on dit, une duchesse... je ne me rappelle pas bien son nom, mais il finit en « *euse* ».

— Vallombreuse, s'écria le jeune duc pâle comme un mort.

— Oui... c'est cela... c'est bien cela, dit la bonne femme.

Octave poussa un rugissement de bête fauve et s'élança comme un fou dans la direction du chalet.

Kerlusset se précipita sur ses pas.

Au moment où il le rejoignit, Octave, le regard en feu, étreignait au bras John Colfax, qui était assis paisiblement dans son cabinet de travail.

Flavia, qui avait vu entrer le jeune duc, accourut.

— Qu'y a-t-il donc ? lui demanda-t-elle ; et que voulez-vous à mon père ?

— Il y a, misérable créature que je voudrais pouvoir broyer sous mes pieds, répondit Octave écumant de rage, il y a que votre lettre cachait un piége abominable !... Ma mère est morte, tuée par vous, j'en suis convaincu.

— Par ma fille ? s'écria l'Américain.

— Par moi ? dit Flavia stupéfaite, et comment ?

— Je ne le sais pas encore... mais votre main, je le jure, est pour quelque chose dans la mort de ma mère, et sa mort veut du sang !

— Octave, dit M. de Kerlusset, une telle accusation...

25.

Le jeune duc l'interrompit, et, s'adressant à sir John Colfax :

— Les pistolets, monsieur?... les pistolets? continua-t-il.

— Ils étaient tout prêts, répondit froidement l'Américain, et les voici.

Il ouvrit son secrétaire et posa les deux pistolets sur une table.

— Un seul est chargé, n'est-ce pas? reprit Octave.

— Un seul : choisissez.

Le vicomte voulut se précipiter sur les armes.

Octave, la fureur et le désespoir dans le cœur, l'arrêta violemment.

Flavia Morin, blanche de terreur, poussa un cri, chancela et tomba évanouie.

Pendant que Kerlusset courait à elle, Octave avait saisi un pistolet et appuyé le canon sur son front.

La détente partit.

Octave était resté debout.

Le hasard avait mis dans sa main le pistolet qui n'était point chargé.

Déjà John Colfax, froid et impassible, le pistolet également sur son front, allait presser la détente, lorsque Kerlusset s'élança, lui arracha l'arme de la main et la jeta par la fenêtre qui était entr'ouverte.

Puis, prenant Octave au bras :

— Allons auprès de votre mère morte, lui dit-il.

Et il l'entraîna hors du chalet.

XXVIII

LES CHATIMENTS

Trois mois après la mort tragique du baron et de la duchesse, deux mariages aristocratiques se célébraient à l'église Sainte-Clotilde.

Mais, chose étrange, les jeunes mariées étaient vêtues de deuil, et, dans leurs regards qui se tournaient fréquemment avec une tendresse infinie vers leurs époux, se lisait une profonde douleur.

Peu d'invitations avaient été faites, et les personnes présentes à cette double cérémonie nuptiale étaient les témoins obligés, les grands parents et quelques amis, au nombre desquels se trouvait Mᵉ Maxou.

Parmi les assistants était une robuste paysanne au teint hâlé, à la figure énergique.

C'était Brigitte, rendue à la liberté à la suite d'une ordonnance de non lieu, motivée par les déclarations du juge de paix et du docteur Cavarrox.

Ajoutons en même temps que le secret judiciaire du crime commis au château des Abîmes avait été si bien gardé que nul, si ce n'est Amaury de Kerlusset, Maurice de Lavernay et la vieille servante, ne soupçonna que la mort du baron se rattachait à cette ténébreuse affaire.

Cette mort, ainsi que celle de la duchesse, avait été attribuée à un accident.

A côté de Brigitte se tenaient un vieillard et un jeune chasseur d'Afrique.

Le vieillard était le digne notaire Lacarrière, et le

jeune soldat, Octave de Vallombreuse, qui avait demandé un congé afin d'assister au mariage de Marcelle
avec le vicomte de Kerlusset, et à celui d'Ève avec
Maurice de Lavernay, qui avait donné sa démission de
magistrat.

La duchesse de Vallombreuse, dans son testament,
fait la veille de sa mort, avait fixé le 15 octobre 1874
comme date formelle des mariages de ses filles, et
celles-ci, pour obéir aux volontés dernières de leur
mère, qu'elles vénéraient à l'égal d'une sainte, avaient
dû consentir à se marier avant l'expiration des délais
commandés par l'usage.

La cérémonie religieuse achevée, les assistants auraient pu, en se dirigeant vers la sacristie, remarquer,
près de la porte de l'église, une jeune femme vêtue de
noir et dont le visage était couvert d'un triple voile.

Cette jeune femme priait avec ferveur.

Mais, malgré tout le soin qu'elle apportait à demeurer
cachée, elle avait été reconnue par celui qu'elle voulait
éviter, et par un autre.

— Flavia! dit à voix basse le vicomte de Kerlusset à
Maurice de Lavernay.

— Que vient-elle faire ici? répondit Maurice également à voix basse.

Flavia, se voyant découverte, se leva et disparut.

Le même jour, au moment où les jeunes mariés quittaient Paris pour se rendre en Italie, Me Maxou recevait une lettre dont l'écriture lui était bien connue.

Il brisa fiévreusement le cachet de cette lettre; voici
ce qu'elle contenait:

« Mon unique ami,

» J'ai fermé l'oreille à votre voix, j'ai repoussé les

« conseils que vous m'aviez donnés au chalet de Saint-
« André à l'heure de nos premiers adieux, aujourd'hui
« j'en subis le châtiment.

« Et plus tard cependant je m'étais arrêtée à mi-
« chemin de ma vengeance, afin d'empêcher mon père
« adoptif de se battre avec le jeune duc de Vallom-
« breuse.

« Vous savez comment j'en ai été récompensée !

« Sir John Colfax, auquel j'avais fait le sacrifice de
« mes ressentiments, s'est tué pour ne pas devoir la vie
« à ce qu'il regardait comme une lâcheté.

« Dans mon désespoir, j'aurais pu dénoncer les crimes
« de Mme de Vallombreuse et de M. de Lavernay, et
« briser ainsi le bonheur de quatre têtes innocentes ;
« mais, en présence des tombes à peine fermées du
« baron et de la duchesse, j'ai gardé le silence.

« Le silence !...

« Ah ! qu'il m'a coûté !..

« J'ai eu le courage d'assister au mariage du vicomte
« de Kerlusset avec Marcelle.

« C'est tout vous dire.

« Maintenant, et en regardant au fond de mon cœur,
« je n'y trouve plus que des ruines. Le souvenir de
« ceux qui sont morts, tués par moi, le remplit tout
« entier.

« Ce pauvre cœur, il est bien malade. mon ami, et
« c'est dans la prière et la pénitence que je vais tâcher
« de le guérir, si toutefois sa guérison est possible.

« Un moment, j'avais pensé que vous pourriez être
« son médecin, mais presque aussitôt j'ai renoncé à cet
« espoir ; on n'aime pas deux fois !

« Et vous-même, en supposant que votre amour soit
« aujourd'hui encore ce qu'il était autrefois, l'ombre

« de mon passé se dresserait, tôt ou tard, entre vous et
« moi, et je deviendrais pour vous un objet d'horreur.

« Ah ! cette vengeance que j'ai longtemps poursuivie,
« si elle a été fatale à ceux que j'avais le droit de haïr,
« elle l'a été également à ceux qui m'aimaient, ainsi
« qu'à moi-même.

« Moi, je n'ai pas le droit de me plaindre.

« Mais les autres... mais vous !

« Au moment où cette lettre vous parviendra, je
« serai morte au monde et je ne vivrai plus que pour
« implorer la miséricorde de Dieu dans le cloître où je
« vais entrer.

« FLAVIA MORIN. »

Mᵉ Maxou, après avoir lu cette lettre, tomba dans
une méditation douloureuse ; puis, il alluma un flambeau, approcha la lettre de la flamme et il murmura
lentement en la voyant se consumer :

— Flamme de mon cœur, éteins-toi à ton tour et devient cendres comme elle !...

Ensuite il se leva, se rendit à l'hôtel de l'avenue du
Bois-de-Boulogne, et fit passer sa carte à Flavia.

Flavia parut bientôt.

— Ainsi, lui dit Maxou, vous voulez, vous, jeune,
riche et belle, entrer dans un cloître?... Mais avez-
vous bien réfléchi avant de prendre une telle résolution ?...

— Je suis si lasse, si découragée, répondit-elle d'une
voix pleine de tristesse. Je me trouve si seule depuis
que mon père adoptif n'est plus, que je ne vois rien
devant moi, — si ce n'est Dieu.

— Dieu ne veut pas le suicide, et ce que vous voulez
faire est un suicide.

— C'est sa souveraine justice qui m'a frappée, d'abord dans mon amour et, plus tard, dans l'affection que je portais à John Colfax.

— S'il était encore là, reprit le jeune avocat, il vous dirait, mieux que je ne saurais le faire, que l'immense fortune qu'il vous a léguée doit devenir entre vos mains l'instrument réparateur de vos fautes passées.

— Appelez les choses par leur nom. Dites mes crimes.

— Pendant deux années, continua Maxou, sans relever ces deux derniers mots, vous avez employé toutes les forces de votre intelligence pour accomplir une vengeance qui pouvait, jusqu'à un certain point, être légitime dans le principe, mais qui est devenue injuste lorsque vous avez voulu frapper des innocents.

Rachetez ce passé marqué, comme vous me l'avez écrit, par trois tombes; consacrez votre esprit, votre volonté et votre fortune à empêcher le mal et à soulager les misères.

— Cet horizon que vous m'ouvrez, répondit Flavia après quelques instants de méditation, est certes magnifique, éblouissant, et il a de quoi tenter de nobles ambitions.

Peut-être suivrai-je votre conseil un jour.

En ce moment, j'ai besoin de me replier sur moi-même et de vivre seule avec ma conscience.

Venez dans un an me trouver dans le cloître où je vais entrer; peut-être alors écouterai-je votre voix.

Et cependant, sans guide, livrée à mes seules forces, comment pourrai-je jamais mener à bonne fin une aussi grande œuvre?

— Eh bien! dit le jeune avocat, ce guide, si vous le voulez, ce sera moi.

— Flavia lui serra la main.

— Dans un an, reprit-elle, venez, et je vous dirai ce que j'aurai résolu.

— Dans un an, répondit Me Maxou en se retirant, j'irai chercher votre réponse.

Déjà, il avait fait quelques pas pour sortir, lorsque Mlle Morin l'arrêta par un geste affectueux.

— Est-ce donc ainsi que nous devons nous séparer ? lui dit-elle d'une voix qui exprimait tout à la fois un regret et une prière ; en une année, tant de choses peuvent se passer !... Mon désespoir.... les déchirements de ma conscience... Peut-être cette entrevue est-elle la dernière... Je puis mourir.

— Non... non... reprit vivement le jeune avocat, non... vous vivrez!... Il faut que vous viviez pour entrer dans la voie réparatrice que je vous indique.

— Mon ami, poursuivi Flavia avec un accent de tendresse intraduisible, vous souvient-il du jour où vous êtes venu, après ma condamnation, me trouver dans ma prison ?

Ce jour-là, avant de nous dire un adieu suprême, j'ai mis mes lèvres sur votre front.

Ce baiser, qui était tout fraternel, vous ne me l'avez pas rendu ; vous êtes resté mon débiteur... Le serez-vous toujours ?

Maxou, ému jusqu'aux larmes, prit à deux mains, — comme l'avait fait autrefois la pauvre condamnée, — la tête adorée de Flavia, et l'attirant, — ainsi qu'elle dans son cachot, — par un mouvement rapide, contre ses lèvres, il la baisa à plusieurs reprises.

Puis, s'arrachant à cette étreinte passionnée et douloureuse :

— Au revoir, Flavia! lui dit-il.

— Au revoir, répondit-elle avec un sourire rempli de tristesse, au revoir, mon ami, si toutefois Dieu le permet !

Notre récit serait incomplet si nous laissions dans l'ombre trois personnages qui y ont joué un rôle actif.

Flavia, après la mort de la duchesse de Vallombreuse et du baron de Lavernay, avait, conformément à sa promesse d'autrefois, fait remettre à Salavert trois cent mille francs pour acheter une étude et une somme égale à Martineau pour fonder un journal.

Quant au docteur Cavarrox, elle l'avait estimé suffisamment payé de ses services ténébreux par la riche clientèle qu'elle lui avait procurée.

Salavert, de retour chez lui avec ses trois cent mille francs, s'était assis devant une table, dévorant des yeux son trésor, le comptant et le recomptant, tout en fumant un londrès, qu'il quittait fréquemment pour humer quelques gorgées d'un bol de punch.

Au bout d'une demi-heure de cette contemplation magnétique, Salavert, le cerveau déjà alourdi par ses nombreuses libations, ralluma le punch refroidi et emplit de nouveau son verre.

Mais sa main mal assurée laissa tomber une partie du liquide enflammé sur les billets de banque amoncelés sur la table, et ils prirent feu aussitôt.

Il se précipita tout effaré sur les billets, mais sans parvenir à en sauver un seul du désastre.

Le lendemain, Salavert était fou.

Martineau, devenu rédacteur en chef et propriétaire d'un grand journal, grisé par sa position nouvelle, rompit tout d'abord avec Célestine Marbeau ; puis, il acheta des chevaux, se paya un coupé et une calèche, déjeuna, dîna et soupa quotidiennement chez Tortoni, passa une partie de ses nuits à son cercle entre des jeux de cartes et du champagne frappé, et, en moins d'une année de cette existence forcenée, l'estomac ruiné et le gousset vide, il fut déclaré en faillite.

Le docteur Cavarrox, affriandé par les trente mille francs que lui rapportèrent, en une seule année, ses ordonnances dans la colonie américaine, voulut doubler, tripler son avoir au moyen de coups de Bourse.

Par suite de spéculations malencontreuses, il se trouva à une fin de mois débiteur d'une différence de quatre-vingt mille francs, et ne pouvant la solder il mit prudemment la Belgique entre lui et ses créanciers.

Il est confiné aujourd'hui dans une mansarde de la rue des Herbes-Potagères, à Bruxelles, et il fait des visites à deux francs, — lorsqu'il en trouve.

Ainsi furent successivement brisés les indignes instruments que Flavia Morin avait fait servir à l'accomplissement de sa vengeance.

Quant au jeune duc Octave de Vallombreuse, complètement régénéré par la rude vie de soldat, il est à la veille de passer maréchal des logis, et sa bravoure et son grand nom aidant, peut-être deviendra-t-il un jour maréchal de France.

FIN

Paris. — Typ. Collombon et Brûlé, r. de l'Abbaye, 22